当代作家论

主编

阿来论

中国当代作家论

谢有顺 主编

王 妍／著

阿来论

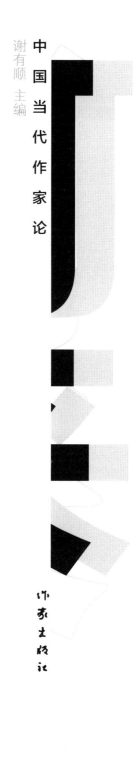

作家出版社

王妍 ■ 1981年出生，山东省枣庄市人，东北师范大学本科、硕士，辽宁师范大学博士。内蒙古民族大学文学与新闻传播学院副教授，硕士生导师，在《文艺争鸣》《当代文坛》《当代作家评论》《人民日报》等刊物发表评论文章五十余篇，主要研究领域涉及中国现当代文学研究，少数民族文学研究等。

主编说明

　　自从到大学工作以后，就不时会有出版社约我写文学史。很多文学教授，都把写一部好的文学史当作毕生志业。我至今没有写，以后是否会写，也难说。不久前就有一份高等教育出版社的文学史合同在我案头，我犹豫了几天，最终还是没有签。曾有写文学史的学者说，他们对具体作家作品的研究，是以一个时代的文学批评成果为基础的，如果不参考这些成果，文学史就没办法写。

　　何以如此？因为很多学问做得好的学者，未必有艺术感觉，未必懂得鉴赏小说和诗歌。学问和审美不是一回事。举大家熟悉的胡适来说，他写了不少权威的考证《红楼梦》的文章，但对《红楼梦》的文学价值几乎没有感觉。胡适甚至认为，《红楼梦》的文学价值不如《儒林外史》，也不如《海上花列传》。胡适对知识的兴趣远大于他对审美的兴趣。

　　《文学理论》的作者韦勒克也认为，文学研究接近科学，更多是概念上的认识。但我觉得，审美的体验、"一个灵魂唤醒另一个灵魂"的精神创造同等重要。巴塔耶说，文学写作"意味着把人的思想、语言、幻想、情欲、探险、追求快乐、探索奥秘等等，推到极限"，这种灵魂的赤裸呈现，若没有审美理解，没有深层次的精神对话，你根本无法真正把握它。

　　可现在很多文学研究，其实缺少对作家的整体性把握。仅评一个作家的一部作品，或者是某一个阶段的作品，都不足以看出这个作家的重要特点。比如，很多人都做贾平凹小说的评论，但是很少涉及他的散文，这对于一个作家的理解就是不完整的。贾平凹的散文和他的小说一样重要。不久前阿来出了一本诗集，如果研究阿来的人不读他的诗，可能就不能有效理解他小说里面一些特殊的表达方式。于坚也是一个典型的例子。很多人只关注他的诗，其实他的散文、文论也独树一帜。许多批评家会写诗，他写批评文章的方式就会与人不同，因为他是一个诗人，诗歌与评论必然相互影响。

如果没有整体性理解一个作家的能力，就不可能把文学研究真正做好。

基于这一点，我觉得应该重识作家论的意义。无论是文学史书写，还是批评与创作之间的对话，重新强调作家论的意义都是有必要的。事实上，作家论始终是中国现代文学的一个宝贵传统，在1920—1930年代，作家论就已经卓有成就了。比如茅盾写的作家论，影响广泛。沈从文写的作家论，主要收在《沫沫集》里面，也非常好，甚至被认为是一种实验。中国现代文学研究界的许多著名学者都以作家论写作闻名。当代文学史上很多影响巨大的批评文章，也是作家论。只是，近年来在重知识过于重审美、重史论过于重个论的风习影响下，有越来越忽略作家论意义的趋势。

一个好作家就是一个广阔的世界，甚至他本身就构成一部简易的文学小史。当代文学作为一种正在发生的语言事实，要想真正理解它，必须建基于坚实的个案研究之上；离开了这个逻辑起点，任何的定论都是可疑的。

认真、细致的个案研究极富价值。

为此，作家出版社邀请我主编了这套规模宏大的作家论丛书。经过多次专家讨论，并广泛征求意见，选取了五十位左右最具代表性的作家作为研究对象，又分别邀约了五十位左右对这些作家素有研究的批评家作为丛书作者，分辑陆续推出。这些作者普遍年轻，锐利，常有新见，他们是以个案研究的方式介入当代文学现场，以作家论的形式为当代文学写史、立传。

我相信，以作家为主体的文学研究永远是有生命力的。

谢有顺

2018年4月3日，广州

目 录

前 言 / 1

引论 消解、建构以及新的可能 / 1

第一章 穿行于多样化的文化之间：
　　　　阿来的写作发生 / 42

　　第一节 嘉绒大地的精神洗礼 / 45
　　第二节 我只感到世界扑面而来 / 58

第二章 世界不止一副面孔：
　　　　阿来小说的主题意蕴 / 75

　　第一节 远去的辉煌：历史 / 76
　　第二节 存在的体验：孤独 / 89
　　第三节 生命的试炼：成长 / 101
　　第四节 精神的向往：追寻 / 111

第三章 人是出发点，也是目的地：
　　　　文化碰撞中的多民族人物 / 123

　　第一节 拙·愚·智·痴：
　　　　　　阿来小说的人物"腔调" / 127

第二节　失语与想象：女性形象 / 141

第三节　崇高与虚妄：硬汉形象 / 152

第四节　想象与重构：土司、僧侣、巫师形象 / 160

第四章　沉静的宣叙与叙述的交响：

　　　　阿来小说的叙事形态 / 175

第一节　异域神韵与精纯汉语的诗性合谋 / 177

第二节　厚重与空灵的文学意象 / 192

第三节　阿来小说的叙事策略 / 204

第五章　文学的执信与生命的延展 / 220

第一节　大地深处的咏叹：阿来的悲剧意识 / 221

第二节　文学延展出的生命空间：

　　　　现代性冲击下的灵魂挣扎 / 238

第三节　阿来写作的"在地"与"非在地"：

　　　　从"山珍三部"说开去 / 259

余论　就这样日益丰盈 / 275

参考文献 / 286

附录一　阿来作品目录 / 300

附录二　阿来访谈资料目录 / 329

附录三　《丰收之夜》《振翔！你心灵的翅膀》（外一首）/ 336

前　言

　　阿来在二十世纪八十年代的文学喧嚣中初登文坛，以诗歌创作发端，始终保持自持与自醒，不仅没有盲从于任何思潮和流派，甚至采取了一种主动"逃离"的姿态。在《尘埃落定》出版乃至获得第五届茅盾文学奖后，阿来开始赢得文坛的普遍注意。对于一个保持稳健创造力，并不断提升、攀登的作家而言，我们无需急于确定其在将来文学史的意义及价值。阿来如苦行僧般地行走在业已斑驳、躁动的旷野之上，他以宽容和豁达坦然面对个体的苦痛、存在的孤独，并由此建立起个体对世界的关怀与想象，他的作品中充满了内省与包容，渗透着浓郁的人文情怀和东方智慧。读他的作品可以感受到一种不同于南朝风韵的朴拙旷达，有着超脱于喧嚣世界之外的清澈宁静，阿来的书写在为自己营造一个语言故乡的同时，也为这个时代保存了一份忧伤和沉重。

　　阿来的作品，多半是围绕他的故乡以及漫游的经历展开。嘉绒这个蕴含特定地域生态空间、民族文化传统、情感思维方式、语言文化基因，甚至是独特"味道"的集体记忆，成为阿来建构文学世界的基石。藏文化对阿来而言，不仅仅是简单的文化符号，更是人类精神与信仰的维度。阿来的文学创作有着明显的藏语思维嫁接到汉语表达之上的特点，他把一种非汉语的文化经验成功地融入汉语表述之中，并把二者结合，建构了一种全新的话语表达方式，丰富了当代汉语的表现和感受空间。在某种意义上讲，阿来是边地文明的勘探者和守护者。从他的作品中，我们不难发现在那些本真、朴拙的表达背后渗透着的作者的炙热情感，人类古老的寓言在此复活。阿来的历史书写注重对细节真实的验证与表达，有着对正史中忽略部分的自觉关注和对历史进化论的质疑、反思。在阿来看来，宏大的历史是由一个个具体的人的命运组成，他也不止一次地强调"人是出发点，也是目的地"。在阿来的作品主题之中有一种厚重的情感感知，以及庄严的责任感，在不断变动的历史坐标之中，展现命运的纵深，对悠远历史的抒情化表达给了我们独特的美学享受。他尤其善于把握人物在变动的历史中内心的回响与激荡，以及历史巨轮下的边缘人孤独的想象与灵魂的追寻。阿来把生命个体置放于历史的洪潮之中，试图用文学的方式关照这些孤立无援的灵魂，探寻他们的挣扎、努力抑或是隐忍，使得其作品中拥有了普遍的人生指向。那种面对命运坚韧不屈的追求与努力以及精神向往与成长都在文本中得以诗意的呈现，闪耀着智性的光芒。而历史、命运、孤独、成长与追寻在文章中互相映照，构成了二十世纪以来中国文学一道独特的心灵景观，而这种脚踏大地的坚韧则跨越了无奈、虚妄与灾难，赋予了对生命的诗性理解，充溢着勇敢而热诚的力量。

阿来笔下的人物，重神似而不重形俱，"贵贱在于骨法"，有着中国传统书画中寥寥几笔的疏离、劲健的风骨。本书围绕阿来小说拙、愚、智、痴的人物"腔调"，着重探讨了女性、硬汉和土司、僧侣、巫师等人物形象的独特魅力。阿来以当代文坛罕见的刚硬、激烈与伟岸，传达对崇高的自觉追求和对命运与历史的关注，展现恢弘气度与古老精神之间的默契。他既不粉饰人生，也不掩盖在书写那些曲折漫长的来路时的情感跌宕，并努力彰显着勇于担当的高贵。阿来的书写根植于中华文化的传统之中，并接受了西方文艺思潮的影响，他却不是一个有很强形式激情的作家，行文之中少有刻意设定的叙事圈套，却在沉逸的诗意中显示出朴拙而深邃的意境。他的作品之中充满了梦幻与现实、想象与真实的自由交织，白描与情感抒发的自由无碍，并富含大量的民歌、寓言、隐喻、想象以及梦魇的因子，行文凝练，意象交叠，用丰富的想象延展了生命的空间，传达着一种真实的临界经验。而自由移动的视角、多重的叙事声音和交响乐的混响结构，使得文本有着音乐的吟咏、回旋、转承和共鸣，传达着一种举重若轻的力量。他把时间坐标推远，却把地理坐标拉近，情感贴近而思考绵远，并由此建立个体对世界的关怀与想象。

阿来的作品虽不多，但无不展现一种匍匐在地、用心倾听的姿态。他大地般的浑厚、坚韧与朴拙体现了其入世的情怀和载道的热忱，以及对生命意义的不懈追寻。很多时候，阿来像一位行吟的歌者，用诗性空灵和深沉智性穿行于现实与历史、社会与自然、城市与乡土之间。本书围绕社会、文化、民族、地域等多维存在，并考虑到汉文化的滋养、世界文化的碰撞、现代性的侵袭等多方面的因素，结合当代文化语境对阿来进行全方位的艺术考察，论证其独特的清冽纯净、朴拙厚重、诗意灵动、智性沉郁、自在畅达的美学特征和风貌。阿来的作品中充满着一种对自然法则的尊重与大地般仁厚的情怀：遵照生命的原色，接受既定的命运，幻想美好的生活，这并不是一种懦弱，而是一种英雄的担当。他的写作，已不再局囿于对小说文体本身的热爱，还蕴藉着一位对历史、自然、命运充满敬畏的作家的情怀，体现了浮世中别样的深邃、温暖与绵远。

引论　消解、建构以及新的可能

> 我出生在这片构成大地阶梯的群山中间，并在那里生活、成长，直到 36 岁时，方才离开。……我相信，只有在这个时候，这片大地所赋予我的一切重要的地方，不会因为将来纷纭多变的生活而有所改变。有时候，离开是一种更本质意义上的切近与归来。
>
> ——《大地的阶梯》

一

一个人的诞生蕴含着无数的偶然，一旦这个偶然与血亲、族人相关联，就开始有了不能摆脱的宿命。文学与生命一样都有其诞生的地方，出生的血地、生就的胎记与记忆的灵光都会成为伴其一生的文化土壤，参与绘制其生命的脉络与走向。1959 年，阿来出生于四川省西北部的阿坝藏族羌族自治州俗称"四土"的马尔康县，具体说来是大渡河上游的"嘉绒藏族"中一个叫马塘的村寨。在藏语中，马尔康意为"火苗旺盛的地方"；而"嘉绒"则是成都平原到青藏高原之间，一个渐次升高的群山与峡谷构成的过渡带。"'嘉'是汉人或者汉区的意思，'绒'是河谷地带的农作区。两个词根合成一个词，字面的意思当然就是靠近汉地的农耕区。"①阿来生命的前三十六年几乎都是在这个地方，他"更多的经历与故事，就深藏在这个过渡带上，那些群山深刻的褶皱中间"②。嘉绒这个蕴含特定地域生态空间、民族文化传统、情感思维方式、语言文化基因，甚至是独特"味道"的集体记忆，成为阿来建构文学世界的基石。

具体说来，阿来出生在"一个在河谷台地上农耕的家族"③，母亲是藏族，父亲是一个偶然把生意做到藏区的回族商人（阿来的爷爷是回族，奶奶是汉族）。他是家里的老大，下面是一群弟弟妹妹。"出身贫寒，经济窘迫，身患痼疾"④，连母亲也无法给出一个准确的出生日期，只能大概给出两个月份以供选择。"阿来"⑤是他的乳名，在汉语中多译作"阿努"（Anu）⑥，这是藏语中比较常见的名字，是"小孩"的意思。此处，我无意于探讨名字对人物的影响，但阿来在作品中一直秉承着孩童的纯真与本心，并为当代文坛提供了一种独特的存在体验却是不争的事实。

对于童年，阿来曾这样回忆："我也有过一个那样面孔脏污，眼光却泉水般清洁明亮的童年！想起日益远去的童年时光，内心总有一种隐隐的痛楚与莫名的忧伤！"⑦他"从小长大的那个村子非常小，村庄住着大概有两百多口子人，每一户人家之间却隔着好几里地。到今天为止，我父母所居住的地方仍是孤零零的一家人。但这个村子在地域上又非常大，村子的东西向有一条公路穿过，大概二十多公里，南北向大致和东西向的距离差不多。生活在这个世界

---

① 阿来著：《落不定的尘埃：阿来藏地随笔》，长江文艺出版社 2016 年版，第 4 页。

② 阿来著：《大地的阶梯》，南海出版公司 2008 年版，第 17 页。

③ 阿来：《自述》，《小说评论》，2004 年第 5 期。

④ 阿来著：《阿来文集·诗文卷》，人民文学出版社 2001 年版，第 151 页。

⑤ 另外，阿来还有一个名字叫杨胤睿。1984 年，阿来在《新草地》杂志上发表过一个短篇小说《温暖的秋阳》，署名是杨胤睿。

⑥ 四川方言中"l"和"n"不分，所以译作阿来。

⑦ 阿来著：《大地的阶梯》，南海出版公司 2008 年版，第 131 页。

当中，你除了感觉到人跟人的关系之外，你还会意识到周围的世界当中有一个更强大的存在，这个存在就叫做自然界，河流、山脉、森林……"①。偏僻的地域、困窘的生活、浩瀚莫测的自然涤荡着他的灵魂、锤炼他的品格，也使幼小的阿来体味"无所归依的孤独与迷惘"②。同时，辽阔的自然是他"精神一片荒芜"的青少年时代的伙伴和老师，他跟草木对话，倾听群山的声音，对自然的感受和触摸延续至今。自然是他作品永恒的背景甚至书写的中心，但阿来却拒绝任何关于故乡大地的诗意伪饰，他带着庄严的责任感直面这片雄奇的大地。

归结来说阿来的成长过程中有几个重要的因子影响了他以后的创作：

其一，汉藏之间的语言"穿行"以及藏族民间文化的滋养。阿来曾坦言"正是在两种语言间的不断穿行，培养了我最初的文学敏感，使我成为一个用汉语写作的藏族作家"③。而藏族民间文化对阿来的影响不仅止于故事、传说层面，更多是精神、气质性方面的影响，阿来正是努力对族群和民族文化进行朴拙的传达。张学昕在《当代文学人物形象的民族身份》一文中指出"回到民族生活的内心，是现实主义文学在当代获得更大发展的关键"，他认为一个作家无法摆脱民族文化的影响，故而民族作家如何准确地为自己书写定位是非常重要的，民族作家应表达本民族文化传统，文化的碰撞与历史发展也给民族作家提供了良好的机遇。④民族性和地域性以及由此形成的复杂的文化心理及传统资源是阿来创作的潜在质素，而阿来自己对藏民族的文化滋养也有着独特的论述和阐释。在他的

---

① 阿来、谭光辉等：《极端体验与身份困惑——阿来访谈录（上）》，《中国图书评论》，2013年第2期。

② 阿来著：《孽缘》，四川民族出版社2005年版，第41页。

③ 陈思广主编：《穿行于异质文化之间》，《阿来研究资料》，四川文艺出版社2018年版，第4页。

④ 张学昕：《当代文学人物形象的民族身份》，《光明日报》，2002年12月18日。

很多散文和访谈之中，阿来不仅梳理了自己与民族文化的传承关系，也对自己的创作内容及主旨做了清晰的阐释。

实际上，阿来的小学、初中是在"文革"中度过的，但在当时只有两三间教室的校舍内也进行着藏地普及汉语的教育，这对上学前仅懂得非常简单汉语的阿来而言，显然是一段艰难的旅程。开始时，他根本反应不过来老师在说些什么，惶惑到三年级某一天，突然听懂了老师说的一句汉话，这个"顿悟"使小小的阿来幸福无比。其中，所谓"悟"就是包含了感性和理性混合的一种藏民族思维方式，阿来曾坦言他们"这一代的藏族知识分子"，大多是在"两种语言间'流浪'"，"用汉语会话与书写，但母语藏语，却像童年时代一样，依然是一种口头语言。汉语是统领着广大乡野的城镇的语言。藏语的乡野就汇聚在这些讲着官方语言的城镇的四周"，他时常感到在"两种语言笼罩下"不同的"心灵景观"，并认为是"一种奇异的经验"[①]。我们发现，阿来作品中所包含的母语（藏语）思维也拓展了当代汉语的表现空间，"我是讲藏语中的一种方言，我用汉语写不下去了，或者是这种写法没什么意思的时候，我就用我懂的语言想。我可以用两个语言想一想，一下子又有了新鲜的表达"[②]。比如他在《尘埃落定》中用"骨头里冒泡泡"来形容爱情到来时的幸福感受，在《遥远的温泉》中用"整个草原都被呛住了"来比喻现代文明的入侵以及人心的堕落。阿来把一种非汉语的文化经验成功地融入汉语表述之中，并把二者结合，寻找到一种契合藏民族历史文化语境的话语方式，这种朴拙浑厚、自然直接、诗性透明而又沉郁飘逸的表达渐渐成为一种审美经验被复制和传播，丰富了当代汉语的表现经验和感受空间。

而藏族民间口耳相传的部族传说、家族故事、人物传奇和神

---

① 阿来：《用汉语写作的藏族人》，《美文》（下半月），2007 年第 7 期。

② 阿来、谭光辉等：《极端体验与身份困惑——阿来访谈录（上）》，《中国图书评论》，2013 年第 2 期。

话寓言，以及其中蕴含的民间立场与佛学因子都为阿来提供了广阔的文化背景，在他的书写中我们不难体味到那种蕴含着藏族朴素思维和审美特征的表达。不仅如此，藏族传统故事、民歌，使得阿来"学会了怎么把握时间，呈现空间"，他的叙述自由穿行于现实与梦幻、理性与感性、过去与当下之间，有效地扩大了作品意义与情感空间，展现了"命运与激情"的痴缠。[①]对阿来而言，文学言说本身就具有庄严的力量，他一直努力对族群和民族文化进行朴拙的传达，用质朴、直接的力量建构与世界更广阔的联系。读阿来的作品时，就像是围坐在藏族传统的火塘边，一面喝着酥油茶，一面涌动着创造与想象之翼。在现实与想象、真实与虚构、时间与空间、人界与神界的自由挪移中，历史已经隐遁为遥远的回声，现实也只剩下隐约的倒影，只有文学的书写、文学的可能真实地存在。

其二，藏回汉混血的民族身份、汉藏之间的文化差异，以及多元文化的动态融通。[②]文学在某种意义上讲，是一段难以释怀的经历的反刍。"我的母亲是藏族人，我的父亲是回族和汉族的混血，那么，我身上就是二分之一藏族，四分之一回族，四分之一汉族"[③]，藏回汉混血这种并不纯正的民族血统，"双族别"[④]的多重文化身份一度给敏感的孩子阿来带来了困扰，"一些人对我这种血统不纯正的人的加入，很多时候是不屑，更有时候是相当愤

---

① 阿来著：《穿行于异质文化之间》，《看见》，湖南文艺出版社 2011 年版，第 152—153 页。

② 这里所说的是文化"融通"而不是"融合"，在我看来，"融合"更多体现为立足于主流文化或主体民族对其他文化的吸纳，而"融通"则是立足于本民族立场对其他文化的融汇和吸收。

③ 阿来、谭光辉等：《极端体验与身份困惑——阿来访谈录（上）》，《中国图书评论》，2013 年第 2 期。

④ 在阿来的文化身份问题上，我比较认同徐新建在《权利、族别、时间：小说虚构中的历史与文化》中的观点，他认为：跨族别写作的"'跨'的含义不甚明晰，表面上有'兼'的意思，细读起来却容易领会为'超越'或者'迈过'之类"。"双"则表示"同时并存，是兼而有之，并且还是合二为一"。

怒的"①。在他很多早期作品中都有一个叫作阿来的懦弱孩子的影子。②阿来的很多作品中有着混血的人物，如《远方地平线》中的桑蒂（父亲藏族、母亲汉族）、《芙美，通向城市的道路》中的芙美（混血儿）、《蘑菇》中的嘉措（父亲汉族、母亲藏族）、《狩猎》中的"我"（汉藏混血）、《尘埃落定》中的二少爷（父亲藏族、母亲汉族）、《宝刀》中的刘晋藏（汉藏混血）、《蘑菇圈》中的胆巴（父亲汉族、母亲藏族）、《河上柏影》中的王泽周（父亲汉族、母亲藏族），还有因为父亲未知的缘故而血统不详的格拉（《格拉长大》）、斯炯和她的哥哥（《蘑菇圈》）等。《遥远的温泉》中写到"藏蛮子是外部世界的异族人对我们普遍的称呼。这是一种令我们气恼却又无可奈何的称呼"③。在《血脉》中阿来写道："我是这个汉族爷爷的藏族孙子"，"一个杂种家庭以一种非常纯种的方式在时间尽头聚集在一起。"④这种感受并非源自少年内心的敏感，更多是由于周围人的排斥态度和异样眼光。同时，这也使他少有民族主义的狭隘与张扬，用人文的情怀和人类的视角来看待世界、审视人性。

不仅如此，由于历史进程的突然加速以及现代文明的涌入，使得藏边乡村少年在成长和书写中有着更为真切而痛楚的感受，"我们讲汉语的时候，是聆听，是学习，汉语所代表的是文件、是报纸、是课本、是电视、是城镇、是官方、是科学，是一切新奇而强大的东西；而藏语里头的那些东西，则是与生俱来的，是宗教、是游牧、是农耕、是老百姓、是家长里短、是民间传说、是回忆、是情感。就是这种语言景观本身，在客观上形成了原始与现代、官方与民间、科学与迷信、进步与停滞的鲜明对照"⑤。而就现实生活层

① 阿来：《写龙仁青，也是写我自己》，《文艺报》，2014 年 1 月 31 日。

② 在《阿来，中国距离诺贝尔文学奖最近的人——与阿来老师面对面》（《课堂内外》，2003 年第 12 期）中阿来说过"我们家是外来户，在当地是弱势群体"。

③ 阿来著：《遥远的温泉》，四川民族出版社 2005 年版，第 39 页。

④ 阿来著：《血脉》，《宝刀》，作家出版社 2009 年版，第 72—73 页。

⑤ 阿来：《汉语：多元文化共建的公共语言》，《当代文坛》，2006 年第 1 期。

面而言，学好汉语意味着可以脱离困苦的农村生活，在《旧年的血迹》《永远的嘎洛》《孽缘》《遥远的温泉》等"村庄系列"小说中，反映了阿来童年生活的某些侧面：破旧的房屋，贫困却在寻找尊严的生活，以及"父亲""舅舅"不止一次郑重地提出"阿来"是读书的料，让他好好读书，以期融入更为广阔的外部世界。"少年时代，我们一起上山采挖药材，卖到供销社，挣下一个学期的学费。那时，我们总是有着小小的快乐。因为那时觉得会有一个不一样的未来。而不一样的未来不是乡村会突然变好，而是我们有可能永远脱离乡村。"[①] 而现实却是：成长于斯的乡村纵然不是归宿，而栖身于此的城市也只能算是"客居"[②]。正是这些曲折的来路与无根的漂浮感，在阿来的很多作品中转化为身份认同的焦虑、历史洪流中的挣扎错位、现代性的失重与反思等主题，并由此传达了一种沉重的命运感。值得庆幸的是，阿来并没有因此萎靡、控诉不平或者是低回自怜，而是将此转化为对乡村大众的关注、对卑微人性的体察。阿来作品对历史与现状的书写展开了一种问询、体察、反思而包容的姿态，他倔强地向内发掘，把目光投射到那片热土之上，展示了因为尊重所以悲悯、因为理解所以同情、因为洞悉所以包容的浑厚情怀。

其三，"嘉绒藏人"的本土立场与世界性的眼光。阿来出生在地处藏地三区（卫藏、安多藏区、康巴藏区）多个藏族支系结合部的"嘉绒藏区"，该地是农耕与游牧文化、藏族与汉族文化的多元文化共存、交叉、杂糅的地带。"在地理和政治关系上，'嘉绒藏区'是一个过渡地带，是'内地的边疆'，又是'边疆的内地'。嘉绒藏区在族源构成、宗教派别、语言使用、文化传承体系等方面，

---

① 阿来：《有关〈空山〉的三个问题》，《扬子江评论》，2009 年第 2 期。

② 阿来在纪录片《文学的故乡》（第二集·阿来）中说过"可他（笔者注：杜甫）跟我有点一样，我们从某种绝对的意义上讲，都是客居这个地方，因为我们并不是当地人。"

都充分体现了多民族文化过渡地带的复杂性、丰富性、流动性和敏感性。"[1] 十五岁之前，阿来从来没有走出过以村子为半径的地方，直到有一天，一支地质勘探队进入村庄，一幅航拍的黑白照片从此改变了阿来的"世界观"和"思想走向"。"村子里的人以为只有神可以从天上往下界看。但现在，我看到了一张人从天上看下来的图像。这个图景里没有人，也没有村子。只有山，连绵不绝的山。现在想来，这张照片甚至改变了我的世界观。或者说，从此改变了我思想的走向。从此知道，不只是神才能从高处俯瞰人间。再者，从这张照片看来，从太高的地方也看不清人间。构成我全部童年世界和大部分少年世界的那个以一个村庄为中心的广大世界竟然从高处一点都不能看见。这个村子，和这个村子一样的周围的村子，名字不一样的村子，竟然一无所见。所见的就是一片空山。"[2] 既然"从太高的地方也看不清人间"，那么在宏阔历史之中，个体的力量是那么地卑微而渺小。这种独特的影响使得阿来初登文坛时，就与当时风靡一时的各种流派保持着清醒而理智的距离。

嘉绒藏区不仅是阿来"肉体与精神原乡"[3]，也是他保持旺盛创作激情的源泉。阿来讲述的许多故事都发生在这个"过渡带"上，"长期以来，大家都忽略了青藏高原地理与藏文化多样性的存在。忽略了在藏区东北部就像大地阶梯一样的一个过渡地带的存在。我想呈现的就是这被忽略的存在。她就是我的家乡，我精神与肉体的双重故乡"[4]。从创作伊始，阿来的作品就呈现出浓郁的地域特色和鲜明的族群个性，深刻地关照嘉绒藏区文化的多元与复杂性，多年不断的游走经历与广泛阅读都使得阿来不断反思、攀升。而1996年应聘到《科幻杂志》扩充了他的生活阅历和知识领域，也在一定程

---

[1] 丹珍草著：《差异空间的叙事——文学地理视野下的〈尘埃落定〉》，中国藏学出版社2014年版，第14页。

[2] 阿来：《有关〈空山〉的三个问题》，《扬子江评论》，2009年第2期。

[3] 阿来著：《离开就是一种归来》，江苏文艺凤凰出版社2019年版，第226页。

[4] 阿来著：《阿来文集·诗文卷》，人民文学出版社2001年版，第144—145页。

度上影响了阿来对世界的看法，使他的作品中呈现出一种理性与感性、现实与想象之间的交融。此外，多年的城市生活经验以及多国访问的经历则使他"动笔写过去乡村生活经验的时候，我发现我有了一个参照（即城市生活），这个参照让我发现在过去的乡村生活当中，未曾发现的一些乡村生活的特点或者是被自己忽略掉的一些东西"①。城市和异国的乡村成为了阿来创作的隐含视角，并与嘉绒本土生活构成参照，他笔下的嘉绒从来都不是一个封闭静态空间。他立足于嘉绒本土，关注这片土地上历史发展、环境变化以及随之而发生的人心蜕变。从《尘埃落定》《尘埃飞扬》《大地的阶梯》《已经消失的森林》《永远的嘎洛》《空山》《草木的理想国》《云中记》等作品的命名中，我们不难发现阿来有着世界性的眼光以及对"宏大"主旨的自主追求。阿来把对家族、民族的历史表达与个体诉求结合起来，赋了族群文化以更丰富的意义，他一直关注人的内心，注重人性的深度，探寻民族、历史、文化、人性等多重价值关系，在"足够真切的自我体验"中把握嘉绒藏地文化。

最后，音乐和诗歌对阿来创作的影响。我们知道，阿来的创作是从诗歌开始，在音乐中起航，上个世纪八十年代中期开始从诗歌转向小说创作。他在 2016 年出版的《阿来的诗》的"自叙"中写道："这些诗不仅是我文学生涯的开始，也显露出我的文学生涯开始的时候，是一种怎样的姿态。……这些诗永远都是我深感骄傲的开始，而且，我向自己保证，这个开始将永远继续，直到我生命的尾声。"②诗歌写作的经历造就了阿来纯粹透明的语言，使他学会了如何掌控话语节奏，书写纯粹的情感；充沛而饱满的诗情为他以后的创作提供了养分，成就了阿来小说独特的韵致和品格。我们甚至能在他早期的诗歌之中，找到对其小说创作意旨的有力阐释。阿来

---

① 阿来、谭光辉等：《极端体验与身份困惑——阿来访谈录（上）》，《中国图书评论》，2013 年第 2 期。

② 阿来著：《自叙》，《阿来的诗》，四川文艺出版社 2016 年版，第 9 页。

一直强调小说的深度在于体验与情感，就像他在诗歌《誓言》①中所宣叙的那样："梭磨河，我在你村野的注视下写作，……孤苦的时候想起你，想起你水与风之间栖息的寂静，……我的诗行第一次穿过我自己。我已经没有嘴巴，梭磨河，我把嘴巴埋在你腥湿的泥巴与蓬松的苔藓底下，我只通过你的无数个泉眼说话。"他的诗歌书写面对着辽阔的自然与逶迤的群山展开，情感与心绪在自然泉眼的涌动中被传达，有着优美的歌唱般的旋律。事实上，阿来曾这样总结他文学的开始："回想过去是什么东西把我导向了文学时，觉得除了生活的触发，最最重要的就是孤独时的音乐。……在我刚刚开始有能力接触文学的时候，便爱上了音乐。我在音乐声中，开始欣赏，……从中看到了表达的可能，并以诗歌的方式，开始了分行的表达。"②《尘埃落定》是在贝多芬的《春天》、舒伯特的《鳟鱼》的低浅迂回旋律中起航，《空山》就是由独立的六个中篇与十二个短篇构成了交响乐的多部和声的结构，《云中记》中回响着《安魂曲》庄重而悲悯的吟唱。音乐不仅给予了阿来以灵魂的慰藉和鼓舞，也为他营造创作的氛围，铸就了小说的独特韵律。

另外，流传在草原上的民歌赋予了阿来创作独特的文化气质与精神律动。"唱歌的也是一个独行者，很可能就是我曾见过的人中的某一位。他的唱歌技巧完全是'草原式'的，从而让我觉得那歌声不是从喉咙里唱出来的，而是从他内心深处发出来的。他们的表情、歌声都承载着记忆。我如果读懂这些，才能够多少读懂草原。"③独行者的姿态、源自内心的抒发，以及面对苍茫大地的心灵孤独与怆然，都在某些程度上构成了阿来作品的独特韵致。歌谣在阿来的作品中屡屡出现，民歌中的预示、招引、赞颂等内容，不仅烘托氛围、传达情感、推动故事的发展，也进行了诗意的抒情，使

---

① 阿来：《梭磨河》（组诗），《草地》，1989 年第 1 期。

② 阿来：《从诗歌与音乐开始》，《青年文学》，2006 年第 6 期。

③ 阿云嘎：《草原记忆：珍贵的宝库》，《文艺报》，2017 年 7 月 3 日。

得文字中散发铿锵、回旋与咏叹的律动。阿来在《关于灵魂的歌唱》中说过："对我而言，民歌不是个名词，而是一种真实的存在，是难以释怀的生命经历"，它"与命运之感与心灵的隐痛息息相关"，"接近民歌就是接近灵魂"。在阅读中我们不难发现，阿来用朴素而充满诗性的语言把读者感官调动起来，大量的歌谣将叙事和抒情很好地结合起来，作者的情感在文字之间蜿蜒、迂回，而生命的音韵在文字之间流动、回旋、咏叹。很多时候，阿来的创作呈现出一种生命向着世界展开的姿态，以及使生命和"更雄伟的存在"对接起来的努力，展现了沉郁飘逸的风貌、绵绵不尽的禅意，以及对"大声音"的执着追求。

二

　　阿来 1982 年初涉文坛，从诗歌开始至今已三十八年。他是一个起点很高的作家，初登文坛就呈现出劲健、疏淡、智拙的个性风格，自觉地与文坛热点保持距离，近期的创作愈发展示了他清澈灵动、素朴自在的畅达状态。他一直以行走者的姿态，不断地反思、攀升，"西藏给我气质性的影响，抹杀同样很难。写作更多地依赖作家的天赋。……当然土地不够，天赋也不够，还需要不断地提升，提升自己的修持。土地给了你视野感觉，有经验的文学参与全人类的对话，还要从地域性的眼光超脱出来"[①]。在阅读中我们也不难发现，他对故乡土地的每次漫游都是对过往的追忆、总结，是新的进发与开始。诚然，对于一个还保持旺盛的创作生命力并不断行进的作家而言，我们无需也不应对他的创作进行简单的定性。如果沿着阿来的生命纹路，我们可以试着对阿来的创作进行梳理，以阿来生

---

① 　舒晋瑜：《写作更多地依赖作家的天赋》，《海燕》，2010 年第 7 期。

命中几次重要的漫游为界，我们大概可以将他的创作分为以下三个阶段：

一、1982 年至 1989 年，尝试期，也被他自己称为"惊喜的接触与尝试""彷徨徘徊"抑或是"业余爱好"期。其中，1982 年到 1985 年，是阿来写作的清新初创阶段。这几年，阿来主要以诗歌创作为主，诗歌的创作培养了他语言"从具象到抽象的转换"能力，还使得阿来学会了情感呈现的"节制与丰富"①。从 1985 年开始，阿来写作重心从诗歌转向小说，但"诗情并未泯灭。我只是把诗情转移了。……我要把我的写作带向更广义的诗"。这个时期的小说以短篇为主，自然占有突出的地位，重视个体的感受，围绕人物的自我抗辩与挣扎迷茫。虽然阿来自认为当时还没有办法对青藏高原生活进行切实的表达，但这些小说打磨精致、哲学意味浓，充满现代意识，也不乏对民族文化传统的探求与理解，并追求一种枯瘦的力度，呈现出劲健、疏野的美学品格。

二、1989 年至 2009 年，深入塑造期。1989 年之后阿来的写作一度停顿，却有着解读历史的努力与积聚。他寻求更加自由的文学表述空间，民间、口传的因子在小说中屡屡出现，展现了阿来"讲好故事"的自觉追求。《尘埃落定》的出版标志着阿来成为少数民族文学，乃至当代文坛的重要作家。在《空山》中，阿来以博大的历史情怀、广阔的声音表达，呈现了创作的大气象。此外，还有地理文化散文集《大地的阶梯》和重述藏族神话史诗的《格萨尔王》。这个时期的阿来正处于青壮年期，既拥有了相对广泛的人生体悟，也具有充分的思想活力，无论是民族历史记忆的重构，还是个体的漂泊与伤痛，都带着青春成长的奔放，以及蓬勃的生命锐力。他与故乡的关系是身处其外，却心在其中。他在城市乃至异国时时怀乡，在广阔的历史文化视野中，立足于大地之上，用动态的眼光关

① 阿来、姜广平：《"我是一个藏族人，用汉语写作"》，《当代文学研究资料与信息》，2011 年第 5 期。

照故乡社会变动甚至是震荡中人与自然的命运。小说的情感深度和意义空间逐渐敞开，阿来式沉静与诗性正是建立在逐步明晰起来的自信基础之上。这个时期的作品抒情华美，不乏形式激情，小说褪去了前期作品的生涩、枯瘦，而显得豪情四溢、酣畅淋漓，既有"史"的厚重，又有着"诗"的美质。

三、2010年至今，自在畅达期。社会身份的转换以及文化视域的进一步开阔，都使得阿来更加自觉而审慎地对待民族文化及故乡藏地。《草木的理想国》、"山珍三部"标志着阿来创作的又一次转承，也展示了阿来对自然万物认识的升华。这个阶段的阿来不再拘囿于某种形式，他的创作涵盖了小说、散文、诗歌、非虚构、博物志、电影剧本等，他的叙述也从"讲好故事"到呈现生命原态，从探寻人与人、人与自然之间的关系，转向书写自然世界之中的生命共同体。这个阶段自然不再是故事叙述的背景，而成为写作的中心，阿来用含混的包容来展示自然界万物的生命脉络与纵深。

在每一个阶段中，阿来都体现了相对稳定的创作追求及特征，而他的写作历程也是一个写作脉络日益清晰，关注视域逐步广阔，对自我与民族、社会与自然探寻日渐深入的过程。这是一个对文学怀有执信的作家在文学道路上不断进取、升华的过程。阿来带着雪域高原独有的傲寒，以智性辨物，以感情悟物，作品中智性、感性、诗性、佛性相互纠缠，形成了他独特的文本质地。阿来的文字干净凝练、清澈灵动，作品智性诗意、朴拙沉郁、自在畅达。他的心向着天地万物展开，用质朴与纯净穿透伪善与丑陋，建构了一个自然而浩荡的文学王国。

（一）从诗歌和音乐开始：1982年至1989年

1982年到1985年，是阿来的清新初创阶段。1982年，二十三岁的阿来"端牢了饭碗"，"开始致力写作"。当年他在《新草地》①　第 2 期发表诗歌《丰收之夜》，诗尾标明"作者系中文教师，这是他的处女作"②。而《母亲，闪光的雕像》（《草地》1982 年第 2 期）是阿来第一次得奖的诗，"诗写得不算好，诗思却是由一群锄草的健美的妇女所触发，也就是被美所触发……至少，这个出发点是正确的"③。回想起二十世纪八十年代，旧的文学思潮还未完全消退，新的思潮却开始风起云涌，当时是"西藏'被文学书写'填充的关键期。中国文学一夜之间好像忽然发现了'西藏'，西藏成为寻根文学和先锋文学想象的渊薮。……'隐秘'（《西藏，隐秘的岁月》）和'诱惑'（《冈底斯的诱惑》）很恰当地概括了一九八〇年代我们文学的西藏想象。阿来差不多就是这个时候在《西藏文学》发表诗歌，开始他的文学学徒期。这是些以草原、高原等特定地域标识为题目的诗歌，像《高原，遥遥地我对你歌唱》（一九八三）、《草原回旋曲》（一九八四）、《高原美学》（一九八五）等等。无论后来阿来怎么强调他的写作和本族作家扎西达娃等的不同，但我读他这个时期的诗歌和小说，他还是在一种地域的差别性上汲取写作的滋养"④。1980 年的阿来刚刚从马尔康师范学校毕业，被分配到一个比自己村庄还要偏僻的大山里当小学老师。他常常孤寂地待在偏僻没有公路的山寨，遇到天气不好时，能到学校上学的学生更是寥寥无几，一度对"路"的书写展示了他对外部世界的渴望。阿来不止一次地回忆起那些寂静的黄昏，音乐声中的阅读生活，他也曾坦

---

① 《新草地》杂志创刊于 1980 年 1 月，1987 年改名为《草地》，一度是内部刊物，现在是四川省阿坝藏族羌族自治州唯一公开发行的纯文学刊物。

② 梁海：《阿来创作年表》（1982—2013），转引自陈思广主编：《阿来研究》（第一辑），四川大学出版社 2014 年版，第 23 页。关于处女作还有一种说法是：1982 年，"他的第一篇文学作品发表在《西藏文学》上，这是一首题为《振翔！你心灵的翅膀》的诗歌。这首诗抒发了对自由精神的渴望和向往。"梁海著：《阿来文学年谱》，复旦大学出版社 2014 年版，第 25 页。

③ 阿来著：《流水账》，《宝刀》，作家出版社 2009 年版，第 317 页。

④ 何平：《山已空，尘埃何曾落定？——阿来及其相关的问题》，《当代作家评论》，2009 年第 1 期。

言把他导向文学的"除了生活的触发，最最重要的就是孤独时的音乐。……在我刚刚开始有能力接触文学的时候，便爱上了音乐。我在音乐声中，开始欣赏，然后，有一天，好像是从乌云裂开的一道缝中，看到了天启式的光芒。从中看到了表达的可能，并立即行动，开始了分行的表达"①。他说过："诗永远都是我深感骄傲的开始"，在其诗文之中流淌着自由饱满的情感，以及对土地、故乡、自然、生命、信仰的抒发与歌颂，也不乏思考、质疑、失落、怅惘的情绪。这些诗文沉郁飘逸、真挚朴拙，有着一种与故乡紧密相连的深刻感知力和使命感，并建构了雄峻自然与内在精神世界之间的对话关系。由于阿来的教学独特有成效，很受教育系统看重，他在山村学校待了不到一年，就被调到通公路的中学。1984年，因为经常发表诗歌作品，阿来被调入阿坝州文化局担任《新草地》杂志编辑，开始大量阅读世界名著。这期间，双月刊的编辑工作给了阿来研究民族文化与历史的时间与契机，从此他的理性之翼开始慢慢伸展。邱华栋评价阿来："我看到他是一条精壮汉子，个子不高，沉默寡言，心中有数。"②最早慧眼识才的周克芹在《在历史与现实的交汇点上——序阿来小说集〈远方的地平线〉》中写道："他从前写诗，只是近三四年才写小说，数量并不多。……他好像不是在写小说，而是在写诗。他在试图对他的民族历史作一种诗意的把握。这种努力是十分有意义的。这种努力使他的作品在思想和艺术这两个层面上与省内一些青年作家拉开了档次。"③这个时期的阿来以诗歌创作为主，间或写一些小说。1982年2月，阿来创作了《红苹果，金苹果……》，他自称为"一篇很稚气，但至今自己仍觉清新的短篇"④。这是他小说的试笔。故事很简单，基本没有离开当时的文本

---

① 阿来：《从诗歌与音乐开始》，《青年文学》，2001年第6期。

② 邱华栋：《阿来印象》，《扬子江评论》，2009年第2期。

③ 周克芹：《在历史与现实的交汇点上——序阿来小说集〈远方的地平线〉》，《民族文学》，1989年第1期。

④ 阿来：《幸运与遗憾》，《民族文学》，1991年第1期。

范式，有着比较明显的口号的痕迹和意识形态的影子，人物设定也因模式化而显得扁平，但关于民族身份的认同以及城乡差异的关注延续到了以后的作品之中。

可以说，阿来的文学生涯开始得非常偶然，却因其过人的禀赋和深邃的思想而行走得愈发深远。1989 年，他出版了书写家乡并以故乡一条河命名的第一部诗集《梭磨河》。在其诗文之中蕴含着自由饱满的感情和对土地、故乡、自然、生命、信仰的抒发与歌颂，也不乏思考、质疑、失落、怅惘。阿来的诗文有着一种与故土紧密相连的深刻的使命感，并构建了一种内在精神世界与雄峻自然之间的对话关系。因而，他的诗文越写越厚重，充满了强烈的终极关怀意识，以及对自我的超越与重构。我们读阿来的诗文是自我陶冶、升华的过程，同时也是一种沉重与艰难的心路历程。"他的诗越写越长，而且细节刻画越来越多，他也越来越沉溺于这种刻画，刻画之外还有大段描述。他发现自己更喜欢故事，喜欢智性的叙述。"[1]阿来意识到"诗歌这种形式就决定了它更适合那种热情天真的表达，而小说也许跟我们这个日益夹缠、日益复杂的社会更能建立起一种对应关系"[2]。二十世纪八十年代中期以后，他开始转向容量更大的小说。但我们却不难发现，诗歌创作的经历对他的影响是终身的，它不仅锤炼了阿来精纯、简洁、近乎透明的语言，而且帮助阿来更为精准地呈现和提炼深沉而复杂的情绪，使他的小说创作不自觉地充溢着深远的寓意和诗意的境界，提升了阿来小说的品格及意蕴。

确定了文学的方向之后，阿来并没有急着出发。相对于八十年代喧嚣的文坛而言，他的写作更像是一种逃离："我写得不多，都发在很不重要的刊物上。没有参加过像样的文学集会与活动，没有打算去那些文学重镇去认识文坛上的重要人物，就是默默读书、写作。我的写作像是对于文坛的逃离，而不是进入。我想进入吗？也

---

① 《阿来的光荣与梦想》，《人物》，2005 年 9 月 2 日。

② 阿来：《草，草根，及其他》，《文苑·经典美文》，2008 年第 9 期。

许。真要逃离吗？也许。"① 这个时期阿来小说有：《老房子》《草原的风》②《猎鹿人的故事》《永远的嘎洛》③《旧年的血迹》《阿古顿巴》《环山的雪光》等，这些作品收入作家出版社 1989 年出版的"文学新星丛书"《旧年的血迹》中，次年《旧年的血迹》获第六届少数民族文学"骏马奖"。此外，这个时期阿来还创作了中篇小说《孽缘》《鱼》④，他开始被称为"作家"，在名望面前，阿来没有因此膨胀，好像无法融入"表扬和自我表扬的交流中"，反而陷于惶恐之中，"都不只是焦虑，而是很恐怖"。阿来开始困惑于"写作"，并自称为"喑哑"⑤ 的新星，步伐也滞缓起来。这不仅是认同的焦虑，我想更为主要的原因是源于阿来作为"一个完完全全的理想主义者"⑥ 的焦虑。

事实上，阿来是一个少年老成的天才，孤独和敏感成就了他作品独特的精神韵致，"他的语言感受力十分杰出，表达流畅，出人意表，而且看得出，他不是被某种文化熏蒸出来的，而是得到某种神传。他写小说不多，写出来的小说，差不多就是《四川文学》的头条"⑦。细读这个时期阿来的小说，对哲理的追求使得他语言表述

① 阿来：《一本书与一个人》，《文学界（专辑版）》，2010 年第 4 期。

② 《草原的风》发表于《民族文学》1985 年第 9 期，后改名为《生命》被收入阿来的第一部小说集《旧年的血迹》中。

③ 《永远的嘎洛——〈村庄系列之二〉》发表在《民族文学》1990 年第 1 期。

④ 阿来写过两篇题为《鱼》的作品，中篇《鱼》发表于《现代作家》1989 年第 10 期，书写了一个家族的破败史，诉说了特定时代中隐秘的爱情和命运。短篇《鱼》发表于《花城》2000 年第 6 期，后收入散文集《就这样日益丰盈》，通过狩猎中钓鱼所带来的心理不适，表现民族禁忌，书写了沉积在藏民族心理深处的集体无意识。此处是指发表在《现代作家》1989 年第 10 期的中篇小说《鱼》，后文中会用《鱼》（中篇）和《鱼》（短篇）作为区分。

⑤ 阿来：《一本书与一个人》，《文学界（专辑版）》，2010 年第 4 期。

⑥ 阿来：《我的藏文化背景》，《青年文学》，2001 年第 6 期。在此文中阿来说"我过去是一个完完全全的理想主义者，现在至少也是半个理想主义者"。由此不难推测出，当时的阿来正处于"完完全全的理想主义者"阶段。

⑦ 脚印：《十五年阿来》，《鸭绿江（上半月版）》，2001 年第 4 期。

上偶显艰涩，结构也常有技术处理的痕迹。例如在《草原的风》里"似通非通地读了几本惠特曼之类的书"的桑蒂的角色设置难免有些太过文艺，和尚的形象也因为阿来对"枯瘦"力度的追求而刻画得有些生硬而散淡，缺乏生命的厚度与浓度。但阿来关于民族文化心理的探究，对普通甚至卑微的生命个体的关注，及对民族历史的探求已开始崭露。总的来说，这个时期的作品呈现了阿来写作的三个鲜明特征：

其一，阿来的小说展示了诗性、现代性与民族性的结合。他的小说多反映他所熟悉的藏族人生活，嘉绒的历史、政治、经济、文化、民风、民俗自然而然和他的诗性叙述融合到一起，并进行哲学的探求与理解，没有刻意的猎奇也不营造神秘，在某种程度上调和了现代性与民族性的关系。很多时候他用诗歌的意境和感觉来构建小说，使得小说呈现出更加纯粹的品质，显示着一种任性的执着。《老房子》是阿来早期的代表作之一，这也是他个人认为"路数对头""像一篇小说的作品"①，从中我们不难发现，想象成为阿来"某种意识与心灵的苏醒"，民间传说、梦幻的因子在阿来的小说中蓬勃生长。在《寐》中，意识流与梦境的自由穿插，营造了一种广阔的意义空间。《远方的地平线》中，阿来用故事套故事的手法来回味、感受古老的民族精神。同时，我们注意到在他的小说中还有一个非常重要的民间因子——复仇情结，从这个时期的《猎鹿人的故事》，到后来书写的《最近与森林有关的复仇》《天火》②《尘埃落定》《火葬》都展现了这种血性的表达，阿来甚至在文中不无惋惜地表达"有了法律就没有英雄了"。也许，这与他懦弱的童年生活中对英雄血性的渴望有关，然而，这些文章中真切地呈现了阿来对本民族文化中那些直来直去的搏杀、复仇的一种来自骨血的认可与

---

① 阿来著：《流水账》，《宝刀》，作家出版社 2009 年版，第 317 页。
② 这个是发表于《红岩》1993 年第 1 期里的一个反映家族灭亡史的中篇，不是后来《空山》中的卷二。

支持，他的描写不是猎奇，不是血腥，不是颂扬，也不是劫难，只是一种忠实于生活的描绘。这种情感一直延续到《空山·轻雷》之中，阿来用惋惜的语调书写了复仇情结在当下社会中的无声抹灭，展现了对血性刚烈时代消失的一声长叹与无可奈何。

其二，这个时期阿来的小说多是短篇，注重描写个体内心的情感体验，并试图用多种叙述形式探寻生命本能与精神追求的冲突。阿来有意地用小说构筑一个充满寓言意味的世界，他有时会提前预设笼罩全局的意蕴，并假借文本中的人物之口说出，甚至在文中直接插入作者的感悟，颇有"以势运文"的倾向。"当时年轻，叙事还没学会，但是感情很充沛。感觉一会儿孤独，一会儿失落，一会儿又迷惘了，一会儿又愤怒了。而且那时刚刚接受西方文学，看到西方有迷惘的一代、有愤怒的一代、有孤绝的一代，一下子便感觉我和巴黎的那些人、伦敦的那些人同步了，虽然那时候根本没去过那些地方。看他们迷惘，我也有点迷惘；他们孤独，半夜起来也觉得有点孤独，这就是青春的躁动吧。"[1]阿来的早期小说重视孤寂状态中倾听内心所折射的世界回声，重视内心体验和自我审视。《环山的雪光》是阿来一篇受到"外来影响时最初的习作，里面观念的东西比较多"，他直接在文本中写道："所以，金花的故事是关于她怎样小心翼翼地侧身穿过现实与梦、与幻想交接的边缘的故事。"实际上，阿来的小说从来不缺少哲学寓意，在故事的设定上也有观念先行的味道，有时他的小说笼罩着悲剧色彩，因为主角的命运已定，抗争中不免有些徒劳的感伤，例如《旧年的血迹》《远方地平线》；有时，他通过修辞的巧妙运用和情绪的真诚袒露来达到感人的效果，如《守灵夜》《猎鹿人的故事》；有时用双关来展示新与旧、传统与现代的冲突，如《奥帕拉》；另外，个别短篇则脱离不了说教色彩，如《红苹果，金苹果……》《草原的风》等。就像他

---

[1] 阿来：《我们能为文学做点什么——在大连理工大学的演讲》，《辽宁师范大学学报》，2015 年第 5 期。

在诗歌《永远流浪》中所写的那样："一直寻找的美丽图景／就在自己内心深处，是一个／平常至极的小小的国家……灵魂啊／准时出游，却不敢保证按时归来"。作品主人公多是从感性出发，在内心和外部世界中不断往返，阿来善于用情绪和氛围来推动故事，行文中不乏箴言式的表达，形成了他自成一体、难以复制的文学腔调。而这种意绪先行的手法，虽有时因过分强烈而略显造作生硬，却也真实展现了一个严肃的作家对历史、生命的认真读解与思索。

当然，阿来并没有拘囿于此，他很快意识到"但这只是一个观念，观念上清楚是一回事，但在故事中表达清楚又是另一回事"[①]。阿来似乎也并不特别看重这些作品，他曾就《环山的雪光》这类观念性很强的作品宣称："今天我不再这样写了，今后也不会再这样写。但这也是一个必经的过程。"如果仔细探究的话，这些作品却极为珍贵地显示了他试图摆脱"意识形态对人的束缚"，对抗乃至超越现实，并努力地为心灵寻找自由的可能。甚至可以说，如果想系统地研究阿来，这些作品不仅是不能跳过，而且是极为重要的，叙述中包含着阿来创作中极为罕见、未经雕琢沉积的"原生态"情感，可以帮我们体察他内心的矛盾与丰富。说到这里，我们必须要提起阿来创作中具有重要意义的作品《阿古顿巴》，这部作品将明净复杂、含混包容、诗性厚重、智性朴拙混杂在一起，塑造了一个孤独、内敛、朴拙又智性的平凡英雄阿古顿巴，他弃绝了亲情、爱情，舍弃了地位、声望和金钱，在肉体与精神的双重"浪游"中追寻灵魂的绝对自由。可以说，《阿古顿巴》开启了阿来式的美学风格，奠定了他人物叙述的腔调，并标志着他小说观念的最初形成和成熟。在某种意义上讲，阿来也是文学道路上的阿古顿巴。

最后，阿来的早期作品之中自然占了非常突出的地位，他写作中自觉建立与大地间的血脉联系。《文学的故乡》的导演张同道

---

① 阿来、陈祖君：《文学应如何寻求"大声音"》，《现代中国文化与文学》，2005 年第 2 期。

把阿来称为"自然之子",认为"他身上有种精灵的气质,带着自然的淳朴和智慧,身上有一种野性的魅力"。几乎在阿来每部作品之中(很多是在开头)都贯穿着大量的景物描写:雪山、草原、河流、森林、老房子乃至狂风。虽然,他的刻画在某种意义上而言沿用了古典诗词中"睹物寄情"的路数,但阿来的景物描写别致生动、诗意莹然,是当代文坛鲜有的异数。现如今,日益趋同的城市建筑、千篇一律的人造景观使得我们的情感日渐困倦而麻木,而一直与自然紧密相伴的阿来比我们更能体察到自然的力量与情感。他用自己独特的感受力与丰富的内在体验,带我们去触摸与之有着特殊情感联系的辽阔自然。但阿来却拒绝任何对故乡大地的诗意伪饰,"我们虚饰了故乡,其实就是拒绝了一种真实的记忆,拒绝真实的记忆,就等于失去记忆"[1]。在《奔马似的白色群山》之中,体现着现代意识对民族传统的探求与理解。阿来用"车"这一流动的载体,营造了雍宗相对独立而封闭的自我体验空间,他穿越在村落、漫游者、朝圣者等自然空间以及不同的人群之中;他目睹却不能融入,感动却感到"又一次被蔑视"。阿来甚至把雍宗写成出发(第一次)即是终结(死于雪崩),在他看来,离开了故乡精神文化大地,带着悬浮的虚无感只能走向灭亡,这在之前的研究中并未受到足够的重视。此外,在《远方的地平线》中,阿来也把景物描写、故事传说、旅途见闻相互结合。我们必须承认,阿来对自然有着与生俱来的独特感受力和丰富的内在体验,并用诗性哲理而略显涩味的语言表达出来。他文本中大量的景物描写,并非一味展示自然的雄奇,而是蕴含了其对生命、物像的体察、思索与尊重。

如果我们仅仅提及阿来创作脉络中的重要作品,那么会在某种意义上遮蔽了他创作探索的丰富性。事实上,几乎极少有作家的文学之路是直线攀升的,更多的人是在攀爬迂回,而这些迂回不仅

---

① 阿来著:《看见》,湖南文艺出版社 2011 年版,第 132 页。

显示了曲折的来路，更多是包容了生命的丰富和复杂及情感的原生态。所以，我还要谈谈他的两篇几乎被学界遗忘的作品《金子》和《窗前，一棵白杨》，这两篇小说以情绪和氛围推动故事发展。《金子》在某种意味上说是《环山的雪光》的姊妹篇，阿来把梦、回忆与现实夹杂在一起，无论是《金子》中的外婆格西江的女儿、外孙女，还是《环山的雪光》中的金花，她们都是被新生活所诱惑，勇于出走的同时又纠结迷茫，而且没有在新生活中找到生命的出口，行文中笼罩着一种躁动与绝望。二者相较，《金子》具化了这种诱惑，带家族徽记的戒指象征着家族根脉，外婆格西江留下了出走丈夫的戒指，却没有留住家族根脉，女儿、外孙女一个个都离她远去。《金子》的脉络较之《环山的雪光》清晰，却缺乏深刻的韵味。阿来这个时期的作品多是关注人物内心的自我抗辩，而《窗前，一棵白杨》则是阿来唯一一篇以教师生活为中心，并着力书写人与人之间关系的短篇。小说围绕小院中、白杨树下的几户人家，从主任夫妇、小刘、"我"、聋子看门人之间的日常生活的"一地鸡毛"，描画了庸俗而丑陋的知识分子众生相。甚至可以说，这是阿来早期创作中最为独特的一篇作品，这个短篇似乎与他前后的创作几乎没有关联，主人公"我"不是他作品中经常出现的倔强聪明的少年阿来，而是一个暮气沉沉、对生活没有渴望的即将退休的老人。然而，阿来式的漫不经心与跌宕的情绪、包容与讥讽的语调、自傲与卑微的姿态在文本中自然的纠缠，都使我确定，这是属于阿来的作品。白杨树作为一种象征与指代，它被主任（象征着世俗权力）不断修剪、最后砍伐的过程，正是普通教师的人格和理想不断被阉割的过程。从中我们不难发现，阿来近五年的教师生涯并非在他生命中完全没有印记，结合发生在《守灵夜》中"对教师的轻贱"的描述，《窗前，一棵白杨》折射出作为乡村教师的阿来"四顾茫然"的心境与困惑。

总的来说，阿来是一个创作起点很高的作家，他在创作伊始就有着相对清晰的文学观念和写作方向。早期的作品追求枯瘦的力度，呈现出劲健、疏野、雄浑、崇高的美学品格，例如《草原的风》《奔马似的白色群山》等；张扬着强大的意志力，弥漫着浪漫的挽歌情调，例如《奥达的马队》《猎鹿人的故事》等。而《旧年的血迹》《永远的嘎洛》等"村庄"系列揭示了"带着强烈的喜剧性色彩的生存状态下的泛人类的悲哀，人性的悲哀，生命本能与生命追求的崇高品格之间相互冲突的悲哀"①。同时，他试图在流浪中感悟人生（《阿古顿巴》），并用诗意的意识流动展示卑微生命的向往（《环山的雪光》）。通过阅读，我们不难发现，阿来作品的命运感、流浪、追寻以及悲剧意识在早期作品中已经初见端倪并贯穿着以后的创作。显然，这个时期的阿来已经拥有了一种掌控精纯汉语的能力，而宏阔的主旨与严肃的表达也为他后来跻身当代汉语写作的高峰奠定了深厚的基础。

（二）就这样日益丰盈：1989 年至 2009 年

我们不难发现，阿来是一个在不断地思索、游走而努力攀登的作家，在其作品中充满他立足于大地对于历史和命运的严肃思索。"1989 年，确实是一个无可回避的关键性历史时刻，经过这一外部世界性的巨变和内部新领域的裂变，人们开始用新的眼光和新的心态，去看待过去、现在、未来的人和世界。历史的终点和起点，凝聚起一个巨大的历史寓言，同时，也将一个空前的历史困惑和价值分裂留给了 90 年代的人们。"②对于阿来而言，1989 年他的第一部诗歌集《梭磨河》和第一部小说集《旧年的血迹》相继出版，不过外界的声誉并没有使他自满，阿来反而产生了强烈的虚无感，他刻意避免写作沿着原有的路数"过于轻快地滑行"，并用怀疑的心态

① 阿来著：《孽缘》，四川民族出版社 2005 年版，第 32 页。
② 王一川著：《中国镜像：90 年代文化研究》，中国编译出版社 2001 年版，第 32 页。

23

进行自我审视。时隔多年，阿来曾在《小崔说事》的访谈中坦言："一直写到八九年，突然发现隔你很远的一些概念：国家、民族一下就在面前。这一年，忽然让我意识到除了自我以外，我们跟这个更宏大的社会不是没有关系，其实是有关联的。但这个关联不是虚设，而是通过一个具体的事件，让我感受到是有千丝万缕的联系。那一年我正好三十岁。"[①] 此后，阿来开始自觉地建立与历史、大地之间更为紧密的联系。

阿来是个思想型的作家，大量的阅读、行走，使他拥有了进入世界的独特方式，他敏锐而出色的感觉又本能地从掌握世界这个意义上抓住了生命的精髓，并使之进入小说。这个时期他的小说题材不一，却隐隐之中都力图保持一种高度。

漫游，一直是阿来的创作生涯中至为关键的一环，而立之年的阿来怀着疑惑、希冀和激情，一连数月漫游在若尔盖大草原，开始寻求用一种更复杂而广阔的东西去书写生命的体验。他在《书写，让我与故乡达成和解》中写道："今天有一个词叫'集体记忆'，它正在慢慢湮灭、消失。过去它是口口相传的，但是在我开始行走的那个年代，这些传说的湮灭才刚刚开始，所以我的行走恰逢其时。我就是这样不断地行走，不断地行走。那个时候，我突然就开始写作了，我觉得心里头好像涌动着一种用今天的话讲有点儿'高大上'的东西。"也可以说，这次行走成为阿来创作上的转折点。他写下了长达二百多行的《三十周岁时漫游若尔盖大草原》。阿来写道"而我父亲的儿子已经死亡／我的脸上充满了庄严的孤独——我乃群山与自己的歌者"[②]，诗中充溢获得新生的激情，宛若有个声音在前方召唤。后来，这首被誉为"一首献给自己作为成年礼的抒情长诗"[③]，在阿来的很多自述与对话中被屡屡提起。在这里，阿来初

---

① 根据访谈《小崔说事：阿来》2012 年 10 月 8 日的影像内容整理。

② 阿来著：《阿来文集·诗文卷》，人民文学出版社 2001 年版，第 9 页。

③ 阿来：《倾听》，《草地》，1998 年第 6 期。

步确立了书写的立场，他以孤独行者的姿态抛却了人类群族中"父亲的儿子"的身份，把自己定位为"群山与自己的歌者"，并在雄奇自然与内在精神世界之间构建了一种对话关系。虽然这首诗歌并没有如期成为他最后的诗歌，但1989年之后阿来很少写诗却是不争的事实。对于他而言，文学更多的是一个自我认知和自我建构的问题，漫游之后，阿来并没有急着出发，而是深入研究地方史，有着鲁迅拓古碑的沉积，并着力讲述着复数意义上"我们的"故事。

这次漫游之后，阿来的创作进入一个崭新的阶段。"《血脉》《群蜂飞舞》《槐花》《银环蛇》就是那之后写的，和之前的小说比起来，这些小说在题材处理、写作方式等方面还是有些变化。不过那几年我恰好写得不多，我不急，没有一回来就奋笔疾书。"①除此之外，这个阶段的作品有：长篇小说《尘埃落定》，以及用《尘埃落定》的边余材料或者说余兴写的中篇《月光下的银匠》和《行刑人尔依》；中篇小说《已经消失的森林》《最新和森林有关的复仇故事》《望族》《非正常死亡》等；短篇小说《蘑菇》《断指》《红狐》《狩猎》《天火》《人熊或外公之死》《格拉长大》等。这个阶段，阿来既深植于现实和历史之中，又不拘泥于此，而是探寻更为深远的"多种故事的可能性"，在历史的空白中发现了意义的撕裂与生命的回旋。

《尘埃落定》②是阿来的长篇处女作，"1994年的春天，忽然有一天，阿来觉得可以开始写点什么了，并且这一次，写的东西一定是和以前不一样。于是，他打开电脑，坐在窗前，面对着不远处山坡上一片嫩绿的白桦林，村子里传来杜鹃啼鸣声，多年来在对地方史的关注中积累起来的点点滴滴，忽然在那一刻呈现出一派隐约而

---

① 阿来、陈祖君：《文学应如何寻求"大声音"》，《现代中国文化与文学》，2005年第2期。

② 《尘埃落定》的故事最早出现在短篇《老房子》中，只是当时的意象不是很稳定。《尘埃落定》的版权输出二十多个国家，当时卖到美国的版税是十五万美元，由著名汉学家葛浩文翻译，英文书名为 *Red Poppies*。

又生机勃勃、含义丰富的面貌。于是，《尘埃落定》的第一行字——'那是个下雪的早晨，我躺在床上，听见一群野画眉在窗子外边声声叫唤'，便落在屏幕上了……"①但这部后来誉满文坛的作品曾被十余家出版社拒绝，搁置四年后，于 1998 年《当代》的第 2 期发表，同年由人民文学出版社出版成书。并先后获第五届"茅盾文学奖"和第六届少数民族文学"骏马奖"长篇小说奖等奖项，并被认为是历届茅盾文学奖中最好的作品之一，而时年四十一岁的阿来则凭借《尘埃落定》成为茅盾文学奖历史上最年轻的获奖者。当时评委会给出的评价是，"小说视角独特，有丰厚的藏族文化意蕴。轻淡的一层魔幻色彩增强了艺术表现开合的力度"，语言"轻巧而富有魅力""充满灵动的诗意"，"显示了作者出色的艺术才华"。从此，阿来引起了当代文坛广泛的关注，成为"当今中国文坛的一个异数，一个巨大的存在。今后的文学史写作，如要涉及 20 世纪 90 年代以来的文学，缺了你便不完整。你应当占有一席重要地位"②。对于《尘埃落定》，阿来在一个演讲中说过："我知道我将逃脱那时中国文坛上关于历史题材小说、家族小说，或者说是所谓'史诗'小说的规范。我将在这僵死的规范之外拓展一片全新的世界，去追寻我自己的叙事与抒发上的成功。"③就事实而言，《尘埃落定》确实取得了成功，它标志着阿来完成了从焦躁到从容、从枯瘦到莹润的叙述姿态的转变，并成为其小说叙述方式一个标志性的起点。

《尘埃落定》给阿来带来了巨大的声誉，他却时刻保持警醒，"特别容易让这个变化引起内心的变化、立场的变化，对这个世界的感受都变了，这个换了一个包装而已，但是我觉得这中间灵魂不

① 牛梦笛：《阿来：写作就像湖水决堤　挥霍掉所有情感蓄积》，《光明日报》，2013 年 1 月 31 日。

② 阿来、陈祖君：《文学应如何寻求"大声音"》，《现代中国文化与文学》，2005 年第 2 期。

③ 阿来著：《民间传统帮助我们复活想象——在深圳市民大讲堂等的演讲》，《看见》，湖南文艺出版社 2011 年版，第 207 页。

要变化，这是我自己警惕自己的，始终要警告自己"①。在我看来，四十多岁的阿来，正是撰写出大量作品的绝好年龄，这个时期的他已经拥有了属于自身的娴熟的手法技巧，具有了广泛的人生体悟，也具备了充分的思想活力。而阿来式的沉稳、酣畅的表达也是建立在逐步明晰起来的自信的基础上。

《尘埃落定》是"（一九）九四年底写完，但我自己内心，我觉得给故乡做了一个交代，我故乡给我提供的可能性，在文化方面发展就是尽头，我觉得是离开的时候了"②。1996 年他辞去了《草地》编辑一职，离开生活了三十六年的阿坝高原来到成都，应聘至成都《科幻世界》杂志，1998 年升任社长。这期间，阿来一度停笔，并开始真正从外乡回望故乡。1999 年，阿来应邀参加"走进西藏"，再次漫游故土，散文集《大地的阶梯》就是这次漫游的收获。他在《序言》中写道："这片大地所赋予我的一切最重要的地方，不会因为将来纷繁多变的生活而有所改变。有时候，离开是一种更本质意义上的切近与归来。"这个时期的阿来业已熟悉文学的商业运作规律，却反对把西藏符号化，坚持用生命去感知真实的西藏。"对我而言，却是平常的一次旅行，我更多的将不是发现，而是回忆，我个人的回忆，藏民族中一个叫做嘉绒的部族的集体记忆。"走进西藏的人群，反映西藏的日常生活，并把自我融入民族和雄奇自然之中。

而后，阿来的写作再次停顿，对于他而言，每一次停顿，"是一次情感的蓄积，这个过程，就如一潭山谷间的湖泊，慢慢被春水盈满。他认为，写作相当于这一湖水决堤而出，把所有情感的蓄积挥霍得一干二净。'下一本书，我得修好堤坝，等水再次慢慢盈满，再次破堤。一部长篇的写作，尤其如此'"③。这次停顿之后，2001

---

① 叶筱静著：《访谈阿来：我用十年去除"文革"的暴力影响》，转引自梁海著：《阿来文学年谱》，复旦大学出版社 2014 年版，第 85 页。

② 根据纪录片《文学的故乡》（第二集·阿来）整理。

③ 牛梦笛：《阿来：写作就像湖水决堤 挥霍掉所有情感蓄积》，《光明日报》，2013 年 1 月 31 日。

年访问日本期间，他写了《遥远的温泉》。这个短篇融入个人深刻的情感体验，文中展开了对于野蛮与文明、城市与乡村的深邃反思。无独有偶，阿来在较早的《芙美，通向城市的道路》就书写了一个善于奔跑的姑娘努力摆脱乡村的命运，试图进入城市的故事。事实上，芙美无论如何努力奔跑都无法逃脱命运的牢笼，她最终还是以一个女人的方式勉强留在城市的边缘。遗憾的是，这篇意蕴深邃的关于城市梦想的小说，在同时期的"村庄系列"中显得非常地突兀，并没有在后来的作品中延续下来。时隔多年以后，城市作为一种梦幻再次延续在《遥远的温泉》中，"影影绰绰地，我看到了县城，一个由一大群房子构成的像梦境一样模糊的巨大轮廓。转身向西，看到宽广的草原，草原上鼓涌着很多如姑娘胸脯一样浑圆的小丘。那就是很贴近的遥远"①。从这个意义上讲，《遥远的温泉》是阿来"村庄系列"的继续，也是他个体生命的一次重要的回望与总结。在我看来，界定阿来"村庄系列"一个重要的标准，就是在书写小说中人物的同时，在行文中加入同时期"我"的个人经历的回忆，这些情感的反刍游离于人物命运主线之外，却有着真切的痛感。文本中依然有着美丽的表姐和一大群成分各异（在那个时代会拖后腿）的亲戚，文中的父亲依然是那个善感而常常叹息的汉子，而"我"依然是那个敏感、高傲、脆弱、内敛，偶尔因为小小挫折而绝望的少年。我们不难从中发掘出那种来自个人经历的近乎羞辱和自卑的经验。

阿来写道："这是 2001 年 4 月 13 日，一个星期五的早晨，我在东京新大谷酒店的房间里，看着初升的太阳慢慢镀亮这座异国的城市，看着窗下庭院里正开向衰败的樱花。此时此刻，本该写一些描写异国景物与人事的文字，但越是在异国，我越是要想起自己的少年时代。于是，早上六点，我便起床打开了电脑。一切就好像是昨

---

① 阿来著：《遥远的温泉》，四川民族出版社 2005 年版，第 15 页。

天下午刚刚发生的一样"①，这种类似于日记式的开头，不仅拉近了与读者的距离，也呼应了后文中某种身临其境的痛切感：儿时的经历犹如反复出现的噩梦，那种焦灼与不安的情绪时时滚动在文字的血脉之间。感慨与叹息灼烤着这部构建梦想的作品，这种超重的记忆，使得阿来轻灵而诗性的书写有着负重飞行的意味。如果说阿来的早期作品是他置身于斗室之中，对往昔的回望以及对历史残酷作弄进行的竭力猜想的话，那么，在这部业已冷却的作品中，却保存了阿来曾经的感叹、怀念、幻想、迷惘乃至悔恨。阿来的叙述一贯冷静，而那些隐藏的情绪却在介入评论中暴露无遗，他在小说中写道："我想，我有时也弄不懂自己想要什么。就像我悄悄写下的那些小说那样不可捉摸"，"我便拿起笔，在小说里讲我那些大多数人觉得没有道理的事情"②。这些介入性的评论有时会略显唐突，甚至会割裂小说的完整性与可信性，虽然不排除阿来受到某些文学流派的启发，但我感到，那种情感的强烈介入，虽是独白，却更像是一种诉说与坦承，"我都觉得他的眼光并没有落在我身上，而是穿过我的身体，落在了背后的什么东西上。人家用这样的眼光看你，只能说明你是一道并不存在的鬼影"。"我再也不要生活在这个寨子里了。曾经的好朋友贤巴找到了逃离的办法，而我还没有找到。"③十几年后曾经固执而骄傲的少年也成了今天周旋于琐碎生活的"我"，他把掩埋于内心和灵魂深处的少年的卑怯、绝望、孤独与纠结完全袒露出来，情感犹如不能自持的钟摆一样摆荡，阿来写得很细、很真，行文恳切、激烈而又怅惘。

在《遥远的温泉》中，阿来从城市、从异国的乡村回望了自己那段充满了屈辱与哀伤的少年经历，坦承了一度在潜意识里回避的内心伤痛与阴暗褶皱，至此，他彻底解开了心结，告别了那段"面

---

① 阿来著：《遥远的温泉》，四川民族出版社 2005 年版，第 25—26 页。

② 同上，第 77、84 页。

③ 同上，第 33—34 页。

孔脏污""内心总有一种隐隐的痛楚与莫名的忧伤"的过去。这个阶段，社会身份的转换以及文化视域的进一步开阔，都使得阿来更加自觉而审慎地对待民族文化以及故乡藏地，这种书写方式延续到后来的《空山》《河上柏影》等作品之中。"写作不是记录他们的故事，而是一次深怀敬意与痛楚的怀念，至少在这个故事中，正是那种清晰的痛楚成为了我写作的最初的冲动，也是这种痛楚让我透过表面向内部深入。一个作家，无权在写作的进程中粉饰现实，淡化苦难，但我写作的时候，一直有一个强烈的祈愿：让我们看到未来！"①阿来直面衰颓的乡村现实，既不回避内心丑恶，也不渲染人性光辉，把现实与梦想、憎恶与悲悯拧在一起，展示了生命与大地的纵深。

2004 年阿来再次准备上路，《格拉长大》②这篇文章的调整再发表，展现了阿来更为旷达悲悯的情怀、雍容的气度与无处不在的温情。在阿来看来，《格拉长大》中真正残酷的东西，恐怕是那些凌驾于世俗生活之上的道德法则。故事中有着绵绵不尽的哀伤：一个孩子死于少年，作为魂灵在村中飘荡，对于格拉而言，他的"长大"是"死亡"，他再也没有机会长大。如果说《遥远的温泉》是阿来对曾经少年经历的直视与反刍，那么，《格拉长大》（又名《随风飘散》）则是少年书写的某种终结，此后，阿来彻底从少年曾经的孤独、隐忍与迷茫中超脱出来，这时他已经具有了世界性的眼光，他不再纠结于文明先进与落后、生活的正面与灰暗，而是寻求"用什么样的方式""什么样的态度"去表现，并"对自己的文化保持充分的自信"，同时"对文化保持一个反省"③。

---

① 阿来：《有关〈空山〉的三个问题》，《扬子江评论》，2009 年第 2 期。

② 《格拉长大》最早发表于《草地》1995 年第 4 期。这里指的是发表在《人民文学》2003 年第 12 期的《格拉长大》。虽然二者的名字、书写的内容都是一致的，而且行文中大概有百分之七十左右相同的文字，但后者对前者的删减和增添使得两篇文章在叙事视角、表达主旨和深层意蕴情感方面都有所不同。

③ 《给生我养我的土地一个交代——著名作家阿来访谈》，藏人文化网人物专访，2006 年 3 月 10 日。

在这个时期，阿来的文学世界日渐独立而成熟，他对自己民族的存在经验有着独特而深刻的理解，同时又努力地从经验中超越出来，"他们并无奇风异俗，只是有如一面诚实的镜子，映照着人们难以察觉的自我本相"。①阿来在保持明确的个人立场的同时，始终以一颗赤子之心保持与自然、土地、历史和人民的灵魂感应，追求普遍性和超越性。对此，同为当代著名作家的迟子建评价阿来道："真正的文学，还是有它自己的尺度，有它自己的价值。阿来的作品，因为唱诵着本民族独有的歌谣，因为那股与生俱来的神性色彩，因为作品漫溢的人性光辉，真正代表了中国文学。要知道，不论什么样的出版商，在面对着能给读者带来心灵泉水的作品时，不会无动于衷的，而阿来的作品就具有这种品格。"②这个时期的阿来拥有宏阔的眼界、冷静的头脑、独立的思想，作品中展现了一种沉静而笃定的力量，充溢着酣畅的激情与张扬的生命力。他的创作较之上个时期有了进一步的发展：

第一，深厚文化底蕴的积聚与解读历史的努力，阿来关注历史动荡中个体命运，从多个侧面书写人与历史、人与人之间的关系。经过了创作与生活的多重思索和历练，而立之年的阿来有着自己的文学"理想与生发"，"兴趣较多地转到了地方史"，这样"使我刚从大地那里获得的感应关系变得真切"。行文驾轻就熟，自然地随着激情所跃动，他在故事中不断地展开纷繁的画面，探寻多种故事和人生的可能性。1992年的佛学故事《群蜂飞舞》虽有哲思，却见平实，全文完全褪去了前期作品的生涩、枯瘦，而显得莹润、丰满，处处弥漫着丰盈而轻灵的诗意。在《非正常死亡》中，阿来用传言建构故事，展示了历史、现实、传说间的复杂难辨的关系。而在《火葬》《有鬼》《尘埃落定》《月光里的银匠》和《行刑人尔依》中，展现了阿来"讲好故事"的自觉追求，民间的、口传的因子在

---

① 阿来：《熟悉的与陌生的》，《民族文学》，2009年第10期。

② 迟子建：《阿来的如花世界》，《四川日报》，2011年11月25日。

小说中大大增加。这种增加不是刻意地被强调和整补，而是一种在藏族语境下的自觉构建，是生命原色的浑然追求。无论是鬼魂、诅咒还是梦幻、信仰都在文本中自然出现，在增强了想象力表达的同时，也使得作品具有了"象征性"和"寓言性"的意味，成就了一种"超现实"的真实。而《格萨尔王》中运用两条线索和多重视角交错，一条是全知全能的"传说"视角，书写了天神之子降世、降妖伏魔、安定三界后返归天界的格萨尔王故事；另一条是围绕"仲肯"（格萨尔王说唱艺人）晋美的经历与感受进行限制视角叙述。在阿来看来"重述的本质是要把神话的东西具象化"，格萨尔王与晋美跨越了远古与现代、真实与梦境、人与神的界限在文本中相遇、对话。在阿来看来"艺人跟传统故事之间，是互相塑造的"，"传说中"神圣化的格萨尔王和晋美眼中人性化的格萨尔既相互矛盾又互为补充，多重视角相互交织，构成了故事套故事的结构。

在阿来看来"文学为我们提供了多种可能性，小说就是探索人生多种可能性的最佳艺术途径。小说会构筑起一个世界，尽管是虚拟世界，但在这个世界中，我可以设想并探索人生的多种可能性，随着可能性的增加，我的生活经历丰富了，生命体也随着扩展。我相信，通过小说，我的生命变得比别人的丰富。我只想通过文学丰富和扩展自我的生命"[1]。不同于阿来八十年代的小说中那种重视个体内心感受，并在内心世界中不断徘徊犹疑、固执坚守的人物；他开始把人置于宏阔的历史背景之中，探讨人与人、人与历史之间的关系。在《尘埃落定》中，他把日趋强盛的麦其土司家族置于历史的死角，探讨人在无力转圜的历史之中的命运悲剧；《行刑人尔依》则是展示了命定刽子手的身份与个体梦想之间的矛盾。当他把笔触转到当下，书写与"我"有关的"村落史"时，就有了众多有着生动的骄傲神情的青年人。无论是程卫东、觉巴（《已经消失的森

---

[1] 阿来、陈祖君：《文学应如何寻求"大声音"》，《现代中国文化与文学》，2005 年第 2 期。

林》），尼玛泽仁（《天火》①），还是后来《空山》中的索波，他们年轻健康又聪明上进，都有一股执拗的劲头，却在命运与时光的折磨中渐渐失去了原来的颜色。

这个时期阿来建构了一个少年群，《野人》中的旦科、《鱼》（中篇）中的夺科、《蘑菇》中的嘉措、《人熊或外公之死》中的旦泊、《少年诗篇》中的丹泊、《格拉长大》②中的格拉，他试图从清纯、明亮、敏感的少年视角，从不同的侧面感受更为丰富的世界。而在《尘埃落定》《月光里的银匠》和《行刑人尔依》这三个互为补充的文本之中，则展示了生命、历史的多个侧面。阿来用沉静的想象、澎湃的激情和酣畅的叙述，以及深厚的历史感与命运感，为自己建构了一个丰盈、浩大的文学王国，并由此标示出当代中国文学在虚构、精神想象和建构历史上业已抵达的高度。

第二，通过对社会人生全神贯注的思索、反思，揭示现代文明的弊端，批判自然环境的损毁以及伴之而来的人心堕落。多年的城市生活以及文化视野的进一步开阔，使得阿来在创作中形成了一个隐含的城市视角，在对比的眼光中回望故乡，我相信，没有什么比亲眼看到"哺育我最初全部生命与情感的村子"③被破坏、毁灭更为难过的事情了，阿来用"遗忘""陌生"这样的词汇表达对逝去的追忆与反思，然而更让人难以接受的是信仰与人性先于环境的损害而破灭。在《最新和森林有关的复仇故事》《已经消失的森林》《天火》中森林的消失、自然环境以及人文环境的恶化，这些作品也从多个侧面揭示了现代化进程中乡村伦理的断裂与人性的迷失。有的人坠入平庸，有的人固守孤独。"村庄系列"的主人公延续到阿来以后的书写之中，在《空山》的索波、达瑟身上依然有着他们的影子。在这些作品中，阿来从不回避问题与矛盾，而是把国家、

---

① 此处的《天火》发表于《红岩》1993 年第 1 期，不是《空山》中的《天火》。

② 这篇指的是发表于《草地》，1995 年第 4 期的《格拉长大》。

③ 阿来：《已经消失的森林》，《红岩》，1991 年第 1 期。

民族、个体的命运放在思想史乃至整个历史发展的角度来评判，不仅书写了整个社会的走向，同时指出了问题的症结，展示了一种历史巨轮碾压下的彷徨、无奈。阿来以抒情忧伤的笔调将滚烫的血液与真实的情感深藏在字里行间，讲述着藏族人的历史传奇、悲欢离合、心灵感受，关注着藏族地区近百年来社会文化的沧桑变迁。

显然，阿来业已意识到，无论我们如何回望，都无法逆转历史的巨轮，也无力挽回现代性入侵后业已满目疮痍的自然景观。《空山》是《尘埃落定》的延续，"《尘埃落定》涉及土司制度瓦解的必然性，但问题是，推翻了土司制度以后怎么办，有没有更好的制度，让这块土地上的人民幸福、快乐？"《空山》中的每一桩历史事件，都是阿来到档案馆、图书馆查询的结果。在五十年历史中，乡村不断地重组，他把《格拉长大》和另外五个相对独立的中篇、十二个短篇进行组合，用拼接的结构架构了《空山》。可以说，自发表之日起，《空山》就成为阿来书写脉络之中一部极具力量和分量的作品。在《空山》中，阿来摆脱了前期作品中的"借景抒怀"，转而关注社会变动甚至是震荡中人与自然的命运。空山是天火之后，人的欲望之火继续毁灭了残存森林的空山；是丰收之年，人们泯灭良知杀死自己朋友猴子的空山；是挖出了祖先的村庄却依然寂静的空山。《空山》以其博大的历史情怀、广阔的声音表达、宏大的场面控制，呈现了阿来生命书写的大气象。

这个时期的作品中，阿来的主体意识倾向暗自隐没，也不再纠结于人物内心世界的孤独与迷茫。他开始思考人与人之间、人与历史之间的关系，并创作了一系列以城镇生活为背景的小说。《望族》中书写了一个土司家族的后代，活在自我想象昔日的荣光中，却一再被财富与权力所掌控的现实嘲弄。金钱抽空了人与人、人与土地之间的诗性关联，在新的利益关系中，即使是追随过的老人"经过几十年世事打磨，见旧主人再无昔日威风，坐下说了许多话，却不见拿出几个赏钱，就都知道罗家已经不行了"。而在《非正常死亡》中，阿来用"同事说""小护士说""看门人说""那人说""人们都说"等不可靠的传言来拼接关于一个人死亡的真相。在他略带讽刺的叙述中，依靠传言建构起的人与人之间的关系充满了互相猜测和怀疑，已死的人给活着的人带来困扰，而活人貌似也在自寻烦恼。在这个因"许多房子""许多人"而存在的镇子里，人们看见了死者生前领的一个孩子，但这个孩子从哪里来？去了哪里？没人知道。更为荒诞的是从救孩子的武警，到给孩子治疗的大夫、换衣服的护士都不知道孩子是男是女。这是一个关于现代城市生活的隐喻，人与人之间的距离很近，但彼此间的信任和了解却已经"非正常死亡"了。《电话》①中阿来表达了面对现代文明时的焦虑，同时也抒发了自己的文学观念和对二十世纪八十年代末文学与诗歌的看法，认为它们是"虚伪的""假定的"。平心而论，这个发表于1991年的短篇写得并不出彩，由于与现实捆绑过紧，拘囿了想象和腾挪的空间，但它较早涉及中华民族在改革、开放和现代化建设中的弊端，乃至现代文明与人的生存本质的冲突。就这点而言，这篇小说是敏锐而具有前瞻性的。阿来用"我们回家吧"这样的期待作为小说的收束，试图用"家"来缓解或者抵制现代性异化的脚步。

相较而言，同为揭示现代性弊端的《蘑菇》则书写得更为冷静而平和，在诗意的回望与书写中，"家"大而化之为对古老的民族精神的呼唤与依恋，其中对消费社会中人与自然、人与人关系的思考也初见端倪，并延续到2015年出版的《蘑菇圈》中。我们发现，《蘑菇》和《少年诗篇》也因温暖的外公而建构了内在的精神联系。而在《银环蛇》《狩猎》《鱼》（短篇）等"动物系列"小说中，则展开了对现代人复现原始预兆和禁忌文化的描摹。文章中预言、禁忌、梦境屡屡出现，阿来试图向我们展示，无论现代文明发展到何

---

① 这篇《电话》不同于后来《阿来小说二题》（包括《电话》和《番茄》，载于《小说月报（原创版）》2007年第5期，《花城》2008年第4期转载）中的同名文章，该文发表于《四川文学》，1991年第3期。

种程度，藏民族的原始文化依然沉积在"集体无意识"之中，在特定的环境之下依然会复活。

值得一提的是，这个时期阿来创作了大量"介于小说与诗歌之间的感性文字"①。阿来曾坦言："小说的方式终究是太过文学，太过虚拟，那么，当我以双脚与内心丈量着故乡大地的时候，在我面前呈现出来的是一个真实的西藏，而非概念化的西藏。那么，我要记述的也该是一个明白的西藏，而非一个形容词化的神秘的西藏。"阿来尝试用他自认为感性的方式书写藏族文化，在他看来"文学就是写情感。写引起情感激荡的东西"②。《大地的阶梯》就是这种努力的一个成果，类似的还有散文集《就这样日益丰盈》等。而且阿来一直都是感觉才能极为出色的作家，虽然细腻微观的感觉会在某种程度上影响对于宏大事件的掌控，但这部分作品却显示了他作为一个思想性作家，业已形成了自己认识和掌握世界的理论方式。而《银环蛇》《野人》《鱼》虽在细节或者气氛上有所虚构，但因是阿来漫游的真实经历记录，有时也被归为阿来的散文。作为一个充满社会责任感和使命感的作家，无论他的书写如何地平和宁淡，他的文字依然是凝重的，负载着对历史、现代性、环境、人性的深沉思索，并有着自己的深刻体悟。

这个阶段的阿来，视野宽阔、精神强健，拥有着娴熟而纯正的语言操控力，而书写是对生命日益丰盈的过程。在阅读中我们也不难发现，他"见证生存历史，抒发深层人性"的努力。我感到，阿来在书写和思索的时候，已经忘记了他的民族身份，也早已放弃了对语言的雕琢，作品呈现出一种朴拙与率真，展现了一种平和与节制的力量。阿来选择用体恤、温暖的语言来表述人性的卑微、命运的绝望，坚守着文化、经济大潮冲击之下依然顽强保存的"乡村伦

---

① 阿来：《在诗歌和小说之间》，《四川省情》，2002 年第 3 期。

② 舒晋瑜：《阿来：我敢说世界上还没有这样的小说》，《中华读书报》，2019 年 11 月 20 日。

理",他的叙述也愈加质朴、简单。这并不是说阿来失去了他的民族之根,事实上,一个人的民族、信仰与精神业已注入血液之中,终其一生都是不能分割的,阿来的这种放弃是更为宏阔的升华,饱含着对世俗万象的包容。阿来将切近而真诚的情感体验贯穿在文本之中,使得他在探寻现代社会与民族文化融合、同化时显出一种沉重的豁达与悲悯。

（三）在新的高度自由歌唱①：2010年至今

如果说阿来的前几个阶段都是以漫游为界,在与自然的共鸣与呼应中,不断地调整、反思、攀升,而2010年,阿来需要做一个胆囊手术,却使得他这一年不能再出去"野"了,也不能再上高原。故而,"晓看红湿处,花重锦官城"的成都成为阿来那一段时间内的活动范围。这段特殊的经历,深化了阿来对自然的认识,自然之美给阿来以巨大的情感抚慰,"想到自己生下来那么浑然天成的身体最柔软的部分将要被锋利的刀刃轻快划开,心头并不是掠过隐约而锐利的恐惧。……读书的习惯没有让我安心,而爱植物、爱花的习惯却助我渡过了一个心理上的小难关"②。他也因此对自然界的被损毁有更强烈的关切,也试图以自己的作品唤醒更多的人对自然万物的关切。术后,阿来"不能忍受自己对置身的环境一无所知。……我就要尽力去了解这个世界"③。他用相机记录和观察植物,然后查阅资料,将植物学知识和生命感悟书写下来,配上自己所拍的照片,放在了网络博客上,后据此整理出版了"城市花草笔记"《草木的理想国：成都物候记》。

---

① 阿来为远泰的诗集《阳光与人群》（四川民族出版社1994年版）作序,用的就是《在新的高度自由歌唱》,笔者觉得比较符合阿来第三阶段的创作状态,故而引用之。

② 阿来著：《草木的理想国：成都物候记》,江苏人民出版社2012年版,第6—7页。

③ 同上,第8页。

时间证明，阿来的这次选择并不是一时冲动，他热忱地做着一个生命的信徒该做的事。而后他贴近生命做直接的传达，创作了长篇非虚构作品《瞻对》。无论人们如何看待这部作品，无可否认的是，它为人们带来了一批重要的话题。在发表了这部"使写作者抑郁"的《瞻对》之后，2015 年，阿来重新出发"要自我治疗"，从"青藏高原上出产的，被今天的消费社会强烈需求的物产入手"[①]写了明净、灵动的《三只虫草》，沿着这个思路，他又写了《蘑菇圈》与《河上柏影》，前者写松茸，后者写一个濒危的树种——岷江柏，都关乎城市主导的高涨的物欲对于自然与乡村的影响，这三个故事，合称为"山珍三部"。"山珍三部"依然围绕着边地村落展开，它们是二十一世纪"机村"（《空山》）生活的延续，同时也显示了阿来在人与自然关系探索上的掘进。我发现，社会身份的转换以及文化视域的进一步开阔，都使得阿来更加自觉而审慎地对待民族文化以及故乡藏地。他以自然之眼观物、以智性辨物、以感情悟物，直面衰颓的乡村现实，既不回避丑恶，也不渲染温情，而是把现实与梦想、憎恶与悲悯拧在一起，发掘自然生命的韧性与温度。

　　如果说，《空山》与自然之间的关系建构还有些虚妄的希望，那么《成都物候记》书写了城市人与花草之间的关系，从花草物候来倾听四季，关照个体生命的"小"；而"山珍三部"则将生命的物候上升到了人类命运的"大"。

　　2019 年，阿来的又一长篇力作《云中记》面世，这部与《尘埃落定》问世隔了二十年、与《空山》隔了十二年的作品，与其说是一篇小说，不如说是年近花甲之年的阿来对写作的总结与回望，对生命的一场回溯。关于《云中记》，阿来坦言："我要用颂诗的方式来书写一个殒灭的故事，我要让这些文字放射出人性温暖的光

[①]　阿来著：《序：文学更重要之点在人生况味》，《三只虫草》，人民文学出版社 2016年版，第 1 页。

芒。"①所以，阿来写得很任性，也很执拗。用一个人独语的方式建构一个长篇，这本身就是一种挑战，这更是一种姿态，一种与世界对抗、和解，甚至是融入的姿态。随着阅读的推进，我们经常分不清谁是阿巴，谁是阿来，谁是作者。这个时期，阿来作品中的人物显示了较强的自我修复和觉悟力，他尊重自然的生命，并有意识地运用不同的形式和特有的腔调处理不同题材，无疑，这个时期阿来的创作进入自在畅达的阶段。

首先，阿来与自然的关系，与其说是审视、进入，不如说是融入、回归、互为环境。这个阶段的阿来有了更为从容和强大的心境，在浩瀚流转的星空下，听林涛震响，体味自然丰富而深刻的美感，"就在这不断穿行的过程中，有一天，我突然觉悟，觉得自己观察与记录的对象不应该只是人，还应该有人的环境——不只是人与人互为环境，还有动物们植物们构成的那个自然环境，它们也与人互为环境"②。可以说，"山珍三部"是阿来创作的又一次转承，它展示了阿来对自然万物认识的升华。从此，自然不再是故事叙述的背景，而成为写作的中心之一，这有些接近美国自然文学的路数。在他看来，自然不仅延展了我们生命的厚度和宽度，而且能够使生命与更雄伟的存在对接，他用质朴而纯真的语言为我们建构了一个"自然世界的乌托邦"。

其次，我们从中不难窥见阿来的文化方位与写作追求，他重视"本心"，反对"分别心"，强调精神上的纯粹。在阿来早期的作品《阿古顿巴》《群蜂飞舞》中，他就质疑世俗意义上的宗教权力，而尊崇"本心"，这种朴素价值观延续到"山珍三部"、《云中记》之中。准确地说，阿来是一位有情怀的作家，他在《藏地书写与小说的叙事》中曾经这样解释："我认为文学还是应该有向善、向美的

---

① 阿来：《不止是苦难，还是生命的颂歌——有关〈云中记〉的一些闲话》，《长篇小说选刊》，2019年第2期。

② 阿来著：《草木的理想国：成都物候记》，江苏人民出版社2012年版，第9页。

力量，我对文学还是抱着一种宗教感。"在阿来看来，人首先要与自己和解，进而与世界和解。所以，桑吉最后原谅了校长，阿妈斯炯平和地看待与哥哥、儿子之间的"洛卓"（笔者注：藏语，前世没还清的债），王泽周要带儿子回一趟父亲的老家，阿巴选择与云中村一起陨落。他们以平等的姿态面对自然界的生命万物，听从本心来生活，用宽恕与悲悯去叩击人性褶皱的隐秘，给予我们温暖与慰藉。

最后，阿来不再为某种体式或者概念拘束，不断跨越文体、文类的边界，进入自在畅达的境界。无论是植物学志的《草木的理想国：成都物候记》，还是以直接摘抄"数种植物志描述"开头、以"补充的植物学知识"结尾的《河上柏影》，"非虚构"的《瞻对》，以及包含着大量独语的《云中记》，阿来的书写不再拘囿于某种形式，他的文体风貌自由地变化，进入一个"大巧不工"的自在世界。这个阶段，阿来从更为广阔的历史文化视野出发，将倾听世界与心灵的自我审视结合起来，上升到生命哲学角度，引导我们对民族、历史、国家、人生和万物进行哲理的思考。阿来用极简的语言展示丰富幽邃的生命细部，也不再停留于对灾难历史的反思，他的心向着天地万物展开，自然与人在这里浑为一体、互相感应。阿来与自然的关系，由审视、进入转化为融入、回归、互为环境。

阿来的书写幽深而沉静，他无限贴近大地，"我的一生都要写作，我要有饱满的激情，我的激情更多地只能来自于自然，我好像总要不断地重返大自然才能使自己的情感变得充沛"[1]。阿来每年都有超过三分之一的时间在故乡的大地中行走，与高原、山川、土地、河流，跟老百姓在一起，跟这儿发生过的历史与当下的生活在一起。带着书、相机，体悟并记录。"故乡是让我们抵达这个世界深处的一条途径、一个起点。"阿来以轻灵书写沉重，以信仰驳诘

---

[1] 杨雪：《阿来：讲述每一个故事都需要独特的腔调》，《人民政协报》，2014年2月26日。

虚妄，以悲悯之心解读历史的专断和人性的缺憾，从他的写作中，我们不难发现一个生命日益丰盈的过程，这也是一个写作者在文本中的成长——情感的日趋深沉与写作的日渐畅达、从心所欲。阿来着眼于人类精神空间，用质朴与纯净穿透伪善与丑陋，以自然的方式面对自然和大地，建构了一个自然而浩大的文学世界。他的书写中延续了深广的文化根茎，重启我们对于文学功能和文学观念的再认识，标志着新时代少数民族文学的新水平、新高度和新可能。

第一章　穿行于多样化的文化之间：
　　　　阿来的写作发生

　　每个作家都有着自己深爱文学的理由，因为最初与文学结缘的方式不同，对世道人生关注的侧重点不同，以及对世界关照和理解角度的差异，都会使得不同作家的创作呈现出与他者不同的质地与光泽。二十世纪的八十年代对中国当代文学而言意味着重新启动，而对阿来而言则意味着开始。世界视野的敞开，繁杂迷缀的技巧，集体井喷的反思与激情，如此生机勃勃的文学环境撞击着藏边青年阿来的心。阿来曾经说过："对我来说，文学不是一个职业，一种兴趣爱好。文学对我而言，具有更为深广的意义：它是我自我教育、自我提升的途径；是我从自我狭小的经验通往广大世界的，进而融入世界的唯一方式。"① 在文学中，阿来发现了更为宽广的天地，他曾说过自己是"天生要成为作家的人"，他的作品中体现出对文学的执着与挚爱。从创作伊始至今，阿来的作品多半取材于那片辽阔的雪域高原，乡土情思是他建构文学世界的酵素，而巍峨的雪山和不灭的神灵给了他力量与支撑，使得他的作品中呈现出一种沉静厚重、透明绚丽、宏伟朴拙的独特美学意蕴。

　　提起藏族文学，我们禁不住会想起二十世纪五十年代的老一辈诗人"雪狮"伊丹才让、被誉为"喜马拉雅山上红珊瑚"的丹真公布，二十世纪八十年代涌现的扎西达娃、色波、马原……如果说是

① 阿来：《作家阿来获奖感言》，《小作家选刊》，2009 年第 12 期。

扎西达娃高擎着魔幻的大旗让藏族文学冲破了藏族的疆界，让更多的国人知道了西藏的神话，而西藏想象则在当代汉族作家马原那里得到了进一步发挥，从其小说中讲述的逸闻趣事、异域风情，我们不难发现西藏对马原小说而言带有某种游戏的、功利性的性质。他文中的"西藏小男人们"观看、探险，与藏族女孩调笑，他笔下的西藏是一个概念化的神秘之地，而他只是站在局外人立场上来叙述。《拉萨河女神》《冈底斯的诱惑》《拉萨生活的三种时间》《康巴人营地》等小说就是马原把西藏这样一个特殊的场域和西方的技巧巧妙结合，尝试进行"叙事圈套"、元小说试验，因而奠定了马原的文学史地位。阿来的作品虽也多是写藏地，但与马原截然不同的是，他没有选择书写那个被渲染或表现的"遥远、蛮荒和神秘"的地域，在《西藏是一个形容词》中他说："当我以双脚与内心丈量着故乡大地的时候，在我面前呈现出来的是一个真实的西藏，而非概念化的西藏。那么，我要记述的也该是一个明白的西藏，而非一个形容词化的神秘的西藏。当然，如果我以为靠自己的几本书便能化解这神秘，那肯定是一个妄想。"对阿来而言，藏地是他生于斯、长于斯的故乡，那里有他朝夕与共的乡亲，是他文思和审美的息壤。阿来也曾经说过对藏文化的偏爱是由"血液决定的"，他的作品中深深蕴含着对民族与故土的归属感和依附感。尤为可贵的是，阿来在创作中所表现的惊人的文学敏感、超群的语言表现力、新奇鲜活的民族性叙事方式，展示了藏族群族真实的生存面貌和文化内涵。

在我的经验中，大多数人都在为生存而挣扎、而争斗，但文学让我懂得，人生不止是这些内容，即便最为卑微的人，也有着自己的精神向往……文学的教育使我懂得，无论是家世、阶层、文化、种族、国家这些种种分别，只是方便人与人互相辨识，而不应当是树立在人际之间不可逾越的界限。当这些界限不止标注于地图，更是横亘在人心之中时，文学所要做的，是寻求人所以为人的共同特性，是跨越这些界限，消除不同人群之间的误解与偏见、歧视与仇恨。文学所使用的武器是关怀、理解、尊重与同情。文学的教育让我不再因为出身而自感卑微，也始终提醒我不要因为身上的文化因子，以热爱与忠诚的名义而陷于偏狭。[1]

我们不难发现，阿来已经深得文学的要义，在他的创作视野中，并没有受限于民族或者地域，而是上升到对人的"关怀、理解、尊重与同情"，呈现出大地般的悲悯与厚重。可以说，阿来是一个很有天赋的作家，作为一个用汉语写作的藏族人，他拥有对汉语的"顿悟"[2]以及对汉语美感由衷的热爱与尊重，无论是诗歌还是散文，他的用词都相当地考究，文字典雅，意蕴悠长。我相信，阿来对文学的理解已经接近了文学的本义。在他写作之初，周克芹就指出阿来的"眼光相当现代"，并从阿来的作品中发现一种"人类在诉说"的情怀，"人类在诉说"这个说法非常精准地描绘了阿来的未来写作之路。阿来家乡浩瀚的自然、丰富的传说给予了他太多的故事，如果仅仅是讲故事就够了，那么写作对于阿来就显得过于简单了。阿来本人是反对在"熟悉路径中过于轻快地滑行"，他称自己是在"业余状态写作"，在他看来文学创作必须融入个人深刻的情感体验，如果过早地成为一个职业作家，"就只能深入别人

---

[1] 阿来：《人是出发点，也是目的地》，《黄河文学》，2009 年第 5 期。

[2] 在程丰余《阿来：我是天生要成为作家的人》（《中华儿女》（青联版），2009 年第 7 期）中写道："阿来出生在川西北藏区一个偏远的藏族村寨，当时的教育，是要在藏地普及汉语，因此上学之前，阿来多多少少会说几句汉语……'但这个没用，一旦进入到课本这个领域，你就发现，虽然老师在课堂上讲的每一句话你都好像是听懂了，但最后的结果，这堂课下来，到底他要告诉你什么，不懂'。直到小学三年级的某一天，他突然听懂了老师说的一句汉语，'好像嗡的一声就开了窍，所有不懂的东西都懂了'。这个顿悟使小小的阿来感觉幸福无比。"

的生活，因为你停止生活了"。"每一次提笔，对阿来来说都是一次情感的蓄积，这个过程，就如一潭山谷间的湖泊，慢慢被春水盈满。他认为，写作相当于这一湖水决堤而出，把所有情感的蓄积挥霍得一干二净。'下一本书，我得修好堤坝，等水再次慢慢盈满，再次破堤。一部长篇的写作，尤其如此。'"[①]在阿来的作品中，我们可以真切感受到他对文学的虔诚，阿来不断地强调"美"和"真实"，用心去描述真实的藏地故乡，在文章中努力表现这片土地令人"神往的浪漫过去，与今天正在发生的变化，特别是这片土地上的民族从今天正在发生的变化中得到了什么和失去了什么"[②]，阿来不断地漫游、思索，"从双脚到内心"，努力地追寻、攀爬大地的阶梯，在展现古老的人类寓言的同时，他诚实地再现质朴的人性、心灵的阵痛以及卑微灵魂的挣扎。

第一节　嘉绒大地的精神洗礼

应该说，每个作家都有自己的"血地"，深邃的感悟、伟大的作品乃至于作家的生命都是从这里启程。鲁迅笔下的"鲁镇"、沈从文美丽的"湘西世界"、老舍的"北方古都"、莫言永远的"东北高密乡"、苏童那摇曳的"枫杨树故乡"、迟子建的"北极村"……都作为永恒的存在，于他们的作品中不断地出现。我想，如果作品有自己故乡的话，阿来作品的故乡就在那个名为"嘉绒"的地方。"我不太愿意说整个西藏。因为西藏地域太大，人口又少，加上高山大川区隔，藏族内部也有不同的文化区域。我所写的这片地区是

① 牛梦笛：《阿来：写作就像湖水决堤　挥霍掉所有情感蓄积》，《光明日报》，2013年1月31日。

② 阿来著：《嘉绒大地给我的精神洗礼》，《看见》，湖南文艺出版社2011年版，第235页。

藏族地区的东北部，这个区域从文化上命名就叫嘉绒。"① 这个只有二十户人家，古时候却归四个土司统辖的"嘉绒"，是阿来拥有的藏族文化、生活背景，是他宽厚的家乡，更是他一直以来文学创作的源泉，"而我更多的经历和故事，就深藏在这个过渡带上，那些群山深刻的褶皱中间"②，它是阿来前期作品中的"色尔古村"、"觉莫村""觉巴村"（在藏语中"觉"是"深沟"的意思），后来的"机村"，这些名字在阿来的作品中频频出现，不仅是故事发生的永恒背景，甚至成为《空山》最大的主人公"③。故乡是阿来抵达这个世界深处的一个途径，也是他写作的起点。

事实上，阿来出生的这片"靠近汉区山口的农耕区"，却没能给整个村落以足够的粮食。阿来出生的时候正是藏区进行合作化的年份，他排行老大，"住进寨子的工作组把人分成了不同的等级，让他们加深对彼此的仇恨。女人和男人住在一起，生出一个又一个的孩子，这些孩子便会来过这种半饥半饱的日子。我就是那样出生、长大的孩子中的一个"④，像《已经消失的森林》中所描绘的那样，与"欢乐、混乱、狂热"的精神相伴的是肉体的贫穷与饥饿。阿来在《写作更多地依赖作家的天赋》中说过：

> 我们那个年代，农村出身的话，肯定是比较沉重的记忆。大部分农村都一样，太穷困。跟乡土文学中描写的农村不一样，乡土文学里农村有着像乌托邦一样美好的田园生活。
>
> 但是也有美好，就是自然界的。可能跟我生活的地区

---

① 何言宏、阿来：《现代性视野中的藏地世界》，《当代作家评论》，2009 年第 1 期。
② 阿来著：《从拉萨开始》，《阿来文集·大地的阶梯》，人民文学出版社 2001 年版，第 25 页。
③ 阿来在访谈《极端体验与身份困惑》中说过"《空山》最大的主人公不是那些人物，而是那个村子"。
④ 阿来著：《遥远的温泉》，四川民族出版社 2005 年版，第 11 页。

有关，老家那一带属于藏区，没有完全上升到高原，有草地、森林、河流，自然环境优美。前后十多里地就那么一个小村庄，出门就是大自然。但是因为贫困就很少享受这些美好。而且生活中留下的温暖的记忆不太多。[①]

可以看到，贫困的生活和优美的自然环境在阿来成长过程中奇异杂糅，在这里，苦难与美好、现实与梦想、生存的重压与诗意的存在是如此真实而又和谐地共存，使得阿来的作品呈现出一种"沉潜的诗意"。这种诗意不是简单的美好与纯真，而是在苦难与沉重的生活浮层之下的那种幽深与沉静的表达。"我也有过一个那样面孔脏污，眼光却泉水般清洁明亮的童年！想起日益远去的童年时光，内心总有一种隐隐的痛楚与莫名的忧伤！"[②]五六岁时，阿来就赤着脚在山地草坡上帮助舅舅放羊，放学后还要采集草药积攒学费。一度，有一本价值几毛钱的《汉语词典》是阿来幼时最大的渴望。我们完全有理由相信，《旧年的血迹》中生产队一年一度的大锅炖牛杂作为难得的美餐，使得村民眼睛里"闪烁着贪馋的光芒"，是阿来童年中的真实经历。我们也能够推断出他少年生活中那些饥饿、困苦与辛劳的痕迹。事实上，在阿来的作品中，我们很难发现那种对艰难的生存现实进行的控诉和不平、愤怒的表达，这一方面固然和阿来自身宽广、悲悯的性格有关，另一方面也和阿来所面对的博大自然有密切关系。毫无疑问，碧蓝如洗的天空，艳丽异常的海棠花，空灵欢悦的群蜂，如诗如幻的野画眉，悠闲忍耐的牛羊，仿佛停滞的时间以及与生俱来的孤独……使得敏感而天赋异禀的藏边孩子阿来对自然有着丰富的感受。"我从小生活在一种农耕气氛中，相当于中世纪的农耕生活。加上宗教、自然山川，这种东西的

① 舒晋瑜：《写作更多地依赖作家的天赋》，《海燕》，2010 年第 7 期。

② 阿来著：《灯火旺盛的地方》，《阿来文集·大地的阶梯》，人民文学出版社 2001 年版，第 146 页。

熏陶，肯定让我跟别人不一样，我想在中国作家中，面对自然时，我可能会比许多人更敏感。"①可以说，大自然在阿来的早期小说中占着非常突出的地位，他的很多篇章都是从景物描写开始，雪山、草原、河流、森林在他笔下焕发出诱人的光彩，呈现出画卷般的质感。如果仅仅是这样，雪域高原的美景会流于表面而显得肤浅与飘渺，实际上，阿来笔下的自然风光具有写意的性质，虽然貌似随意点染，实则"妙合化权"，"思与神合"。《远方的地平线》里那"成堆成堆的乌云，翻腾，汇聚，又渐渐弥散，大片大片地吞噬掉晴蓝的天空"；《格萨尔王》中"绵长山脉上，起伏不绝的群山像雄狮奔跑，穿插于高原中央的几条大河清澈浩荡，河流与山岗之间，湖泊星罗棋布，蔚蓝静谧，宝石一般闪闪发光"；《空山·丹巴喇嘛》中"这样的夜里，湖上冰盖咔咔地开裂，宽大的裂缝从湖的这一岸贯穿到那一岸。雾气蒸腾的湖水从冰裂缝中翻涌上来，又被迅速冻住了。早上起来，远远望去，湖上蜿蜒一线，是昨天湖水曾经翻沸的明晰痕迹"；《云中记》中"道路蜿蜒在陡峭的山壁上。山壁粗粝，植被稀疏，石骨裸露。两匹马走在前面，风吹拂，马脖子上鬃毛翻卷，风从看不见的山顶吹下来，带来雪山顶上的寒意"……这些景物经过作者的考量、过滤，在叙述中带有很强的抒情性和指向性，这是一片传颂史诗的壮阔天地，离开的人看到聚散，虔诚的人们体味信仰，超脱的人悟到轮回，失意的人们感受磨砺。在不同故事中，或凶险、或优美、或起伏、或诗意的自然环境描写不仅渲染气氛、推动小说走向，更为重要的是，它们使初登文坛的阿来摆脱了"表达的焦虑"。高山密林、雪域雄鹰、骏马牛羊、土司官寨、寺庙僧侣，以及风推草浪、水流浩荡……这些本就具备诗性的景物进入文本，让阿来作品的背景显得宏阔而壮美，也在一定程度上冲淡了他前期作品的生涩，使激烈而焦躁的情绪得以平复。当这些寓情于

---

① 阿来：《心中的阿坝，尘埃依旧》，《出版广角》，2002 第 7 期。

景的雄浑、壮丽、灵动和诗意、神秘深深触动了我们心灵的同时，也在不期然间抚慰了现实的悲苦与忧伤。

阿来曾经表白，"拜血中的因子所赐，我还是一个自然之子，更愿意自己旅行的目的地，是宽广而充满生机的自然景观：土地、群山、大海、高原、岛屿，一群树、一棵草、一簇花。更愿意像一个初民面对自然最原初的启示，领受自然的美感"①。从中我们不难体味出，阿来与最早的，也是永远的老师——自然之间的那种血脉联系。在他后来的作品中，故乡的景物经过了岁月的沉积与生活的洗礼，在生命的反刍中增添了诗意守望的意味。如《少年诗篇》里"夏天，蓬勃的绿色使寂静丰盈而且无边"和那块"先尝到的是羊皮的味道和老人皮肤的味道，然后才尝到甜味"的沾满羊毛的冰糖；《群蜂飞舞》里"宁静的月光中就满是牛奶烧蘑菇的香甜气息"。在《蘑菇》里，阿来为我们描绘了这样一幅画面：那片"深深的湛蓝"的天空下面，"羊群在草坡上散开"，颇具幽默的外公和孩子"坐在一丛青的荫凉中间，看着永远不知疲倦的鹰在空中飞旋"。外公为那些长蘑菇的地方取名为"初五的月亮""镜子里的星光""脑海"，这些轻盈的、带着诗意芬芳的名字超越了饥饿与愁苦，而那段困厄的童年也因为外公、因为亲情、因为爱、因为美丽的自然而变得如此温暖。阿来从不在作品中刻意强调民族性，这些经历本身就是独特而不可复制的。位于藏区东北的嘉绒，春天要在5月份才能姗姗而来，8月份才到夏天，而冬季则是无比漫长，寒冷与萧瑟占据了一年中大部分的节气。这样的自然无疑是吝啬的，在这里，人们更多耕耘，而较少收获，所以阿来作品中经常表现出一种非常强大的意志力，无论是《环山的雪光》中执着勤恳的麦勒；《寐》中与羊、风、雨斗争，没有"丝毫松懈"的植树人兼牧羊人；《旧年的血迹》中与命运抗争，在破碎而卑微的现实中挣扎的父

---

① 阿来著：《大地的语言》，《看见》，湖南文艺出版社 2011 年版，第 45 页。

亲；《永远的嘎洛》中忍着剧痛辛苦耕耘的嘎洛……这些人物身上蕴藏着动人的、"忍耐"的力量，他们就是阿来生活了三十六年的嘉绒乡亲形象，也只有在这样广博的土地与恶劣的自然中间，这种忍耐才显得如此高贵。如果说语言是文学的直接载体，而现如今的汉语，它的抽象性和繁复性已经离事物的本真越来越远。阿来作为一个用汉语写作的藏族人，他能够用那些常见的汉语词汇抒发不一样的"自然的美感"，让我们透过文字追随他的目光，体味不一样的文学世界，那个纯净、透明、质朴、自然的美丽世界。这种打动人心的力量是与字里行间中所潜在的、母语文化的哺育与浸染，以及对自然深沉的爱意紧密相关的。阿来是群山及大地的歌者，他对自然的感受力是如此地细密、敏感而饱满，既不回避凡俗的困苦琐碎，也不张扬神秘浪漫，森林、河流、雪山、温泉、群鹿甚至红狐都是朴素的呈现，灵动而真切、恬淡而美好，诗意弥漫。

作为高原民族，在不可抗拒的强大自然力面前，藏民族有着自己独特的解读世界的方式，这就是神话与传说。在《我的藏文化背景》中，阿来表示："尽管这里许多老百姓不识字，但文盲也有自己的文学，我就是听着那些流传在他们口中的民间故事、民歌、史诗长大的。这些民间故事或者史诗在流传过程中，又加入了许多人的智慧。我一直认为，我能成为一个作家，跟受到民间文学的熏陶有很大关系，民间文学是我文学创作的启蒙，也成为我的创作资源。《尘埃落定》《空山》等作品，莫不如此。"阿来正是从民间传说中找到了文学宝藏，在某种意义上，藏区高原是一片充满了文学活力的地方，独特的神话传说以及文化传统都对阿来产生了重要的影响。藏民族理解事物的独特方式，民间故事中的英雄主义、浪漫主义的思想不自觉地映射到阿来的作品之中，《孽缘》中舅舅在母亲苍老而孤独的哭泣、妹妹天真未凿的笑声中顿悟，他的眼前金光飞舞，未曾修习的经文脱口而出；《群蜂飞舞》中佛光照耀着叛逆的桑木旦，而听到格西呼喊目睹这一神迹的喇嘛和尚站在"高处，四面八方都是。风吹动他们宽大庄严的紫红衣衫，噼噼啪啪的声音像是有无数面旗帜在招展"；《尘埃落定》中门巴喇嘛戴着三四十斤的头盔在超自然力量的指引下与汪波土司领地的神巫之间战争……这些描写都带有超现实的意味，却又显得如此地生动切实，在保留了原始思维的幸存经验的同时，也成就了当代文学长廊中一幅幅独特的画卷。

在一定意义上讲，每一个民间传说的流传过程本身就是一种艺术的不断诠释和改写的过程，"在我的故乡，人们要传承需要传承的记忆，大多时候不是通过写作，而是通过讲述。在高大坚固的家屋里，在火塘旁，老一代人向这个家族的新一代传递着这些故事。每一个人都在传递，更重要的是，口头传说的一个最重要的特征就是，每一个人在传递这个文本的时候，都会进行一些有意无意的加工。增加一个细节，修改一句话，特别是其中一些近乎奇迹的东西，被不断地放大。最后，现实的面目一点点地模糊，奇迹的成分一点点地增多，故事本身一天比一天具有更多的浪漫、更强的美感，更加具有震撼人心的情感力量。于是，历史变成了传奇"[1]。虽然阿来对藏族的民间传说如此钟爱与迷恋，但却不是盲从。在《猎鹿人的故事》中，一座本来普通的雪山，因为那个孤独孩子在想象父亲时编造的故事，而成为传说中的英雄之山：阿吾塔毗山；在《达瑟与达戈》里，这个"想象的"神山作为忠贞不渝的爱情化身，如此真切地屹立着，诱发着人们对爱情的想象与向往；当延续到后来的《云中记》时，这座晶莹的雪山更是频繁出现，而阿吾塔毗则成为带领部族迁移、创造民族历史的祖先。这样的传说在一个民族的历史中并不罕见，阿来曾经在《旧年的血迹》中写道："在我们村子，任何一件事，过去五年之后就必然变成一件神秘的传说。"

事实上，民间传说对阿来而言不仅仅是故事的原型，还是一种

---

① 阿来著：《我只感到世界扑面而来——在渤海大学的演讲》，《看见》，湖南文艺出版社 2011 年版，第 181 页。

思维方式的传承与集体无意识的积淀，他在书写这些故事时，隐含了作者价值观的自我选择。在《阿古顿巴》中，阿来打破了民间故事原有的模式与套路，对这个憨厚、善良而又智慧的人物进行了重新审视。在这篇笔调轻松、内容沉重的作品中，阿古顿巴这个藏族民间传说中的传奇人物，在漫长的流浪生涯中用自己的智慧化解了种种危机，在民间播撒了一个又一个惩强扶弱的故事。然而在传说的外衣之下，阿来加入了更多的个人思考与体悟，这个英雄的"童年只是森严沉闷的庄园中的一道隐约的影子"，成年后的他也不可避免地面临孤独的命运。事实上，即使是智慧化身的阿古顿巴，他的出走与流浪也并非是那么轻松，阿来在这个短篇中努力赋予这个人物丰厚的精神内质，使阿古顿巴不再是传说中丰神俊朗的模样，他"状貌滑稽，形容枯槁"，并选择了一条"带来责任和没有希望的爱情"的道路。善良的阿古顿巴收留了孤苦而刁钻的瞎老太婆，并因此失去了他所爱的领主女儿的爱，"他有点像佛教的创始人，也是自己所出身的贵族阶级的叛徒。他背弃了握有巨大世俗权力与话语权力的贵族阶级，背弃了巨大的财富，走向了贫困的民间，失语的民间，走到了自感卑贱的黑头藏民中间，用质朴的方式思想，用民间的智慧反抗"[1]。《阿古顿巴》是阿来把民间传说和文学写作结合起来的一个尝试，阿来蜕掉了阿古顿巴身上无所不能、高高在上的神性，刻画了一个貌似平凡却又品格高尚、充满智慧的英雄形象。从阿古顿巴的身上我们能更多地感受到孤独、奉献与悲悯的力量，他如此真实而又踏实地游弋于人神之间。在后来重述神话的《格萨尔王》的书写中也展示了这一点。《格萨尔王》是阿来用了近三年时间走访康巴高原、探访神话传说的足迹，并综合了多种说唱版本而创作的。小说并没有局限于对一个伟大民族英雄的单纯歌颂，更融入了作者个人的体悟和反思。

---

[1]　阿来著：《文学表达的民间资源》，《看见》，湖南文艺出版社2011年版，第192页。

我记得阿来曾经说过"是民间传说那种在现实世界与幻想世界之间自由穿越的方式，给了我启发，给了我自由，给了我无限的表达空间"①。给他带来巨大声誉的《尘埃落定》，正是这种成功的尝试。文中关于民族起源、幽灵、鬼神等民间传说的因子与西方魔幻现实主义、荒诞派、超现实主义相结合，幻化出傻子二少爷、行刑人、翁波意西等独特的、不可磨灭的形象谱系，故事在现实与梦幻、真实与虚构、历史与预言之间游弋，叙述圆熟自然，标志着阿来业已找到一种契合藏民族历史文化语境和虚构策略的话语方式，极大地扩展了文本表现的意蕴空间。不仅如此，在《群蜂飞舞》中，阿来把一个佛学故事化身为对可能的追问、对自我选择的求索。在这里，个体的追求套上了佛学故事的外衣，三百年前，扎西班典因学问太多、疑问太多走上邪路而不能成佛；三百年后，桑木旦因喜欢自由与尘世的快乐而放弃成佛，"三百年前的叛逆对三百年后的叛逆断喝一声'打'！"②而蘑菇的出现让一个关于命运惩戒与固执追寻的故事具有轻盈的质地，阿来在他一贯的诗性与优雅描述中，告诉我们三百年前与三百年后不再是一个天地，在新的历史背景下，传说也不再是传说的样子。而《红狐》与《野人》的故事则更像是阿来所言的火塘边一边喝着酥油茶一边点染的传说，从他朴拙的叙写中我们不难感受到这两个故事原生态的素朴光泽。《红狐》中美丽的红狐更像是一种召唤与陷阱，它的存在使得这个关于杀戮和猎取的故事变成了一种诱惑与较量。而"野人"的故事本身就有着传奇的色彩，女野人那毫不掩饰的单恋使这个传说因爱情而变得饱满又沉重。虽然文中只用三言两语带过了野人肉的味道、女野人被杀这样残忍的情节，却依然赋予这个传奇故事以生命的重量。如果说"阿吾塔毗山"是一种关于民族历史的想象，《格萨尔王》是一种民族英雄史诗的重述与传承，那么《野人》则是一种人

① 阿来著：《文学表达的民间资源》，《看见》，湖南文艺出版社2011年版，第197页。

② 阿来著：《群蜂飞舞》，《尘埃飞扬》，四川文艺出版社2005年版，第346页。

性的沉思……阿来用传说为我们建构了一个民族心理空间和真切的文化空间，我想也只有他这样厚重而深邃的思想者，才能把飘逸的传奇与沉重的现实结合得如此紧密，并把平凡的传说书写得跌宕起伏又深邃动人。

实质上，在人们一直关注的阿来独特的藏文化背景背后，他还有着自己的深厚与丰富。阿来不止一次地说"从童年时代起，一个藏族人注定就要在两种语言之间流浪"。从阿来个人出身上看，一直被称为藏族作家的他并非是纯粹的藏族血统，他的母亲是藏族，父亲是回汉混血。这种并不纯正的民族血统，多少给了敏感的孩子阿来独特的影响，正如他在《旧年的血迹》中所说的那样，"我生性懦弱而羞怯——甚至是惶恐，而又自我意识强烈"。在他的早期作品中都有一个"阿来"，他懦弱、敏感、坚忍而又顽强。此外，还有《猎鹿人的故事》中失去双亲、时时处于饥饿之中的少年桑蒂，《格拉长大》中的那个没有父亲、没人教他打猎、没人跟他玩的格拉，《野人》中那个青色血管历历可见的旦科，《随风飘散》中柔弱白皙、随时都可能受到惊吓的兔子……这是一个敏感脆弱的少年群体，他们在一定程度上受到歧视与忽略，而他们纤弱敏感的神经却从并不那么温暖的世界中感受到更多的东西。"在一些要保持正编统的同胞眼中，从血统上我便是一个异数，但这种排除的眼光、拒绝的眼光并不能削减我对这片大地由衷的情感，不能削减我对这个部族的认同与整体的热爱。"① 我完全有理由相信，阿来对这片土地由衷的爱，但也不能否认的是那些"排除的眼光""拒绝的眼光"在一个幼小的孩子心中所留下的划痕。从大的历史进程上讲，阿来出生于处在合作化运动时期的藏地，又正好在"文革"期间接受教育。可以说，阿来的成长伴随着社会的转型、历史的巨大变化，外界的动荡在一定程度上影响着尚且幼小的阿来。那种心灵的不断冲

---

① 阿来：《用汉语写作的藏族人》，《美文》（下半月），2007 年第 7 期。文中"正编统的同胞"，我认为，"编"是排版中误加的字。

撞、矛盾与突围、挣扎，在他的内心留下了或深或浅的印记，并在潜意识中埋下种子，一直伴在后来的行为和思维惯性之中。

在一些反思文学中，有很大一部分作品展示特定历史岁月中的忧伤与苦痛，那些少年时期的伤痕业已刻入成长的年轮，成为生命中永远的痛楚。《伤痕》（卢新华）、《班主任》（刘心武）、《从森林来的孩子》（张洁）、《一个冬天的童话》（遇罗锦）……这些作品里那些在"文革"中因灵魂扭曲而造成"精神内伤"的少年群体曾给人们留下了深刻的印象。[①] 阿来也曾说过："一个人所以要成为一个作家，绝非仅仅要对现实作一种简单的模仿，而是要依据恢弘的想象，在心灵空间中用文字建构起另外一个世界。而建构这个具有超现实意味的世界的最重要的目的之一，便是能通过这种建构来探索生活与命运的另外的可能性。因为任何一个人在内心深处，绝不会甘于生活安排给我们当下的这个唯一的现实。也许，生活越庸常，人通过诗意表达、通过自由想象来超越生活的愿望会越强烈。"[②] 童年时敏感的经历、族人排斥的眼光在阿来幼小的心灵中留下了痕迹，而"两种语言之间"的"流浪"也并非势均力敌，汉语与藏语不仅仅是两种语言，它们分别代表了这两种语言背后不同的文化认同，语言的演进与文化和集体的演进是同步的。也就是说，两种语言冲突的背后暗含着两种文明的冲突，而语言的冲突在一定程度上也参与了一种秩序的重组。"我们学习汉语，使用汉语。回到日常生活中，又依然用藏语交流，表达我们看到的一切，和这一切所引起的全部感受。在我成长的年代，如果一个藏语乡村背景的年轻人，最后一次走出学校大门时，已经能够纯熟地用汉语会话和书写，那就意味着，他有可能脱离艰苦与蒙昧的农人生活。"[③] 对生命

① 朱寨：《对生活的思考》，《文艺报》，1978 年第 3 期。
② 阿来著：《民间传统帮助我们复活想象》，《看见》，湖南文艺出版社 2011 年版，第 205 页。
③ 阿来：《用汉语写作的藏族人》，《美文》（下半月），2007 第 7 期。

个体而言，学好汉语可以改变一个藏族农民的命运，可以让一个乡村年轻人融入城市生活；从文化的角度来说，由于现代化的进程不同，作为发展缓慢的藏地民族在这场以语言为表征的交锋中是处于弱势地位的，而"那些曾经在封闭环境中独立的文化体缓慢的自我演进就中止了。从此，外部世界给他们许多的教导与指点。他们真的就拼命加快脚步，竭力要跟上这个世界前进的步伐。正是这种追赶让他们失去自己的方式与文化"①。整个文化尚且如此，这种冲撞对幼小而敏感的阿来心灵所造成的冲击，其强烈程度就可想而知了。

一般来说，文化碰撞中更多是弱势、落后的一方去接受、学习强势的一方。早期的阿来也曾经在这种"流浪"中迷茫而忧伤。失去了自己的文化之根却未必意味着能从他者文化中得到接纳，这种源自童年的痛楚、深藏于意识深处的疑问与彷徨化为身份的焦虑在阿来的许多作品中频频出现，早期作品《红苹果，金苹果……》中落榜少女泽玛姬为自己藏族的族别、语言、服饰而忐忑、摇摆，干部子弟"他"明明是藏族人却努力把自己打扮成汉族；《远方的地平线》中回藏混血的美丽姑娘以及汉藏混血的年轻人焦灼、困顿；《芙美，通向城市的道路》中的芙美为改变乡村身份，拼命训练以期望进入城市，而最后却只能在城市边缘的乡村守望城市……阿来少年时所体味的梦与痛、希冀与困惑、贫弱与温暖都在创作中得到表达和抒发。这些在男性故事《猎鹿人的故事》中则表现得更为激烈，上中师的桑蒂因为汉族女友跟他分手，并当着城里全家骂他是"蛮子"而割掉了女友的鼻子，这种过分激烈的爆发方式，正在一定程度上反映了当年藏边青年阿来在外界文明面前的敏感与脆弱。

不能否认，故乡仍然是阿来的挚爱，他曾经在《群山，或者关于我自己的颂词》里歌颂自己的故乡：

---

① 阿来著：《没有一种固定不变的民族文化》，《看见》，湖南文艺出版社 2011 年版，第 171 页。

许多先贤环绕我

萨迦撰写一部关于我的格言

格萨尔以为他的神力来源于我

仓央嘉措唱着献给我的情歌

……

（那时整个世界的先声，是关于

过去、现在与未来的辉煌箴言）

听见红色的血终归要流贯万年

在上述充满象征与禅意的文字中，我们不难感受到阿来对藏族文化的深厚情感，但这种深爱也不能掩盖他对藏文化以及故乡那种沉重与复杂的态度，就像艾青在《我爱这土地》中所抒发的那样："为什么我的眼里常含泪水？因为我对这土地爱得深沉……"相较而言，迟子建在书写《额尔古纳河右岸》时充满了异族遥望的诗意与温情；而阿来在《尘埃落定》中面临土司覆灭、古老制度瓦解时，却有着信仰在毁灭之前崩塌的焦虑与隐忧。这让我禁不住想起了作家苏童在谈论故乡（苏州）马桶时那种直白的愤怒，正是因为血脉相通所以生息与共。所以，从《永远的嘉绒》《永远的嘎洛》《已经消失的森林》《天火》等作品中，我们不仅和阿来一起面对故乡的变迁、公路的深入、森林的消失、环境的恶化、古老精神的流离失所，而且一起经历着那种挽歌与批判的情绪，感受切近的内心痛楚。

归结说来，独特的文化背景、诗歌的语言锤炼、博大幽深的自然环境使得阿来的作品中处处洋溢着灵动的禅意、离奇的想象以及沉郁的诗性魅力，巨大的隐喻仍然藏匿在国家和民族之间。与其说雪域高原的自然环境、民间神话传说是阿来文学创作中的甘霖雨露，赋予了他独特的气质，倒不如说古老的村落、不灭的灵魂都是阿来写作的自觉选择。阿来在正视族群的生存面貌与文化内涵的同时，用心去感受这个族群深层的内心体验，一方面深深地扎根于嘉绒大地之中，另一方面又从日常经验中升华出来，在接受精神洗礼的同时，寻求一种到天上去的"大声音"，努力表达一种立足于藏民族本根之中的浑厚与宽阔。这使得阿来的创作不仅仅是立足于少数民族的创作，而是扩展到了整个人类的高度。

第二节　我只感到世界扑面而来

对于一个不乏想象力的作家而言，阿来出生的血地、成长的村落可以为他的创作提供足够的生命素材和人文景观，但这并不意味着作品的虚拟容量和表现空间就永远等同于这个"邮票"大小的地方。二十世纪八十年代的中国文学，就像一个巨人猛然从梦魇中醒来，面对逐渐放开的中外文学名著，"在我的青年时代，尘封在图书馆中的伟大的经典重见天日，而在书店里，隔三岔五，会有一两本好书出现。没有人指引，我就独自开始贪婪地阅读。至今我也想不明白，自己怎么就能把那些夹杂在一大堆坏书和平庸的书中的好书挑选出来。那个时候，我并没有想过要当一个作家。我只是贪婪地阅读。在我周围，有善良的人、坚忍的人、有趣的人、聪明的人，但阅读让我接触到了伟大的人。这些伟人就在书的背后，在夜深人静的时候，他们就会站出来，指引我，教导我"①。虽然我完全有理由相信，即使没有西方的名著和文论，阿来依然会有自己的情感、形式、内容、思想观念及其意义，但不可否认的是，这些西方学术文化成果大大丰富和扩展了阿来乃至整个中国当代文学的图景，以致于我们在解读任何一个八十年代以后崛起的作家时都无法

---

① 阿来：《人是出发点，也是目的地》，《黄河文学》，2009 年第 5 期。

忽略和绕开它们。

对阿来的个体创作而言，他的表达是从诗歌开始，阅读的感动也是从诗歌开始的。回首八十年代的文学史，诗坛是如此地喧嚣而绚烂，八十年代前期的"归来者"的诗，青年一代"崛起"的新诗潮（1980年下半年在争议中延续下来"朦胧诗"的命名），到1985年甚至更早出现的"第三代"（或被称为"新生代"）诗歌，诗歌社团兴盛一时。而自编、自印诗报、诗刊、诗集更是数不胜数，在这种狂热的洪流中，当时默默无闻的阿来却能抵御成名的巨大诱惑，保持其文学的独立性和纯净性，这一点显得尤其难能可贵。在1989年作家出版社出版了他的一个短篇小说集《旧年的血迹》后，阿来又一次面临成名的机会，"在这种情况下，我突然想起了惠特曼[1]和聂鲁达[2]这样的大诗人，他们把自我敞开，以一颗赤子之心在大地上行走，和土地在一起，和大自然在一起，和历史一起，和人民在一起，从大地和人民那里汲取力量。他们把个人和雄伟的存在联系在一起，整个人就产生了巨大的力量。读他们的诗，我感到那样一种力量通过文字传达给了我"[3]。可以说，这是一种与伟大的自觉对接，使得阿来以后的创作日趋走向一个更为宏大的存在。从中我们也不难发现，阿来是一个坦诚而博大的作家，只有博大而自信的人才会从不掩饰自己对其他作家的热爱，不惧怕"影响的焦虑"。在他的很多访谈和创作谈中，阿来不止一次地表达对聂鲁达、惠特曼的偏爱，"对我而言，最初走上文学道路的时候，很多小说家与诗人都曾让我感到新鲜的启示，感到巨大的冲击。仅就诗人而言，我

---

[1] 沃尔特·惠特曼（1819—1892），生于纽约州长岛，美国著名诗人、人文主义者，代表作品是诗集《草叶集》。

[2] 巴勃鲁·聂鲁达（1904—1973），智利当代著名诗人，他于1971年获诺贝尔文学奖，授奖词中写道："因为他的诗作具有自然力般的作用，复苏了一个大陆的命运和梦想。"

[3] 阿来、陈祖君：《文学应如何寻求"大声音"》，《现代中国文化与文学》，2005年第2期。

就阶段性地喜欢过阿莱桑德雷、阿波里奈尔、瓦雷里、叶芝、里尔克、埃利蒂斯、布罗茨基、桑德堡、聂鲁达等诗人。这一时期，当然也生吞活剥了几乎所有西方当代文学大师翻译为中文的作品"①。"我喜欢长句子的诗。……想想原因，可能和我喜欢的一些诗人有着很大的关系吧。名单如下：惠特曼、聂鲁达、昌耀、埃利蒂斯、圣琼·佩斯和一个非洲人，对了，我想起那个非洲人的名字了。他的名字叫桑戈尔。"②"在这个时期，美洲大陆两个伟大的诗人成为我文学上的导师：西班牙语的聂鲁达和英语的惠特曼。……我很为自己庆幸，刚刚走上文学道路不久，并没有迷茫徘徊多久，就遭逢了这样伟大的诗人，我更庆幸自己没有曲解他们的意思，更没有只从他们的伟大的作品中取来一些炫技性的技法来障人眼目。我找到他们，是知道了自己将从什么样的地方，以什么样的方式重新上路出发，破除了搜罗奇风异俗就是发挥民族性，把独特性直接等同于世界性的沉重迷思。"③"但我仍然记得，他怎样带着我，用诗歌的方式，漫游了由雄伟的安第斯山统辖的南美大地。……那时，还有一首凄凉的歌叫《山鹰》，我常常听着这首歌，读诗人的《马克楚比克楚高峰》，领略一个伟大而敏感的灵魂如何与大地与历史交融为一个整体。这种交融，在诗歌艺术里，就是上帝显灵一样的伟大奇迹。"④时至今日，阿来依然用了"喜欢""导师""伟大的诗人""伟大而敏感的灵魂""伟大奇迹"这些充满了炙热的崇敬的词语来表达自己的热情。年轻时，阿来经常背着行囊在若尔盖草原漫游，行囊里只有少许干粮和聂鲁达、惠特曼的诗歌。细读阿来，我们发现对聂鲁达与惠特曼的迷恋使得他写下了《群山，或者关于我自己的颂词》《金光》《歌唱自己的草原》《冰冻》《如何面对一片

---

① 阿来：《穿行于多样化的文化之间》，《中国民族》，2001 年第 6 期。

② 阿来：《沉静的宣叙》，《草地》，2004 年第 3 期。

③ 阿来：《我只感到世界扑面而来》，《当代作家评论》，2009 年第 1 期。

④ 阿来著：《阿来文集·诗文卷》，人民文学出版社 2001 年版，后记，第 154 页。

荒原》《三十岁时漫游若尔盖大草原》等大量的诗篇。他在《群山，或者关于我自己的颂词》中写道："我背上我最喜爱的两本诗集前去瞻仰／去获得宁静与启悟"，在他的诗歌中充满了对"无边的蔚蓝""洁白的羊群"、连绵群山以及广阔大地的嘉绒故乡的讴歌。从他的诗歌中，我们可以轻易找到他与聂鲁达、惠特曼的大地主义的诗歌风格的相同点，也会深深地体悟到阿来游历自己的故乡、回顾家园历史时的那种自信与骄傲。

可以说，从创作伊始阿来就是一个有着很强的方向感、文字控制力和生命表达诉求的作家，对阿来这种深得文学要义，尊重历史、土地和人民的诗人而言，我相信，假如他在诗歌的世界里再走得远一些，他完全可以达到加里·斯奈德的"禅诗"的宏大境地。虽然从表面上看，阿来似乎并不刻意地追求诗歌的形式，他将诗歌中浓烈的爱意与激情控制得很好，但他生命的激情在宏阔原野上的投射依然震撼着我们。反观聂鲁达的诗歌，我们发现，他诗歌中具有浓烈情感、丰沛想象，行文中充满了对大地、海洋、石头等自然万物的歌颂，以及对农民、工人等劳苦大众的讴歌，当然其中还有对美好的爱人与爱情的描绘。即使我们无须像手持解剖刀的医生一样，从阿来的诗歌中剖析出聂鲁达、惠特曼的因子，仍然可以从阿来的《群山，或者关于我自己的颂词》看到《马克楚比克楚高峰》的影子。无论是"和怀孕的妻子讨论生命与爱恋"，还是第七节《矿脉》、第八节《纺织》和第九节《天啊》都充满了那种对生命的严肃的使命感："我向你们倾诉我所有的行程／双脚，以及内心"；而对"美丽而温柔"的女人的歌颂："啊，我们生命之外与生命之内的／女人／诗歌之前与之后的女人／我的母亲，我的情人／我的姐妹们"……也同样表现出了那种博大、宽厚与炙热的情怀。同时，也能发现阿来在诗歌形式下承载了太多沉重而博大的内容，那种终极关怀意识和悲天悯人的胸怀，"我在柔和的灯光下一行行检点的不是诗句，而是漫长曲折的来路"①，在《结局》中阿来写道："黑夜，我的灵魂已经离开我／变成青草与树木的根须在暗中蠕动／痛苦而又疯狂……月亮升起，众多的磷火／孤独而又凄绝的磷火悄然熄灭／而我听见／被夜露打湿的灵魂从远处回来／从一切回声曾经经过的地方／蛇一样蜿蜒着从远处回来"，这样的文字表达赋予了这首精神牧歌以残酷、孤独而弃绝的境地。显然，对诗歌而言，这种表达显得过于深奥、沉重而庞杂，阿来也敏锐地认识到了这一点——"诗是我文学的开始。而当诗歌因为体裁本身的问题，开始限制写作更自由更充分表达的时候，我便渐渐转向了小说。"② 1989年，阿来漫游若尔盖大草原并写下《三十岁时漫游若尔盖大草原》后，他就不怎么写诗了。然而，阿来并没有停下他的脚步，他不断地漫游、寻求、发现、提升，他的诗歌中那种追寻、孤独、命运观、英雄观以及对生命的关注这些突出特征，在他后来的小说作品中被延续了下来。

阿来曾经说过："对我个人而言，应该说美国当代文学给了我更多的影响。……因为我长期生活其中的那个世界的地理特点与文化特性，使我对那些更完整地呈现出地域文化特性的作家给予更多的关注。在这个方面，福克纳与美国南方文学中波特、韦尔蒂和奥康纳这样一些作家，就给了我很多启示。换句话说，我从他们那里，学到很多描绘独特地理中人文特性的方法。"③ 这里，阿来又一次地展示了他的坦诚与真实，以及那种海纳百川的开阔与深沉。也让我们在面对阿来小说时，可以避免在发掘外国作家对其创作的某种启迪与帮助时的犹疑，从而能够更加从容而坚定地探寻阿来写作发生的可能。

时至今日，阿来的许多作品依然散发着浓厚的地域情调，尽管

---

① 阿来著：《阿来文集·诗文卷》，人民文学出版社 2001 年版，第 155 页。

② 阿来：《在诗歌与小说之间》，《四川省情》，2002 年第 3 期。

③ 阿来：《穿行于多样化的文化之间》，《中国民族》，2001 年第 6 期。

他一再强调他作品的普遍性，并反对用藏文化背景作为他作品营销的噱头，但独特的藏地文化和地域背景成为阿来初习写作时结合西方技巧的温床，他在民间故事的基础上发掘出寓言、象征的特点，"而这些恰好跟八十年代传入我国的西方现代文学有相通之处"①。阿来的很多早期作品并不注重故事的完整性与坚实性，而是着力加强故事的流逝感，这些都带有现代派小说的痕迹。早期的《老房子》就是一部具有探索意义的小说，"老房子"作为一种象征和指代，代表着逝去、倾颓、废弃和老朽。小说虽然沿用第三人称叙事，却一直围绕老门房莫多仁钦的思维展开，有着意识流的特征在里面。这种思维自由流动的写法在一定程度上暗合了老迈而衰退的看门人莫多仁钦恍惚的思绪，轻易地抹平了现实与想象的界限，在增加作品读解难度的同时，也使故事有了更为广阔的心理展示空间。此外，阿来在小说《寐》开头就写道，"必须确信，预感是存在的。就像我预感到这个牧羊人将要进入我的臆想世界一样"；在《环山的雪光》中，金花的梦境也时不时地出现在正常的现实叙述中，这些预感、幻想、梦境与现实相交叉的叙述，却一定程度上加深了作品里面那种深入骨髓的虚无感。这些技巧在《旧年的血迹》中则运用得更为密集而圆熟，作品采取了第一人称的限制视角和第三人称全知全能视角交叉使用的方法，在有限的篇幅中把现实的书写、梦境的描绘、传说的复述、历史事件的穿插等多层面的内容有机拼接起来，互相映照。并用"一九五五年""一九五一年""那时我十二，彩芹老师十八"等这些确切纪年的插入增加了故事的真实感，增添了历史回放的意味，显示出阿来用想象来填补更为真切历史的努力。

通过作品细读可以发现，阿来早期的作品多是意念先行，竭力地表现精神追求与现实生活之间的种种背离，张扬强力意志与生命

---

① 吴虹飞：《阿来：终生都在叛逆期》，《南方人物周刊》，2009年第4期。

冲动，捕捉、描摹与个体的孤独感、命运的荒诞感以及生命的虚无感，这都在一定程度上暗合西方现代派小说的观念和技巧。反观阿来从《红苹果，金苹果……》到《草原的风》《老房子》《环山的雪光》等作品，可以看出阿来从表现形而下的冲动到追寻形而上的转变。在《老房子》结尾，阿来用"最后，他挥舞着已经爬到他手臂上的鲜艳的火苗说道"这样一个诗性而绚丽的结尾，轻易地掩去了门房莫多仁钦和这栋老房子一起焚烧、化为灰烬的惨烈；同样使用诗意的空白手法的还有《环山的雪光》中关于金花自杀情节的描写。这让人不禁想起尤瑟纳尔小说中一篇关于中国的故事——《王福脱险记》，其中有一段关于被砍下头颅的林奇迹复活的描写，"他的脖子上围着一条奇怪的红围巾"，血迹与狰狞的惊心动魄在这里被轻轻带过，却又显得如此生动而合理，二者在书写和表达上有异曲同工之处。如果说这两个各自独立的作家像彼此独立的时区，那么相似的叙述手法、相通的思想境界使他们有了联结，在并立的精神世界中，他们跨越时间与地域的鸿沟交相辉映。

在阅读阿来的《有鬼》《非正常死亡》[①]时，我禁不住想起了《一件事先张扬的凶杀案》[②]。在这部马尔克斯的得意之作中，以魔幻现实主义而闻名于世的他却一改惯用风格。马尔克斯用了大量的诸如"他们记得""谁也不敢肯定""母亲最后一次看到他时""我决定根据别人的记忆把那次婚礼的情境一点一点地追记下来"，加上"不少人回忆说""但是大多数人都说"等上百个"××说"，佐以"在三点二十分时看见他"这样准确的时间，以"新闻报道般的"逼真，叙述了一场三十年前的凶杀案，使得想象的故事有了真实的质地。同时，马尔克斯又刻意加入种种的细节剖析，诸如"这

---

① 《非正常死亡》发表于《四川文学》1997 年第 4 期。后由《湖南文学》1997 年第 8 期转载，更名为《小镇的话题》。

② 《一件事先张扬的凶杀案》是马尔克斯写于 1981 年的作品。本处选取的译本是李德明、蒋宗曹译，陈中义主编：《世界中篇小说经典·拉美卷》，春风文艺出版社 1996 年版，第 646—725 页。

个材料，同其他许多材料一样，没有写进预审档案""实际上"这样的话语，区分了真实与想象的真实，映现了貌似真实的背后所掩盖的鲜活细节，另外，不同人物、不同视角立场的回忆与补叙都使得真相不仅无法还原，而且更加扑朔迷离。无独有偶，在《非正常死亡》中，阿来也用了"第一个看见他的人""第二个看到他的人""油漆栏杆的工人注意到刘副部长时"这些回忆性的词语，并通过机关看大门的老头、武警中士、办公室主任、白班护士、捕鱼老头等人的不同叙述，试图从多个侧面回顾事发现场。并用"第三天""转眼已是六月""再后来"这样表示时间的词语来营造一种寻查这个死亡案件的迫切的过程。文章中还穿插了这些回忆者受到这个非正常死亡事件的影响，"只有言辞构成的传说依然坚硬，把人置于浓重的阴影中间"①。并把谣言、传说和现实进行比照，加入了孩子失踪，所有人却不知道孩子性别这样滑稽而荒诞的书写，在减缓了一个关于死亡的故事的阴暗质地的同时，也扩大了作品的意义空间。在阿来另一篇城镇小说《有鬼》中，阿来加入了对第一人称"我"的现实生活的描绘，并与小镇历史一起诉说，用"我忘了说""我还忘了说""我说的是""我听到"这样的表述，把一个关于鬼的传说进行了有理有据的分析，以最后荒诞的结尾作结，表达了人生的无聊。这两个故事都在一定程度上揭示了一个本不应存在的小镇，在现代化进程中因失根所伴生的空虚、愚昧与落后。可以看出，这是两个颇为讲究小说技术的作品，阿来对叙述中情感的有效控制，也与马尔克斯有着相通之处。

提到马尔克斯及拉丁美洲文学时，阿来有过这样一段论述："在我来说，在拉美大地上重温拉美文学，就是重温自己的八十年代。那时，一直被紧闭的精神之门訇然开启，不是我们走向世界，而是世界向着我们扑面而来。外部世界精神领域中那些伟大而又新

---

① 阿来：《梭磨河》（组诗），《草地》，1989 年第 1 期。

奇的成果像汹涌的浪头，像汹涌的光向着我们迎面扑来，使我们热情激荡，又使我们头晕目眩。"①当我们留意阿来提及的那种源自八十年代的"热情激荡"而"头晕目眩"的剧烈感受时，我更愿意把它们看作是对作家意识和心灵的唤醒，从此阿来在文学的写实中鼓动起想象之翼，自由地游弋在现实与想象、事实与虚构之间。不止一个评论家把《尘埃落定》与魔幻现实主义联系起来，而"雷德里亚神父很多年后将回忆起那个夜晚的情景"（《百年孤独》）这样的句子没有理由不被克隆。虽然阿来的藏民族背景很容易和拉美的魔幻手法碰撞出迷人的火光，"我更庆幸自己没有曲解他们的意思，更没有只从他们的伟大的作品中取来一些炫技性的技法来障人眼目。"②可以说，阿来的创作是根植于汉藏双重文化系统杂糅、碰撞，而产生的本土性文化体验，"因为我是一个藏族人，是中国的少数民族，少数民族的文化特性自然而然让我关注世界上那些非主流文化的作家如何作出独特、真实的表达。在这一点上，美国文学中的犹太作家与黑人作家也给了我很多的经验。比如辛格与莫瑞森这两位诺贝尔文学奖获得者如何讲述有关鬼魂的故事。比如，从菲利普·罗斯和艾里森那里看到他们如何表达文化与人格的失语症。我想，这个名单还可以一直开列下去，来说明文学如何用交互式影响的方式，在不同文化、不同国度、不同个体身上发生作用"③。就像上文中阿来自己坦言的那样，独特的民族特征使得他和拉丁美洲文学、美国南方文学这些所谓的"亚文学"之间有了精神的共鸣与联系。而民族文化心理是阿来看不见的导师，他的创作基本上都是以民族区域为背景，围绕着命运的神秘与文明的困惑展开的，《旧年的血迹》中，头人因为自得而又残忍地让百姓在肉的香味中忍受饥饿而受到诅咒，冬日里那些本不能存活的苍蝇的出现成了头人在

---

① 阿来：《我只感到世界扑面而来》，《当代作家评论》，2009 年第 1 期。

② 同上。

③ 阿来：《穿行于多样化的文化之间》，《中国民族》，2001 年第 6 期。

命运面前绝望自杀的直接导火索，这个情节有着明显的魔幻色彩；在《灵魂之舞》中，阿来围绕索南班丹老人的梦幻、灵魂的感受而进行叙述，追随着灵魂的轨迹展开情节的腾挪；《行刑人尔依》中亡灵的衣服因为受刑人的灵魂附着在上面，使得衣服隐藏着或恐惧、或仇恨、或疯狂、或歌唱的魔力。

《尘埃落定》中，阿来采取了"白痴叙述"①的视角，让我们不由得把它与《喧哗与骚动》联系起来。福克纳在《喧哗与骚动》开篇中沿着南方没落地主康普生家老三班吉的视角展开。班吉三十三岁了，智力却不如一个三岁的孩子，他分不清现在与过去，脑子里只有一片模糊的感觉和想象，行文围绕傻子班吉这一"有限视角"，进而展开了对美国南方社会变迁历史的描绘。虽然阿来和福克纳都不约而同地采取了同样的叙述方式，但我完全有理由相信，对傻子视角的选取是阿来阅读积淀和自由选择的结果，傻子少爷正是阿来在二十世纪以来质疑、颠覆、消解的西方哲学和文学思潮下的产物。不仅如此，《尘埃落定》中对大量的神秘力量的书写，以及有关鬼魂、诅咒、大地的摇晃等书写都散发着一种超越了庸常生活的想象力和幻想性的力量。"幻想性与想象力不同，想象力是艺术创作的一种基本能力，在现实主义大师的作品中，想象力更多体现在根据人物的逻辑或生活的逻辑来虚构故事的走向，而幻想性是现代艺术的基本元素，它解决了理性和非理性、真实和虚假、现实和超现实等一系列与艺术创作休戚相关的命题。"②阿来正是借助于这个幻想性的翅膀，让他的书写自由地飞翔于现实、历史的缝隙之间，而幻想、寓言、象征和阿来特殊的民族背景碰撞、融合，使得他的叙述呈现出一种极其鲜活而灵动的特色。《火葬》正是这样一种尝试和努力，文章中充满了传说、鬼神、寓言和巨大的幻想性，这个关于信任与诺言的寓言包裹在带有某种神秘意味的故事里。那个没

---

① "白痴叙述"是由里蒙·凯南在《叙述虚构作品》（三联书店 1989 年版）中提出的。
② 里程：《文学的出路》，《当代作家评论》，2008 年第 6 期。

有名字的"那个人"仿佛并不真实的存在，沉重的故事、荒诞的结尾，文章还用了大量的诗性的寓言，诸如"目光所及的地方，草枯石烂"，"那房子已不是房子了。而是一座巨大的梦魇般的废墟。红色的晚霞落在废墟后面，那些耸立的残墙似乎还在燃烧"等诗性的语句赋予了整个文本以梦魇般的底色，幻想和神秘的事物在叙述中复活。阿来描写了村民用一场轰轰烈烈的燃烧，遮掩事件本身的阴谋，尽管大火掩盖了这场因为人的贪婪、懦弱、麻木、渺小、背信而导致的杀戮，但是人的良知以及古老的高贵品质也连同这个古老的房子一起，化为灰烬。阿来的这种书写颇具人类寓言的意味，在现代性的幻想、魔幻手法之下，造就了一个充满无限可能的叙事空间，充分体现了作家对"审美形式意味"的高度自觉，彰显了阿来作品独特的精神意蕴与话语格局。

除了马尔克斯，对阿来影响较大的还有胡安·鲁尔弗和奈保尔，阿来在评价奈保尔时用了"不是解构，不是背离，是新可能"[①]的论断，阿来很早就读了他的《米格尔街》。在这部小说中，奈保尔的语言"简洁节制，清爽利落，幽默超然"[②]，而"我"和海特作为主线穿插在作品的每一个独立的故事之中。在阅读中我们能够感受到，在这些幽默超然的叙事背后，却隐含着作者不可挽回的消逝感与淡淡的忧伤，"一切都变了。海特进监狱时，我的一部分也随之死掉了"[③]。我想，阿来对奈保尔的阅读感受是独特的，那种文字风格、表达方式在年轻的阿来心中发酵、酝酿，并在《空山》中隐约呈现出《米格尔街》的意蕴，只是经过时间的锤炼，《空山》给人的感觉更为博大而浑厚，这在某种意义上也验证了布鲁姆在《影响的焦虑》中的著名观点：并不是前辈诗人的作品影响了后来的

---

① 阿来著：《不是解构，不是背离，是新可能》，《看见》，湖南文艺出版社 2011 年版，第 122 页。
② ［英］奈保尔著；王志勇译：《米格尔街》，浙江文艺出版社 2003 年版，第 191 页。
③ 同上，第 182 页。

诗人，而是后辈诗人的成就和光辉照亮了前辈诗人。事实也证明，《空山》是对《米格尔街》生命意义上的延伸与文学的辉映。

当我手捧人民文学出版社1980年出版的《胡安·鲁尔弗中短篇小说集》时，曾经试图猜测阿来当时阅读鲁尔弗的感受。在鲁尔弗的短篇小说《我们得到了土地》中，叙述了一个关于追寻的故事，虽然他们最大的渴望只是一小块赖以生存的土地。作品自始至终用的都是平淡而轻松的口吻，当我们追逐主人公的脚步，在细腻的铺排中等待着命运对辛勤的赐予时，"然而他们分给我们的土地却是在悬崖的上面"，这句轻描淡写的结局带给我们一个巨大的"突转"，轻易地敲碎了卑微灵魂的努力、忍耐、坚持和向往，鲁尔弗把如此荒诞而沉重的故事书写得丰美动人，他用赋予这个绝望的故事以举重若轻的力量，拓展了情感深度，使得作品产生了意犹未尽的深意和魅力。这种表达与阿来的《空山》卷一《随风飘散》有着异曲同工之妙，它们都把生命不能承受之重在貌似轻盈的回旋中结束，扩展了叙事层次的丰富性。《安纳克莱托·蒙罗纳斯》里面的"我"是一个孤独的斗士，表面玩世不恭，被人认为扯谎、造谣、粗鲁、恶毒，却把良知隐藏得很深，这与伪善、邪恶而淫荡的"圣婴"安纳克莱托形成鲜明对比。文章中没有那种高高在上的评价，只是靠人物间琐碎的对话来表达，"我"和众信徒间因为认知不同无法彼此信服，而最大悲哀莫过于那些受害老妇人的迷茫与执信。这篇小说无疑是对上帝死了的另一种宣告，对神迹、圣人进行了日常的解构与倾覆。小说最后以空白的含混驳诘信仰的虚妄。另外，在《佩德罗·巴拉莫》中，鲁尔弗把鬼魂引到故事中来，让人物和鬼魂对话，并跨越了生死、时间、空间的界限，使得叙述在时光的隧道里自由穿梭。鲁尔弗善于用象征、夸张的手法表现残酷的社会现实，书写残暴统治下的凋敝山庄。曾经在电影厂工作的经历培养了鲁尔弗对摄影的浓厚兴趣，这让他的小说叙事有了很强的镜头感，他很善于选取景物来构建氛围。虽然我现在无法确切地指出其小说与摄影之间的隐秘联系，但当我看到鲁尔弗摄于二十世纪五十年代的一些关于墨西哥乡村的照片后，我相信，小说《佩德罗·巴拉莫》也许就是从他的那些充满诡谲和虚幻的取景中获得了灵感。可以说，阿来与鲁尔弗在小说情感处理、表现风格以及艺术风貌等方面都有着诸多的契合点。阿来也很善于用文字的镜头捕捉并发现风景的独特价值，他的很多作品中都呈现出一种寓情于景的美学特征；他的叙述看似漫不经心，是以纯净简练的语言营造一种非常爽利的阅读效果，但这种顺畅绝不是一览无余，阿来敢于用"朴拙"的语句与手法来营造自己的故事，那绝对是一种自信，因为他相信生活本身就浸透着历史与哲学。

实际上，阿来多年来一直坚持不断地阅读、思索，在大量的访谈和阅读随笔中，他谈孔子、杜甫、惠特曼、奈保尔、莱辛、尤瑟纳尔、卡夫卡……古今中外，海量的信息随意点染，阿来讲自己在乎、关注的东西，却没有什么顾忌，也没有专业套路，他谈得恳切而激烈，老练又怅惘。我们沿着阿来的目光，从中收获了大量书本之外的信息，也窥见他的审美倾向以及对作品意蕴、风格、文体乃至文本中复杂、浓郁的情感重视。阿来在《我只看到一个矛盾的孔子》中，先谈《追忆似水年华》、谈《尤利西斯》、谈《小王子》、谈《论语今读》，往往都是信手拈来的寥寥数语，却显现了他的阅读选择及审美判断。他讲孔子的"抱负难展""长吁短叹"，并从《论语》中谈到知识分子的立场与矛盾。另外，阿来屡屡谈到莱辛，甚至在《善的简单与恶的复杂——病中读书记二》中专门讲多丽斯·莱辛。阿来一再强调莱辛的"明晰简单"，他用大量篇幅复述莱辛描写一个白人姑娘在遇到曾经的黑人酋长时的那种震动，以及在不可变更甚至是刻意忽略的沉重现实面前的情感与良心。当莱辛面对津巴布韦原始森林消失时，她用理解的语调写道"人们得吃饭呀，要有燃料呀"，这种深厚的关怀与同情与阿来写于二十世纪九十年代的《已经消失的森林》形成共鸣。作者用了"遗忘""陌生"这样的词汇诉说具有"歌谣般的色彩"的乡村过往，直面森林、溪流的消失，并反思蕴藏在这种逝去背后的复杂而又沉重的生存现实。文中的吴审判员说："靠山吃山，就只有砍树打猎了。这哪一样不犯法呢？"虽然我无法判定，阿来当时是否读过多丽斯·莱辛的《非洲的笑声》，但这种关乎良知的道德关照，以及"表达了一种现实，即便其中充满了遗憾与抗议，也是希望这种现状得到改善。但作家无法亲自去改善这些现实，只是诉诸人们的良知，唤醒人们昏睡中的正常的情感，以期某些恶化的症候得到舒缓，病变的部分被关注，被清除"①的情感诉求却是相同的。我们不难发现，阿来的随笔不再是传统意义上从文本到文本的解读与批评，而是渗入了他深刻而敏锐的生命体悟。从这个意义上讲，阿来对莱辛作品的解读是两个作家跨越时间与地域的鸿沟所进行的灵魂对灵魂的注解，是一位小说家对另一位小说家的心灵抵达。

此外，我们注意到阿来的作品笔墨俭省，前期的小说中有一种"枯瘦"的力度，后来的作品日渐稳健、成熟，阿来的俭省跟卡佛的小说看上去很相似，但是又不太一样。卡佛的小说应该是海明威小说的传承，所以它非常简练。阿来的用笔也非常简练，似乎有着海明威小说"八分之一"冰川的那种意犹未尽，但更像中国山水画，浓疏错落之间，含义隽永又诗意萦绕。事实上，任何一种探寻、比较性质的书写都带有一种强硬归纳的态度，而背离了文学的本义。就如鲁迅先生在《野草》中所说："我将开口，同时感到空虚"，就像我们不会因为福克纳《喧哗与骚动》和海明威的《乞力马扎罗的雪》中使用了意识流的手法就说他们仿照了乔伊斯一样。在某种意义上，"模仿"与技巧是很容易操作并可以置人于死地的利器，如果我们一味地把某部作品与西方的某些作品拿来比较，就很容易否定了该部作品的独特性和深邃性。显然，阿来并没有刻意

---

① 阿来著：《善的简单与恶的复杂》，《看见》，湖南文艺出版社2011年版，第119页。

罗列藏民族那些独特的文化现象或者离奇的故事来赢取噱头，而是立足于自己熟悉的民族文化与地域特点，运用虚构和幻想来构建故事，对人类共同的生存以及精神状态进行书写并引发读者心灵的共鸣。文学的神奇之处在于，共同的情感诉求、相通的人性体验可以超越语言、种族等外在形式，引发心灵共鸣。阿来文章中着力书写的那些关于孤独、隔膜、命运的感受与体悟，都是现代人所注重的情感，也是世界范围内作家们所共同追求和努力表达的东西。每一位好作家所追求的是如何把想象、洞察和适当的技巧完美结合，发掘艺术的美感，并呈现给人们真实的人性、期待与苦楚。而这个过程中，彼此借鉴、相互映照就显得如此地必须和重要。

阿来的小说还有一个显著特点，那就是有时他会以作者的身份直接切入叙述进程并进行议论，或者化身为文中的"我"，把自己的生命经历写进故事中。在《旧年的血迹》《环山的雪光》《守灵夜》《芙美，通向城市的道路》《最后的嘎洛》《鱼》《已经消失的森林》等作品中，都有一个"我"出现，文中的"我"自我剖白并主动破坏小说的自圆性，这既是阿来的叙述自信，也显示出他对现代性技巧与思维的自觉运用。此外，阿来也在某种程度上受到了萨特的影响，这一点连他自己都很少提及，如同《猎鹿人的故事》《遥远的温泉》中桑蒂把"存在主义"的萨特说成瓦特一样，我想，这可能是阿来潜意识里的忽略。即便如此，阿来的前期作品仍显示出一种哲学思索的痕迹，他试图把哲学与文学结合起来，注重人的精神世界，书写存在的困惑与焦虑。很多时候，人会因生存的重压而缺少尊严，为命运的艰难而日趋麻木。虽然在阿来少年成长轨迹中不乏困窘、艰难与屈辱的经历，但他并没有纠结于此。阿来很快就意识到这种观念性太强的写法会在一定程度上破坏小说本身的美感，所以在他后来的作品中努力缓解人的心理存在与社会现实，甚至是故乡之间的紧张关系，我们可以感受到阿来是在逐步走向一种更加自在、宏阔的畅达境界。这不仅得益于阿来的阅读经验，更多的是来自大自然以及音乐的滋养。那些有力而伟大的音乐抚慰并鼓舞了年轻的阿来，"那个时候，音乐是每天的功课"①，他沉醉于贝多芬、拉赫玛尼诺夫的音乐。如果换作是我们，面对马尔康的莽苍森林，看着白桦树四季的渐变，聆听那些或铿锵有力、或悠扬婉转的音乐，将会有怎样的心境。我记得阿来曾经说过，《尘埃落定》就是在贝多芬的《春天》、舒伯特的《鳟鱼》低浅迂回的氛围中开始书写的；写《云中记》时，庄重而悲悯的《安魂曲》一直在他耳边回响。即使在阿来那些极其朴素的文字里，我们都能体味到音乐的回旋与咏叹。

值得一提的是，自然在阿来的创作生命中一直有着重要的影响，他十分认同米沃什"如果在社会学中受到了伤害，那么可能从生物学中得到安慰"的表达。阿来喜爱利奥波德的《沙乡年鉴》，他阅读缪尔、梭罗、利奥波德，"我现在做这种自然观察笔记，我不能说模仿他们，模仿是不对的。但是他们提供了一种生活方式，我觉得这个方式是可以学习的"②。藏地开阔旖旎的天地与曾经饱受创伤却依然生机勃勃的自然总能带给阿来巨大的情感慰藉。就像他在诗歌《心灵假期》中所写的那样："生命中这一短暂的瞬间／因为天空和嘴唇更加宽广，就像／眼下这纬度高处的地带／……我说，这已经足够／因为有这命运一般的伟大旷野／我说，这已经足够／不是指鲜花，或者权杖／甚至不是指忠诚与爱情／仅仅是指眼前亘古如此的景象／……这样，我的心房已经是一个巨大的蜂巢／悬挂在大树上外表朴实／内部甜蜜，洁净，而且不断吟唱／在草原和群山的过渡带上／那里，既是边缘又是中央"。在他的作品中一直有大量的自然描写，在后来的《草木的理想国》《河上柏影》中，自然更是成为文本书写的中心。阿来书写自然的文字清雅醇厚，又不

---

① 阿来著：《随风远走》，《看见》，湖南文艺出版社 2011 年版，第 147 页。

② 阿来、谭光辉等：《文学执信与生态保存——阿来访谈录（下）》，《中国图书评论》，2013 年第 3 期。

失细腻灵动，他用"听香"的通感来传递神秘的自然体验，人与自然，在这里浑为一体、互相感应，在他对自然的深情凝视之中，饱含着一个大地之子的良善初心。阿来的植物学情结实质上源于他对自然的敬畏，阿来试图用自己的作品唤醒人们对自然、生态以及万物更多的关切与尊重。

阿来兼具古典和浪漫的艺术品质，我想，即使没有世界文学思潮的引入，极具悟性及天分的阿来也会有属于自己的浑然天成与水到渠成。事实上，文化的自觉选择有效地彰显了作家浩瀚的胸怀，使阿来的创作具有了世界性的眼光。"从此我知道，一个作家应该尽量用整个世界已经结晶出来的文化思想成果尽量地装备自己。哲学、历史学、地理学、人类学……不是把这些二手知识匆忙地塞入作品，而是用由此获得的全新眼光，来观察在自己身边因为失语而日渐沉沦的历史与人生。"[1] 对于阿来而言，阅读是领悟而不是模仿，是从伟大的灵魂那里得到启示，从而燃起自己内心的光芒。开阔的文化视野促使他不断地发现自己、审视家园，并使文学创作也因此得到延展。他站在历史哲学的角度，对民族、国家、人生和宇宙进行哲理性的思考。有时候文学就像是道路一样，两端都是方向。阿来在贝多芬《春天》的旋律里，像惠特曼短诗《船启航了》所写的那样："看哪，这无边的大海，它的胸脯上有一只船启航了，张着所有的帆，甚至挂上了她的月帆，当她疾驶时，航旗在高空中帆扬，她是那么庄严地向前行进，下面波涛汹涌，恐后争先，它们以闪闪发光的弧形运动和浪花围绕着船，起航！"

---

① 　陈思广主编：《阿来研究资料》，四川文艺出版社 2018 年版，第 26 页。

第二章　世界不止一副面孔：
　　　　阿来小说的主题意蕴

　　阿来沉静而厚重，他是把文学当作信仰来虔诚地对待，也有着声音传到天上去就变成"大声音"的宏愿。在我看来，阿来犹如一位胸有成竹的画师，他预先选取作品的用料及基调，却不刻意为之，作品的主题犹如有一张无形的网统摄其间，故而他的作品鲜见随意和散漫。在阿来的主题之中有一种丰厚的情怀，以及庄严的责任感。在阿来看来，世界从来都不是一副面孔，故而他在不断变动的历史坐标之中，展现命运的纵深。周克芹曾在《在历史与现实的交汇点上》中这样评价阿来："他给自己选择了一条艰苦的路：直面现实人生，直视社会变革大潮，在历史与现实的交汇点上去透视他本民族同胞的心路历程。阿来的眼光相当'现代'。但是，他即使在处理民族的进步与变革、面对生活中新与旧的冲突这样一些尖锐主题的时候，他没有表现出浮躁、虚荣和时髦，他笔下的人物，乃至他自己面对势必消亡的旧的生活和过往的岁月，会流露出真实的惆怅、惋惜，甚至留恋的情绪来。对民族历史的肯定，对民族文化的挚爱，对故乡本土的深情，以及对民族未来的呼唤，使阿来许多'严格写实'的作品染上了一层浪漫主义的色彩，弥漫着一种诗意的光辉。"总的来说，阿来的小说主要围绕历史、孤独、成长与追寻展开，他的创作具有浓郁的现实色彩，同时也不乏抒情化的诗意表达。在《芙美，通往城市的道路》《已经消失的森林》《最新的和森林有关的复仇故事》《空山》《三只虫草》《蘑菇圈》《云中记》

等作品之中，都呈现了他穿梭历史纵横开阖的锐气以及正视世态人生、直面社会变革的坦荡与担当。然而，阿来并没有局限于对个体生命的理解，而是以此为书写的起点去发掘现实与历史、现实与未来的联系。他的作品有着博大而悲悯的情怀，展示了"介入历史的激情"、直面苦难的勇气、个体生命的成长以及人性追索的力量。从中，我们能够感受到艺术对人心的抵达，这确是近年来小说中少有的气象和风貌。

第一节　远去的辉煌：历史

历史，无论在任何的语境之中都重量非凡。文学中对历史主题的书写在某种程度上具有回顾、重述与反思的意味。"曾经""过后""隐约传说"这样的词汇屡屡出现在历史书写的文本之中，使得历史的面目变得虚无起来。"一般说来，人们不愿意把历史叙事看作是语言虚构，这种语言虚构的内容需要被寻找出来。……福莱本人却认为，'当一个历史学家的规划达到一种全面综合时，他的规划就在形式上变成神话，因此接近结构上的诗歌。'"①与《尘埃落定》《尘埃飞扬》这样轻灵而梦幻的词汇相反，阿来对历史的书写无比厚重，在他的作品中，我们不难发现他不断地思索、找寻的痕迹。同时，阿来的历史书写呈现出一种开放性的特点，与其说他在回顾、还原历史，不如说他在探寻历史，诉说着历史与人生的无限可能。阿来在作品中一直试图通过自己的努力追寻历史到底发生了什么，"在过去我总是认为，对一个写作者，历史总会以某种方式，向我转过脸来，让我看见，让我触摸，让我对过去的时代、过

---

① ［美］海登·怀特：《作为文学虚构的历史文本》。Haden White，"The Historical Text as Literary Artifact," in Tropics of Discourse:Essays is Cultural Criticism. (Baltimore:The Johns Hopkins University Press.1987)

去的生活建立一种真实的感觉"。①反观阿来近四十年来的文学创作，他于八十年代中期由诗歌转向小说，而当时正处于中国当代小说的历史主义思潮走向深化的时期，也是新历史小说的酝酿萌发期，在一定程度上讲，阿来小说写作"处在一个文化历史小说的转型期的路口上"。②虽然阿来的文风由早期的疏野劲健逐步走向圆熟，但他的小说所探索的主题却相对稳定，鲜有变异。1989年出版的阿来文集《旧年的血迹》就预示了其未来对小说的主题选择，在这本意蕴深邃的小说集中有着《老房子》《旧年的血迹》《永远的嘎洛》……这种"老""旧""永远"给了我们扑面而来的历史感，我们不难从阿来小说中感受到"历史""时间"与"命运"的纠缠。他的每段历史书写都满怀庄严的责任感和深邃的情感，我完全有理由相信，阿来是饱含感情地在历史的跑马场上驰骋。

在阅读中我发现，阿来的历史书写多是立足于嘉绒大地，较多地关注地方历史，并试图沿着生命的进程来展示历史的变迁，探寻现实与历史的交汇与碰撞所产生的纵深感。"阿来却在历史的个案中发现了历史运行的丰富性，在非常具体、非常独特的边缘资源上，重新对历史，对我们想象的'巨大的'东西做出了一个新的阐释，重建我们对历史、对人生、对民族命运的独特思考、独特解释，这一点阿来为我们中国作家提供了赋于启示性的文本。"③在阿来这里，生命存在与口头传说共同支撑着历史的书写，使得历史有着生动而丰盈的样貌。阿来引入藏族古老传说来述说民族的起源，在《最新的和森林有关的复仇故事》中，他用了"在部族传说中""祖先据说"这样讲故事的口吻书写祖先是"白色的风与蓝色

---

① 阿来著：《赞拉：过去和现在》，《阿来文集·大地的阶梯》，人民文学出版社 2001年版，第 132 页。

② 张清华著：《文学的减法——论余华》，《余华研究资料》，天津人民出版社 2007 年版，第 133 页。

③ 此为李敬泽在"阿来作品研讨会"上的发言记要，摘自杨霞：《"阿来作品研讨会"综述》，《民族文学研究》，2002 年第 3 期。

的火所生的一枚蓝色飞卵"；无独有偶，在《尘埃落定》中，麦其的祖先"是从风与大鹏鸟的巨卵来的"。然而，历史的更迭使得真实的故事被推远，成了"传说"。阿来在《旧年的血迹》中说："其实，这个村子存在的历史也不过三百来年，但即使是上辈人的事情经过口头传说也一下子变得非常遥远。"[1]在这短短的几句关于历史的描述中，"不过三百来年"作为一个时间的维度，在口头传说中变得虚无飘渺起来。在大多数的语境里，时间和历史是同义词，而事实上时间更多的作为历史的工匠，雕刻着历史，并改变着历史在传说中的模样。"因为它们（笔者注：民间故事、口头传说）进入了历史写作。只要不抱成见进入到它们中去，都会有很多收益。我本来只想搜集有关地方史的资料，却深入到了民间的口头传说、村落的历史、英雄的传奇故事以及它们的不同版本中。这些传说没有文字记载，却一两千年流传下来，比历史书更优美，更激动人心；我体会到，这就是文学。"[2]作者努力地把口传的因素在时间点上固化，并把历史的焦点从远处拉近。在这里，历史并非是作为一个人类处境的背景而存在的，其本身就是人类处境的一个构成部分，一个扩大化的人类存在处境。

然而，由于历史进程突然加快，这个世界也因速度而显得陌生，在大的历史进程面前，从民族到个体的命运都经受着激烈的挑战。阿来的历史书写并没有回避宏大历史中大时代的更迭，在这种挽歌式的历史描摹中，我们看到那些曾经庞大或者高贵的家族在历史变动和转折的时间点上，血脉、尊严所承受的巨大冲击乃至不可挽回的覆灭。《老房子》就是这样一部代表作品，它是一个关于家族历史的没落与消解的故事。而阿来对这个颇富象征意味的"老房子"摇晃、回响、坍塌，最后化为灰烬的诗性描摹，赋予了一个消

---

[1] 阿来著：《旧年的血迹》，《旧年的血迹》，作家出版社 2000 年版，第 68 页。

[2] 阿来、陈祖君：《文学应如何寻求"大声音"》，《现代中国文化与文学》，2005 年第 2 期。

失的家族以轻盈的质地，从而掩盖了战乱、更迭与屈辱。在这段历史的书写中，土司太太的不屈与坚忍是被阿来所颂扬和肯定的，很多时候在既定的命运面前我们无处选择，但英伟的精神与不屈的根脉却能在历史的长河中像"丛丛茂盛的鲜花不断飘香"[①]。有时候，阿来将历史的发展与人物的命运纠缠在一起，他试图从那些命运赐予的激烈与碰撞中寻求某种回肠荡气的高贵精神。在这里，阿来探寻在历史早已编织好的时间罗网里，人是否能一如既往地保持高傲与尊严。

这在《旧年的血迹》中表现得尤为明显，文章中对陈年的木头、经年的铜锅这些颇具历史感的标识物进行了细腻的描摹，使得若巴家族历史的辉煌与现实的仓皇落寞形成了鲜明对比，而头人家族沿承下来的高傲根子与不可辱没的尊严在历史突转后的凄凉人生中却成为沉重的负担。在无可挽回的历史面前，这种对人的个体尊严的推崇与重视，使得阿来的历史书写中呈现了一种历史感与道德感的内在剥离。相较而言，《望族》虽也是一个家族史的故事，但阿来用平淡甚至有些世故的叙述，揭示了在并不漫长的历史中一个曾经辉煌家族的自我衰颓，望族的后代大儿子罗定邦被报纸选上的文章居然是生活小窍门，这本身就是一种巨大的讽刺。这篇发表于《四川文学》1996年第12期的小说被放置在"传奇系列"中，想必在编辑眼中，这部没落的家族史也有着传奇的质地。而《鱼》（中篇）更是直面了一个家族无可挽回的灭亡，在书写中，阿来悲哀地发现"某些家族在他的某一代人记忆开始时就像一株大树从内里开始腐烂了"[②]。秋秋与敏感苍白的小叔子夏佳之间那种种复杂而又隐晦的关系（在我看来，年少无母的夏佳对寡嫂秋秋的爱，是弗洛伊德分析学中典型的"俄狄浦斯情结"），那个长着鱼眼又极其聪慧的孩子夺科与鱼之间的深厚情感及互相感知，在文中构建了一种真实

---

① 阿来：《若尔盖草原随想》，《草地》，1991年第1期。

② 阿来著：《鱼》，《孽缘》，四川民族出版社2005年版，第105页。

又梦幻的氛围。在某种意味上讲，鱼的意象预示着家族的命运，不祥的氤氲时时笼罩着这个业已没落的家庭。叔叔死、爸爸死、丈夫死、地主财产被没收、夏佳死、儿子夺科死，主人公秋秋最后孤独地死，这一连串的死亡与逝去成为一个家族历史覆灭的寓言。《鱼》（中篇）以家族史为中心，包含着关于爱情、关于时代、关于命运的多种命题。面对家族历史不可挽回的覆灭时，我们真切地感到个人的矛盾、迷茫与惋惜。

很多时候，历史与真实之间存在着复杂的纠缠关系，"历"字繁体为"歷"，意即在丛林和原野中穿行。这种颇具动态意味的记录，在经历了时光的穿行之后是否还是"本真"的历史，或者说被记叙下来的历史是否就是原本真实发生过的历史，这本身就是个问题。记得克罗齐有句名言：一切历史都是当代史。这句话言简意赅地质疑了历史真实性的可能。阿来在散文集《大地的阶梯》中也有很多民间版本历史的记述，虽然历史不会因为百姓的一厢情愿而改变真实的面目，但民众却仍然固执地按照自己的渴望和美好愿望来传递、篡改，乃至涂抹历史。不仅如此，关于历史真实性的探讨曾多次直接出现在阿来作品中，在《猎鹿人的故事》这个带有明显的哲学思辨色彩的早期作品中，弟弟因小时候缺少父爱，就把日日面对的山峰想象成一个寻找爱情，却被恶魔射中心窝而死的坚贞男子，哥哥记下这个故事，"这座神奇山峰的故事就是这样诞生的，并在人们中间广为流传，成了一个有一大把胡子的古老的故事"[1]。历史想来也是如此，很多历史故事就是由此产生。书记官贡布仁钦（《行刑人尔依》）不止一次地在哲学层面上探讨历史的真相。在他看来，历史里记叙的真实，在某种程度上也是一种想象的真实，只是没有其他的书写来揭穿它。在《寐》中，阿来把"我确确实实地看见"和"模模糊糊地预感"这样相悖的词语放在一起，打破了小

---

① 阿来著：《猎鹿人的故事》，《旧年的血迹》，作家出版社 2000 年版，第 269 页。

说的自圆性。而《非正常死亡》《有鬼》则给我们提供了一个解释历史的现代视角，众人的述说和回忆互相矛盾，真相在讲述中被不断消解，传言比"信"史更具传播的力量。写到这些，我禁不住联想起布鲁克·托马斯在《新历史主义与其他过时话题》中的一句话："只要时间是现实的一个组成部分，现实就会经历连续的变化，使得历史的不断重写成为必要。"[①]在阿来的很多历史叙述中也出现了诸如"可以试想""我猜测""我想"的字眼。如果说，历史表述话语的不确定性标志着从强调"话语讲述的年代"到"讲述话语的年代"的转变，作者可以摆脱历史的"镣铐"，对历史做出自己的理解与阐释，并赋予历史各种不同的形态。如果这些猜测可能成立，那么这显然是对历史尊严的冒犯。但无论怎么说，我们至少可以断定，历史的叙事仅仅是历史话语，而不是历史唯一真实。历史无法自证自己，由于书写者们身世、经历的不同，都使得历史有着无数种任人解释与妄想的方式，历史的真实则很容易消失在茫茫的时间进程之中。

当其他作家轻装简行进入历史的原野，自由驰骋想象的时候，阿来却依然没有放弃追索历史真实的努力。阿来的很多作品都是围绕着他出生并成长的地方嘉绒藏区进行的，该地区无论在地理还是历史上都处于被藏族正史忽略的部分。从这个意义上而言，阿来的历史书写也是对这种忽略的一种驳诘。他的历史书写是建立在大量的地方史研究和田野调查的基础上，"1990 年我就宣布不写东西，因为 1989 年我出了两本书，后来我觉得没什么意思，如果我再继续写这样的书，宁愿不写。我开始做地方史的研究，不光是搜集资料，也用历史学的研究方法，最后的结果是四年以后我开始写《尘埃落定》"[②]。在书写《尘埃落定》时，阿来甚至连一个官寨的样子

---

① 转引自张京媛主编：《新历史主义与文学批评》，北京大学出版社 1993 年版，第 75 页。

② 阿来、谭光辉等：《极端体验与身份困惑——阿来访谈录（上）》，《中国图书评论》，2013 年第 2 期。

都做了详细的考证，这个四层的寨楼在《老房子》《旧年的血迹》《望族》等篇章中不止一次地出现，而《格萨尔王》史料的探访与调查则耗费了阿来前后三年的时间，而《瞻对》直接就是"一部历史纪实文学作品"，在阿来看来"这样做是为了使我刚从大地那里获得的感应关系变得真切"①。《尘埃落定》就是如此，在这段民族历史的书写中，阿来展示了历史叙事的热情与激情，瑰丽的自然、雄奇的官寨、欢快的野画眉、美丽的民族少女……都无不带有绚丽的传奇质地。在某种意义上讲，历史小说本身就包含了一种形而上的思索，消逝本身就意味着一种默认的残忍、血腥与无可奈何，所以这个业已消失的历史本身就有着悲怆的质地。阿来刻意选取一个傻儿的视角多少可以冲淡一些历史中阴谋与黑暗的暮霭，使人性有个狭小的缝隙得以闪亮。罂粟、枪炮、市场、军队……这些充满现代性的因子的加入，大大加速了历史巨轮的运转，土司、官寨、权力、家族乃至于辉煌都消失不见了。

当我们追寻阿来的脚步，回顾这段恢弘的民族史的时候，我们可能会在历史的洪流中看到那些贪婪和欲望的光芒，这些贪欲就像阿来很多作品中所描述的蘑菇一样，稍有喘息的空间就迅速膨胀。另外，对待广大神佛与土司，阿来的态度已经不像过去的黑头藏民那样地谦恭而充满纯洁的崇敬，而是从现代人的诘问与反思中解构某种神秘及崇高。现代人已不再相信既定或俗成的已被告知的高高在上的神佛，而是要靠自身的经历和感知来判定事物的真实，故而在《尘埃落定》中麦其土司为了得到头人美丽的妻子而杀死头人，《行刑人尔依》中土司在别的女人的床榻之上想到惩治通奸的律令，而岗格喇嘛则会时时与美丽的女人约会……在这里，神性和权威都在日常的描绘与琐碎的叙事中消解，这使得阿来的历史书写显示了一种率性寻找存在隐秘的勇气、思索和才华。

---

① 阿来、陈祖君：《文学应如何寻求"大声音"》，《现代中国文化与文学》，2005年第2期。

此外，我们不难从阿来的小说世界，发现他对那些散逸在历史缝隙中的碎片的重视，阿来曾经说过："以前，我时常出入这个地方，因为在这个院子里，生活着好些与嘉绒的过去有关的传奇人物。解放以后，他们告别各自家族世袭的领地，以统战人士的身份开始了过去他们的祖辈难以设想的另一种人生。那时，我出入这个院子，为的是在一些老人家闲坐，偶尔从他们的只言片语中，会透露出对过去时代的一点怀念。我感到兴趣的，当然不是他们年老时一点怀旧的情绪，而是在他们不经意的怀念中，抓住一点有关过去生活的感性残片。"[1] 实际上，阿来并不是一位具有较强形式激情的作家，他没有像先锋作家们一样设置故事的空缺与重复，炫耀小说技巧本身，而是重视对历史存在的全面洞悉及真切表达。如果说，《尘埃落定》是一部民族历史传奇的话，那么写于同一时期的《月光里的银匠》《行刑人尔依》则展示了阿来重拾和拼接"生活感性残片"的努力。我们甚至可以把它们看作是"浩大的民族史诗"中某些混沌角落的补充或者是寓意的积存。在那些一直被人忽略的群体之中，有一直被轻视的银匠达泽和一个因生于杀戮家族而被孤立的行刑人尔依，阿来努力探寻这些一直为人所忽略的"残片"所发出的声音。在特定的时代，特定的人群有着自己的生活方式和法则，萨特把人类的一切活动看作是选择的结果，在他看来自由是人的存在，人选择自己的本质是绝对自由的，遗憾的是无论尔依与达泽的内心如何地丰富，他们都没有选择的自由。"这个时代现在看来是一个蒙昧时代，野蛮时代。……是一个看起来比现在有意思的时代"[2]，他们没有自己的名字，连名字都是土司赐予的："达泽"在藏语里是月亮的意思，注定要隐匿在太阳一样光辉骄傲的土司的阴影里；而尔依作为行刑人家族的一员，世代只有尔依这个"没有什么意思""古里古怪"的名字。银匠、行刑人包括整个土司统治

---

① 阿来：《我的藏文化背景》，《青年文学》，2001 年第 6 期。

② 阿来著：《行刑人尔依》，《尘埃飞扬》，四川文艺出版社 2005 年版，第 200 页。

下的部落都构成了一个世代传承、等级森严的超稳定结构，无从超越。无论外界环境如何地风雨交加，兴衰起伏，银匠与行刑人一直固执地在内心的深渊里流浪，显然《月光里的银匠》和《行刑人尔依》是两部审美主题隐晦的作品，在这里，阿来只是在叙述这样一种可能，就是一个人如果置身于不得已的历史以及拥有与其相伴的命运的时候，他还有没有必要或者说可能找寻到自我和灵魂。这显然是一个艰涩的命题。

很多时候，文学承载着人类共同的命运，关于爱情、关于苦难、关于困惑、关于迷茫，即使在面对个体生命与历史境遇之间的失重与错位时，阿来依然保持自己的优雅与从容，小心地规避着对嗜血、杀戮和暴力的渲染及张扬，用自己普世的目光穿越时光的年轮、氏族的厮杀、俗世的荣辱兴衰，他用自己诗性的叙述演绎着一个挣扎的灵魂。当游戏的规则、生命的法则都由他人指定或者制定的时候，梦想正是一种挑战，又像是一场战争，光荣地承载着人之为人的责任与信仰，这使得他的作品在探寻历史多样性的同时，显示出一种别样的厚重与豁达。

不同于《尘埃落定》的绚烂宏大的历史叙事，在《空山》之中阿来将丰富的想象和饱满的情感收缩在一个村落之中。阿来不再写对一个民族群落的辉煌记忆与缅怀，不再是"上天叫我看见，叫我听见，叫我置身其中，又叫我超然物外"[1]的超然，而做了一种真切的表达。事实上，世界上只有几个村庄因为诞生过伟大的历史而成为圣地，其他的大部分村落只是潦草地散落在各个田野的周围、山坳的皱褶、城市道路的尾端，并正急速地在我们记忆的深渊里沉没。乡村的灵魂也在现代城市文明的大潮冲击下不知不觉地流逝。不知什么时候开始，村庄慢慢地空了，神话、传说、历史都变得渺茫。曾经的《暴风骤雨》《三里湾》《红旗谱》《创业史》《艳

---

[1]　阿来著：《尘埃落定》，人民文学出版社 1998 年版，第 378 页。

阳天》是一段时间以来乡村历史书写的教科书，忆往昔，那些充满活力的乡村变成了现如今"在滚滚的砾石中间／像一只流尽了汁液的鸦片花苞／森林已经毁灭，鹿群已经灭绝／这个村子不是我出生的村子／而村民们善歌却和我出生的村子一模一样／歌声、歌声／歌声被风撕扯仿佛村口禁猎的布告一样"①的样子。在一定程度上讲，《空山》的历史书写是具有悲剧性的。在 2018 年浙江文艺出版社再版时，《浙江日报》用"回望藏族乡村变迁，阿来亲自为著作定名'机村史诗'"这样的标题进行报道。"机村"中的"机"是根的意思，这就从"诗意而空灵"的有村之山转化为切肤而真切的故乡"编年史"。然而，无论是《空山》还是《机村史诗》（六部曲）书写的内容都是相同的，它由六个相对独立又彼此衔接的小长篇构成，每卷都有一篇反映新事物和人物的短篇章，这些短篇章中"有一个其他各卷未曾接触的主题。这个主题是随着历史的进展而渐渐显现的新的现实问题"②。其中，在《荒芜》和《空山》两卷中，阿来用充满仪式感的庄严书写了"寻找祖先王国"和"发现远古村庄"两个故事，展开了民族寻根之旅。虽然，对不同历史阶段发展中所遇到的问题，思想史、时代史、人类史上的反思一直在进行，很多时候，历史发展中的冲突、碰撞乃至于新旧的更替都不是那么明显，而作家所要做的就是对那些貌似渺小的改变、不易觉察的吞噬和先于存在而消失的精神的体悟、尊重与表达。在这个意义上讲，《空山》中还蕴含着一个巨大的历史主题——在历史进程中人们面临现代性时内心的冲撞与忧伤，"1949 年以前，乡村的变化是一种不断回到过去的变化。但是这一次变了。这一次的变化不管好坏，农村却再也回不到过去了。这一次是由城市决定农村的命运，不是以经济的方式，而是以国家的力量强制破坏。这种力量用强力

---

① 阿来著：《群山，或者关于我自己的颂辞》，《阿来文集·诗文卷》，人民文学出版社 2001 年版，第 7 页。

② 阿来：《为了明天而记录昨天》，《长篇小说选刊》，2007 年 S1 期。

破坏乡村社会结构，给乡村社会一种新的组织方式……不管手段好不好，其实手段有些是极其不好的，但符合世界大势，因为全世界都在变，不止中国"[①]。《空山》庄重大气而又平淡舒缓，在宏大的格局之下书写了乡村的变化以及生命的细微：村庄伦理的散落、森林的消失、自然生态的恶化，以及人心的异动、信仰的消弭等等。阿来为"机村"历经半世纪社会涤荡的变迁作传，并对历史进行了深刻的考问。他想谱写的不仅仅是"机村"所代表的藏族乡村，在历史大潮冲击下失落的乡村挽歌，而且还包括了被社会变革所带来的痛苦和希望挟持下的乡村人，以及被裹挟在全球性的城市化浪潮中反复遭遇断裂和重组的最为广大的藏族甚至中国乡村。

如果说旨在描写 1950 年至 2000 年的"机村"历史的《空山》和旨在描写新中国成立前末代土司历史的《尘埃落定》可以构成一部完整的村落史，属于通史的话，那么《遥远的温泉》《最新的和森林有关的复仇故事》则有着断代史的意味。它们在世界的现代化进程之中，共同谱写了一部村落创伤史的交响。那些已经为水泥、垃圾充斥破坏的一无是处的温泉、已经消失的森林、化为尘埃的高贵家族以及那些曾经不屈的高傲灵魂和淳朴的人性都随着历史化为尘埃。在现实中，我们不断地听到乡村衰败的消息，这是现代化历史发展中不可避免的一幕。没有什么可以阻挡时代的脚步，即使是遵循了历史发展的规律，作为一个社会组成的最基本单位，在民族的浩劫、无可避免的天灾抑或是历史前进的步伐面前，那些平淡的村落依然不可挽回地被重创、碾压。如果说《天火》是一场天灾的话，《荒芜》则更多的是人祸，而《轻雷》《空山》却是更为深广的人性考问。在社会大走向面前，国家乃至村落的命运其实已经上升到了历史的高度，而个人的悲苦也已经具备某种普遍的意义，从而上升到了群体的悲剧，乃至于整个民族、文化的悲剧。

[①] 　阿来、陈祖君：《文学应如何寻求"大声音"》，《现代中国文化与文学》，2005 年第 2 期。

虽然神话、英雄的传说也已渐渐远去，阿来依然努力地书写宏大历史的挽歌。黑格尔曾经断言："中国人却没有民族史诗，因为他们的观照方式基本上是散文性的，从有史以来最早的时期就已形成一种以散文形式安排的井井有条的历史实际情况，他们的宗教观点也不适宜于艺术表现，这对史诗的发展也是一个大障碍。"① 但事实上，中国有三大英雄史诗：藏族的《格萨尔》、蒙古族的《江格尔》、柯尔克孜族的《玛纳斯》；此外还有彝族的《梅葛》、苗族的《苗族古歌》、壮族的《布洛陀》、纳西族的《创世记》、瑶族的《密洛陀》、佤族的《司岗里》、侗族的《侗族祖先哪里来》等，在这些史诗当中，《格萨尔》是优秀的代表作之一。《格萨尔》是藏族人民集体创作的一部伟大英雄史诗，以口耳相传的方式讲述了格萨尔王降临下界后降妖除魔、抑强扶弱、统一各部，最后回归天国的英雄业绩。迄今为止，已整理出来的《格萨尔》史诗，共有一百二十多部，两千多万字，仅从篇幅来看，就已远远超过了世界几大著名史诗的总和。《格萨尔》史诗在世代的流传中不仅有着自己独特的审美心理、修辞构成、意义表达和传播方式，也保留了早期藏民族的原始生活形态和思维方式等。"作为说唱文学，《格萨尔》史诗不是供阅读的，而是用来听或者观赏的，是诗的节奏与歌的旋律的结合。说唱艺人实际上是歌剧表演艺术家，他们通常头戴四方八角的高帽，上插十三种羽毛，象征他们能像山鹰飞遍四面八方。有的说唱艺人摇动双面鼓，有的手持牛角琴，有的只用双手比划，有的则很少动作，意在用歌声打动听众，有的说唱艺人在演唱前，必须向神祈祷，通过神灵的附身，将自己变成《格萨尔》中的某个人物，最后再开始演唱。"② 阿来重述的《格萨尔王》就是围绕

---

① ［德］黑格尔著；朱光潜译：《美学》第三卷下册，商务印书馆 1997 年版，第 170 页。

② 丹珍草：《从口头传说到小说文本——小说〈格萨尔王〉的个性化"重述"》，《民族文学研究》，2011 年第 5 期。

格萨尔王和说唱人晋美两条线索展开，二者一虚一实构成了现代与历史、真实与梦境之间的对应关系。虽然业已定型的史诗在一定程度上限定了阿来的发挥，但他依然固执从大量的史料之中展开对历史、现实、人性的思考。阿来没有沿着歌颂的道路，复述格萨尔战无不胜的历史荣光，而是挖掘和审视战争的因果；他质疑传统民间故事中，善良的女人就一定美丽的模式，这就有了《格萨尔王》中美丽的珠牧姑娘因爱上美貌的印度王子而忘记誓言，并因个人的嫉妒与私欲置国家与他人的生死于不顾的故事，而这种被诱惑、会嫉妒的缺点使得千篇一律的传统故事丰满、生动起来，也使得传说中的历史有了人的质感与温度。此外，阿来还在历史书写之中加入个体的细腻感受与想象，让民间传说中的英雄格萨尔的"神性"渐渐向"人性"转化。格萨尔王觉如不再是一个高大完美的英雄，他会遗忘、迷失，既有着常人的欲望与无奈，也有着帝王的决断与残忍。最终，格萨尔王对征战意义产生了质疑，晋美也厌倦了说唱，"神"与"人"共同意识到"故事应该结束了"。我们不难发现，阿来使得格萨尔王走下神性的祭坛，并裸露了人性的复杂。阿来曾经说过，"我一次次走向这个世界，是试图踩出一条深入的路径，期望自己开辟的路径可以直抵人心的深处。我深信：这是阐释人类历史的一种方法"[1]。在《格萨尔王》的书写中，阿来从观世音和觉如的对话中揭示了觉如隐藏在正义以及惩戒背后的杀戮激情；另外，在格萨尔王母亲死后去地狱，以及晋美和格萨尔王的争论等情节的描写中，他试图追问：既然心魔是深藏于人的内心与生俱来的阴暗，那么纯真美好的人性是否遥不可期？也许，我们只有正视人心深处潜伏的恶魔，只有直面人类不可克服的弱点和病态，才可能上升到"拷问灵魂"的深度，那才是真正的悲悯。在这个意义上讲，这是作者从历史到人性的一种抵达，展现了对生命一视同仁的

---

① 阿来：《时代的创造与赋予》，《四川文学》，1991 年第 3 期。

关照。

　　需要注意的是，我们在对历史进行新的阐释时，也形成了对历史新的遮蔽。也许就在我们回首历史的时候，历史已化为一声慨然的长叹。虽然，在阿来的历史表述之中也充满了诸如"恰好是历史因了一些偶然，终于延续而成的一种必然……无论怎样的回望，都无法洞穿历史的烟云，看到历史本来的容颜"[①]的诗性描述，但在阿来的作品中，我们不难发现他对历史复杂性的自觉探寻。"实际上，如果说不顾历史也就是否定现实，那么，把历史看作一个自足的整体，这同样是远离历史。……历史在它纯净的运动中并不提供任何价值。……事实上，纯历史的绝对甚至是不可设想的。"[②]阿来清楚地意识到，无论如何我们都不能摆脱历史进入永恒的时间，他承认历史内在的凝聚性，并对历史传说抱有既怀疑、痛惜又理解、同情的态度。阿来把自己滚烫的血液和炙热的情感灌注在历史的书写之中，在热切地关注自身民族命运的同时，又超越了题材与内容本身，展现了更为普遍的历史价值和现实意义。阿来关注个体的命运，却映射出一个民族乃至整个人类共同的命运；他书写的是一个家族、一个村落、一个民族的历史，却从中映现出世界不同地域、不同民族在不同的发展阶段所经历的共同历史。从阿来的厚重而诗意的历史书写中，我们也不难感受到他深藏在作品中的那种切近而沉重的情感，以及对历史、民族、人性深切探寻的努力。

第二节　存在的体验：孤独

　　孤独是人类最为深邃的情感，它作为一个不同时空人类共同的

---

① 阿来：《我的藏文化背景》，《青年文学》，2001 年第 6 期。

② ［法］加缪著；杜小真、顾嘉琛译：《置身于苦难与阳光之间》，上海三联书店 1997 年版，第 137 页。

存在体验业已成为永恒的主题流转于文学之中。阿来是一个非常重视个体生命体验的作家，在阅读中我们很容易为他异域的绚丽、边地的宏阔所吸引，却在不经意间忽略了他对那些卑微生命的体味与描绘，阿来善于从平凡的生命中发现那些积聚人心的力量。回想上个世纪八十年代，文学仿佛占据了道德的至高点，充满了亢奋、可以平复一切伤痕的力量，以为自己就是代表了一种真理的声音、一种道德的声音。阿来却并不如此，他似乎一直生活在文学大潮以外。我们不难想象，当他身处那些自认为有着纯正血统的同胞中间的时候，当他独自面对马尔康的莽莽森林、与落日星辉为伍的时候，阿来体味更多的是那种难以解说的忧伤以及潜在的孤独力量。可是，在一个世道人心悬浮的时代，能够耐住寂寞、坚守文学的底线是需要很大勇气的，也是要准备做出一些牺牲的。在这个意义上讲，阿来对孤独的书写不仅仅是一种写作选择、一种内心情感的宣叙与表达，更是一种姿态与立场。

据阿来回忆，他出生在一个只有二百人却很大的村子里，几十户人家分布在一个十五千米长的山沟里，"每一户人家之间却隔着好几里地。到今天为止，我父母所居住的地方仍是孤零零的一家人"①，平时出门"看见人的几率很小"②。孤立的房子作为一种意象与指代屡屡出现在阿来的作品之中，我们甚至可以从《猎鹿人的故事》《孽缘》《行刑人尔依》《格拉长大》所描写的残旧、空荡、寒碜的房子中看到它的影子。虽然孤立并不等同于孤独，孤立倾向于社会学中人与人之间关系的探寻；而孤独是向内指的，它是个体生命的自我体验，但被人群孤立、被迫存在于村落之外却很容易让人体验到孤独的滋味。不仅如此，阿来并不纯正的血统，以及"面孔脏污"，回想起来"内心总有一种隐隐的痛楚与莫名的忧

① 阿来、谭光辉等：《极端体验与身份困惑——阿来访谈录（上）》，《中国图书评论》，2013 年第 2 期。
② 电视访谈：《小崔说事：阿来》，2012 年 10 月 8 日。

伤"①的童年都使他产生了强烈的孤独感。阿来也多次用"无所归依""孤独""迷茫"来描写自己幼时的感受,我们甚至可以从《旧年的血迹》《遥远的温泉》这两篇颇具自传意味的作品中感受到那个内向、敏感的孩子内心的孤独。

甚至可以说,孤独作为伴随阿来成长的重要情感体验,在他的生命中不断沉积。"我作为一个并不生活在西藏的藏族人……阿坝地区作为整个藏区的一个组成部分,一直以来,在整个藏区当中是被忽略的。特别是我所在的这个称为嘉绒部族生息的历史与地理,都是被忽略的。""我作为一个嘉绒子民,一个部族的儿子,感到一种巨大的骄傲。虽然,我不是一个纯粹血统的嘉绒人,因此在一些要保持正统的同胞眼中,从血统上我便是一个异数,但这种排除的眼光、拒绝的眼光,并不能稍减我对这片大地由衷的情感,不能稍减我对这个部族的认同与整体的热爱。"②嘉绒藏区独特的地理位置、历史文化,以及浩瀚空旷的自然都涤荡着阿来的精神,两个"我作为"明确地表明了阿来的写作立场,而"并不"和"不是"加深了阿来内心的孤独。事实上,孤独不仅是阿来小说的重要主题,也是阿来的精神特质之一,并使他在创作之初就能抵御住喧嚣文坛各种流派的挟持,在时代变迁中,不随波逐流,坚守传统的信念;在人群之中,不惧孤立误解,保留自我特质;于喧嚣繁华中,不怅惘迷失,仍旧保持内心的孤傲。

阿来早期作品重视人物的内心感受,尤其善于把握人物精神上的孤独状态。在早期代表作《环山的雪光》中,金花是个孤儿,阿来曾这样描写年轻的金花:"她感到难解的是自己只是十九岁,而不是九十岁,她开始靠回忆来打发许多光阴,许多缓缓流逝的光阴了。"③金花憎恶这种滞重的慢时光,她在枯燥、陈旧、单调的现实

---

① 阿来著:《大地的阶梯》,南海出版公司 2008 年版,第 131 页。

② 阿来:《走进西藏》,《四川省情》,2002 年第 1 期。

③ 阿来著:《环山的雪光》,《旧年的血迹》,作家出版社 2000 年版,第 30 页。

之中耽于绚丽的梦想，并渴望现代的生活，这加剧了她的孤独。美术老师的启发使得这个体格健壮的姑娘作为女性的敏感苏醒，激发了她对外部世界的渴望，然而给她诱惑的人却又把可能性拿走。金花狭窄的生活天地和逼仄的精神视野造成不可逾越的孤独之墙，那些过于纯真的梦幻却给了她违背世俗的勇气，金花打破现实与梦想的边界，从而踏上了人生的险途。然而现实却是，她开启梦幻之门却没有通向命运的坦途，她既无法融入"新"的生活，也没能改变单调现实，所以金花杀死了启迪她的美术老师后自杀。阿来的孤独书写有着让人难忘的诗性光芒，与孤独的困境相携而行的是那种一意孤行的决绝，以及缠绵而又绚丽的浪漫。在故事的结尾，阿来写道："环山的雪峰簇拥在湖底，显得美妙而又飘渺"[1]，也许，只有阿来可以把一个孤独无依的灵魂书写得如此纯净而又安宁，这使得其孤独书写显得深入其中又超脱其外，有着俯瞰众生的大气与宽宏。

在阿来的很多作品中，孤独、仇恨与命运是相伴的字眼，并有着一群固执、神情阴郁的少年：《猎鹿人的故事》中因为母亲早逝，不知道自己的父亲是谁的桑蒂；《环山的雪光》中充满了仇恨，到处讨债的麦勒；《断指》中失去了父母，只知道拼命挣钱企图开个牧场的强巴；《月光里的银匠》中只能与夜晚月光相伴的无法实现自己理想的银匠；《天火》中因为父亲在战争中死去，与早已昏聩的奶奶相依为伴的阿生；《已经消失的森林》中早熟骄傲却很脆弱的中学毕业生程卫东；以及《空山》中努力上进却又自负阴鸷的索波等，在这群少年身上还充溢着阿来作品中所反复重申的那种自负而焦躁的气质。《孟子·梁惠王》中说"老而无子曰独，幼而无父曰孤"，他们多半是失去亲人的孤儿，在或许并不友善的氛围中敏感而孤傲地存在。不过，孤独与穷困作为成长的伴生物在记忆中遗留下来，使得他们在面对命运、人生乃至于周围人时常常是愤愤不平

---

① 阿来著：《环山的雪光》，《旧年的血迹》，作家出版社 2000 年版，第 40 页。

的样子。孤独在这里发酵成为一种仇视的情绪，像毒瘤一样滋长蔓延。《天火》[①]中的仁真朗加就是如此，在1950年头人嘎多逃走的那个春天，仁真朗加在瘟疫中失去了全部的亲人，并被村人用石头封在屋里。在死亡的气息中，他细细品味到孤独的味道，同时也加剧了内心的脆弱。仁真朗加仇恨村里人对他的抛弃，并在战争即将结束之际，加入注定要溃败的国民党，事实上，对他而言加入任何一支队伍都不重要，重要的是他渴望融入到群体中去。他被监禁，在学习班里却很欢喜，因为有很多人一起他并不孤单，他故意逃跑、挨打，只是希望能一直在监狱中做苦力，摆脱孤独，正如《猎鹿人的故事》中的桑蒂屡次犯法，只是为了引起村里人的重视一样。他们的仇恨与屈辱的存在或消失只是取决于村里人的看法，他们只是渴望得到哪怕很少的关爱与重视。仅仅从表象看，这些事情是如此地荒诞，而阿来却是认真地用一贯诗意平淡的语调来书写这个关于孤独的悲凉故事。究其一生，仁真朗加都是在寻求乡亲的关注，他对火的热爱、故意装出的恶狠狠的样子，以及对央宗女儿阿迪不成功的占有，他所表现出的破坏、克制与冷酷只不过是一种假象和掩饰。实质上，他只是用仇恨来掩饰一个孤独、无所皈依的弱小的灵魂。

即使我们深感孤独是人之在世不可避免的命运，但在现代性的语境之中它却在不断地被加剧，就像奈保尔的《米格尔街》中一个短篇的名字《爱，爱，爱，孤独》一样，等待、寻找抑或是瞬间拥有爱情都会导致更大的孤独。二十世纪美国女作家卡森·麦卡勒斯也曾说过："心是孤独的猎手，可惜它已老迈。"很多时候孤独与爱存在着一种复杂的纠葛，而在物质与欲望的侵蚀之中，爱情也失去以往纯净而坚韧的质地，变得暧昧、虚浮和复杂起来。这种爱情的

---

① 阿来：《天火》（"沃野"征文），《红岩》，1993年第1期。此篇《天火》虽也是一个中篇，但与发表于2005年《当代》杂志的《天火》（《空山》卷二）只有题目相同，内容、主旨都不相同。

无所皈依使得阿来关于孤独的书写具有着复杂的生命质感。莫多仁钦（《老房子》）很早就失去了自己的妻子与孩子，当主人、敌人、爱人——死去之后，只有他孤独地守着一栋老房子，面临呼啸的寒风，对美丽而高贵的土司太太的单恋和幻想成为他全部的支柱；《鱼》中的"地主婆"秋秋赶上了历史的巨变，失去了家族世代相传财产，爱她的与她爱的人都相继死去，只留下她感受无所依傍的孤独。

这样看来，《行刑人尔依》的孤独则显得更为深邃，在浩如烟海的文学作品中，刽子手题材的作品却屈指可数，阿来却能从这样的题材中描写深邃的爱情，并揭示人作为生命个体的那种透彻的孤独。显然，行刑人是一个边缘乃至于边远的群体，"行刑人的房子在隔土司官寨和别的寨子都有点距离的地方。也就是说，它是孤立的。房子本身就是行刑人的真实写照"①，而生存空间的狭小也在一定程度上限定了文学叙述的空间。当老尔依从鸦片中得到暂时的慰藉，暂时忘记命运的思索时，小尔依却在体味爱情的味道，正如章节的名称"故事里的春天"一样，小尔依开始了自己内心美好的旅程，女人对尔依而言意味着强烈的诱惑，更意味着尴尬的阴影，没有一个姑娘愿意嫁给遍布着血腥的行刑人家族。当尔依在每一个姑娘身上验证情人身份的时候，这种得意、失意的情愫却预示了更大悲剧的到来。爱情在给了尔依复杂的期盼的同时，也加剧了这种存在的孤独体验。正是那个拥有三个不知父亲的孩子、"脸都难得洗一次"的女人填充了小尔依生命的空缺，她使小尔依在命运重压的缝隙中体味人的快乐，并构建了小尔依作为一个生命的完整性。显然，爱情对一个行刑人而言是太过奢求，行刑人这种职业注定与死亡息息相关，"一个行刑人，一个受刑人，就是一个完整的世界"，在这个本该绝望的故事里，爱情这段隐秘的旅程却大大地扩展了小说的深度及维度。无独有偶，在《阿古顿巴》这样一

---

① 阿来著：《行刑人尔依》，《尘埃飞扬》，四川文艺出版社 2005 年版，第 226—227 页。

个朴拙的故事里，很多的评论者都把目光放在了他用智慧战胜邪恶与困难，使得一个濒临灭绝的部落变得繁盛，而忽视了阿古顿巴那段无望的爱情。对阿古顿巴而言，爱情这条道路是如此"忧虑而沉重"。阿来并没有正面书写阿古顿巴这段隐秘而又深刻的感情，只是用了一句："她仰起漂亮的脸，眼里闪烁迷人的光芒，语气也变得像梦呓一般了，'……他肯定是英俊聪敏的王子模样。'真正的阿古顿巴形销骨立，垂手站在她面前，脸上的表情幸福无比。"[①]这种白描式的刻画，用如此平淡的言语显示了现实与梦幻的巨大对立。在这里，阿来也试图道破一个事实，现实与幻想永远不相符合，传说中英雄多半是完美而又伟大，而现实中的阿古顿巴却是如此地寒伧而卑微。破烂衣衫、形销骨立的阿古顿巴只得到了领主女儿的冷漠鄙夷作为回报，这显然是一段寂寥的单恋。阿古顿巴出生时失去了母亲，出走前失去父亲，最后失去爱情，然而却是从这时起他才真正成为一个英雄，一个孤独的英雄。而爱人的出嫁成为阿古顿巴重新走上漫游征途的致命砝码，我们也不难推测出，使他脚步敏捷的不是清凉的露水而是对情爱的弃绝。从这里开始阿古顿巴有了弃绝一切的豁达神性，也不再有人之为人的孤独与痛楚。虽然小说到此终止了，但我相信阿古顿巴真正的故事才刚刚开始。领主女儿与阿古顿巴的爱情故事是如此地深刻而忧伤，小说如此布局，展示了作者超越那些千篇一律的故事的野心。阿来在神话的外壳里书写了一个孤独的灵魂，并探寻生命存在的多样性可能，他的深刻也在于此。

其实，孤独感也是现代主义的基本生存态度，它是十九世纪浪漫派将崇尚自我的精神推进到极端的状态。对于生命个体而言，孤独是获取内化深度的重要途径。短篇小说《寐》就是用亦真亦幻的手法书写了与命运抗争的孤独者的寓言。"这十来年，他都放着羊子，挖坑栽树。但山坡上只长起了一株树，一株碗口粗的树，其余

---

① 阿来著：《阿古顿巴》，《尘埃飞扬》，四川文艺出版社 2005 年版，第 103 页。

都填充了羊子的肚皮。甚至山上的树坑也始终保持在七百个上下，他挖掘的进度刚好和羊子、风、雨填坑的速度相等。他仍然挖坑不止，没有丝毫松懈"[1]。这是一篇对孤独不着一字，却深邃异常的孤独者之歌。存活的唯一一株小树对应着一个一直做着无望的挣扎与反抗的老者。他种的树都会死，无雨干旱的天气、羊的吞食以及人为的树木砍伐，都是与树木存活相对抗的恶劣条件，在这个意义上讲，孤独的牧羊人就像与命运对抗不止的西绪弗斯。在平凡人生中，每一个人都以其特殊的方式在寻求和实现自己的理想和价值，他是一个清醒的殉道者，既不"豁达幽默"又非"丰富而深深沉默"；并没有轰轰烈烈的决绝与怆然，而是"平平淡淡地觉得人生就是如此"，正是这种清醒与淡然使得这个孤独牧羊人身上漫溢着英雄的光辉，使得他平淡而苦涩的人生中透出些许诗意的光彩。也许，这种面对既定命运的坚忍，就是医治灵魂的"一些草药，使我们的悲伤／再不是那样苦涩"[2]。

另外，同样书写颇为冷静的小说还有《守灵夜》。贵生父亲成分不好，"是国民党部队的逃兵，陕西人，属胡宗南部队。贵生从师范毕业那年，他去接搞运动的工作组。途中驾车的中杠马惊了，马车一路狂奔。等他制服住马回头一看，车厢里什么都没有了，只有自己的影子。他又驱车狂奔，连人连车一起投进了大河"[3]。作者用如此淡然的语调，漫不经心地道出了一个可怕的命运魔咒，贵生的父亲在接连的厄运面前绝望地结束了自己的生命。在特定的时代，贵生作为反动派的儿子，没有爱人、没有朋友，也不愿与亲人（母亲与妹妹）见面，在坎坷的时间隧道之中默默地忍受孤独。故而，在即将倾覆的车中，眼睛"空洞飘浮"的他不仅自己放弃了逃生的努力，也挡住了其他几个人逃生的道路。这是一个在噩梦般的

---

① 阿来著：《寐》，《旧年的血迹》，作家出版社 2000 年版，第 52 页。

② 同上，第 61 页，该句是叶芝的诗句。

③ 阿来著：《守灵夜》，《旧年的血迹》，作家出版社 2000 年版，第 189 页。

"生活本该如此"面前，"隐忍""顺从""软弱"而又麻木的灵魂，这是一种不为人理解，也放弃了为人所理解的孤独，贵生主动地弃绝了对世界与生命的渴望，他死前无人关怀，死后也没有公平的判词。说到这里，我禁不住联想起《云中记》中的阿介，时隔多年之后，阿来直接在文本中申明"阿介是一个孤独的人"，他的家是"村里最寂静的房子"，这使我禁不住联想起了尔依家的（《行刑人尔依》）那栋在村寨边孤零零的房子。如果说尔依家是因为被命运强加的杀戮职业而被孤立的话，那么阿介一家则是因为"羊角风"的病而被孤立。"寂静"不仅源自他人的忽视与遗忘，更重要的是自我的无助与隐藏。阿介活着是"孤独的游魂"，没有亲人，没有人愿意嫁给他，他被隔绝到村里的人之外。甚至当地震来临时，他的第一意识是转身回那个寂静房子，而不是逃出去跟大家在一起。更可悲的是，阿介在地震中大半个身子被压在"沉重的废墟底下"，却被村里人遗忘"很久才想起"。他活着时没有被同乡接纳，当他绝食死去"变成了一具死尸的时候，才和村里人混为一体，回归了社会"[1]。在阿来如此冷静而克制的书写中，我们感受到原来孤独也有着让人为之丧命的力量。跟贵生和阿介相似的还有《空山》第一卷《随风飘散》中的格拉，这个由 1995 年发表的名为《格拉长大》的短篇小说改写而成的故事，却隐藏了成人世界丑恶的阴谋。明净、聪慧的男孩格拉（笔者注：藏语"小狗"的意思）因为不知道父亲是谁，又有一个名声不好、痴傻的母亲桑丹，故而没有人教他使用猎枪、没有儿童的玩伴，早慧的少年在弃绝他的乡亲之中感受着不为人道的辛酸与孤楚。不仅如此，甚至连孩子们都合谋诬陷这个没有倚仗的孩子，说他害死了孱弱的兔子。在众人的侮辱甚至谩骂之中，狗孩格拉的生命"随风飘散"，他化为一丝孤独的幽魂，久久地飘荡在拒斥他的村落之间。这个本是明朗的少年再也没有机

---

① 阿来著：《云中记》，北京十月文艺出版社 2019 年版，第 106 页。

会长大，随风飘散的不仅是一个少年的孤魂，还有人之为人的仁爱和良知。

我认为，与其说阿来在着力书写关于孤独的故事，不如说是阿来通过对孤独主题的书写展开对人的命运、存在问题的颇具哲学意味的探寻。陀思妥耶夫斯基曾经说过："如果上帝不存在，任何事情都可能发生。"虽然我们传统文化中并不信仰上帝，但祖先、同类、归属感的缺失却都毋庸置疑地成为孤独的起源。从这个意义上讲，《血脉》则是一个关于孤独的寓言，无论是精神还是身体，生前还是死后，爷爷都无法找到可以依托的存在，他无法申明自己在那个特定时代的并不光彩出身，也没有任何人能理解爷爷寻找同类的努力和辛酸。爷爷这个不明身份的外乡人，他的梦呓与孤傲的神情，与奶奶天真、少女般的娇媚形成鲜明的对比。文章中貌似用了很多的闲笔描写奶奶的单纯、明媚、曾经非凡的美貌，以及对来路不明的爷爷那种炽热的爱恋，然而事实却是，这种爱恋既不能滋养爷爷作为一个异族人身处外乡的孤立与枯寂的情感，也不能缓和爷爷孤傲的内心与特定现实之间的紧张关系。没有人可以理解爷爷，他在孤寂与绝望中慢慢变老，"这个身材颀长、神情严峻、胡须拔得干干净净的老头的形象毫无疑问就是一个不知归宿何处，孤独、乖戾的人生过客的形象"[1]。而爷爷固执地寻找自己语言与同类，在不明所以的藏族同乡看来，这种"嘤其鸣矣，求其友声"的努力是不可理喻的。爷爷的努力在文本中化身为一种同与异、贵与贱、独与群、汉语与藏语、寻求与安分、"强大习俗"与"孤单挣扎"之间的对抗。事实上，汉族的爷爷到死都未能从心灵上融入藏族的土地，他一直用着一种自以为是的孤绝姿态，维持自己的骄傲却又无法让自己不受伤害。没有人知道爷爷的身世，连血脉相承的儿子和孙子都叫不出他的名字。爷爷和他的汉族府绸衣衫一样，在一个藏

---

① 阿来著：《血脉》，《宝刀》，作家出版社 2009 年版，第 72 页。

族的村落中显出一种从身体到内心、到灵魂的漂浮感。一生中爷爷有三次机会可以回到自己的族群之中。爷爷和村子里来的章玉明老师本质上都是一类人，都是那个时代成分不好的人，他们过往的地位和权力却在新的历史语境中使他们坠入耻辱的境地。然而本是温暖美丽的章老师却拒绝了爷爷寻求同类的请求，暗含了她对已知命运的恐惧以及对生命过往的刻意回避。而军队部长吹熄火柴，不仅仅是熄灭了点燃烟叶的火种，也代表了源自身份的排斥与鄙视。更为致命的是，"你是什么地方人？怎么到这里来了？怎么是这个样子？"这样的探寻成为爷爷回归的致命障碍，他无法坦诚，他显然是回不去的。最后，爷爷用生病的方式住进汉人的医院，他把一辈子的病都生完了，却不得不回到藏族的村子，连他好不容易想起的汉语都找不到可以对话的人，而且到死的时候爷爷的藏语都说得比汉语好。无独有偶，在《尘埃落定》中汉族的土司太太在见到汉人军阀前那些兴奋的表现，正是一种身处异族忘记自己语言的孤独。虽然军阀出于利益希望与她结盟，但是土司太太却因父母惨死在军阀的枪下而对其无法接纳，这使得她寻找同类的心情显得复杂而矛盾。可以说，爷爷对孤独的反抗有着浓烈的悲剧色彩，也许猴群是上天赐予孤独的爷爷唯一的灵魂慰藉，然而"小猴子们只是在树颠上，而不是在天上，灼热的子弹叫它们回到了地上"，"枪声就像盖住爷爷脸的浮土一样，在那时，就把他的一部分全部葬送了"[1]。在金钱、利益的驱使下，猴群的覆灭是现代化进程中人类欲望膨胀的悲剧，在这场屠杀中爷爷失去的不是良知和道德底线，而是唯一可以对话的朋友，虽然这些朋友也只是靠情感而不是语言交流。更为讽刺的是，"我"用藏人的身份回到了爷爷所渴望回去的汉族地方，这是多么荒谬的命题与存在！我想，阿来在向我们诉说着离开了故乡的土地之后，客居异乡、漂泊不定的灵魂注定要承受孤独折磨。

---

[1]　阿来著：《血脉》，《宝刀》，作家出版社 2009 年版，第 89—90 页，第 100 页。

"一生中间，爷爷、我、我的亲人都没有找到一个窗口进入彼此的心灵，我们也没有找到一所很好的心灵医院。"[1] 爷爷只能用沉默固守他的骄傲，相较于如此孤独地活着，也许死亡才是唯一的解脱。诚然，平淡的死亡并不能赋予生命以崇高的意义，相反，它却可以把一切的意义、价值、光辉、苦难与骄傲的印记从生命中抹掉。死亡使一个生命失去意义，然而对一个一直寻找同类未果的孤独灵魂而言，死亡却是一种救赎。阿来的孤独书写使得沉寂而执拗的灵魂有着撼动人心的力量，他所诉说的不仅仅是作为生命个体的孤独，而是人类生存中所处的冷漠与隔膜的困境，这可能是孤独更为深邃的意义所在。

在阿来的写作之中，格萨尔王（《格萨尔王》）在幼年时就屡被叔叔暗算，过早地体味到权力倾轧的伤害，即使为王一方也不可避免地承受统治者的孤独；嘎洛（《永远的嘎洛》）不知道自己是谁，却本能地要好好做个农民，他为土地留在陌生的村落并死在最好的收成里，而这块丰收的土地却因现代商业的侵蚀注定无人收割，这是物质大潮冲击之下乡村伦理失落的孤独；谢拉班（《槐花》）在城市的钢筋水泥结构里与故乡分离，只能与捡垃圾的老头、停车的小老乡聊天感受故乡的温情，这是一种遥望乡土却无法回归的孤独；"花脸"（《遥远的温泉》）生活在"有比没有还要糟糕"的孤独灯光里，一生也没能到达向往的"遥远的温泉"；《达瑟与达戈》中那个虚荣、希望靠自己的嗓音进入大城市成为歌唱家的色嫫，在与世隔绝的机村何尝不是孤独的？有时候，生命个体试图保持灵魂的纯洁，这种独特而高贵的品质却成为孤独的源泉，而树屋上的达瑟（《达瑟与达戈》），生前是个混沌、不为人理解的怪人，视金钱、权力为粪土；死后，他一生中唯一的智慧结晶被改编成歌曲，五千元的稿酬成为这首生命之歌最高的价值，这种用钱和地位的衡量本身

---

① 阿来著：《血脉》，《宝刀》，作家出版社 2009 年版，第 110 页。

就代表了一种人性隔膜的孤独。阿来用简洁、朴素的笔法书写着真实发生的故事，直面人道德与情感的生存现实。当森林、动物，被人类的利斧和刀枪杀戮之后，孤独的山川、孤独的村庄都裸露在我们面前，《空山》之空乃是人性中最为深邃的孤独。

阿来"一直强调小说的深度在于体验和情感"[1]，在边缘化、孤岛化、空壳化盛行的当代文坛，阿来是如此平静地坚守自己的内心，并进行着坚定而忠实的自我表达，使得文学具备了真切而庄重的仪式感。阿来的作品朴拙得让人心动，作品中，鲜见强烈的控诉与激烈的抗辩，孤独与虚无、疲惫与厌倦、失望与警醒、希望与冷漠混杂到一起，奏响着一幕幕人性的悲歌。阿来对孤独的理解是广博而深刻的，也是很有力量的，也许，没什么比在一个虚无主义盛行的时代，感到孤独更为容易的事情了。很多时候，写作就像是在抖落时间的羽毛，而在阿来的孤独表述中，抖落的不是仿佛绵延无尽的时间，而是温和、莹润生活浮层下面的痛。

第三节　生命的试炼：成长

文学作为人类表现世界的独特方式，不仅包含了对现实情态的描摹，还囊括了作家对世界多向度因子相互交叉、对抗的思索。在这个意义上讲，"成长"这个充满变量的词汇为当代文学提供无限生机。成长不是单纯的个体生长史的记录，而且涉及社会、历史、人性等相关领域，富含多重文本寓意和精神内涵。阿来在《红苹果，金苹果……》《阿古顿巴》《尘埃落定》《格拉长大》《三只虫草》等作品中都围绕着"成长"展开深入思索。没有形式激情的阿来，貌似把这种题材处理得自信而随意，并在不同的写作阶段呈现

---

① 阿来、姜广平：《"我是一个藏族人，用汉语写作"》，《当代文学研究资料与信息》，2011年第5期。

出不同的美学面貌，甚至在早期作品中有着少量"被成长"[①]的主人公，但这却不能掩盖阿来成长主题的严肃和深邃。细读起来，阿来的成长主题之中有着他少年生活的烙印，他曾经用"出身贫寒，经济窘迫，身患痼疾"[②]来描绘自己曾经的生活，不仅如此，在特定历史阶段中，藏汉之间的文化碰撞、藏回混血的不纯正的民族身份，都使聪慧而敏感的少年阿来内心承载着比他人更多的"身份焦虑""认同焦虑"……这种体验对阿来而言是刻骨铭心的生命试炼，无论以后他如何地荣耀与通达，这些苦痛的记忆都沉积在他血脉的深处，作用于他的写作。然而，阿来深知在时间的巨轮、人性的顽疾面前，一切的训诫和教育都于事无补，故而，他的成长书写虽有苦痛、挣扎，却鲜见空洞的议论或是思想评判。"成长"在他的小说中不仅是一个生命的存在体验，而且是洞见命运残暴与人性幽微的入口，并从中展开一个民族的生长或是衰败的文学想象。

阿来对历史情有独钟，这是不争的事实。无论是绚烂肆意的历史书写《尘埃落定》、驰骋徜徉的历史讲述《格萨尔王》，还是以史为骨的非虚构作品《瞻对》，都展示了他对历史的痴迷。这种痴迷来源于阿来对待历史的"责任"，他总是试图客观、真实地再现独特的藏民族，或者更准确地说是他所生活的四川阿坝地区，那个叫"嘉绒"的地方民族历史。为此，他不仅要查阅大量史料，从民间寻求鲜活的历史。早期"色尔古村"、"觉莫村""觉巴村"（在藏语中"觉"是"深沟"的意思），后来的"机村"，不仅是一个地理的存在，而且是个体生命发展、激变的试炼场。在时间切割之中，历史、宿命充斥并限制着个体生命的成长书写，反过来，文学对个体

[①] 张清华在《成长·"类成长小说"——当代小说诗学关键词之四》(《小说评论》2012年第5期）中提到："关于革命文学中的成长主题和成长人物的叙事，我主张将其称为'类成长小说'，主要原因是，这些作品中的主题常有人为拔高的嫌疑，人物常有'被成长'的毛病。"这种叙事样态显然受到意识形态的规约并不成熟，后文中还会详细论述。

[②] 阿来著：《阿来文集·诗文卷》，人民文学出版社2001年版，第151页。

成长的记录也作为"碎片"拼接着"鲜活"的历史。

1982年，阿来的处女作《红苹果，金苹果……》明显没有摆脱二十世纪八十年代初期文学"解冻"的生涩与范式化的特征：国家"科学种田"的号召成就了泽玛姬的成长转折。虽然，人物转变因为模式的规约而显得扁平，主题也有着人为拔高的嫌疑，但在这篇人物"被成长"的小说之中，泽玛姬因其民族身份和理想主义光环的照亮而显得闪闪发光。显然，阿来也意识到这种成长主题的限定与缺陷，即个体的成长、成熟不能简单等同于"他者"文化的引导或接受。故而，在后来的《环山的雪光》中，阿来转向对生命自为需要的表达。少女金花对一成不变的生活方式厌倦异常，但她却无法真正融入所渴望的外界文明，她用极端的方式试图使"成长中断"，但杀死"唤醒"她的美术老师，并不能使已经萌发的自我意识就此消失。在这篇明显受到西方思潮影响而略显生涩的小说中，少女金花的成长困境，也预示着一个古老民族由封闭走向开放的成长迷茫，也许这才是这篇成长主题的深邃所在。

如果说，《环山的雪光》的成长主题展示了文化碰撞中个体成长的无力抗争；那么，《尘埃落定》则是在历史跨越之中民族成长的精神自传。小说用"二少爷"亡魂的回忆复活了一段已然破碎的历史，不仅是傻子少爷，而是所有的人物都在"一个时代向另一个时代的转折点上"，他们面临着一个前所未有的时代，经历着前所未有的事件：枪炮、罂粟、市场、土司制度的覆灭。西藏由农奴制一步跨入社会主义，阿来着力书写的就是隐藏在历史跨越背后的"断裂"。"断裂"不仅为话语表达提供了巨大的空间，也推动了主人公命运、性格的改变，使之"不得不成为前所未有的新型的人"。作者提出一个尖锐的假设，那就是在特定的时间转折点上，个体成长能否超越历史而走向成熟？答案显然是否定的。二少爷的迟钝和天启般的智慧，构成了对旧世界的盲从和对新世界的预知，一个傻子身份，使得二少爷的认知没有遭到周围人的反对（起初甚至都没有引起反应），从而避免了他陷入《狂人日记》成长主人公的精神困顿和被围攻。"时间进入了人的内部，进入了人物形象本身，极大地改变了人物命运及生活中一切因素所具有的意义。"① 行文中，民族传统和古老习俗的魔幻写法使得作品增色不少，在狂欢般的气氛中，阿来书写了不可抵挡的历史巨轮之下的成长哀伤，现代文明以"强势"的姿态侵入民族生活的内部，使得民族"根性"产生了动摇。二少爷理智和情感是分离的，他已经预示到旧时代必将没落消亡，但在情感上他依然选择和旧时代一起化为尘埃。这也代表了作者的矛盾：纵使，所有的成长中都隐含着无可挽回的衰变，但动摇了"根性"的古老民族，却不可避免地陷入消亡。无论我们如何努力修复历史与现实的断裂地带，寻求历史的延续，但对个体的生命成长而言却是如此地残酷，无从跨越。

我们不难想象，在历史变动面前，生命的成长对女性而言则更为残酷。在《芙美，通向城市的道路》（1989年）之中，阿来有意作为一个参与者，貌似在讲述一个与自身有关的故事。作者用"梦见回到山里故乡路上""时间的流动""叫色尔的偏僻的山村"奠定了"寓意不能说是不够深刻的故事"的基调，并在文章的开头和结尾穿插进"我"的现状，解释个体经历（即"我"在讲述故事、写小说），作者一边用个人型叙述声音保证叙述者的可信性，另一面又在解构根基并不牢固的叙述权威。芙美"坚定"而"忧郁"的目光既容纳了她成长的感性体悟，也暗示了她日后的成长命运。乡村、民族、女性的多重自卑却一直伴随着她，曾经，她用自己辛苦的训练来对抗既有的乡村身份（及其背后所代表的贫穷、落后的生活），以期改变自我命运。然而，"个体不可能游离于社会之外，个体的成长必然会受到社会政治因素的影响"②，历史以强势的姿态

---

① 参见巴赫金在《巴赫金全集》（河北教育出版社1988年版，第217—440页）"人在历史中成长"的论述。

② 翟文铖：《"70后"作家成长小说论》，《文艺争鸣》，2014年第12期。

侵入到个体的努力之中，在某个特定的时间点上与个体的命运构成"偶然"的联系。此时，政策的改变使得成绩不好的芙美无法改变自我命运，她选择嫁给了死去妻子的篮球教练去实现自己的进入城市的梦想，这是一个"成长悲剧"的开始。历史、城乡、男权、民族犹如多米诺牌般地相继倒塌，芙美"以女人的方式"而不是通过之前累死在训练场的努力"过上了城市里的生活"。三次感情经历，使她完成了从少女—女人—母亲的转变，芙美用近乎于悲壮的决绝来践行她对"城市"的追逐之路。可以反抗却不能挣脱，这是女性成长并不罕见的命运，作者并没有探入式的心理描写，没有沉闷、单调的女性呓语，而是用"听说"的平淡来叙述这段"苦难历程式"成长蜕变，作者借芙美成长的孤独与焦灼，展示了个体生命在历史、命运的巨轮碾压之下的刻骨铭心的沉痛忧伤。

总之，描写变动历史之中个体独特的存在境遇，乃是阿来一直关注的问题。阿来以一个古旧民族的历史为依托，书写了真实而纯粹的成长经验。历史的"断裂"与"不确定"造就了时间、历史、命运相互纠缠，加剧了主人公成长之路上的追寻苦闷以及奋斗挣扎，产生了深邃丰厚的艺术内涵。

成长对每个人而言不啻于是一场蜕变，伴随着苦痛与挣扎。单纯的幸福与快乐是没有时间变动感的存在物，无法构成成长。哈贝马斯在《历史唯物主义的重建》中也曾经说过"主体形成过程的完成不仅不是连续的，而且一般说来都经历着危机"。只有在危机、苦难和挑战面前，人物的性格、心理才会发生变异，并显示出巨大的能量，从而具备成长主题的价值。阅读中我们不难发现，阿来对成长危机的叙述并没有停留在宏观历史及时间、命运之中，而是拓展到人性的纵深，从人性的复杂深邃和幽暗曲折中探寻成长的苦难，《随风飘散》在这方面显得尤为突出。

事实上，阿来从没有直接肯定过"格拉系列"对他的意义，但他三次改写格拉长大的故事（从 1995 年到 2003 年，时隔八年阿来对《格拉长大》进行大范围的改写，接着又于《空山》中把"格拉长大"的题材进一步拓展成为卷一《随风飘散》)，并用截取横断面的写法创作了《欢乐行程》等短篇，这都奠定了"格拉系列"在阿来成长主题中的意义。虽然，故事的主人公都是格拉，但我们却可以把他们想象成几个互为补充的少年：明朗、乐观的格拉（《欢乐行程》)，神秘、早慧的格拉（两个版本的《格拉长大》)和《随风飘散》中那个被侮辱与损害的格拉。《随风飘散》是一个很难一下子读完的作品，一个倒叙的没有悬念的故事却被书写得惊心动魄，这是阿来的功力。我们不得不承认，阿来是一个渲染气氛的好手，他以寥寥几笔不动声色地书写出了东方气韵。在前两个版本的《格拉长大》中那个"村子里最低矮窄小还显得空荡荡的小屋子"成为格拉成长环境的写照，我禁不住联想起《行刑人尔依》中，小尔依因为命定从事低贱、残酷的职业，连居住房子都被孤立。小说用回忆的疏淡退回到少年内心的一隅，书写生活最内在的部分如何变质和硬化，格拉的被孤立正式揭示了人性中最隐秘的部分。如果我们把《欢乐行程》作为材料的碎片加以拼接的话，我想，阿来宁愿相信人性的美好能够容下一个没有父亲、没心没肺的少年快乐的成长。在这个以传言为背景、以死亡为目标、以人性为构建的小说中，"光明"这一意象反复出现，这个最普通不过的字眼却映照了一个少年内心最深处的渴望：渴望被接纳，渴望被相信，渴望和别人一样生活在阳光之下。然而，这些卑微的渴望，对格拉而言却是多么地遥不可及。于格拉而言，阴暗才是人性存在的基本特征，刻意伤害、恶语中伤作为一种习惯，理所当然地强加在一个少年的身上。命运每次对格拉刚刚露出一道缝隙时，却又砰然关闭，我想没有什么比扑灭一个少年的刚燃起的微小希望更残忍的事情了。

记得，在两个版本的《格拉长大》中，少年格拉从他人的父兄那里学会男孩的技能，并用学到的技能杀死了熊，救出了曾经侮辱、伤害自己的伙伴，成为"英雄"，在群族认同语境中完成了自我成长的华丽转身。但阿来的深意不止于此，《随风飘散》展示他更为深邃的探求，他不愿回避人性的弱点和世俗顽疾对成长的限定。在他看来，人性并非一副面孔，纵使文中也有人性反思、温暖的微光，但对没有导师，也没有父亲的"私生子"格拉而言，他的命运之路又能通向何方？这显然是个问题。值得一提的是，父亲在阿来成长主题中有着重要的意义，与先锋小说家们诬蔑、丑化、背叛的态度不同，在《孽缘》《旧年的血迹》等作品中，阿来笔下的父亲多是坚毅高贵、勇于担当的英雄。在写于 1986 年的《猎鹿人的故事》中，阿来曾满怀深情地在结尾处写道：桑蒂"从一条长长的坎坎坷坷的路来到这里，找到父亲。并且，从今，便终于找到了自己，并将找到自己的幸福"。显然，格拉没有这么幸运，他怀有混沌开朗的童年天真，却只能惶惑忧伤地直面复杂的成人世界，他的成长是在毫无自我保护和防御能力的情况下独自进行的。他曾经把英俊善良的恩波幻想成自己的父亲，但却是这个人在他人的谣言和自我良心的问询中一次次让格拉感到"害怕""压迫""愧疚"乃至"绝望"。我想，阿来的这种设定并非是为了质疑、颠覆父亲的权威，相反，他恰恰是在肯定父亲重要的前提之下，衬托出格拉没有依傍的弱小与孤独。在这个叫"机村"的村落之中，唯一给予格拉信任与爱的，却是随时笼罩在死亡阴影之下的脆弱的孩子"兔子"，这使得充满温情的书写显出了脆弱的内核。"兔子"的死对格拉而言是双重致命的毁灭：失去唯一的朋友和被"传说"是凶手。"传说"这个词语的反复使用，不仅仅是作为意为"传播"的动词使用，更重要的是，这个动词最大限度地彰显了人性褶皱中的阴暗与恶。在"谁是用鞭炮炸死了'兔子'的凶手"这个问题上，人们不约而同地指向没有人保护（也没有保护自己能力）的格拉。传说与谣言的"暴力"压垮一个弱小生命的全部生存希望，集体的孤立与肆意的污蔑共同碾压着一个孤独少年的绝望成长。

在这个意义上讲，虚构的"机村"展示了生命的真实存在，在人性的试炼场上，宽容与暴戾、阴谋与绝望同在，人性的阴暗合谋杀死了一个本来单纯快乐的少年。小说中，阿来并没有展开尖锐而强烈的叙述，却是选取了格拉成长的视点，充满诗性的叙事不仅没有缓解人性对成长坚硬、锐利的磨损，反而彰显了痛苦的失落与沉重的哀伤。多年之后，对成长的格拉的第一次正面描写却是鹿眼中的样子，而格拉已成为魂魄游荡的事实也是被他自己发现的，这种深入骨髓的孤独，恰恰是对荒芜人性最有力的控诉。生命是如此地脆弱，人性也是如此地脆弱，格拉的成长之路是无路可走，这是人性的悲哀，更是生命成长永远无法逾越的痛与衰变。

无论我们承认与否，消费主义正在中国蓬勃兴起，文学也在很大程度上成为它的一部分，宏大的叙事努力正被日常生活化的个体表达所代替。这不仅没有缓解文学与现实之间的紧张的关系，相反，大部分人感到忧心忡忡。对于相对隔绝的嘉绒藏地而言，消费主义的蓬勃兴起所诱发的"精神震动"更为突出。阿来出于他本能的文学敏感，在《三只虫草》中表达这个时代最为生动的人文景观，民族根性余热未尽，市场意识扑面而来，多元文化喧嚣纷呈，而人心走向似乎方向不明。他试图借此探寻：当草原文明、宗教佛法无法充当文化批判的后盾，失去精神家园的人们，如何在过剩的消费时代安放我们剩余的欲望？

文章的开头，桑吉这个最爱学习的好学生逃学了，他奔跑在春天的味道里。春天的味道和"非成人化"的眼光使得作品透出悠长纯净的意味。阿来自觉地选取了桑吉的成长主题来表达对民族与国家、崇高与卑琐、坚守与妥协、消亡与探求的思考。细读起来我们不难发现，他是阿来成长谱系中的一员，他早慧、善良而又坚强，他滤去了格拉（《格拉长大》）的尖锐与坚硬，没有旦科（《野人》）的孱弱与忧伤，也没有阿来（《遥远的温泉》）的孤高与怯懦，在这里，《奥达的马队》中那个宁被毁灭、不会屈服的英雄变得圆润，也许桑吉才是二十一世纪的原住民，他是明朗的，是充满光与爱的所在，也许，桑吉才是阿来经过岁月的淘洗最希望在文学中所传达的样子。

全文以桑吉的"成长"为叙事主线，以三只虫草的旅行为叙事副线，二者共同构成新世纪的草原生活的世俗图景。在文章的八个章节中，每个章节都有着两条小线索，把一个少年的明净心灵和被异化的群族生活相对应，其中不乏对传统文明现实蜕化的感伤。在第三章中，桑吉与表哥的成长之路相对应，一详一略却构成了消费时代的成长本相。就像阿来在《〈西藏的天空〉访谈》中所说的那样："一个社会的真正解放不只是一部分人的解放，应该是所有人的解放。"①成长也是这样，在特殊的时代、地域的背景之下，个人的成长比社会的转变复杂得多，毕竟无法通过读书来改变命运、走向城市的孩子才是大多数。表哥不爱学习，又不能像父辈一样去当牧民（父辈们都已经无牧可放），家里没有钱支持他创业，只能在城镇沦为小偷，更为讽刺的是表哥改邪归正后，靠自己的劳力却被欺骗，"盗猎者空手出山，他却被巡山队抓个正着"，这个具有黑色幽默的成长结尾，不仅是表哥成长的无奈，更是一个民族未来走向的历史性尴尬：古老的生存方式不复存在，而新的生活方式却又陌生隔膜。如果我们仔细回忆，不难发现早在《芙美，通向城市的道路》的结尾，阿来貌似不经意描写芙美对孩子民族归属问题的疑惑，其实就展示了作者对于民族成长的思索。无论接受与否，多元文化对古老民族的冲击、进入都已是不争的事实，"变"的现在融入民族历史中，新的观念与旧世界决裂，但被动摇根基的民族是在新的基点上成长，还是在以另一种形式走向消亡？

本来，这三只虫草承载了一个少年无限的渴望，桑吉爱的人那么多，遗憾的是，这点钱即使在脑海的盘算之中都无法实现这些细微琐碎的愿望，明净欢快的语调也掩盖不住尘世的忧伤。虫草既是小说重要构成物，也是和"罂粟"（《尘埃落定》）一样作为成人世

---

① 阿来、施晨露：《〈西藏的天空〉访谈》，《解放日报》，2012 年 9 月 10 日。

界欲望的指代，三只虫草的现实归宿无疑是这个消费时代的迷茫表征：牧民采挖虫草，商人、僧侣、干部倒卖虫草，官员"进贡"虫草，司机私吞虫草。对于一个业已失去生存之根的草原民族而言，把希望寄托在虫草身上，本身就是一出荒诞的喜剧。欲望、金钱以"狂躁"的姿态冲击着古老的民族，古老大地上生命个体的躁动与困惑展示了民族成长的鸿沟。阿来敏锐地意识到，一个失去根底的民族，无论怎样发展，惶惑与迷茫都在所难免，但他却依然坚持从民族根脉之中寻求成长的力量。

说到这里，我不得不提及阿来另一部重要的作品《阿古顿巴》。与一个充满敬畏的英雄传说相比，我更愿意接受一个生命个体曲折成长的故事。阿古顿巴的成长可以归结为：弃绝亲情（出生时母亲死去）—弃绝权利（少年时父亲死去）—弃绝故乡（出走）—弃绝爱情（成年时爱情死去）—弃绝所有（再次出走）。阿古顿巴的经历暗合了时代的精神困境，他用弃绝一切的"欲望"来克服成长所不能承受之痛，从而拥有了纯正的神性，实现了自我救赎。时隔多年，阿来的这篇旧作依然展示了滚烫的力量，它从一个民族历史的源头，缅怀人类古老的天真，发掘一个民族血脉里那种朴拙的神性光辉照耀下的"洁白"灵魂。但我们要厘清的是，阿来并没有把纯洁的神性作为成长的唯一救赎，在他的观念之中，尘世的僧侣（甚至是活佛）也不能代表信仰的力量。在《群蜂飞舞》中，阿来描绘了本该是活佛的桑木旦和根性不好的"活佛"的成长之路。"活佛"被赋予威仪却为尘世、名号所牵绊，桑木旦遵循本心、追求智慧的本真却因学问和疑问不能成佛。梦中扎西般典的叱喝化为现实中带着奶香的蘑菇，这也表明作者对生命与信仰的独特体悟，在他看来，智慧过于纯粹则显得虚妄，信仰过于纯洁则趋于幻灭。[①] 阿

---

① 阿来在《行刑人尔依》中，用对贡布仁钦个体遭遇的书写，表达了对纯洁无瑕的教义的质疑，在小说中它非但不能唤醒民众，而且只能使传道者被割去舌头，失去表达信仰的权利。

来在《三只虫草》中描写的那个使桑吉顿悟却又消失在青草、蓝天之间的喇嘛正是暗含了作者的体悟：信仰与现实之间虽有冲突但并非对立，神性只有融入尘世生命的体认之中，才能得到理解和救赎。不仅如此，百科全书就像是阿来小时候看到的航拍图，成就了桑吉对外部世界的理解与想象。现实、梦想和信仰三个层面互相交叉、映照，那些不和谐的矛盾与尖利最后在一个少年的内心得到谅解。少年桑吉并不关心虫草的归属，他所关注的只是虫草长成的样子，这正是对剥去异化后生命本真的坚守与探寻。

无论历史、命运、人性、欲望如何地不可抗拒，生命都依然存在、生长。桑吉的成长正是展示日益苍白羸弱的民族的希望，从这个角度上说，《三只虫草》较之当下的成长主题而言有着更多可触摸的包容性，虽在某种程度上削弱了文章的批判力度，但却在被欲望炙烤的焦灼与荒寒中给予了我们以希望。桑吉用人间大爱抵御文明的异化和人性的迷茫，并成为克服道德灾变，成为民族成长的超越性力量。

在宿命的牢笼、人性的羁绊面前，每个生命个体都无从回避、逃脱，阿来却从生存家园、古老精神和民族文化之中生发开来，他接纳了民族衰败的历史命运，也清洗并拥抱了被宿命、人性所挟持的生命的残酷成长，行文之中虽有飘渺的乐观和刻意隐藏的惆怅，却不乏诗性的关怀和深情的守望。还原生活本来的面目，遵从生命自身的逻辑，平等地接纳世情百态，努力地谱写着薄悲大地上的成长寓言。

第四节　精神的向往：追寻

"漂泊"与"追寻"总是作为相关联的文学意象或者主题在古今中外的文学中历久不衰。在某种意义上讲，漂泊的本质是源于精神与生存层面的失根或无归属感；而"追寻"则是人作为生命独立个体被肯定以后，对理想、对某一种神圣的目的，或某种价值观不懈追索的努力。现象学美学家杜夫海纳说过："艺术家在寻找自我的同时，自己也在被寻找。"自从在《创世纪》之中人类的祖先亚当和夏娃为求"智"（偷食"禁果"智慧果）被赶出人间乐园"伊甸园"，就意味着人类因为不满于现状、追求梦想势必会遭受苦难。而漂泊与追寻作为伴随着人类成长的永恒主题沉积于文学作品之中，古时中国有夸父追日、古希腊神话之中有伊阿宋盗取金羊毛，他们或不畏路途的艰险，抱着人类战胜自然的雄心，一心向着光明和温暖奔跑，"道渴而死"，长眠虞渊；或奋力跨越滔滔大海，历尽艰难险阻寻求救国之道。而在古希腊、古罗马的文学作品中追寻主题多是围绕半人半神的英雄为维护家族或个体荣誉而展开，《奥德修纪》《埃涅阿斯纪》莫不如此。中世纪以来的文学作品中，人的自我意识开始觉醒，追寻的主人公也从天上降到人间，对真理、人生真谛，以及灵魂归宿的探询成为追寻的主旨。

现如今，对人生价值的追寻与阐释，业已成为中国当代文学的一个重要课题。显然，这与整个二十世纪中华民族所承受的广泛而持久的战乱和动荡有关，虽然动荡的原因是多方面的，如社会的、政治的、家族的、精神的乃至整个世界的原因。《猎鹿人的故事》就是因为动荡而寻找的故事，幼年的桑蒂失去了母亲，一直都不知道父亲是谁，而文章不厌其烦的铺垫都是沿着桑蒂想象中的父亲经过的路径百转千回。值得一提的是，"失父"主题并不是这篇1986年写于草原笔会的作品所独有，自"五四"打倒孔家店始，中国的传统礼教、族权与父权就开始不可遏抑地坍塌、崩溃。在一个家天下的国度里，"失父"与尼采宣布"上帝死了"的撼动性可以匹敌，足以引发思想、伦理、观念等诸方面的动荡。与之相伴的是对既定存在的质疑、反思和"忤逆"。在现代白话小说中，无数怀有抱负和志向的青年毅然地切断出身的脐带。他们诀别祖先，背弃父亲，涌现出高觉慧、林道静、蒋纯祖、慊方为代表的无数"离家出走"的新青年形象。八十年代以来的"先锋派"们，更是大胆地将"失父"推进为"审父""渎父"乃至于"弑父"。从 1986 年洪峰《奔丧》开始，"父亲"的神圣开始备受挑战，紧接着他变本加厉在其作品《瀚海》中进一步颠覆了"父亲"的尊严；到 1987 年余华的《世事如烟》中的"算命先生"和《难逃劫数》的老中医都自私狡猾、阴险毒辣，甚至不惜克死孩子来延续自己的生命；在余华后来的《在细雨中呼喊》中，父亲无耻、贫弱、丑恶，不仅父亲，乃至代表"父亲"承继与希望"长兄如父"的哥哥也步父亲的后尘爬上了老寡妇的床，至此"失父"已经演化为"渎父"；到了苏童《罂粟之家》沉草杀掉陈茂，是为堂而皇之地"弑父"。毫无疑问的是，在他们的笔下，"父亲"的意蕴及其内涵遭到史无前例的颠覆和无处躲避的亵渎。但无论如何，那个高大、伟岸、为精神指引的父亲的无处可寻，也意味着传统文化的断裂。父权的湮没、信仰的缺失作为一个不容置疑的社会现实构成并影响着二十世纪以来的文学图景。在这样一个大的文学图景中，亡母遗物的降临对于桑蒂而言是古老精神的指引。文章围绕"失落"与"重建"展开，桑蒂不知道父亲是谁，父权缺席；因为偷运木头的卡车司机把老所长挤进河里，古老淳朴的精神也在金钱的诱惑中迷失了。桑蒂从"我是谁"的自我确认的疑虑开始，以"怎样从一条长长的坎坎坷坷的路来到这里，找到父亲。并且，从今，便终于找到了自己，并将找到自己的幸福。而这老枪折断的枪管将得到修复。而这座山峰真正成了父亲的山峰"[1]。虽然有这样一个光明的尾巴作结，但桑蒂找到的也不过是哥哥的父亲，他是这个"父亲"失踪后五年所生的。与其说桑蒂寻找到了父亲从而找到幸福，不如说桑蒂寻找到了一种古老、英勇而神秘的精神从而得到归宿。无独有偶，《远方的地平线》中桑

---

① 阿来著：《猎鹿人的故事》，《旧年的血迹》，作家出版社 2000 年版，第 284—285 页。

蒂的父亲是一个懦弱的父亲，而他作为记者重回草原也是对父亲与"根子"的寻找与确认。事实上，追寻主题本身就包含了对真理、人生的真谛和灵魂归宿的探寻，在现世的苦难面前，阿来的这种形而上的追寻却划过既定的命运黑夜，闪耀着永恒的力量。

我认为，在阿来的追寻主题中，有着非常显著的宗教的因子。虽然，阿来并不是一个信奉宗教的人，但宗教作为一种引领精神的力量，它的威仪与崇高在阿来的日常生活与熏染中业已沉潜在其精神的内部，无法也无需抹去。[①] 阿来曾说过"本来是想追寻人生与世界的终极目的的宗教，可能就在财富的堆砌与炫耀中把自身给迷失了"[②]。在阿来的中篇《群蜂飞舞》中，叙述了桑木旦的叛逆与追寻之路。而现代青年桑木旦的所作所为与其说是扎西班典命运的重演，不如说是一种疑问与探寻，一种自我实现的寻求。他用"不"拒绝成为有着诸多约束同时也拥有至高权力和威严的活佛，"桑木旦没做活佛仍然是一个自由自在的快乐青年"[③]。对德高望重的格西的预言，桑木旦偏偏在预言之后一天出现，那种"疑问的固执眼光"深深驻扎在我们的心房。就如阿来的散文中探寻阿旺扎巴时写道："温波·阿旺是要去寻找。寻找什么呢？我想，他本人也不太清楚。当他上路的时候，心里肯定也像我们上路去寻找什么一样，有着深深的迷茫与淡淡的惆怅。……当他走上高原时，遇到了一群在宗教里困惑与迷失的人在高原顶端四处漫游，在漫游中思考与寻找。"[④] 这里的追寻有着心路上的曲折，却又贯穿着对理想、神圣以

---

① 在《写作：忠实于内心的表达——阿来访谈录》（易文祥、阿来：《小说评论》，2004 年第 5 期）中阿来说道："民族性是自然而然的一种东西。……我这种人生观是带宗教感的。"

② 阿来著：《灯光旺盛的地方》，《阿来文集·大地的阶梯》，人民文学出版社 2001 年版，第 152 页。

③ 阿来：《群蜂飞舞》，《民族文学》，1993 年第 4 期。

④ 阿来著：《灯火旺盛的地方》，《阿来文集·大地的阶梯》，人民文学出版社 2001 年版，第 152—153 页。

及崇高价值观终极意义的探寻。即使追寻并不欲求解决一切，但它至少说明可以正视一切。在阿来的文学创作中我们不难发现这种对更高、更为本质的自我追寻，而不懈探寻的生命力量在趋于完满过程中执着地闪耀着光彩和热力。

《行刑人尔依》与《尘埃落定》创作于同一时期，如果说《尘埃落定》描绘了一个土司王朝在强大的历史进程中无可挽回的轰塌覆灭的话，《行刑人尔依》则是在更为具体而逼仄的空间里探讨着命定的无可奈何，以及一个卑微的灵魂如何面对生存的迷茫并坚持自己精神的向往。我们很容易为阿来"异族"的绚丽、宏阔所吸引，却在不经意间忽略了他对那些卑微生命的体味与描绘："大多数人都在为生存而挣扎、而争斗，但文学让我懂得，人生不止是这些内容，即便最为卑微的人，也有着自己的精神向往"，阿来正是平和、舒缓地从这些平凡的生命中发现那些积聚的震撼人心的力量。

古希腊有句谚语：命运的看法比我们的更准确。而有些人却被历史选择性地忽视，并未被命运之光照亮。尔依就是这样被命运抛弃的一员，顾名思义，《行刑人尔依》叙述的是关于一个行刑人家族的故事，从行刑人而不是刽子手这样的称谓的选择上，不难发现阿来温暖的叙事立场及对这个职业噬血、杀戮的有意回避。随着故事一步步地展开，我愈加发现，如果一个身份（甚至名字）对后来者而言是代表一种被动与无所适从，那么命运的纠缠与搏斗也会由此展开。因为不同的个体有着不同的思索与生命的感悟，即使是一个家族中的父子之间也存在着巨大的差异，与其说阿来是在叙述一个命定的行刑人家族的苦痛与挣扎，毋宁说他是在探讨一种生命多样性的可能，即在一个规定的狭仄而又阴暗的空间中展示人性的不同侧面。

小说着力描写了五代行刑人，而这五代却不是连续的，阿来用书记官的缺席，轻易地略去了一大段平淡历史。第一代行刑人是爱杀戮、自愿放弃自由民的身份成为行刑人，并因此受到自己小儿子的诅咒而死。而后世的行刑人显然也不缺乏承担既定使命的勇气，阿来用他的不动声色展示着一个事实，那就是：一个人无论有着怎样的勇气和准备，在艰难的命运面前依然是无可奈何的，"行了刑回到家里，儿子就会对行刑人诉说那些死在他刀下人的亲属表现出来的仇恨。这时，行刑人的眼睛就变成了一片灰色"[1]，灰色的眼睛轻易出卖二世尔依内心的迷茫。而死者亲属合情却不合理的责难，在三世小尔依的心中播下了根深蒂固的仇恨的种子，从而日后成为"最最适合成为行刑人的一个"，他对每一个人都充满天然的仇恨，"那仇恨像一只假寐的绿眼睛的猫一样可以随时唤起"，而阿来显然不想按照既定的套路走下去，充满仇恨的行刑人加上一个暴虐的主子，屠杀就会由此展开，而三世尔依也会得到命运的成全。遗憾的是，三世尔依碰见了一个热爱艺术的主子，他备受冷落，只能靠改良刑具来打发自己无从宣泄的仇恨和热情。事实上，阿来在阐释一个简单而又玄奥的哲理，命运之神翻手为云，覆手为雨，命运的河流自古以来就是一个暗穴接着一个漩涡，没有人可以如愿以偿。

看得出来，在《行刑人尔依》中阿来已经摆脱了前期作品那种生硬的对"枯瘦"力度的追求，开始有足够耐心和自信表达他对生命的超常感受力。经过多次的探讨和铺排，在"历史重新开始的时候"，真正的主人公才款款出现，这个不知是多少代的尔依业已五岁，在这里，关于命运的探讨和思索才真正地开始。正如阿来的诗中所写的那样："我是我自己／我也不是我自己……我是我自己时使用父亲赐我的名字／不是我自己时我叫阿来／这是命运赐予我的名字。"[2]行刑人唯一的儿子小尔依注定要走着和前辈一样的人生道路，而人生的轨迹似乎也可以看得到尽头：面对、承载着杀戮与死

---

[1]　阿来著：《行刑人尔依》，《尘埃飞扬》，四川文艺出版社 2005 年版，第 204 页。

[2]　阿来著：《群山，或者关于我自己的颂辞》，《阿来文集·诗文集》，人民文学出版社 2001 年版，第 5 页。

亡、周围人的轻视、死者家属的仇恨、阴暗潮湿的寓所和注定没有姑娘爱他的命运。看得出来，命运，是这部小说重要的结构元素，而对命运出路的探寻构成了整部小说的精神支点。"谁也不能改变自己成为行刑人的命运"，如果尔依是一个嗜血、对人们有着天生的仇恨的"红眼睛"的家伙，那么他作为一个行刑人的悲剧色彩会减弱很多，而最为荒谬的是小尔依是一个爱动脑子、善于思考的家伙，而且从父亲那里得到了很多很多的爱，父亲用整整一桶蜂蜜来抚慰孩子看待行刑的幼小的心灵，而母亲也为自己的孩子未来作为一个行刑人而哭泣，我们体会到纵使是命定从事杀戮的人，内心深处也有着人之为人的情感与尊严。

从这样充满温情的描述中我们不难发现，一个世代作为行刑人的家族，他们的内心已经日渐地平稳和温和，在文中老少尔依要追随着不同的主子去打仗，"尔依看到父亲和这些人走在一起，突然想，自己平常不该对他那样不敬。心里就有了一种和过去的痛楚不一样的新鲜的痛苦。过去的那些痛苦是叫自己也非常地难过的，而眼下这种痛苦，竟然有着小时候父亲给自己买来的蜂蜜那样甘甜"。可以说一个业已消失的家族本身就有着某种悲怆的质地，消逝本身就是一种默认的残忍与血腥，而正是这种甜蜜与期待的亲情使得尔依关于生命的思索与坚守显得那么地理所当然，也因此使得这部本应血腥和恐怖的作品处处闪耀着温暖的人性之光。阿来小心地规避着对嗜血、杀戮和暴力的渲染及张扬，用自己普世的目光穿越时光的年轮、氏族的厮杀、俗世的荣辱兴衰，来探索一个卑微灵魂的追寻与努力。当代著名作家莫言也曾在他的作品《檀香刑》中书写了刽子手赵甲的形象，赵甲把刑罚当成是一种乐趣并能从中体会到杀戮的快乐："一个优秀的刽子手，站在执行台前，眼睛里就不应该再有活人；在他的眼睛里，只有一条条的肌肉、一件件的脏器和一根根的骨头。"显然，一个思考生命意义的尔依和一个思索怎样改进刑具奴性十足的赵甲体现出的是不同的生命质感。即使如此，尔依依然无法超越命定的现实。我感到，在阿来悠长的故事世界里，尔依、银匠、金花、格拉、达戈……无论他们如何地思索及努力，都无法超越命定的痛楚，实质上，对既定的命运而言，思索与智慧意味着突降人间的潘多拉之盒，美妙与昏眩中伴随着灾难、苦痛和灵魂的挣扎。

很多时候，我们看见行刑人表面的血腥与残酷的同时，却忽视了他作为一种职业存在的必须，因为其与生命、血肉紧密相连的特质，使得他却不能如其他职业那么高贵，甚至不能像银匠那样给人带来愉悦。阿来用他诗性的语言描绘了老尔依对勾引喇嘛的女子用刑的过程，一方面老少尔依充当着"专门在惩办罪恶的名义下摧残生命这一特别职业的传承者"，他们只能无条件地服从土司的命令，另一方面，行刑人选择了一种最好看的图章来给女子烙印，表现了尔依对女子内心深处的同情，他们清楚受罚者不应该是女子或者是女子一人。《行刑人尔依》中在处罚这个"污秽"的女性时，"人们大叫着，要行刑人解开她的腰带"，然而，围观、示众却不仅仅是一个民族，或者一个时代所特有的劣性。在这里，行刑成为一种仪式，甚至是一种看戏般的娱乐，如果把血腥和暴力当作艺术的话，"这些刑术，已远远超出了法律的惩戒意义，失去了皇权正常发挥的历史作用，沦为统治阶级以生命取乐的重要手段，也成为民众激活贫乏生活的一种特殊庆典"[1]。换句话说，就像文中所说的这样："这个污秽女人的身体，而不是罪过就要赤裸裸地暴露在天空下面"，我们看到的只是肉身，看不到罪过；惩罚的也只是我们的肉体，而不是灵魂，这是惩戒之为惩戒本身最为荒谬的论题。所以小尔依一直反复说着简单而又深远的谶语——"太蠢了"，"真是太蠢了"，在这个意义上而言，刑罚和惩戒显得毫无意义。而最大的遗憾是，小尔依的思索并不能化作翅膀，帮他找寻到命运的出口，达

---

[1]　洪志刚：《刑场背后的历史——论〈檀香刑〉》，《南方文坛》，2006 年第 6 期。

摩克利斯之剑高悬，命中注定的出路是无处皈依，小尔依思索生命的意义，却不能拯救，甚至不能拒绝杀戮。在这里，我们不难理解小尔依的失重与错位，当游戏的规则、生命的法则都由他人指定或者制定的时候，梦想正是一种挑战，又像是一场战争，光荣地承载着人之为人的责任与信仰。

我想，阿来小说的侧重点从来都不在于对阶级或者既定秩序的嘲讽，而是对自我的寻找，在阅读时我们不难体会到，无论外界环境如何地风雨交加，兴衰起伏，他们一直固执地在内心的深渊里流浪。

每个人的内心都有着让我们追索、理解、同情的可能。可以说，内心的悲悯和对真理的思索和执着，加倍了阿来小说内省的深度。遗憾的是，很多时候人类的苦难是这命定的别无选择，关于生命的追问没有意义，对生命的憧憬和珍视，并不能够缓解我们和命运之间的紧张关系，反而破坏了既定法则的自在张力。在阿来看来"痛苦和死亡都是教土地肥沃、生命坚韧的东西。所以，我不以为痛苦和死亡会导致出消极的主题。更反对那种为了盲目的乐观而无视痛苦与死亡甚至遮掩痛苦与死亡的方式"[1]。我们最后都会走向死亡，而且，即使是死亡也不能成为阻断既定命运的理由。"他其实一直都不是一个好的行刑人，正在变成，正在找到生活和职责中间那个应该存在的小小的空隙，学会了在这个空隙里享受所要享受的"[2]，很多时候我们仰望着天空也找不到命运的出路，当生命为暴力的阴影所笼罩，死亡时刻紧密相随，梦想就显得多么地脆弱而虚幻，命定的无可奈何化作一声含义隽永的叹息。而尔依在这个空隙中所坚持的，却跨越了生死与虚妄的鸿沟给予我们以勇气和力量。这种关怀与温暖的书写恰恰是阿来小说动人心魄的力量所在，从这部作品中我们体会到了灵魂的坚韧与宽厚。阿来是平静的，同时也

---

① 阿来：《时代的创造与赋予》，《四川文学》，1991 年第 3 期。

② 阿来著：《行刑人尔依》，《尘埃飞扬》，四川文艺出版社 2005 年版，第 259 页。

是坚定的，很少有人能在如此喧嚣而躁动的时代里，走得像阿来一样气定神闲，他活在自己坚定的内心里，活在对于文学、对于人性坚守的梦里，在佛的眼中，大千世界不过是尘埃纷纷；在智者眼中，正是纷纷尘埃令世界生动丰盈，阿来用自己悲悯的目光追随着尔依，看着一个行刑人的家族灰飞烟灭、尘埃飞扬。

实际上，追寻就是对既定命运的反抗。马克·吐温在他的晚年作品《亚当夏娃日记》中借夏娃之口说出"开始我想不出我被创造出来究竟是为了什么，但现在我认为，我被创造出来就是为了探索这个世界的各种秘密……"[①]，这是对神话大胆改写，同时也表明上帝创造人类的同时虽然安排了我们既定的命运，但是偷吃了禁果的人类已经具备了独立思索的能力，并有了自己的判断和追求。《格萨尔王》中晋美被神灵选中，他明知道这是一条不归之路，却依然选择作为一个说唱人开始行吟四方；达泽（《月光里的银匠》）明知道背离既定命运等待着的就是死亡，他依然背对着枪口选择出走；卓玛（《自愿被拐卖的妇女》）放弃了村里清闲富裕的日子，为了去看看有大海的地方而自愿被人拐卖；色嫫（《达瑟与达戈》）背弃爱情、伤害了忠贞不移的爱人，只为在梦想的舞台上成为歌唱家……在业已注定的命运面前，在平淡或者苦涩的现实生活之中，他们用自己的行动，追寻着善良、美好和梦想。阿来从这些庸常的凡人中找寻人生的诗意，试图超越日常生活、金钱利益去追寻那些真正而崇高的人生价值。从我们选择尊重梦想、追寻自我的时刻起，"自我"就开始在历史旋涡中流动并放射出灼热的生命火焰，正如加缪所说："我的灵魂并不追求永恒的生命，而是要穷尽可能的领域。"[②]在这些光芒的周围，命运的阴影紧紧萦绕，而盲从的人们，

---

① ［美］马克·吐温著；曹明伦译：《亚当夏娃日记》，安徽文艺出版社1992年版，第107页。

② ［法］加缪著；杜小真译：《西西弗神话：加缪荒谬与反抗论集》，陕西师范大学出版社2003年版，前言。

露出疲惫的目光，被弃置于历史阴影之中，他们注定看不到光芒。

虽然，阿来的书写较之"先锋""现代派"小说而言，并未彰显出激烈的情感，却会不时触动我们灵魂深处敏感的神经。他勇于直面人性的惨淡与绝望，并不回避普遍问题，也并不回避对此作出认真的索解。"我以为，小说家也是一种艺人。大多数时候，他们需要世界宽广，他们需要独自流浪，去寻找自己的调子与歌唱，而不是急于去向很多的人传授或宣扬。"[①]"追寻"也是阿来人生与创作的真实写照，在命运与时代赐予的磨难与诱惑面前，他并没有陷入存在主义的虚空迷茫与悲观绝望之中，也并没有混迹于沽名钓誉的浮华之徒中。在作品中，阿来用刚健、深邃而不失纯真的笔触记录着"阿来"、猎鹿人桑蒂、年轻的邮差、记者桑蒂、金花等人的心路历程。追寻是对世界、对既定命运的一种背离，一种反叛，对某些人而言，追寻就是生命本身，只要不弃绝生命，就不能放弃追寻。"正是'希望'引诱着人类，叫他们一直忍受苦难，直到死亡。"[②]事实上，追寻并不是解决与完善，只是出于对生命的正视。而追寻的主题是阿来沉潜诗意的一种表达，追寻因其反叛而闪耀着试图超越的魅力之光，世界是我们最初和最后的爱。更多的时候在特定的历史、命运与苦难面前，被超越的可能不是既定的"现实"，而是自我。也许在这种自我的追寻与超越中来理解人的苦痛与挣扎、欲望与沉沦、希冀与无可奈何，才是我们追寻的真正意义所在。

总的说来，历史、宿命、孤独、成长与追寻作为阿来小说的主题，在其文本中互相缠绕。当历史的大幕徐徐开启的时候，无数的可能演变成为唯一的现实，而个体的生命与存在则化为一粒尘埃湮没在历史的必然之中。阿来的主题书写中有着一种悲怆的意味，时常，我们面对的是现实与梦想的二律背反，命运在很多时候就是以

---

① 阿来著：《远望玉树》，《看见》，湖南文艺出版社 2011 年版，第 35 页。

② ［英］萨默塞特·毛姆著；陈德志、陈星译：《作家笔记》，南京大学出版社 2011 年版，第 7 页。

被颠倒的梦想与自由的形式而存在，梦想并不是一种表象的存在，而是最荒谬、最无可逃避的介入。未揭示的秘密如此遥远，却时刻引诱着人们去追寻、发现，我们被命运所左右，而始终选错时机。阿来曾经说过："我必须在这里揭示出在一种带着强烈的喜剧色彩的生存状况下的泛人类的悲哀，人性的悲哀，生命本能与生命追求的崇高品格之间相互冲突的悲哀。"[1] 孤独与追寻紧密相伴，我们不愿接受命运的不确定性，却也只能等待命运的安排；我们的生命不是错过良机，就是机会姗姗来迟，这不仅仅是文学的主题，这也是泛人类的悲哀。在嘉绒这样一个文学的极地之中，梦想、信仰与真实相互映照构成一部独特的民族史诗，而阿来显然不满足于对这些仅存历史表象的探寻，他所注重的是灵魂阵痛背后的理解与尊重，阿来用自己诗性的叙述演绎着一个个在不可阻挡的命运面前真诚、谦恭而又挣扎的灵魂，从而赋予了生命以更为丰盈的内涵。这是文学对历史、生命、灵魂的照亮，阿来的书写使得文学跨越了灾难、苦痛与死亡，赐予我们勇气和力量的光芒。

---

[1]　阿来著：《孽缘》，《孽缘》，四川民族出版社 2005 年版，第 32 页。

第三章 人是出发点，也是目的地：
文化碰撞中的多民族人物

在阅读阿来小说时，我们会为其瑰丽的异质书写所震撼，会为他缄默的孤独想象所打动。在他的作品中，嘉绒藏区幻化为一种古老的图腾成为作品永恒的背景。在这片本身就充满了神迹与蛮荒、喧哗与失范、横亘与隔绝的土地上，阿来的书写充满了对个体生命翻滚热情的审视、尊重与表达。阿来小说中的人物多半取材自他童年生活的那个村落，他的人物书写多是具有连续性的：色尔古村的若巴雍宗（头人的儿子）、嘎洛（大队长）、章明玉（老师）①、阿来、桑蒂、舅舅等等都在他的不同作品中频频出现。我们完全有理由相信《孽缘》《少年诗篇》《蘑菇》《天火》②以及《空山》中出现的、皮肤有着古铜的光泽的"外公"（在《空山》中是差一点成为拉加泽里老丈人的老人崔巴嘎瓦）都是源于同一个若尔盖草原上一位具有很高威望的老人，我们也不难想象在阿来的童年里曾经有一个当过喇嘛、有着异禀的"舅舅"式的长辈……他们"有如一面

---

① 事实上，阿来幼时确实有个叫张玉明的老师（"特别是我的第一位老师张玉明，在五十年代初，就已经是我母亲的老师了。"《阿来文集·大地的阶梯》，人民文学出版社 2001 年版，第 122 页），故而在其作品中一个叫"章玉明"的老师频频出现，他（她）在《守灵夜》中是曾经干净漂亮，后为生活击垮，变成一个邋遢、满身酒臭与寡妇同居的中年男人；在《血脉》中又化身为洁净、芬芳而美丽的年轻女子；在《孽缘》中是一个善良、正直、对生命充满了理解与同情的老师。

② 这里的《天火》是围绕仁真郎加书写的文本，不是《空山》中卷二的那个《天火》。

诚实的镜子，映照着人们难以觉察的自我本相"①。"我自己就生活在故事里那些普通的藏族人中间，是他们中的一员。我把他们的故事讲给这个世界上更多的人。民族、社会、文化甚至国家，不是概念，更不是想象。只有一个一个人的集合，才构成那些宏大的概念。换句话说，要使宏大的概念不至于空洞，不至于被人盗用或篡改，我们还得回到一个一个人的命运，看看他们的经历与遭遇、生活与命运、努力或挣扎。对于一个小说家来说，这几乎就是他的使命，是他多少有益于这个社会的唯一的途径。当然，还有很多因素会吸引一个小说家：我们讲述故事所依凭的那种语言与形式的秘密，自在而强大的自然，看似稳定却又流变不居的文化，当然还有前述那些宏大的概念，但只有人才是根本。……但归根结底，都是关于沟通与了解、尊重与同情。"② 我们不难感受到，阿来那种介入的情感：因为亲近所以哀叹，因为苦楚所以忧伤，因为关怀所以悲悯。同时，几乎在阿来的所有作品之中都有着一种哲学思辨的意味，而这些思辨是在主人公对抗现实与命运、追求理想与梦幻中展现的。尤其是在其早期的作品中，那种文气与幻想性笼罩着人物，主人公屡屡延宕、犹疑在思想的路口，而萨特、惠特曼则作为他们灵魂的向导与领路人在文章中直接出现。虽然这些小说中时时闪耀出理想主义的光芒，也不乏动人的细节，但人物形象不够圆润，为表达作者的某种主旨，与现实层面上的真实生活断裂，显现出一种观念化的僵硬。而阿来在不断的漫游思索之中，脚力日益强健，笔法也日益成熟，人物也逐步地丰盈灵动起来。

一直以来，阿来的人物书写重在表达精神意蕴和特征，强调强大的意志力，他小说中的人物犹如中国传统的水墨画，重在传神而不是形俱。在他的作品中很少有次要人物与主要人物在书写上存在差异，核心人物也不是花蕊，而其他人物也绝非捧月的众星，他们

---

① 阿来：《熟悉的与陌生的》，《民族文学》，2009 年第 10 期。

② 阿来：《人是出发点，也是目的地》，《黄河文学》，2009 年第 5 期。

个性突出、性格鲜活，就如其在中篇《已经消失的森林》中，书写了表哥觉巴、程卫东、歪嘴、刘世清、勒真等人物在二十三年的历史大潮中的跌宕起伏，即使是"我"、女干部这些笔墨不丰的人物，也绝无闲笔。阿来虽在刻画人物时用笔俭省，却会在书写、描摹某一种特征时不惜笔墨。在描写从军队上回来的"父亲"面对破败的头人家族时，阿来写道："那天傍晚，父亲坐在向晚的一天红云下，呆呆看若巴家被一把大火烧成空壳的四层寨楼。被火烧后的石墙及墙缝中的泥土呈红褐色。黑洞洞的窗口上挤满肥胖的荨麻。他的脸因为颈上刀疤的牵扯有些歪斜。"[①]这段描写展示了阿来人物书写的非常重要的两个特点：其一，阿来善于捕捉人的特征和心理变化，用洗练的文字勾勒出来小说中的各色人物，从铮铮硬汉到乡野农民，个个都是个性鲜明，栩栩如生。而人物的特征会在文本中屡次出现，使得我们一提起这个人物虽不会想起他的音容，却会想起他的特征，就如上文中父亲颈上的疤痕，《天火》中仁真郎加一直偏左的走路姿势，《永远的嘎洛》中嘎洛因热爱土地、辛苦劳作而"毛孔粗大的手腕"，等等。其二，阿来注重人物的内心和环境之间的对应关系。阿来不注重人物的形象刻画，基本没有大段的外貌和动作描写，而是注重揭示人物的气质、品格以及精神追求，重视外在景物与人物心理之间的交相辉映，着力书写人之为人在信仰与现实、梦想与苦难之间的徘徊、碰撞与冲突。

阿来对硬汉形象有着特别的偏爱，在这类形象的书写之中完美地展示了其男性写作的显著特点：硬朗、短促、坚硬、不容置疑和倔强。他曾经在《孽缘》中写道："我心目中树立起了父亲的理想形象。一个倔强的男人形象。"同时，阿来更为关注的是那些不彻底的边缘人。他们的身份多半既不光辉又不伟岸，而且有的还十分尴尬，无论是金花、芙美、麦勒、嘎洛，还是尔依、银匠、卓玛等

---

① 阿来著：《旧年的血迹》，《旧年的血迹》，作家出版社 2000 年版，第 79 页。

等，他们时常处于一种两难的困境，在无力挣脱的命运面前却依然保持着美好的梦想，然而梦想与现实之间的鸿沟是如此地深邃，使得他们的内心充满了矛盾和挣扎。阿来的小说中，重视人物与大地、历史、命运之间的感应联系，在他的很多作品中，命运与梦想、孤独与追寻、顺从与抗争等构成多元共存的对立，而这种人物内心的挣扎则表现为一种自我对话及与命运的抗辩。阿来在他们身上展现了梦想的力量和对所付出的努力与坚韧的肯定与颂扬。

有时候，阿来对文中若有若无的情感统摄还不觉过瘾，他自己会直接跳出来评价人物命运，在小说《旧年的血迹》中阿来说道："亲爱的读者你们又聪明又愚蠢，一如我聪明而愚蠢。我们都想对小说中出场的人物下一种公允的客观判断。我们的聪明中都带有冷酷的意味。也正是由于我们的聪明，我们发现各种判断永不可能接近真理的境界，并从而发现自己的愚蠢。这就是在写作过程中深深困扰我的东西。这种愚蠢是我们人永远的苦恼，它比一切生死，一切令人寻死觅活的情爱更为永恒，永远不可逃避。"[①]他的作品中大多是藏族乡野间常见的人和事，而正是这种原始、本真而又因平凡而被忽略的人，自然地展示了作者对世界真挚而丰富的感知。当那些奋起反抗的英雄推动历史的演变时，卑微的人却在滚动的历史巨轮之中承受着既定的命运，他们更多的是在生活的阴影之中承受命定的无可奈何。这也许就是阿来人物书写的深刻所在，我们不难从阿来的文本之中感受到伴随着焦虑、孤独、迷惘的梦想与期待，反抗苦难时迸发的生命激情，以及摆脱个体命运时闪耀着的不懈追寻的光华。在阿来看来"人"就是小说的根本，"我们讲述故事所依凭的那种语言的秘密，自在的也是强大的自然，看似稳定却又流变不居的文化，当然还有前述那些宏大的概念，但人才是根本。依一个小说家的观点看，去掉了人，人的命运与福祉，那些宏

---

① 阿来著：《旧年的血迹》，《旧年的血迹》，作家出版社2000年版，第122页。

大的概念是没有任何意义的。所以，对一个小说家来说，人是出发点，人也是目的地。"① 阿来用朴拙的文字与坚韧的耐心展开对人物命运的追索，在对人类历史与现实处境深切关照的同时，也包含了他对人的弱点的洞悉与理解。而这种"藏巧于拙"的叙述并不是源于技巧的缺乏与体味的肤浅，而是阿来罕见的才情与写作自信的反映。

第一节　拙·愚·智·痴：阿来小说的人物"腔调"

　　阿来作品的诗性总是令人难忘，那种悱恻却透明的忧伤缠绕在人物身上。好在这些人物多是他故乡里那些最为熟稔的乡亲，错综而鲜活的感受中和了诗性的缥缈、虚浮，呈现出独特的生命纹路。阿来立足于"嘉绒"本土，这片坦荡、包容的自然空间造就了他大巧若拙地看待世界的眼光与面对问题的方式。虽然，时代的变迁、环境的变化也影响着人物的生命走向，但阿来用他的冷静与才情，在变动不羁的时代中始终坚持一种写作的纯粹性："文学的教育使我懂得，家世、阶层、文化、种族、国家，这些种种分别只是方便人与人互相辨识，而不应当是竖立在人际之间不可逾越的界限。当这些界限不止标注于地图，而是更是横亘在人心之中时，文学所要做的，是寻求人所以为人的共同特征，是跨越这些界限，消除不同人群之间的误解、歧视与仇恨。文学所使用的武器是关怀、理解、尊重与同情。"② 他笔下的人物大多没有深沉的算计，总是用貌似简单的直接来面对烦扰的世事，做着理解起来似乎也十分简单的事件。他们朴拙而旷达，有时愚钝、有时睿智，在不断的行走与寻找

---

① 阿来著：《人是出发点，也是目的地》，《看见》，湖南文艺出版社 2011 年版，第163 页。
② 同上，第 165 页。

之中展开对于世界与自我的问询。

一、出走与弃绝：稚拙行走的阿古顿巴

文学最能触动我们的往往是原初的风景，而阿古顿巴作为藏民族的精神典范，在他的身上显示了藏民族的根源性格。阿古顿巴，也有译为"阿古登巴"，四川阿坝藏区称作"顿巴俄勇"，"俄勇"为舅舅之意，"阿古"是叔叔的意思，"顿巴"是导师的意思。据传阿古顿巴是后藏[①]江孜县人，原是贵族庄园主陆卓代瓦家的农奴。他用计惩戒了欺压乡民的庄园主，将其骗到雅鲁藏布江淹死，并因此逃离家乡流浪四方。在流传下来的故事中，阿古顿巴聪明机智，他利用人性中的贪婪、吝啬和愚蠢，运用智谋巧妙地戏弄富商、对抗权贵、为贫苦的农奴伸张正义。这些流传下来的故事短小精悍、轻松幽默，却又主题雷同，寄托了旧时代广大农奴向强权复仇的精神诉求。我们甚至可以想象，阿古顿巴是如何在藏族家庭的火塘边一代代被言说、叠加，成为一种象征和指代，他作为民间智慧的集大成者，早已超出了民族和地域的界限。从这个意义上讲，阿古顿巴对于阿来人物谱系的构建有着重要的意义，更像是藏族文化传统中的"发愿"。在这个形象身上不仅展示阿来文化的自我定位与人文关怀，而且也作为小说建构的重要因子屡屡出现，在《格萨尔王》中，阿古顿巴就直接出现与格萨尔王对话。此外，我们还从《尘埃落定》中的傻子、《月光里的银匠》中的达泽、《格萨尔王》中说唱人晋美、《格拉长大》中的格拉、《达瑟与达戈》中的达瑟和达戈、《云中记》中"半吊子"的祭师阿巴等人的身上，找到

---

① 习惯上，藏区按方言划分可以分成卫藏、康巴、安多三块。以拉萨为中心向西辐射的高原大部叫做"卫藏"。卫藏又分三块：拉萨、山南市称为"前藏"，日喀则市则称为"后藏"，整个藏北高原称为"阿里"。前藏和后藏之间的孔道，就是雅鲁藏布江中游的尼木峡谷。

阿古顿巴式的记忆与表达方式。

短篇《阿古顿巴》是阿来早期的代表作，"在这篇小说里，我们可以发现阿来最初的小说观念的形成和成熟。我最早注意到阿来短篇小说人物的'拙'性就是这篇作品。在这里，我们甚至可以说，阿来小说所呈现的佛性、神性、民间性的因子，在阿古顿巴这个人物身上有最早的体现"[①]。通过阅读我们不难发现，文本中阿古顿巴的"拙"与小说形式的"拙"相得益彰。阿来并没有对这位导师叔叔进行"新历史主义"式的颠覆性重构，而是沿用了故事的口吻写道："产生故事中这个人物的时代，牦牛已经被役使，马与野马已经分开。在传说中，这以前的时代叫做美好时代。而此时，天上的星宿因为种种疑虑已彼此不和。财富的多寡成为衡量贤愚、决定高贵与卑下的标准。妖魔的帮助使狡诈的一类人力量增大。总之，人们再也不像人神未分的时代那样正直行事了。"而这种充满复杂思辨意义的开头，在后来的《行刑人尔依》和《格萨尔王》中沿用下来。不仅如此，阿来还用了"很少出现""也未出现""就不""尽量不"等大量否定性的词汇对传说中的"空白"进行填补。他铺陈得很仔细，也很诚恳，却在短短几千字的篇幅里套用传说中《给国王算命》[②]《房子和锯子》《贪心的商人》《分饼子》《阿古顿巴的宝藏》等故事作为叙述的线索。阿来也曾坦言套用这些故事的原因："不同的地区、不同的村庄、不同的人群里面都有关于阿古顿巴不同的故事。这些故事都有一个相同的特点，那就是他是真正代表民间的。"[③]在整体性力量如此强大的时代，只有那些执拗地保持个体姿态的人，固执地连接民族历史过去与现在的人，不断对抗人群的同化、抵御欲望的侵蚀、反叛既定命运的人，才是对当

---

① 张学昕：《朴拙的诗意——阿来短篇小说论》，《当代作家评论》，2009 年第 1 期。

② 有的故事中名字叫《国王的座位》，叙述语词虽有区别但内容基本是一样的。

③ 阿来：《文学创作中的民间文化元素》，这是阿来于 2006 年 1 月 25 日在上海作协举办的"东方讲坛·城市文学讲坛系列讲座"上的演讲。全文详见中国民族文学网。

下的世界构成真正挑战的人。阿来用看似漫不经心又近乎于沉闷的语调写出了阿古顿巴的一生，加上作者的内秀，使得小说在淡化寓言故事训诫意味的同时，使我们感觉着阿古顿巴身为凡人的犹疑与困惑。

阿来是一个少年老成的天才，孤独和敏感成就了他创作的独特韵致。他的作品有着坚实的文化内核，并注重人物的精神诉求。不同于后来《尘埃落定》《空山》对于宏阔历史的追求，《阿古顿巴》更倾向于人物的内心体验和自我审视。在阿来看来，只有小说中的人物变成有血有肉的"生命"，小说才有了生命。在某种意义上讲，青年的阿来书写的是一个成长中的阿古顿巴，在阿古顿巴身上混合了善良与软弱、敦厚与嘲讽、坚定与犹疑，而他的孤独、敏感与迷茫中也渗透了作者阿来少年时的切身体验。虽然阿来基本遵循了传说故事的线索，但阿古顿巴的身份从农奴变为领主的儿子，他的故事就是从背弃拥有的巨大世俗权力和话语权力的贵族阶级真正开始的。而这个叛逆者却是一个笃厚纯粹的人，他并没有深奥的计谋，总是用最简单的方式破解看似复杂的机关。同时，他也是一个矛盾、被凡俗情感缠绕的普通人：他渴望"平静而慈祥的亲情"，却弃绝了贪婪的领主父亲，走上了崎岖的漫游旅程；他一直追求真理和自由，却听从良心的召唤，被一个没有关系的瞎眼老妇人所羁绊，失去了自由；他深爱着领主的女儿，想尽办法为其解决了困境，却无法自证身份。阿古顿巴是一个高尚的智者、隐忍的凡人和孤独的英雄，"是具有更多的佛性的人，一个更加敏感的人，一个经常思考的人，也是一个常常不得不随波逐流的人。在我的想象中，他有点像佛教的创始人，也是自己所出身的贵族阶级的叛徒"①。阿来在阿古顿巴身上倾注了纯粹的、智慧的力量，这也是真理与民间传承的力量。

---

① 阿来：《文学表达的民间资源》，《民族文学研究》，2001年第3期。

阿古顿巴在内心与外部世界的两极间不停往返，而阿来的书写也在"传说"与"现实"之间游弋，甚至不惜借众人之口在"乞丐般""瘦削落魄"的阿古顿巴面前，描绘传说中"国王一样的雍容，神仙一样的风姿"的阿古顿巴。阿来在告诉我们一个事实，传说中是被理想化、无所不能的阿古顿巴，而真实的阿古顿巴却在无望的爱情和恼人的亲情中迷失，两者之间巨大落差，揭示了"传说"的虚妄。而恰恰是那个犹豫落魄、忠诚软弱、有着爱与被爱能力的阿古顿巴，却是最为生动而真切的生命图景。这也是人类自我成长的寓言：人生而混沌，在曲折中经历，在挣扎中澄明，在不断弃绝中走向完满。最后，阿古顿巴在黎明时分"又踏上了浪游的征途"，小说的结尾写道："翻过一座长满白桦的山岗，那个因他的智慧而建立起来的庄园就从眼里消失了。清凉的露水使他脚步敏捷起来了。月亮钻进一片薄云。'来吧，月亮。'阿古顿巴说。月亮钻出云团，跟上了他的步伐。"这个充满诗意和浪漫的结局，正像"月亮"在藏族文化中圆满与安详的寓意一样，阿来为弃绝了亲情和爱情之后的阿古顿巴，安排了一条轻逸的道路。

二十年后，阿来重塑了这个想象中十分美好的结局。在《格萨尔王》中阿古顿巴与格萨尔王相遇时，他依然是那个瘦削、愤世嫉俗、走起路来"像风中的小树一样摇晃不已"的阿古顿巴。在相隔二十年的两个文本中，阿古顿巴出实入虚、自由"穿梭"，最后逃遁到故事中，成了"还在不断创造新的故事，继续在故事里面活着"，"不死的人"[1]。实质上，这不仅是阿古顿巴形象的延续与深化，也显示了阿来对于文学的忠诚：阿古顿巴矛盾的性格、生命的苦行都没有终结，也不会改变。阿来清醒地意识到：在民间传说中不断被润色、填补的阿古顿巴早已失去本来的面目，他因"活在每个讲故事人的口中和脑子里"[2]而不断被塑造、被理想化，并成为

---

① 阿来著：《格萨尔王》，重庆出版社 2009 年版，第 232 页。

② 阿来著：《格萨尔王》，重庆出版社 2009 年版，第 232 页。

英雄，而潦倒真实的阿古顿巴则被故事淹没，遁入"无从捕捉"的黑暗。在这个意义上讲，阿来解构了故事的绝对权威，消解了阿古顿巴的神性，还原了一个复杂立体而又矛盾挣扎的阿古顿巴。不仅如此，因为"长得像阿古顿巴"并对"世事懵懂不明"而成为神授说唱艺人的晋美，与阿古顿巴隔空相映，在梦境与现实之中穿梭。晋美脸上挂着阿古顿巴"那种愤世嫉俗的神情"，不断追问，值得注意的是，在"故事：阿古顿巴"一节中，阿古顿巴留下的那顶普通的帽子和晋美华丽的"仲肯"帽子形成了互文关系，前者反映了与权力疏离乃至对抗的态度，而后者则代表了某种权利的获得。格萨尔、晋美、阿古顿巴跨越千年的时空，在现实与梦境之中共生、交流，突破了古老的神话定式，并对神话故事进行了人性的关照和反思。在这个意义上讲，晋美也与作者阿来有着灵魂的共鸣，他们"将滚烫的血液与真实的情感，潜行在字里行间"[1]，他们都是孤独而稚拙的行者，背负着寻求和延续民族文化的深沉使命。

事实上，阿来小说有着很强的延续性，他似乎偏爱阿古顿巴传说中"贪财商人的下场"这则故事。阿古顿巴让人帮忙扶住旗杆的故事在《阿古顿巴》《尘埃落定》《空山·喇叭》中都出现过，只是被戏弄的人物的身份分别是商人、僧侣、喇嘛，而且故事书写得一次比一次详细、生动。在《空山》中阿来甚至给这个故事做了注解："他用聪明捉弄那些自以为比他更聪明的人。"旗杆并没有倾倒，只是人自寻烦恼罢了，命运也总是在捉弄自以为聪明的人，也许，是我们想要的太多，才会一步步坠入欲望的深渊，沦为时间的灰烬。在阿来小说中，这些带有明显指向性的故事构成了互文性，不断深化了他对人物形象性格的塑造，以及对自我精神情感表达的需求。

---

① 阿来著：《就这样日益丰盈》，解放军文艺出版社 2002 年版，第 294 页。

二、对照与审视：大智若愚的"二少爷"

阿来曾经说过："在塑造傻子少爷这个形象时……我想到了多年以前，在短篇小说中描绘过的那个民间的智者阿古顿巴……于是，我大致找到了塑造傻子少爷的方法，那就是老百姓塑造阿古顿巴这个民间智者的大致方法。"《尘埃落定》中麦其家的二少爷与阿古顿巴这个形象之间拥有着一脉相承的精神血流。他们都是天生的智者，在世俗的喧嚣中始终保持独立的姿态，他们拒绝与权力合谋，注定要出走、游离，并给予异化的世界、迷失的人们以警醒。相较而言，阿古顿巴身上更多体现的是理想的沉醉，从他的朴拙中传递的是一种沉重的使命与责任担当；而二少爷的身上更多呈现的是世俗欲望的狂欢与嘲讽。通过阅读我们不难发现，《尘埃落定》是围绕着权力，以及伴生的欲望、暴力及复仇等展开，它们与罂粟交相呼应，在每个人心上烈烈燃烧。所谓的虚实、锤炼、境界、风格是成熟阿来的精神追求，而这个时候，傻子二少爷则是沿着感觉的惯性自在地滑行。傻子并不仅仅是权力家族——麦其土司家的一分子，而是作为对照，去映衬和嘲讽这个"聪明人"太多的世界。有时，他会带着几分讥讽，去旁观那些自以为聪明，或者被认为聪明的"聪明"人如何去使用和争夺权力。麦其土司、茸贡土司、土司太太、大少爷、尔依、塔娜、桑吉卓玛……除了圣人翁波意西外，每个人物都洋溢着生命的复杂与并不掩饰的贪婪。这种直白、酣畅的"拙"意在阿来以后的作品中并不常见。

与其说，傻子二少爷是阿来为当代文坛创造了一个经典人物，不如说，傻子为我们提供了一个看待世界的角度和姿态。傻子看世界，有着人类混沌未开的懵懂，封闭而又透明，却更接近生命的本质，他看得兴致勃然。"傻子"的身份赋予他教化之外、随心所欲的自由，"我当了一辈子傻子，现在，我知道自己不是傻子，也不是聪明人，不过是在土司制度将要完结的时候到这片奇异的土地上来走了一遭。是的，上天叫我看见，叫我听见，叫我置身其中，又叫我超然物外。上天是为了这个目的，才让我看起来像个傻子的"①。"傻子"既是这个故事的参与者，也是一位叙述者、旁观者。他不断地消解、颠覆、反抗，他的边缘视角也成就了新旧交替时代的话语策略。阿来将一群野心勃勃的土司置于历史的死角，看他们如何被躁动不安的欲望驱使，在财富与权力中心醉神迷，却无力转圜。我甚至可以想象阿来在写作《尘埃落定》时是愉快的（虽然他难免为人物的命运而惋惜），行文酣畅不乏炫技的快感。

大量史料的沉积使得阿来对土司世界实在太过熟悉，但他却并没有满足于此，而是努力捕捉人性的幽微，用鲜活的生命来填补碎片化历史的空隙。《尘埃落定》的视域开阔，阿来用敞开的姿态，书写了一个"比聪明人更聪明"的傻子，这使得他的父亲麦其土司陷入迷茫，"父亲对自己置身的世界相当了解。叫他难以理解的是两个儿子。聪明的儿子喜欢战争，喜欢女人，有对权力的强烈兴趣，但在重大的事情上没有足够的判断力。而有时他那酒后造成的傻瓜儿子，却又显得比任何人都要聪明"②。傻子二少爷经常以十足愚蠢的傻瓜语言说出理性的词句，以滑稽的方式反衬出悲剧的效果，智中有愚，愚中见智，二者相互转换，而我们只须顺着"傻子"好奇的目光，四处打量。

历史突然加速，"我就知道要慢慢来，可事情变快了"。而傻子却活在自己的世界里。"月亮在天上走得很慢，事情进展得很慢，时间也过得很慢。谁说我是个傻子，我感到了时间。傻子怎么能感到时间？"③他的简单甚至愚钝中包含着民族的原始文化智慧，使得他能够自动地廓清遮蔽世事的雾障，在社会历史剧烈变动、孕育着重大变革的关口，二少爷成了"聪明的傻子"并"能决定许多聪明

---

① 阿来著：《尘埃落定》，人民文学出版社 2009 年版，第 378 页。

② 同上，第 157 页。

③ 同上，第 262 页。

人的命运"。"我"常常被置于这样的语境中，傻子每天早上醒来都在追问："我在哪里？""我是谁？"这是一个古老的哲学命题，只有傻子才会"在睡梦中丢失了自己"而"心里十分苦涩"[1]。在危机四伏的土司末日，众人为权力、金钱争斗，陷入欲望的癫狂之中；傻子却处在自我的矛盾之中，他一面混沌懵懂，一面洞察世事，未卜先知。他讨厌为权力争斗的自私嘴脸，却放不下权力的诱惑。在他这里，伟大与渺小、高贵与低贱、成功与毁灭、聪明与愚蠢……自然而然地纠缠在了一起，借用拉格维斯《侏儒》中的一句话："这个模样显出了我的真相，既不美化，也不走样。也许它并非有意要生成这样，但这恰好正是我所要的模样。"[2]最终，那象征着土司无上权力的高大官寨在炮火中化为碎石，而傻子二少爷却提前预言了自己的死亡。他是"新生事物的缔造者"，也被文中的红色汉人认为是"跟得上时代的人"，在他被俘虏时，"整个山谷，都是悲伤的哭声"。我发现，阿来又一次近乎执拗地展示了对民族文化传统的迷恋。傻子热切地等待，甚至不惜与仇家同谋，来完成自我殉道式的死亡，仿佛这场扑朔迷离的仇杀，只是成就"傻子"生命轮回的重要仪式。也就是说，"会当上麦其土司"的傻子的死亡并非源自历史车轮的碾轧，他选择在传统的血亲复仇中慷慨赴死，在某种程度上代表了他不与历史合谋的态度：他拒绝被时代同化，宁愿与麦其家族一起消失，使一切回复到"尘埃落定"的生命原点。

我们发现傻子二少爷身上的双重性。一方面，他是芸芸众生或者说是原始人性的化身，有着旺盛、强悍的生命力，并饱含朴拙"痴气"，能够超越已有秩序和道德的规约，同时也具有普通人的弱点；另一方面，傻子的身上兼具深邃的民族文化渊源以及东方文化的智慧，他被万物皆空的思想所警示，也清楚在现代性的历史

① 阿来著：《尘埃落定》，人民文学出版社 2009 年版，第 179 页。

② ［瑞典］巴·拉格维斯著；周佐虞译：《侏儒》，上海译文出版社 1999 年版，第 2 页。

车轮之下土司制度终将覆灭。在这个意义上讲，他也是历史的宣谕者。"土司二少爷只是思维不同于常人，行为有些怪异，貌似有点傻，但其实出奇制胜。某些人在一方面表现出超常智慧，他在另一方面就会迟钝。有时演员特容易表现出'大智若愚'的感觉，'大智若愚'其实也是有机关的，我只希望是一种自然情绪流露，不去刻意把他当成什么样一个人来表演。"[①]傻子已经脱离了现实主义文学的路数，他保持了人类混沌未开的本真状态，用生命自觉来感受万物；而书记官翁波意西更像是"傻子"的理性、智慧的另一面，二者共同在更深的层面上揭示生命的本质，富有象征的意味。我们感觉到，傻子二少爷既不是作者阿来、阿古顿巴、书记官翁波意西，也不是"他"，"傻子"已经超出了我们通常的感知范围，具有了寓言的意味。甚至可以说，傻子构成了阿来式独特的人物腔调与风格：智性朴拙、自在混沌。

三、"蒙尘"与癫狂：达瑟与达戈

大的故事必须要有历史，大的变化蕴含着丰富的人生。在一个速度化时代中，阿来却用心灵捕捉文字的温度。在《空山》卷三《达瑟与达戈》的开头，作者深情地呼唤着名字"像是箭镞一样还在闪闪发光"，却"已在传说中远去"的达瑟。阿来把达瑟描绘成像阿古顿巴一样"身材高大而动作笨拙迟缓"的人，他"忧伤绝望"并带着"肤浅而又意味深长的笑容"。达瑟与"遥远谷地中的废墟"同名，也是一个颇具寓言性的人物。他把书放在高高的树上，活在自己的世界里，写到这里，我禁不住联想起《迷惘》（1935 年，卡内蒂出版的一部长篇小说）中的主人公彼得·基恩教授，一个坚信一切真理皆在书中的"书籍拜物教徒和痴迷的学

---

① 阿来：《下部作品依然是关于藏族的》，《北京青年报》，2004 年 6 月 18 日。

者"[1]。与基恩教授一样，达瑟也过着自我封闭的生活，他对知识有着最纯净的崇拜，坚信一切的真理都在书中。同时，我们也意识到，达瑟却不是一个坚决而彻底的家伙，他并没有对命运做出预判的能力和勇气。学校复课后，他也曾试图回到城市，这种"回归"不仅意味着他将继续学业，更预示着他将拥有干部身份，永远地离开机村。在返城的路上，他也一度拥有了"行走在虚空之中"的轻盈，读这段描写的时候，我禁不住想起了弃绝人世情感出走的阿古顿巴。可是，阿来的立意显然并不在于此，他要用现实彻底贯穿梦想，所以达瑟发现学校"高大轩敞"的图书馆里"书都消失了，只剩下一些东倒西歪的木头架子"，他下定决心"我不想回来念跟文件一样的书了"[2]。这种执拗，不仅是对特定历史阶段文明异化的驳诘，还有现实层面对干部身份的自动放弃。然而，达瑟并不能像阿古顿巴一样隐匿在故事中，虽然他一度在梦境中"差不多走入银河的灿烂星光中去了"，但梦终究会醒，"在梦境中摔倒的他躺在地上，明亮的银河高悬在天上"。达瑟拒绝了叔叔为他铺就的升官之路，然而在现实中，他的自我隐遁并没有帮他找到命运的出路。当阿来把达瑟的树屋和达戈的兽皮屋放在一起时，这个象征着趋向封闭的理性空间和极度扩张的欲望世界相互映衬，也揭示了癫狂时代中"善"与"恶"的合谋。甚至可以说，离世索居的树屋是文明萎缩的标志。"树屋倒下，那些书不知所踪后，达瑟就不再是当年的那个达瑟了。"甚至在几十年后，达瑟再次出现在故事中，阿来用悲悯的眼光审视这个委顿落魄的老人，他有两个不成器、偷电线的儿子，自己也"不过就是一具行尸走肉罢了"。达瑟的命运昭示着，那种被乐观的理想主义所充斥的世界已经不复存在，一味沉溺于知识的消极状态往往只能导致最坏的结果。

---

① 李庆西著：《魔法无法：外国文学阅读手记》，上海教育出版社2004年版，第124页。

② 阿来著：《空山》（三部曲），人民文学出版社2005年版，第299页。

联系起阿来在《空山》中，多次使用"蒙尘"这个词语："狭小贫困，让人心灵蒙尘的机村"；"而今，寺庙颓圮，天堂之门关闭，日子蒙尘。人们内心也不再相信这个世界之外还有什么美好存在了。"[1]在这个"蒙尘"世界中，单纯憨直的格拉死了，这个没有父亲的孩子再也没有机会长大，被杀死在谣言的重压之下；传说中，誓死不分离的痴情男女触怒了天神，化为达戈和色嫫"永远遥相对望的两座雪山"，现实中，当前途无量的班长惹觉·华尔丹为了爱情脱下军装来到机村时，这个曾经在部队里有着"灵动脑瓜"的军官就成了众人口中的达戈（傻瓜的意思）。事实上，美嗓子的色嫫也似乎并没有不可抗拒的魔力。在达戈与色嫫的爱情羁绊中，达戈痴恋着色嫫，色嫫也并非不喜欢达戈。只是当爱情、忠贞乃至信仰都被放在现实砧板上加以锤击，在"一个一切都变得粗粝的时代，浪漫爱情也是这个时代遭受损毁的事物之一"。色嫫美丽、矛盾又虚荣，成名的诱惑让她着迷，她不想浪费美貌的资源，一直试图努力进入与外界文明接轨的"新生活"，然而在男权的社会中，她的梦想注定找不到正当的出口，欲望最终通向的不是愿望的实现而是虚无。从现实的角度说，达戈与色嫫的爱情一直是错位的，对于色嫫而言，爱情（男人）是一种动机，是她梦想达成的一部分，色嫫需要的是城市里俊美的军官；而对于傻瓜达戈而言，爱情是他追逐的目标，他坚信自己可以依靠传统技能改变命运，但却为了达成色嫫的愿望，再三地向异化的文明妥协。而思想的踌躇往往表现为自我颠覆，达戈想成为也已经是最好的猎手，但他却没有遵守猎人的规矩，从理想层面上而言，他在对猴子举起猎枪时作为猎手的达戈就已经死了。

可是，我的分析还要继续，我还要说达戈，说他一直被研究者所忽视的"羊癫疯"病。我们往往会把达戈打破人猴的千年契约的

① 阿来著：《空山》（三部曲），人民文学出版社 2005 年版，第 114 页。

行为看作是良知的泯没；而"羊癫疯"这种家族的疾病，也被机村人看作是对达戈杀孽太重的惩罚。事实上，古老的村庄或者部族陷入疯狂，并不是从在丰收之年对同宗的猴子举起猎枪开始的。在土司们种植罂粟，抢夺地盘，不顾人民死活的时候（《尘埃落定》）；在全村人共同构陷没有父亲的外来人格拉，并用带有怀疑与仇恨的谣言杀死这个孩子的时候（《狗孩格拉》）；在落入消费时代的陷阱，疯狂挖掘虫草、采毁松茸的时候（《三只虫草》《蘑菇圈》）；在都市过剩的欲望导致乡村价值的混乱，灭绝岷江柏的时候（《河上柏影》）……即使我们不能简单地将价值的失范、理性的损毁等同于病理层面的癫狂，但这些作为民族文化断裂、乡村伦理的崩溃、文明信仰的贫乏等时代病象的表现却是不争的事实。从这个层面上讲，达戈是疯狂时代病象中病态的人，标志着外界焦虑的内在转向，就像德尚所预言的那样："我们胆怯而软弱，贪婪、衰老、出言不逊。我环视左右，皆是愚人。末日即将来临，一切皆显病态。"[1]他和达瑟一样，并不甘于走上世俗意味上的康庄之路。达戈从已经没有森林的家乡出走，拒绝部队提干，来到机村。"羊癫疯"这种疾病的背后隐匿着他的自我分裂与冲突：希望与绝望、刚毅与懦弱、谦卑与高傲、忍耐与狂暴，也表达人类在面对世界、面对自然尤其面对自己的时候那种茫然、冲动、乖戾、嚣张、绝望，以及由此而生的深深的孤独感。遗憾的是，机村不仅是"蒙尘"的机村，而且是天火之后，被人的欲望之火毁灭的机村。

总的说来，无论是痴人、愚人、疯人，还是智者，他们都是时代的边缘人。达戈这个名字意为"利箭"的人，他读书读得半通不通，既没能刺穿世事的虚伪，也没能照亮失落的猎人朋友，连自己后来都坠入生活的烦扰之中，成了一个酒鬼。在一个日趋粗粝的时代，我们的心田日渐荒芜，这也许不是源自知识的孱弱，也有时代

---

① ［法］米歇尔·福柯著；刘北成、杨远婴译：《疯癫与文明》，生活·读书·新知三联书店 2007 年版，第 13 页。

的阻隔与自己接受的偏差。阿来用文字收拢时代速度的缰绳，保持着一股子率性与天真，"世间也有一种奇人，生时不能开悟，但朴拙固执也是一种成就"[1]。达瑟与达戈既不是严格意义上的智者，也不是愚人，他们只是不愿与时代合谋却无法置身事外的可怜人。时代有着不可逆的自我逻辑，在某种意义上讲，达瑟与达戈都是当代的阿古顿巴，在达戈的冲动、乖张的背后展示了一个末路英雄所面临的残酷境遇，而达戈祖传的"羊癫疯"病一方面加重了他的孤独与绝望，也在更深层面上映射出了那个特定时代的癫狂与断裂。从达戈身上我们看到了时代巨大的吞噬力，达戈不断地举起猎枪来反抗被强加的命运，并成为"机村最后一个与猎物同归于尽的猎人"[2]；而从达瑟身上则更多地展示了人在面对世界、面对自然，尤其是面对自己时的空洞与茫然，达瑟用书籍构建迷茫时代的海市蜃楼。达瑟与达戈坚韧地逃避同化，拒绝与蒙尘世界同流合污，并成了自己的英雄。

一般说来，人物书写是最具生命的艺术，通常我们关注的是人物内心的抗辩和挣扎，而忽视阿来在朴拙单纯的人物身上的心灵留白。在他看来，对错、善恶、智愚是在不停流动着并追随生命一起变化的，世界本不美好，与其做无谓的批判，不如包容和解。无论是稚拙恳切的阿古顿巴、愚中见智的傻子二少爷、历史忠实的书写者翁波意西、孤独迷茫的达瑟、绝望痴缠的达戈、勇敢执着而又憨直懵懂的格拉，还是深爱生命却又放弃生命的阿巴……都在不同程度上彰显着人物内在的精神深度和民族文化的隐喻性，他们共同构成了阿来小说的人物"腔调"。在这群朴拙的人物身上，我们能感觉到生命的诗性以及孤独的慢时光。而他们的这种慢与所处的时代是相悖的，阿来站在历史与现实的交汇点上，透视本民族同胞的心路历程，在这些拙、愚、智、痴又充满自然灵性的人物身上，缠绕

---

[1] 阿来著：《空山》（三部曲），人民文学出版社 2005 年版，第 598 页。
[2] 同上，第 328 页。

着悱恻的忧伤、深邃的意蕴，与对生命含混的原宥。在他看来真正的文学创作是"在成熟的时候，要保持天真；在复杂的时候，依然要保持简单"①。他们在浩荡的内心世界中痴迷、徘徊，保留着精神世界的那份真与纯。阿来与笔下人物有着骨血相连的心交意会，在某种意义上讲，阿来尊重生命本身的样态，呈现生命中的袒露的原色，努力建构与故乡大地之间深广的联系，掩卷沉思时，我们的脑海里是阿来笔下那些带着原初意味的自然人。

第二节　失语与想象：女性形象

一般说来，即使是男性作家也不会对女性熟视无睹，而考察作品中的女性形象也是深入了解作品意蕴的重要环节。虽然，阿来是一位注重男性心灵体悟的作家，但他的作品中也不全是金戈铁马的男性英雄，其中也不乏或生动活泼、或悲苦怅惘的女性形象。"寨里几代以前的有名猎手至今仍在人们口中生存，每一个人的形象都栩栩如生，再添加上一些或苦或悲的女人的故事，便构成了一部山寨的历史。"②男性和女性共同构成人类的历史，或者说女性形象恰恰构成了阿来作品的基石。阿来在诗歌《群山，或者关于我自己的颂辞》中写道："啊，一群没有声音的妇人环绕我 / 用热泪将我打湿，我看不清楚她们的脸 / 因为她们的面孔是无数母亲面容的叠合 / 她们颤动的声音与手指仿佛蜜蜂的翅膀"③，而"无数母亲面容的叠合""没有声音的妇人"也在一定程度反映了在漫长的历史中，女性的失语状况。无独有偶，在传统的文学意象中常把女人比作月

---

① 阿来：《阿来：小时候特自卑 "写作"是个出口》，《成都商报》，2016 年 4 月 5 日。
② 阿来著：《猎鹿人的故事》，《旧年的血迹》，作家出版社 2000 年版，第 273 页。
③ 阿来著：《群山，或者关于我自己的颂辞》，《阿来文集·诗文卷》，人民文学出版社 2001 年版，第 2 页。

亮，她们就如同月亮一样注定不能放射出自己的光芒，处于被太阳（男性）遮蔽的地位。

很长一段时间以来，女性都"被剥夺了说话的权利，处于被遮蔽、被抹杀、被压抑的地位；中国的历史、文学中，已经听不到她们的声音"[①]。这点在阿来的"乡村"系列的母亲形象中可以说展露无疑。《红苹果，金苹果……》中泽玛姬的母亲"一张口就是埋怨"，丈夫一旦表态就立刻噤口不言；《猎鹿人的故事》中因过早失去父亲，桑蒂的母亲"操劳过度，贫病而死"；《少年诗篇》中母亲是一个"亲切，唠叨，见识却一塌糊涂"的妇女；《旧年的血迹》中曾经一度美丽，却在岁月的磨砺中生下多个孩子，整日絮絮叨叨诅咒丈夫、发泄不满的母亲；《行刑人尔依》中连脸"从来都没有干净过一天"，却有三个没有父亲的孩子，连无人爱的尔依都嫌弃的无名女人；《天火》[②]中曾经美丽的央宗一辈子顺从丈夫，生了一大堆的儿女，却从未得到自己丈夫认真的审视……事实上，她们不仅仅是藏族的母亲，而且是整个中国旧式女性的代表，在这里我们可以称之为"生存型母亲"。在这些女性的身上，"由于人的个性具有不完整性，这就决定了达成两性和谐的关键在于对'关系'的认识。在传统社会中，妻子等同于丈夫的私有财产，夫妻之间是'占有'与'被占有'的关系。在这种关系中，女性人格被无情地异化"[③]，她们作为女性已经被千百年来的封建思维所异化，失去了自我判断。在阿来的小说之中，这些母亲褪去了古诗词中"报得三春晖"的美意，而是展示特定历史阶段、穷困的乡土之中，她们的脸

[①] 钱理群著：《与鲁迅相遇：北大演讲录》，北京大学出版社2003年版，第120页。

[②] 此处并非是《空山》中第二卷的《天火》，而是发表于《红岩》1991年第1期的一个中篇小说。从这个意义上讲，我们不难看出阿来有时的执信，他毫不掩饰对有些意象的热爱。除此之外，阿来也分别用"鱼"和"电话"为内容不同的两篇作品命名。

[③] 乔以刚著：《中国当代女性文学的文化探析》，北京大学出版社2006年版，第155页。

"像一块僵死的石头"①，犹如一片片"苍老浮云"。对于这类的女性而言，爱情似乎与她们无缘，或者说短暂的爱情换来的是持久而漫长的苦难，她们真正的生活就是现实生存和贫困与悲愁。然而，在中国漫长而广阔的乡村土地上这类形象并不罕见，她们的出现也并非出于偶然，生存的重压、残酷的命运、饥馑、病痛乃至无穷尽的生育一次次地压碎她们少女时代曾经美好的希冀，生活对于她们而言就是忍耐，而质朴、木讷、忠诚与吃苦耐劳则成为命运镌刻给她们的共同特征。

叙事学强调，人物的主体性是衡量一部作品成功与否的标准。② 作为一个在狭小的生存空间中特定的生命个体而言，女性一直处于一个"失语"的被动状态，"退到火光暗淡的一隅。火把最靠近火堆的人的影子放大了投射出去，遮蔽了别人应得的光线与温暖"③。而她们就是被男人、被既定的命运所困顿，感受不到光芒的部分。在既定的历史和命运面前，她们实在没有多少自我选择的空间。《尘埃落定》中的土司太太，在文章中出现时就已不再年轻，也已经失去了土司的爱，有的只是一个没有继承王位可能的傻儿子，而最为重要的是终其一生她都在保守一个天大的秘密，那就是她卑贱的出身：她是一个父母被军阀杀害的汉族女子，还曾经沦为娼妓。她的种种努力以及对等级近乎神经质的注重都是为了掩盖污秽的过去。土司太太刻意把自己塑造成为一个比有着高贵根子还要高贵的贵族。她浑身上下都散发着藏人的味道，而她的偏头痛、她

---

① 阿来著：《遥远的温泉》，四川民族出版社 2005 年版，第 12 页。

② 李玲在《女性文学主体性论纲》（《南开学报（哲学社会科学版）》2007 年第 4 期）一文中分析："叙述学强调尊重人物的主体性，意即强调隐含作者要以对话的态度对待人物，那么，它就不是非此即彼地让隐含作者的主体性退场，而是让人物与隐含作者同时具有主体地位，从而构建出主体间的新型关系，否则对话的前提就不存在。其次，多元主体之间的对话可能产生多元立场，从而避免先验本质对存在的压抑，使得文学中人的存在具备了开放的性质。"

③ 阿来著：《遥远的温泉》，四川民族出版社 2005 年版，第 12 页。

固执地对汉族柔弱美的坚持又使得她无法与环境协调，使得她"从头到脚都散发着不受欢迎的气息"。一直没有研究者探寻过这个阴柔、算计的土司太太的复杂而痛苦的内心：当她面对自己不堪的过去和惨淡的现状时那种痛与尴尬，那种洞穿一切却又无能为力的孤苦与无奈。在土司王朝的覆灭面前，她选择和这个不属于自己的家族一起灰飞烟灭，实则也隐含了她注定无法也无处还乡的悲剧。她深感自己将无处皈依，与其卑贱地活着，不如轰轰烈烈地死去，这也许是她真正的高贵所在。

另外，《鱼》（中篇）是阿来早期小说中为数不多的以女性为中心的作品，然而这种女性的中心，只是在更深意义上呈现了男性缺席家庭的没落本相。秋秋粗粝而暴躁，她一直努力地在跟男性看齐，是一个"泪水不外流"的女丈夫。却恰恰是这个强悍的女性，在一个无可挽回的历史进程面前，面对着小叔子夏佳的柔弱无能、幼小儿子夺科的病态怪诞，她一力担负着这个财产充公的没落家庭。遗憾的是，秋秋的力量是如此地渺小，她无论如何努力都无法抗拒命运滚落的巨石。在阿来不自觉地流露出的大男子主义的叙述逻辑中，当必须由女人（弱小的只能依附男人的女人）出来独挡门面时，悲凉由此而生，悲剧在所难免。纵使秋秋出身富贵、有着深爱着她的父亲，即使是政权更迭之前，她依然没有权利选择自己的婚姻及爱人，为了把爸爸和叔叔家的牛群以及财产合到一处，保证家族的利益，她只能嫁给自己深爱却不爱自己的英俊表弟。而秋秋这场婚姻的悲剧并不是婚后不久的丈夫死于战场，而是这个并不爱她的丈夫不仅鄙视秋秋，还要抹杀其他人（弟弟夏佳）对秋秋的爱，并彻底摧毁秋秋对感情的渴望。在阿来的书写中，秋秋这样一个强干的女人和脆弱的男性（夏佳）之间的错位爱恋显得更为意味深长。夏佳心目中的几个秋秋少女时代的美丽画面，塑造了与现实的粗粝相反的另一个充满魅力、"清新可喜"的秋秋，使得秋秋的形象更加立体而丰厚。这段书写告诉我们，无论现如今看起来多么粗俗不堪的女人都曾经拥有过一个充满美丽梦想与憧憬的少女时代。而少女的秋秋与小表弟夏佳之间的互相关爱，也提升了作品的深度，扩大了作品的感情含量，赋予了一个枯燥、模式化的女性形象以更为生动而亲切的内涵。

而更为深刻的意蕴隐含在秋秋与夏佳的关系之中，我们不难发现，秋秋即使在柔弱的夏佳面前依然是弱势的，"夏佳感到自己肯定是产生了某种变化，因为自己的心变得残忍又胆怯，不然怎么会喜欢这哭声，并且感到安慰"[1]，在这段描述中我们不难发现在阿来的书写，乃至整个二十世纪的男性书写中，对于女性的小觑。再也没有什么比男性作家如何书写、虚构、描述女性更能展现出性别文化的内涵了，就像莎士比亚的名言"女人，你的名字叫弱者"一样，在他们看来，女人总归是女人，无论多么强悍的女人也是希望一个支撑门户的男子汉的到来，而即使是一个胆怯的男人也可以在女人面前变得如此自大而冷硬。而《孽缘》中"哭声与笑声交织在一起。哭声是孤独的，是一个个男人先后离开，而把一部分生命弃置在她脚前的女人的哭声；笑声出自一个天真未凿的混沌女子。哭声与笑声同样饱含深刻的启悟"[2]。这段描述在一定程度上也是对于女性命运的概括，哭与笑在一定程度上展示了女人生命不同阶段的不同命运，以及不同的生命感悟，而这些生命的启悟不仅仅是作为女人群体的感受，也是生命阶梯攀爬过程中人类所经受的磨难与苦楚。

与之相应的是，几乎阿来的每一部作品之中都有一位美丽而善良的姑娘，她们犹如春天美丽的露珠点缀在阿来的作品之中。阿来自己也曾经说过，热爱女性、赞美女性，那是藏族人的天性，"我觉得这个世界上如果说有美好的东西，我觉得对我来讲就是三种。第一个，我自己是在藏区长大，跟人群很远，但跟自然界很近，雪

---

[1] 阿来著：《鱼》，《孽缘》，四川民族出版社 2005 年版，第 106 页。

[2] 阿来著：《孽缘》，《孽缘》，四川民族出版社 2005 年版，第 12—13 页。

山、草地、河流、湖泊、鲜花、树木，我觉得这是大自然的美感一直激发我；第二个就是美女、女人，老一点的非常母性、慈爱、关怀，年轻一点的当然就激发我们肉体上，跟灵魂上的很多很多的这种东西"[1]。阿来的小说中有着一系列美丽的少女形象：《旧年的血迹》中妍丽善良的彩芹老师，《奥达的马队》中如仙女般秀美纯洁的少女若尔金木，《天火》中纤细俊俏的阿迪，《已经消失的森林》中一度艳若桃花的勒珍，《月光里的银匠》中那个浑身散发着青草和牛奶芬芳的单纯妖娆的姑娘，《遥远的温泉》中曼妙动人的益西卓玛……在大多数语境下，少女都是作为一种纯洁、美好的形象而存在的，而这种美好在一定程度上与阿来纯净、灵动的美学风格和诗学意蕴相暗合，故而在少女形象的书写上阿来信手拈来，展示了一种诗意的守望。"妹妹笑了起来，笑声明丽清脆，犹如此时使草原使寺庙的金顶变得明亮辉煌的阳光"[2]（《孽缘》），而有着雪白尖利犬齿的聪慧明朗的表姐（《孽缘》）被"浸透了日精月华"的树枝无意中刺穿酒窝，《少年诗篇》中"有着干草香味"的表姐，很早就休学嫁了人，变成了一个"凄楚又美丽"的女人……我有时会想象，阿来少年时曾经爱恋过一个美丽表姐，以至于每次书写少女的表姐时都有着光洁、明亮的浪漫感觉，而"心，便像一株暮春里的樱花树一样，摇落飞坠着无数的花瓣"[3]，这种富于诗性的明净、颤动与美好延续到了阿来的少女书写之中。他笔下的少女，热烈亲切、敏感而富有同情心，有时充满孩子气，有时具有女人味，她们在阿来的人物长廊中散发出轻灵而迷人的芬芳。然而，女性的花期转瞬即逝，她们因为过早的嫁人而提前结束了自己的少女时代，随之被多子、穷苦的生活无声地淹没并坠入困苦的深渊。"母亲举起镜子，一张晦暗无光的脸和一张光彩照人的脸重合在一起。'看

① 阿来：《从名词到形容词 西藏如何被"神化"》，凤凰网专稿，2009 年 03 月 11 日。
② 阿来著：《孽缘》，《孽缘》，四川民族出版社 2005 年版，第 12 页。
③ 阿来著：《遥远的温泉》，四川民族出版社 2005 年版，第 31 页。

吧，'老脸在镜子中张开了嘴，'这就是日子留下来的啊。'"① 这使得女性最后对生活的趋同、无奈与顺从具有了一种悲剧的质感，这是女性的哀伤悱恻之歌，它在读者的内心久久回荡。

实际上，少女时代的女性形象也因为单纯、明净，而容易显得千篇一律、扁平单薄。记得阿来在一篇散文中说过："故事里，美丽的女人往往也是善良的。自古到今，传说故事的人们会无视现实中外在的美貌与内在的心灵之美常常相互分离的事实，总给漂亮的女人以美丽的心灵，或者说，给善良的女人以美丽的外貌。这或者是出于对美丽女人的崇拜，我更以为可能出于对心灵美好却容貌平凡的女子们的慈悲。仅仅是这样的话，故事里的女主角还不够生动。"② 在阅读中我们不难发现，阿来的书写着力点并不在于那些纯洁而无瑕的女性，他一直试图探寻更为宽广而普遍的意义与价值。我想，一个有社会责任感的作家是无法将故事停留在"从此，王子和公主过着幸福的生活"的静止阶段，而对于美丽坏女人的描绘使得阿来的女性书写生动立体起来。事实上，在中国二十世纪八十年代后期以来的小说中，女性美在"被书写"中日益彰显，因为美丽的"坏女人"总会引发人们无限的遐想，像阿来的诗歌中所描述的那样，这种女人能"把幻想带到我们心头"③，故而美丽的"坏女人"的兴起也与消费时代的女性再消费紧密相连。在《尘埃落定》中，阿来没有对貌若天仙的美女塔娜进行直接描绘，他写道："马背上的姑娘掀起了头巾。'天哪！'我听见自己叫了一声。天哪，马背上的姑娘多么漂亮！过去我不知道什么样的女人是漂亮的女人，这回，我知道了！我在平平的楼道里绊了一下，要不是栏杆挡着，

① 阿来：《天火》，《红岩》，1993 年第 1 期。

② 阿来著：《德格：湖山之间，故事流传》，《看见》，湖南文艺出版社 2011 年版，第 6—7 页。

③ 阿来著：《群山，或者关于我自己的颂辞》，《阿来文集·诗文卷》，人民文学出版社 2001 年版，第 2 页。

我就落在楼下，落到那个貌若天仙的美女脚前了"①。短短不足一百字的篇幅里，作者用了两个"天哪"、两个"漂亮"、三个感叹号、一个"貌若天仙"，用周围的环境、人物的反映来烘托塔娜的美貌，比《红楼梦》中的"似喜非喜含情目"还要写意，留有足够的空间让读者用想象来填补她的容貌。在很多语境之下，美丽也可以成为财产与资源，塔娜知道自己出身高贵、有多么漂亮，她的美艳作为一种物化的产品可以用来交换最需要的物品：为自己的部落换来需要的粮食。同时，阿来却细细描绘其时而像"玉石一样冰凉"，时而"像团火一样"滚烫的手，表达了塔娜为部族牺牲要嫁给一个众所周知的傻子时痛苦、无奈的心情。甚至可以说，非常时期的交换使得塔娜失去了爱情的机会，她因不甘心而不断地背叛，使得她美丽与放浪的名声远在草原以外。如果说塔娜清楚地知道自己是一份昂贵财产，并用来交换的话，那么查查头人的美丽的妻子央宗（《尘埃落定》）则显得懵懂无知、没心没肺，在她那里，懵懂的美丽成为一种致命的力量，使得她的丈夫查查头人因而丧命，并间接导致麦其土司家族覆灭。

随着历史的发展，女性的地位也在不断发生变化，如果借此我们就认为美丽的女人会拥有相应的价值和选择权，那么我们就错了。"新文化允诺了女性说话的权利，但女性却并未因此获得自己的话语，她在张口的一刹那失落了自己，如同失落一个模糊的记忆"②，许多人认为《达戈与达瑟》中美丽的色嫫忘记誓言，因为贪慕虚荣而把自己的恋人推向了不归路，却鲜有人用心体会一个美丽的女人为了梦想的舞台而被不同的男人玩弄的苦楚。色嫫的天空是如此地低矮，在机村狭小的生活空间里，她可以预见自己为风雪磨砺容颜、为艰难的生存催生皱纹的命运，正是如此，光辉的舞台、光鲜

---

① 阿来著：《尘埃落定》，人民文学出版社 1998 年版，第 183 页。

② 孟悦、戴锦华著：《浮出历史地表——现代妇女文化研究》，中国人民大学出版社 2010 年版，绪论，第 35 页。

的职业才会对色嫫产生巨大的诱惑，从而使得她走上生命的刀锋，并经受着违背誓言和爱情的孤苦折磨。"表面上死亡是爱情的真理，爱情又是死亡的真理"①，而色嫫对于达戈的笑容无疑就是命运的邀约，在很多人谴责色嫫背叛达戈的时候，却没有人（包括自认为深爱她的达戈）试问过色嫫的想法。达戈的复员是为了自己想象中的男性责任，却从未征求过色嫫的同意，他只是按照自己的理所当然，来想当然地安排他们的未来。而色嫫的悲剧并不是源自对爱情背叛的上天惩罚，而是那个悲剧时代女性无处逃脱的命运结晶。我们可以把色嫫看作是金花系列的延续，她们都是为了梦想与希望追寻不已，"当天神们在潘多拉盒里装满了邪魔，然后又把'希望'一并放进去时，他们一定窃笑不已。因为他们很清楚，这才是最狠毒的邪魔，正是'希望'引诱着人类，叫他们一直忍受苦难，直到死亡"②。纵使上天赐予了美丽的女人以智慧及荣耀，但她们依然摆脱不了命运的怪圈，而"希望"却成为永不餍足的魔咒，使得她们注定永远无法寻找到点亮幸福的灯绳。纵使时代变迁，女性在内在形式上已基本获得了自我意识，《空山·天火》中的胖姑娘央金，既没有美丽炫目的美貌，也没有超群的智慧，她蠢笨而善良，屡屡被抛弃、被玩弄。联系起费孝通在《乡土中国》中关于"男女有别"的论断："男女之间的鸿沟从此筑下。乡土社会是个男女有别的社会，也是个安稳的社会。"为了这个社会的安稳，不仅仅是女人要附属于男人，而且在森严的等级、残酷的命运面前，女人只有"发疯"才能洗去或者忘却耻辱，暂时逃离命运的残酷，躲避生命的灾难，桑丹③就是如此。我虽然无法判定《格拉长大》中的桑丹和《少年诗篇》中的麻风病女人、《尘埃落定》中的央宗之间的隐秘联

---

① ［法］乔治·巴塔耶著；董澄波译：《文学与恶》，北京燕山出版社 2006 年版，第 2 页。

② ［英］萨默塞特·毛姆著；陈得志、陈星译：《作家笔记》，南京大学出版社 2011 年版，第 7 页。

③ 《格拉长大》和《空山·随风飘散》中的桑丹。

系，但写到这里我却不由得想起当代作家苏童的《飞越我的枫杨树故乡》。在苏童的这篇创作于 1987 年的小说之中，疯女人穗子的故事与桑丹的故事有着异曲同工之处："枫杨树一带有不少男人在春天里把穗子挟入罂粟花丛，在野地里半夜媾欢，男人们拍拍穗子丰实的乳房后一溜烟儿地跑回了家，留下穗子独自沉睡于罂粟花的波浪中。清晨下地的人们往往能撞见穗子赤身裸体的睡态。她面朝旭日，双唇微启，身心深处沁入无数晶莹清凉的露珠，远看晨卧罂粟地的穗子，仿佛是一艘无舵之舟在左岸的猩红花浪里漂泊。"[①] 读到这里我都禁不住地把她补充到对于桑丹的想象中去，我固执地认为穗子和桑丹是可以合二为一的。曾经有人评价莫言《丰乳肥臀》中的母亲因为对苦难的隐忍与包容塑造了一副地母的姿态，在我看来傻女人穗子、桑丹的懵懂、美丽、欢快甚至是"忍辱含垢"则更为真切地代表了地母的形象。

我们发现，阿来对于女性的描写多是置于男性的思维旋涡之中，但在他的书写中依然忠诚于人物内心的表达，这就有了努力追寻梦幻的金花（《环山的雪光》）；为了进入城市不断努力奔跑的芙美（《芙美，通向城市的道路》）；清楚自己的脾性不断寻找爱情的塔娜（《尘埃落定》）；衣着土气，却为了像挂历中那样美丽的照片，敢于在陌生的男人（摄影师）面前脱光衣服的小镇姑娘（《遥远的温泉》）；以及为了看看外面世界而自愿被拐卖的卓玛（《自愿被拐卖的卓玛》）……她们的渴望与梦想是朦胧的，带着不可言喻的味道，而对于梦想的追逐却是大胆的，甚至到了不顾后果的地步。西蒙娜·波伏娃说："我对个体生命最关注的，不在幸福而在自由。"[②] 然而，她们在如此狭小的生存空间中依然固执而坚定地保有

---

① 苏童著：《飞越我的枫杨树故乡》，《神女峰》，上海文艺出版社 2004 年版，第 165 页。

② ［法］西蒙娜·德·波伏娃著；王友琴等译：《女人是什么》，中国文联出版公司 1988 年版。

内心的渴望，并试图冲破命运的樊篱，因她们的身上闪耀着女性昂扬的力量而散发着美丽的光泽。即使无论她们如何努力地奔跑，也无法脱离命运魔咒而一再陷入被打击和愿望覆灭的牢笼，如果说桑丹是一种梦幻，塔娜是一种想象，金花是一种追求，芙美是一种煎熬，那么秋秋则是一场磨难。

总的来说，阿来的女性形象单纯、执拗而纯粹，却又展现出一种出人意料的力度。需要指出的是，阿来的女性形象单纯却并不单调：一方面，阿来把女性独特的美感和对大自然的环境描写相交融，营造出一种人物和景物交相辉映的美妙意境，并使得他的女性书写带有着独特的民族韵味。阿来总是能将他对生命诗意的展示与对自然万物的描写、对浩淼草原背景的绘制结合起来。"阳光照亮了草原，风吹着云影飞快移动，一个个美丽健硕的草原女子，从水中欢跃而起，黄铜色的藏族人肌肤闪闪发光，饱满坚挺的乳房闪闪发光，黑色的体毛上挂着晶莹的水珠，瞬息之间就像是串串宝石一般。"[1]这是阿来想象的女性之美，健硕、野性、充满原始的生命力。她们的生命与自然互为映衬，阿来笔下的女性既健康明朗，也有着诗性的忧伤。另一方面，阿来笔下的女性是大自然的女儿，她们顺应生命的律动、守护生命的萌发。在阿来的小说中，女性身上也有着草原民族女性独有的敏感炽热，他也不止一次地书写了藏族女性对性的开放态度以及奔放的性行为，她们无拘无束地跟爱的人在一起。在《远方地平线》中美丽而放荡、声名远播的惹满阿姆，她坚信和爱的人才会有孩子；《蘑菇圈》中，阿妈斯炯为了自己喜爱的人生了孩子，并失去了提干机会，但她依然用心守护秘密、养育儿子……

这些描写却并不带有淫秽的色彩，只是彰显了她们对爱情自由的追逐。在独特的爱欲书写中也展示了阿来女性书写的另一个特

---

① 阿来著：《遥远的温泉》，四川民族出版社 2005 年版，第 62—63 页。

点：他的对于女性神态、动作的自觉感知以及细腻描摹呈现了女性心理发展的层次性，并在有限的篇幅之中让人物的性格自然而充分地袒露，使得人物的情感得以生长、发育。

阿来说过："至于女人，我对她们比对男人有更好的看法。我喜欢那些善良的、聪慧的、包容的女性。在这些方面，女性比之于男性，往往有着更好的表现。人性的光辉往往更容易在女性身上闪现，甚至男人世界以为只属于自己的勇敢。"[1] 阿来不是以"情感的零度"去冷眼静观，而是满怀着诗人的浪漫和哲理的深沉去体味、抒发，使得他女性形象的书写有着明显的个人印记。阿来能在尺寸之间见波澜，他笔下的女性形象多半笔墨不丰，却摇曳多姿。同时，这也是阿来从多方面对人生寻求答解、努力探寻生命意义的结果。

第三节　崇高与虚妄：硬汉形象

一般说来，一位作家在文坛的地位是由多方面因素叠加、累积的结果。在阿来近四十年的写作中，我们不难体味到一种坚忍的力量，而磨难与热血在男性主人公身上交织，使得其作品绽放出坚韧而质朴的生命光芒。与那些身上有着女性的阴柔，透射出或阴鸷、或辗转的半黏稠气息并散发着阴谋味道的男性书写不同，阿来的男性书写中注重"血性"的崇高，他笔下的男性多是纯阳之体。无论是《旧年的血迹》《孽缘》中的父亲、《草原的风》中的长发汉子、《奥达的马队》中的奥达、《已经消失的森林》中的程卫东、《鱼》（中篇）中的昂旺曲柯、《红狐》中的金生，还是《空山》中的拉加泽里等人，这些男性人物身上都有着刚正不阿、高贵不屈的刚硬精神，甚至可以说，他们本身就像是一把闪着寒意的钢刀，以锋利和

---

① 　吴怀尧：《阿来：文学即宗教》，《延安文学》，2009 年第 3 期。

尖锐切断与现实生活中柔情的万缕联系。一方面，他们对待事物的态度是强硬的，在他们看来尊严、责任、荣誉高于一切，甚至不惜用生命来维护。另一方面他们却无法超越命运给予的苦难，他们所坚持和守护的正是加剧自身"痛苦"的悲剧来源，这也是人之为人的困境。对于人而言，苦难是生存深化的确证，也是生存不可超越的生命底牌。面对不断滚落的命运巨石，他们无论如何努力也无法与之抗拒。正是硬汉身上这些凡人的悲哀，使得硬汉热血与苦泪深化了人物形象，情感丰满起来。

回忆起二十世纪八十年代，硬汉精神也一度成为重要的美学倾向，这与八十年代特殊的政治、历史环境不无关系。经历了社会的动荡之后，人们渴望有着伟大人格、能够力挽狂澜的人物出现来拯救众生，而文学作为社会精神的先驱率先表达了这种声音。蒋子龙、张承志、张贤亮、梁晓声等作家刻画了众多的男性硬汉形象，而随着时代的斗转星移，这类富有改革先驱精神的硬汉却慢慢淹没在历史的洪流之中。从严格意义上讲，这类硬汉形象与阿来笔下的硬汉并不相同，阿来笔下的硬汉并不是拯救众生的英雄，作为一位对历史与个体命运深切关注的作家，阿来很早就意识到个体在浩瀚历史之中的茫然无力，他的硬汉书写注重的是个人与历史、命运、环境之间的抗辩，以及个体内部的灵魂挣扎。纵使如此，不屈、抗争与血性成为了阿来笔下男性形象独特而高贵的品质，而硬汉精神作为阿来一直所敬仰、推崇的品格构成他小说独特的内在意蕴。

海明威说过："人永远不能穷尽自身，人的本质不是不变的，而是一个过程；他不仅是一个现存的生命，在其发展过程中，他还有意志自由，能够主宰自己的行动，这使他有可能按自己的愿望塑造自身。"[①] 在一个不再崇尚英雄而追求浑圆喜乐的时代，即使是影视剧中高仓健式的棱角分明、目光冷酷的英雄也已被速食的时代抛

① 转引自［德］雅斯贝尔斯著；余灵灵、徐信华译：《存在与超越——雅斯贝尔斯文集》，上海三联书店 1988 年版，第 209 页。

进"过期"的垃圾堆。可以说，硬汉在这个时代的存在本身就是一种不可挽回的时代哀歌。对于硬汉的个体而言，也许他们所经历的磨难是历史为打破我们的庸常而做出的努力，他们本身的顽强、坚硬的英雄品格既是现代温和进化中的异数，也是振奋时代的良药，无从摆脱更无需怜悯。阿来的小说中塑造了很多硬汉形象，他们或者化身为猎人，面对艰险的环境百折不悔，克服重重困难，追寻或美好、或强大的猎物，与自然和猎物对抗，正如《猎鹿人的故事》中桑蒂以及其想象中的父亲形象；或化身为铁骨铮铮的资本积累者，与既定的命运进行顽强的抗争，并进行近乎自虐的拼搏和劳作，如《环山的雪光》中的一味干活，最后"感染过的手臂骨头都变黑了"而死于破伤风的麦勒；以及《断指》中努力学习各种技能，一心期望自己能开个现代化牧场，为逃避各种无故的罚款而宁愿切断自己大拇指的强巴。这种"如霆，如雷，如长风之出谷，如崇山峻岭，如决大川，如奔骐骥；其光也，如杲日，如火，如镠铁；其于人也，如冯高视远，如君而朝万众，如鼓万勇士而战之"[1]的硬汉精神虽然是阿来一直所推崇的品格，但他的作品中探讨更多的却是那些并不纯粹的硬汉，是那些被历史环境和日常生活所迫、具有硬汉的品格，或者说一度是硬汉却不是英雄的人，就如《已经消失的森林》中的觉巴、《空山》中的索波……他们身上都流淌着坚韧而勇敢的血液，也有着奋发向上的思想，这些出身贫困的年轻人因为年代给予他们的机会，一度展示了领导才能和坚韧品格，却不能适应社会的发展，在新的社会秩序之下，当原初的高贵品质失去了现实的土壤，他们的硬汉品格显得有些偏执，并不可避免地被生活的贫困所压垮。

在社会角色上讲，以硬汉为代表的男性承担着捍卫家庭荣誉、以血肉之躯维护团队或者家族生存的重任。我想，没有什么比在物

---

[1] 姚鼐著：《惜抱轩文集·复鲁絜非书》，写于乾隆四十二年。

质极度匮乏、强烈的自然灾害面前维护一个岌岌可危的家庭更为艰难的事情了。《旧年的血迹》中的父亲就是如此，他是头人的儿子，却因为历史巨大的转折由人上人变成了人下人。在一次次的困苦与磨难的颠沛流离中父亲高尚的品格越发熠熠生辉。"父亲命定一生坎坷，命定要对多难的命运垂下不屈的头颅，面对历史的重压父亲挺直的脊梁终究不得不弯曲……而父亲命定像许多一生坎坷的人一样心怀自己渺小的希望"[1]，然而这个微小的希望却成为压倒骆驼的最后一根稻草，父亲因为猎狗追风的死而彻底放弃了与命运的抗争。这个硬汉倒下的悲剧却恰恰彰显出一个坚硬、不屈的灵魂与命运抗争的坚韧。不仅在《旧年的血迹》中，还有《孽缘》中的父亲、《天火》中的尼玛泽仁都是为维持一个庞大的家庭、孩子的吃喝而弯了脊梁。在一个粗粝、匮乏的年代维持个体的精神昂扬固然难能可贵，而为家人"不得不"的屈服与挣扎中既蕴含几多无奈与苦楚，也赋予了故事以浑厚而温暖的质地，并使得父亲类的硬汉悲剧具有了更为普泛而深邃的意义。

此外，阿来通过对硬汉的个体境遇的描摹，对自己的民族文化生存处境进行了审美关照。在他的书写中，硬汉作为古老民族精神的代表，浑身散发着崇高与伟岸的英雄气息，然而却在新的历史语境之下，难免落寞与悲怆。因为熊、狐已经成为国家保护的动物，英雄的猎手不能再与老对手（猎物）进行真正的较量（《红狐》《达瑟与达戈》）；光明正大的复仇行动也由猥琐的暗杀与告密来代替了，"有了法律，就再也没有英雄了"[2]（《最新的和森林有关的复仇故事》），一直以来，命运都是阿来作品中不可或缺的因素，而当不可抗拒的命运注入到坚硬伟岸的生命肌理之中，在贴近的苦楚中，阿来展示了抗拒命运者的命运，英雄是如此地无可奈何，他们只能

---

① 阿来著：《旧年的血迹》，《旧年的血迹》，作家出版社 2000 年版，第 128 页。

② 阿来著：《最新的和森林有关的复仇故事》，《奥达的马队》，四川民族出版社 2005 年版，第 125 页。

放任自己在时光中没落，这也使得阿来的硬汉书写中笼罩着悲剧的沉重感。在找寻和重构民族精神和时代文化的同时，阿来也表达着一种忧思与焦虑。《奥达的马队》是阿来用精纯而优美的语言谱写的一首英雄挽歌。小说里充满节制而澎湃的情感，一个生离死别的故事在一个和平的时代里被书写得如此回肠荡气，"驮脚汉总是过于自尊过于骄傲，从提出马缰，横披上毡毯，就无可更改地充任了只流传于古歌中的那种英雄"。而骄傲、自尊的英雄面临道路、卡车这些现代机械文明产物的步步紧逼，在这些与传统马队、英雄主义相左的事物面前，他们的决绝与不屈都显得如此地不合时宜。而"尊严而平静地迅速走近死亡"与其说是阿来所推崇的英雄的死法，不如说是无奈境况下最为体面的选择。奥达作为阿来极为用力书写的一个人物，在他的身上阿来倾注了前所未有的叙述耐心。"他的鼻梁尖削而挺括，眼睛细小狭长而眼窝深陷"[1]，这种细腻的人物形象描摹在阿来作品中是十分罕见的。而"我"（夺朵）的经历颇似张贤亮的《灵与肉》中的许灵均：那个出身高贵的、肉体上的父亲，除了私生子的耻辱并没有给"我"留下任何的痕迹；而奥达作为一种坚韧、英武的硬汉，浑身上下都散发着苍劲与高尚的气息，是"我"精神上的父亲和导师。即使像阿来的诗歌《牦牛》中所歌颂的那样"沉默且强悍／且坚韧／如高原的风景如高原的命运／前行／……／四蹄下迸散一路火星／驮着青稞／驮着生命／驮着歌声，驮着爱情／你们／隆起脊梁如山岭／浑厚且冷峻／且坚韧"，马队作为一个已经没落时代的遗留物，业已失去了其存在的土壤，它在机械化的钢铁巨轮之下早已奄奄一息，正因为此，马队的消失与人类要面临的死亡一样是必然要发生的，这是历史发展中无可挽回的悲剧。而奥达作为硬汉代表在这个没落的悲剧中展示了独特的风采，正如作者借穹达梦游所说的话来表达态度一样，"不敬神明

---

[1] 阿来著：《奥达的马队》，《奥达的马队》，四川民族出版社2005年版，第30页。

的奥达！你把驿路当成神，但驿路只是神用以折磨孽畜的造物"①。马队里每一个汉子都有着一颗向往飞翔的自由自在的心，每一个人背后却都有着一段荡气回肠的故事。我发现，在奥达的身上集中了硬汉所有的光辉点，与其说奥达代表了一种硬汉的传说，不如说他是作为一种精神而存在的。对于奥达这样的硬汉而言，苦难与其说是一种磨难，不如说是命运赐予的考验，夺朵会为"对适才对他产生怜悯而感到羞愧"，然而奥达并不需要这种怜悯，对他而言怜悯不过是多余而且令人羞愧的情绪。最后，代表着悠然、自由、古老的马队只能靠运输钢钎、铁锤、油料、炸药、汽油、风钻这些修路的材料来延续，而驮这些东西进山后却会大大地加速马队的消亡，这本身就是一种悲剧的反讽。在阿来努力的铺排和暗示之中，读者似乎可以接受在任何一个小说的节点，马队的生命随时终止的命运，唯一"悬置"的只是这种必然是何时出现。小说一直笼罩着挽歌的氛围，而美丽姑娘若尔金木初的出现则犹如一个华丽的收束，小说在"我"和若尔金木初的结合以及奥达和穿达的消失中结束，使得一个沉重的故事变得诗意而轻灵，并使得奥达马队保留了最后的尊严。"以后若干年，我也再没有听到过一支马队和这两个老头的半点消息。就像他们和我有过的那一段生活，不过是一场不真实的梦一样。"②"我"与其说是奥达马队的一员，不如说是奥达马队精神新一代的传承者。文末"我"撕碎了肉体上父亲赠予的"卡车提货单"，不仅袒露了作者在面对现代文明时的坚守与选择，也为这个有着晦暗底色的故事增加了暖色。行文中难掩作者不忍卒视的忧伤，正是这种情感的过分切进，在一定程度上减淡了本该更加浑厚的悲剧意蕴。

如果说奥达是阿来用心书写的硬汉典范的话，而达戈则更像是作者用诗意映照的男性梦想。在《达瑟与达戈》中，阿来用他的

---

① 阿来著：《奥达的马队》，《奥达的马队》，四川民族出版社 2005 年版，第 61 页。

② 同上，第 85 页。

洁净舒缓彰显了叙述的优雅与从容。达戈原本是个前途无量的军人，脑瓜聪明、枪法稳准，并具有敢于担当的英雄品格。然而美丽的色嫫却犹如箭镞一样射中了他的心房，他对色嫫深情地承诺："等着我，等着我，我只要你等我一年，我就到机村来娶你，你要做我的新娘。我是一个好猎手，我要让你做这个村子里最幸福的女人！"[1] 为了实践爱情的誓言，他放弃了军队提干的大好前景来到机村，并从聪明英武的华尔丹变成了色嫫口中的达戈（傻瓜）。如果说在阿来的其他作品中展示了在不可逆转的命运面前，硬汉与外界环境之间的对抗的话，而在《达瑟与达戈》中作者则更为深刻地展示了在"一个一切都变得粗粝的时代"[2] 硬汉内心所面临的爱的凌迟。我们会为这段爱情的回肠荡气所感染，同时却容易忽视达戈（华尔丹）所具备的硬汉的征服者特质。这种征服者特质不仅表现为战场上厮杀时的英武不屈、坚毅果敢，还体现在他们对女性的态度上。在爱情婚姻的战场上，他们依然保持着强者的姿态，身上充满征服的欲望和自信的激情。华尔丹自信会成为一个最好的猎手，给妻子幸福，却忘记或认为没有必要征求另一个生命主体——女性的意见。在世事的变迁中，有着美丽嗓子和外表的女性并不甘于默默无闻的命运。

在物欲旺炽、诗情消遁、浪漫主义死去的时代，这个传说中英雄硬汉加美女的美好故事，在精神日益贫瘠的现实面前开始裸露出残酷的质地，爱情在欲望、诱惑面前变得如此地脆弱。达戈跟色嫫的重逢也不再是梦想中的样子，色嫫渴望走出机村登上更大的舞台，一个猎手注定留不住这个美丽的女人，貌似简单的爱情变得虚无缥缈起来。而硬汉并不是没有情感，相反他们情愫隐藏得更为深邃，"我要紧闭厚朴的嘴唇，不让一切所爱的名字脱口而出，一切

---

[1]　阿来著：《空山》（三部曲），人民文学出版社 2009 年版，第 216 页。

[2]　同上。

要在心中珍藏，她们的名字不能跌落尘埃，因为我将再度离开"①。达戈为了实现色嫫的梦想对机村的朋友——猴子举起了猎枪，打破了人猴之间千年的默契。虽然，即使没有达戈，在物欲、金钱的侵袭之下，人性中的贪婪与残忍迟早也会爆发；但是，这个命题与其说是在讨论人们是否该对猴子举起猎枪，不如说是人们不能容忍达戈也举起猎枪的问题。显然，人们不能接受达戈这个英雄人也对猴子举起猎枪，纵使他不是第一个举起猎枪的人，但庸众只会盲从现状，只有达戈才是那个担当起历史改变的人。遗憾的是，这个改变却是一个不光辉的开始，为了实现爱人得到电唱机的愿望，达戈抛下的不仅仅是作为猎人的良知，而是作为一个男子汉的高贵尊严。他在这场爱情中奉献出了自己的全部：兽皮、感情还有作为猎人的底线与坚守，当色嫫抱着用猴子换来的电唱机坚定离去的时候，对达戈而言，飘忽而去的不再是那份爱情誓言，而是他生命的全部希冀。没有色嫫，至少他还可以坚定而清醒地守望爱情；而当达戈违背猎人的良知枪杀猴子时，这个最后猎人在这一刻起也已死亡，后来与熊的同归于尽只是完成了一个猎手慷慨赴死的肉体的仪式。我相信达戈依然是一个硬汉英雄："金光来自高峻雪山的顶端！那座男神的山峰——达戈：爱情的捍卫者，老百姓的英雄。今晨，猛然一下，他就复活了，英名光华灿烂，使我沐浴金光！"② 他是一个清醒的殉道者，他清楚这是一场没有结果的坚守，"死亡即是天堂，因为是她所赐"③，这一切的结果依然是一个伟岸高贵的男子自我选择的结果。美丽的色嫫不会为了爱情在一个边远的村落自生自灭，没有什么是比在一个现实主义盛行的时代维护虚妄的精神更为艰难的事情了，在这个爱情故事中，达戈用与熊的同归于尽完成了一个人的地老天荒。

---

① 阿来著：《金光》，《阿来文集·诗文卷》，人民文学出版社 2001 年版，第 14 页。
② 同上，第 13 页。
③ ［意］迪诺·布扎蒂著；倪安宇译：《魔法外套》，重庆出版社 2006 年版，第 169 页。

对于强者而言"我在粉碎一切障碍",对于弱者而言"一切障碍都在粉碎我"[①]。然而现实与理想总是存在落差,个人努力和特定历史之间会出现种种不协调的关系。很多时候,"陆地近在咫尺,他们完全有可能挽救自己的生命,但却束手无策"[②],而这种可能的无可奈何,加剧了硬汉与生存现实之间的紧张关系,也同时使得生命质地流露出更为深厚的光泽。那些艰涩、固执与强硬会在命运的考验中被激发出来,呈现出个体力量的美感。与其说阿来是一个现实主义者,毋宁说他是一个理想主义者,他笔下的人物无论是卑微还是举重若轻,无论是名噪一时还是寂寂无名,多具备着崇高的品质:敢于担当、坚韧不屈。他们业已抛开那些渺小、卑微、琐碎的情绪,以梦想为旗、坚韧为足终生行走,努力地在灵魂的高度、存在的向度中寻找拯救的出路,勇敢地面对命运赐予的磨难,他们如此地艰辛却又如此地高贵。阿来如此真切地书写硬汉们在不可抗拒的历史进程中不可避免的苦痛、矛盾与抗争、追求,在很多文本之中,我们不难发现隐遁在硬汉精神中作者的形象,以及难掩的惆怅涩重、艰难忧伤。阿来用英雄的品格来构建人类伟岸的内心结构,也展示了生命的公正与庄严。

第四节　想象与重构:土司、僧侣、巫师形象

无论怎么说,土司、僧侣和巫师都是代表了一个已经逝去的时代,他们这个群体的消失或者衰落的背后隐含了一段业已消失的历史,故而土司、僧侣、巫师形象具有了人物长廊中的活化石的作

---

① 这里借用了巴尔扎克的手杖柄上写着"我在粉碎一切障碍",卡夫卡的日记中写的是"一切障碍都在粉碎我"。

② [英]萨默塞特·毛姆著;陈得志、陈星译:《作家笔记》,南京大学出版社2011年版,第6页。

用，是我们解读某段历史的入口。我们注意到，阿来对这类形象的刻画多是从历史的角度来审视，并围绕这个群体的命运及其无法避免的嬗变与起伏展开，同时阿来试图用特殊的民族遭遇来表达一种普遍生命境遇，以及个体在世俗世界中的宿命与挣扎。

我想，在这个群像里，没有什么会比土司更能深刻地体味这种更迭与没落了。从阿来的创作脉络而言，在其 1985 年被他自己认为是"路数对头"的《老房子》中，老土司茸珍已死，少土司拿了全部财富去汉地上学就再也没有回来，土司太太被兵匪强奸生下死胎并在"生第二个野娃娃"时难产死去，只有老门房与老房子一起消失在"鲜艳的火苗"里。其中，"老房子主人到了四代前往下都是独子单传"的叙述，暗示了土司家族自身繁衍能力的孱弱。联想起在早期家族小说《旧年的血迹》中，阿来用抒情的口吻书写了已经褪去了旧时荣耀的头人家族，是如何带给后人无尽困扰与苦难。不仅如此，在这种漫溢而出的忧伤之中，阿来细细回溯了头人们并不光辉的过去，事实上，从"热衷于享受初夜权"却"不能使女人受孕"的先祖开始，头人家族的血脉就已经断裂了。这不仅讽刺了所谓高贵的权力阶级的丑恶，也从更深的层面上揭示了在历史的毁灭力量来临之前，土司（头人）在血统根脉上早已断裂，他们的覆灭其实是从内部开始的。

也许是这种贴着地面的翱翔使得文本变得滞重而限制了想象腾挪的空间，阿来转换了切入的角度，在《月光里的银匠》和《行刑人尔依》这两篇充满传奇的个体小传之中，有比聪明人多一个脑袋、比傻子多一百个脑袋的半人半神的第一代土司；有浪漫、精通音律的第二代土司；还有为鲜花、食物和喇嘛诵经声音所倾倒，并把钱财和精力用来做画的土司；以及无比聪明，具有神一样气质，对世事洞若观火的土司……因为书记员的缺乏，使得这些土司活在没有历史记载的架空时代之中，他们在自己的封闭王国中为所欲为、自由自在。也许，他们更符合统治者们自我设定的英雄想象，并由此呈现出一种梦幻伟岸的色彩。但这种简单的类型化书写，却因为简单而单薄，缺乏人性的温度及厚度。

相较而言，写于同一时期"对藏文化的初步展示"①的《尘埃落定》中，土司众生相则显得深刻得多。美国出版方在发布新闻里，曾用"一个西藏土司家族的兴败荣衰"来概括《尘埃落定》。在这部写于1994年的作品里，阿来完成了从焦躁到从容、从枯瘦到莹润的叙述姿态的转变，《尘埃落定》成为阿来小说叙述方式的一个标志性起点，他书写更加酣畅写意，并自觉地将人与更宏大的历史对接起来。甚至可以说，这是阿来第一次如此慎重而集中地在小说中探讨人与人、人与历史之间②的关系：土司与土司之间、土司与妻子之间、土司的儿子与儿子之间，以及土司父子之间的关于权力与欲望的角逐。阿来在王朝覆灭的老故事中，套用了通俗小说的因子：权术、暴力、性、阴谋、复仇，不同的是罂粟这个非常重要的因子的加入，使得文本具有了现代性的气息的同时，也大大加快了土司历史覆灭的步伐。阿来在浪漫的腾挪中呈现了一段让人神往的辉煌过去，并探寻历史危墙之下众土司的努力与挣扎。小说的主人公是麦其土司酒后所生的二少爷，因为"傻子"这样一个特殊的身份界定使得这个叙述人同时具备了不可靠与开放性的特点，并使得一场充满了晦暗不定的权力绞杀变得明亮欢快起来。小说中，麦其土司的贪婪、狡诈；拉雪巴土司的肥胖、审时度势；汪波土司的争强好胜、年富力强；茸贡女土司的果敢自负又英气逼人；哥哥的蛮横骁勇、自以为是；连"我"的汉族母亲浑身上下也散发着"辛辣"的气息，品尝并追逐着权力的甜蜜。

不仅如此，阿来透过对权力的追逐来发掘精神内在的焦虑，

---

① 阿来、谭光辉等：《极端体验与身份困惑——阿来访谈录（上）》，《中国图书评论》，2013年第2期。

② 阿来的早期作品多是探讨人与自我之间的关系，人物在内心和外部世界之间往返，他曾坦言在1989年之后才开始正视人与历史之间的关系，并在调入城市工作之后开始深切体味和关注人与人之间的关系。

"当有理性、有智慧的人仅仅感受到片段的、从而越发令人气馁的种种知识形象时，愚人则拥有完整无缺的知识领域"[1]。二少爷"我"这个超脱的叙述者自由地深入到土司们的内心世界。透过"我"的目光，土司们的生活靠权力与欲望支撑，为了攫取更多的银子、武器、领地甚至女人，在罂粟战争、麦子战争等一系列不义的争斗中，众土司不顾亲情，枉顾爱情，背叛信义，杀害忠奴。他们因欲望而躁动，为财富而心醉神迷。阿来把这群野心勃勃的土司置于历史的死角，体味到他们的挣扎，并把这种挣扎表现出来，使得这个业已消失的群体在历史虚无中复活。土司们在权力旋涡里挣扎与搏杀，然而，个体的聪明才智、英雄品质并不能撼动历史的进程，他们个体的努力也只不过是变相加速了土司制度的覆灭而已。"血性刚烈的英雄时代，蛮勇过人的浪漫时代早已结束。像空谷回声一样，渐行渐远。在一种形态到另一种形态的过渡期时，社会总是显得卑俗；从一种文明过渡到另一种文明，人心猥琐而浑浊。"[2]这是生命个体在历史洪流中无力回天的悲剧，它本身就包含着哲学层面的巨大讽刺：人总是为了权力而争斗，靠欲望来支撑，当宿命倾颓在所难免时，这些争斗毫无意义，只是加速了人性的堕落与历史的消亡而已。

细细读来，我们发现阿来的深刻不止于此，他还在急剧变化的历史中细腻地描摹了下层民众真实的纷繁的生存状态，刻画了优秀的藏族群族：优秀的带兵官索朗泽郎，不断追问、充满悲悯的行刑人尔依，拥有智慧与巧手的银匠达泽，聪明能干的侍女桑吉卓玛，信诺英勇的多吉次仁的后代……只是他们观念却禁锢而落后。"老老少少，每个人额头上都沾上了尘土。他们背弃了主子，并不是说他们不要主子了，他们的脑子里永远不会产生这样的念头，谁要试

① ［法］米歇尔·福柯著；刘北成、杨远婴译：《疯癫与文明》，生活·读书·新知三联书店 2007 年版，第 18 页。
② 阿来著：《就这样日益丰盈》，解放军文艺出版社 2002 年版，第 346 页。

着把这样的想法硬灌进他们的脑袋，他们只消皱皱眉头，稍一用劲就给挤掉了。看吧，现在，在篝火的映照下，他们木然的脸上一双眼睛明亮而又生动，看着我像是看到了神灵出现一样。"阿来用当下的眼光反观历史，他没有回避根植于众人心中的奴性，也从奴隶的愚钝中展现了历史进步的必然。

在不可挽回的历史进步面前，阿来以藏族土司作为我们认识人类历史进程的一个入口，而对土司的书写也没有落入宏大叙述的圈套，而是深入土司个体的内心来体味这场众人参与的末日狂欢。阿来奏响土司制度走向溃灭的凄婉之歌，他透过傻子的眼光来看世界，有着人类混沌未开的懵懂，全知全能，兴致勃然。他既向着权力抒情，也带着智者的嘲讽，扩展了作品的意义与情感的深度，也发掘了小说叙述中自在的美学张力。不仅如此，在《瞻对》中阿来选择了具有"缩影"意味的瞻对地区的土司作为考察目标，用非虚构的方式着眼于具象化的历史现场。一个个土司雄心勃勃、鲜活生动而又桀骜不驯，虽偏居深山巨壑、远离时代中心，却被历史变动和权力诱惑左右夹击。他们较智较力、不甘现状，在图谋与觊觎中，班滚、贡布郎加、青梅志玛等众土司们以自己特有的方式，向坚硬的现实发出艰难的挑战。我想，大约是庸常的现实需要一个传奇的心灵世界进行补偿，即使"人们仍然在传说种种神奇至极的故事"，但土司们犹如记忆中的黄昏，随着时间流逝而显示落日的微光，而权力、争斗，乃至绞杀也会随风逝去，只有曾经的辉煌在传说中迎风歌唱。

可以说，不写土司，便无法复原藏族曾经有的历史，不写僧侣，便无法凸显藏民族本质的特征和命运。藏民族是一个有着很强宗教意识的民族，宗教就像他们的山和云一样伴随着他们，藏传佛教也是藏民族本土特色的独特代表之一。"藏传佛教在内容上表现为佛教、苯教、藏族民间信仰相互杂糅的状态，在深层结构上则表现为内苯外佛、以内为主、内外融通的状态。在当代的藏族文学作品中，我们都能解读到这种文化遗传的基因密码，感受到这种文化融通的特点。"①此外，古代藏族文学的作者几乎都是僧侣，他们的文学创作大多从佛教哲学出发，以寓言故事、叙事诗、格言诗、戏剧等方式传播佛教思想。"20世纪的中国现当代藏族作家，无论是使用母语进行创作，还是使用汉语进行创作，他们的作品几乎都与藏传佛教文化息息相关，与藏民族文化心理互为表里。"②对于从小在藏边长大的阿来而言，宗教感是浸透在血液中的记忆沉积，影响着阿来看待生灵万物的方式与态度。现实生活中，阿来的舅舅就是一名僧人，在《孽缘》《少年诗篇》《宝刀》里都有一个当过（或者是当着）喇嘛的舅舅，而《云中记》中的舅舅则是苯教巫师的形象。不仅如此，作为藏民族精神生活中一个非常重要的组成部分，僧侣形象在阿来的诸多作品中屡屡出现，构成了阿来作品中独特的形象体系。从内心澄澈、在理想与现实间稚拙行走的阿古顿巴（《阿古顿巴》），经不住女色诱惑还俗，却"在禁绝宗教的时期又虔心事佛了"的萨甫（《天火》，发表于《红岩》1993年第1期），坚守教义的翁波意西（《尘埃落定》），智慧而叛逆的桑木旦（《群蜂飞舞》），温暖率性的外公（《少年诗篇》），以及被誉为"半吊子"巫师的舅舅阿巴（《云中记》），和散文《大地的阶梯》中一座小寺庙里住持和"手下唯一的年轻喇嘛"等，都在某种程度上揭示藏民族的精神生活。

在阿来看来，"宗教感其实就是宿命感"③，在他的早期作品中，人是龟缩在社会历史之中，被社会历史的力量所挟持，无力转圜。在僧侣的形象身上与其说是传递的某种宗教的信仰，不如说是借助僧侣的身份来展示特定时代的历史印记，以及在不可抗拒的命运转折时被试炼的人性。《孽缘》中的舅舅刚刚被活佛确立为亲传弟子，

---

① 丹珍草著：《藏族当代作家汉语创作论》，吉林出版集团股份有限公司2016年版，第26页。

② 丹珍草著：《差异空间的叙事——文学地理视野下的〈尘埃落定〉》，中国藏学出版社2014年版，第275页。

③ 阿来、姜广平：《我是一个藏族人，用汉语写作》，《西湖》，2011年第6期。

"人群还没有散开"就传来了解放军来了的消息，刚刚开悟的舅舅什么都没有学到，就稀里糊涂地成了叛匪，并因此印上让家族亲人耻辱的标记。而在《人熊或外公之死》中，阿来从一个少年的角度写道："这个雪晨，他想还俗的喇嘛从冰凉瘦削的死羊身上剥下羊皮，沾满污血的手肯定会颤抖不已。他想外公或许还会哭泣，但那仅仅只是软弱的缘故吗？……火很快燃旺了。外公在干草上擦去手上的血污，过来烤火。他张开在火上的手在轻轻颤抖。……外公把手张开在火上，好像是要捧住那闪烁不定的火苗，放到不安的心房中去温暖地燃烧。"①闪烁不定的火苗既不能温暖外公颤抖不已的双手，也不能抚慰他惶惑不安的情绪。垂死挣扎的羊是被置于时代砧板之上外公的写照，这些颇为细腻甚至精致的书写使得血腥味道弥散在文本以及人物内心之中，使人无处逃遁。而在《奥达的马队》中，穹达也曾是寺院的僧侣，他有过女人、开过杀戒，但依然用早些时候宗教的语言和思维来表达事物。在这类僧侣形象中，作者着重刻画在特定的历史背景下，他们曾经的僧人身份所带来的人为坎坷，在历史变迁中映现人物的生存状态和生存体验。可以说，没有什么比开启一个不再信奉神灵的时代，所赋予僧侣们的心灵迷茫更为辗转煎熬的事情了。在这样的语境之下，僧侣自我的精神约束与世俗生活的生存之间构成了激烈的碰撞：守戒与破戒、皈依和反叛；本该洒脱出世却需堕落世俗，本应远离血腥却要手拿屠刀，本已智慧顿悟却还迷茫失落，沾满血腥的双手的颤抖展示了僧侣们心灵的绝望与错位。这是人性的悲剧，也是时代的哀歌。

　　不仅如此，阿来努力地祛除宗教的神秘感，在他看来，"世界上任何一种宗教都要努力增加自身的神秘感。这是他们增加权威感的一种手段"②。有时，他也会祛除僧人身上的光环，把他们还原成一个普通的人，经受世俗欲望的考验与试炼。联系到二十世纪

① 阿来：《人熊或外公之死》，《四川文学》，1994 年第 2 期。

② 阿来、姜广平：《"我是一个藏族人，用汉语写作"》，《西湖》，2011 年第 6 期。

八十年代初"宗教又恢复了，但它出现在你面前的时候，就是建造偶像，建造越来越金碧辉煌的场所……他们某种程度上掌握了巨大的权力、巨大的话语。掌握权力的人会滥用权利"，但"现实中它并不真正护佑我们的精神世界"[①]。许多僧人抵不住金钱、权力的诱惑，跌落凡尘。这也影响了阿来对僧人的看法，在《尘埃落定》中，门巴喇嘛（在藏语中是医生的意思）医术高明，并在"罂粟花战争"中运用巫术使得麦其家占尽上风，但他卖力为麦其土司家服务，与济嘎活佛争宠斗气，不过是为了得到更多的香火钱，而且他还经常出去治病挣外快；《行刑人尔依》中的岗格喇嘛不受戒律约束，四处寻欢，还要女人为其背黑锅。随着思考的不断深入，这种指涉越发严厉，在《空山》中，喇嘛不再悲悯，"那些依靠诵念自己都未必通达的各种经咒的脑满肠肥的喇嘛们愿意看到一个研读了他们门派经卷之外的书本，并曾试图思考一下这个世界的人落到达瑟这样的下场"[②]，这个罕见的多定语长句，把对伪教义喇嘛的揶揄展露无遗；《三只虫草》中，喇嘛在虫草季"摇铃击鼓，大作其法"，并用世俗商人的口吻讨价还价，"山中的宝物眼见得越来越少，山神一年年越发不高兴了，我们要比往年多费好几倍的力气，才能安抚住他老人家不要动怒"，达到多要虫草的目的；《河上柏影》中，在防雹队的对比下，靠作法防止冰雹收取供养的喇嘛也越来越不让人信服；而《云中记》中的喇嘛在震后不顾幸存者的生存现状，却鼓动云中村的村民修建昂贵的佛塔、改宗佛教。在这些故事里，阿来对传统信仰进行了审视与反思，他曾借翁波意西（《尘埃落定》）说"是那些身披袈裟的人把我们的教法毁坏了"。在阿来看来凡尘中僧侣不能等同于纯正的信仰，世俗的力量也在不断地消解宗教的神圣性和纯洁性。他在迷茫中挖掘人生的哲理，事实上，信仰并非源自虚空而是犹如人心的一面的镜子：迷信的人看到宿

① 吴虹飞：《阿来：终生都在叛逆期》，《南方人物周刊》，2009 年第 4 期。
② 阿来著：《空山》（三部曲），人民文学出版社 2005 年版，第 597 页。

命，超凡的人看到轮回，贪婪的人看到复仇，理性的人看到荒谬。

在阿来的笔下，即使备受尊崇的活佛也常在世俗与教义、物质与精神、是与非、善与恶之间矛盾徘徊，且被庸常的世俗生活与常人的欲望所困。济嘎活佛（《尘埃落定》）因为当年错误地预言了麦其土司的继承人而受到现任麦其土司嘲弄，"活佛曾想去西藏朝佛，也想上山找一个幽静的山洞闭关修行，但都不能成行。他看到自己一旦走开，一寺人都会生计无着。只有思想深远的活佛知道人不能只靠消化思想来度过时日"①。事实上，即使他是生就尊贵的活佛，博学而睿智，却也逃遁不出世俗生活的制约，要为一寺人的生计忍受土司们的冷嘲热讽。同时，活佛也有着人的弱点，活佛（《尘埃落定》）与翁波意西辩论佛法失败，他不仅不承认这种失败，还在土司试图杀害自己对手时暗自高兴。《群蜂飞舞》中的活佛也是如此，他因桑木旦比自己有天分而拒绝与其一起听讲佛法，在对手走后才肯展颜一笑。在这些活佛身上显示源自人性的贫弱，他们无法超越自身性格缺陷，而是与平常人一样嫉妒、自得、惶惶不安。

阿来对于肉体凡胎的僧人有着出于本能的质疑与驳诘，在他这里，活佛、僧侣、喇嘛的神圣性被世俗的力量不断解构。虽然，活佛与尘世的土司一样都代表某种权威，但是在阿来看来，赋予活佛威仪的"是名号而不是学问"，他们依赖于信众精神上的认同与尊崇而得到崇高的地位和尊贵的感觉。在信奉他的管家心目中，活佛形而上的手"多么绵软啊，好像天上轻柔的云团"；在麦其土司眼中，活佛的手则是因为"松软肥胖"而绵软。他们已不再是高高在上的神的代表，而是会为了得到更多的布施而"像女人们一样互相争宠斗气"的凡人。在《尘埃落定》中借傻子之口用嘲讽口吻描写俗世的僧侣："平心而论，我们是喜欢喇嘛之间有这种竞争的。要

---

① 阿来著：《尘埃落定》，人民文学出版社 1998 年版，第 65 页。

不，他们的地位简直太崇高了。没有这种竞争，他们就可以一致地对你说，佛说这样，佛说那样。弄得你土司也不得不让他们在那里胡说八道。但当他们之间有了问题，他们就会跑来说，让我们来为土司家族的兴旺而祈祷吧。他们还会向你保证，自己的祈祷会比别人更灵验一点。"① 此外，阿来也书写了宗教本身的贫弱，翁波意西传播更洁净的教法，却没有人追随他，这揭示了教法的感召力量的减弱。傻子二少爷的奶娘德钦莫措对现实的苦难冷漠麻木，却对遥远的圣地坚信不疑，她朝圣回来并没有改变现实的处境反而被遗忘。这喻示着教法的衰落，纯净的教法并不能感召人的灵魂，它既不能拯救奶娘灵魂，让她精神超脱；也没有改变她的现实处境，奶娘因为恶毒地诅咒别人，被彻底隔离。阿来在《大地的阶梯》序言中曾经记录一面小山崖上因为似乎有尊佛像显现而建立了一座小庙，后来"人们慢慢为这座自生佛像妆金裹银，没有人再能看到一点石头的质地，当然也无从想象原来的样子了。在藏族聚居区，这不是一种偶然的现象"②。这种本应属于内在的信仰，却以物质的方式不断粉饰，业已背离了朴素的初衷。《群蜂飞舞》中桑木旦把经卷上金粉散发的金光滤掉，"纸上就只剩下智慧本身，在那里悄然絮语"成为一种隐喻，也是阿来书写僧侣态度的一种统摄，金粉掩盖了智慧本身，权力和世俗掩盖了生命本身；在《生命》中已经还俗成为驮脚汉的和尚为救活一个小伙，听到心跳声而忘记祈颂的佛语而流下感激、发自本真的眼泪；《群蜂飞舞》中博学的高僧格西听到野蜜蜂轻盈的歌唱由衷地发出"好啊"的称赞，"不说妙哉妙哉而说好啊是多么出乎本心！"我们不难发现，阿来在这个特殊的群体身上凝结了对历史、文化的智性的思考。他所追求的并不是在浮层表面对他们进行神秘主义的渲染，赚取关注与噱头，而是将僧人作为一个个生命个体进行关照，展现他们特殊的生存及精神状

① 阿来著：《尘埃落定》，人民文学出版社 1998 年版，第 22—23 页。

② 阿来著：《群山的声音：阿来序跋精选集》，四川文艺出版社 2018 年版，第 12 页。

态，探寻人物身上丰厚而又深掩的人性。

1990 年，阿来与人合著了近二十万字的《四川阿坝州藏传佛教史略》，无疑这次撰写佛教史略的经历使得他对于藏传佛教有了更深刻的领悟与更深切的理解。而写于 1993 年至 1994 年的《行刑人尔依》中的贡布仁钦与《尘埃落定》中的翁波意西显然是阿来所钟爱的僧人形象。在阅读中我们不难发现，二者在精神上的孪生或者同构的关系。他们的出现是这片生命极地的必然产物，虽然，我没有证据证明他们与阿旺扎巴[①]之间的隐秘联系，但他们身上都具有共同的困惑，并在高原中漫游、思考和寻找。加缪说过："唯一的天堂就是人们已失去的天堂。"[②]无疑，他们的命运是悲剧性的，他们志行超拔、人格崇高，曾经一度，他们抱着美好的梦想带着一种洁净的佛法回到故地，他们尊崇纯洁的教义，然而等待他们的不是接纳，而是杀戮，被驱逐和关押。藏族有句谚语："有真正的土司就没有真正的喇嘛，有真正的喇嘛就没有真正的土司"，我们不难想象，权力统治并不真的需要凌驾于其上的无上精神，而真理与高尚的教义显然也不能扑灭如烈焰一样的人性内部的欲望之火。

联系起《尘埃落定》中的门巴喇嘛和济嘎活佛，他们与土司王权之间的关系，恰恰代表了集权与宗教，或者引申出知识分子与权力之间的三种关系。首先，门巴喇嘛住在土司官寨里，被土司供养，也随时听候差遣，对土司是依附关系；其次，济嘎活佛住在庙里，在土司官寨的河对岸，有着相对独立的生活场域，却为了生计

---

① 查柯·阿旺扎巴大师（语自在称），于公元十四世纪出生在"查柯"地区，即现在被称为四川省阿坝州马尔康县境，距成都市约四百公里。大师在出家后，即来到拉萨依止宗喀巴大师处学习显密教法，尽得传授，获得善巧博学的名位，被宗喀巴大师赐号为"大堪布"。阿旺扎巴大师是宗喀巴祖师之最初弟子之一，与另外三位祖师并称为"宗喀巴早期四徒"。在由宗喀巴倡办之广愿大法会中，阿旺扎巴为主要筹办人员之一。他在嘉绒历史上与毗卢遮那一样有名望，著名的《三主要道》即是宗喀巴大师为他创作的。

② ［法］加缪著；杜小真、顾嘉琛译：《置身于苦难与阳光之间》，上海三联书店 1997 年版，第 11 页。

接受土司的布施，他们之间是协作关系；而翁波意西则是坚持纯净的理想，不向权力屈服，他独立于土司权力之外。他们所代表的苯教、佛教、新教格鲁派隐含了嘉绒藏区复杂的宗教关系。而三者与土司王权之间的关系，不仅展示了集权背景下的教派的命运，也暗含了三种类型知识分子的不同人生选择与命运轨迹。在这个意义上讲，翁波意西的光辉在于他对命运的清醒认识，他坚忍而高贵地沿着既定的命运走向人为的灾难，在死亡与割舌之间，他选择割舌，并成为历史命运的忠实书写者和见证人。阿来在《大地的阶梯》里记叙了一位很有学识的老喇嘛的话语："他说真正有德行的高僧能够预言未来。他说的是预言，而不是占卜未来。"[1]智慧而宽广悲悯的心灵使得贡布仁钦（翁波意西）洞见并以文字留下了世俗社会发展的轨迹。他虽然没能在人心之中培育出吸收日月精华、生命旺盛的菩提，却在自己身上体现了独立的文化精神、清醒的意识以及批判立场。这不仅是一位高贵僧人的写照，也是古往今来众多知识分子的意象表达，从他的身上我们见证了精神的纯净与高贵的光辉。

阿来也在诗歌《致领诵者》中写道："已经蒙昧许久了／世界这所空旷的学院／你仍坐在中央倾听回声／我们在你的四周，比你低的四周／听到回声越来越远，越发坚硬／像一道玻璃屏幕落在面前"，"中间是怎样欲念的深渊／怎样反叛的激流！／红色的激流……，呵……／它们深静了，被你邀来的神灵引导／被符咒驱向暗处／它们越来越深，越来越……暗／越来越远，难于回返／只剩下虔诚的风吹动草原／纯净之美的草的荒原啊／降临虚妄的平安之夜／湖水渐渐稀薄／思想渐渐暗淡"，"领诵者啊，我怀念你／看见你仍在原来的地方／坐在窗前，你的玄想中间／坐在一树子鲜花下面／直到鲜花变成了雪花片片"。[2]从这里我们不难发现僧侣处于世

---

① 阿来著：《灯火旺盛的地方》，《阿来文集·大地的阶梯》，人民文学出版社2001年版，第141页。

② 阿来著：《致领诵者》，《阿来文集·诗文卷》，人民文学出版社2001年版，第59、61、65页。

界中央的地位，"欲念""反叛""红色"的激流对于坚硬而宏大的佛法而言只是过眼云烟，在阿来看来虔诚的信念赐予草原纯净与平安。故而阿来的作品中才会有在特定时代被关掉庙宇而还俗，却依然逃离不了命运的梦魇的僧侣。阿来所着力表达的正是在诚挚信仰之下滚动的对于生命的珍视与理解。

除了翁波意西外，阿来笔下还有众多品格高洁的僧侣、巫师的影子。在《空山》中，多吉平常只是机村一个卑微的农人，但在灾难面前，他勇敢地站出来为机村承担了责任，"不管世道如何，总有一个时候，他这个知道辨析风向，能呼唤诸神前来助阵，护佑机村人防火烧荒，烧出一个丰美牧场的巫师，就是机村的王者"①。他死得轰轰烈烈，整个森林都为他火葬。在《大地的阶梯》中，阿来诗性悠扬地书写了众多僧侣的现实生活，虽然阿来"并不认为，一个僧侣，或者别的什么人（包括我自己），有资格合情合理合法地代表这个神秘帷幕背后的世界上所有的人民。只有一个一个的个体，众多个体的集合，才可能构成一个族群，一种文化的完整面貌"②。"随着时代的递进与变迁，在整个嘉绒，已经没有一座寺庙建筑可以傲视天下。但是，嘉绒人民依然崇奉着自己的宗教，分布广泛的寺庙却已经很难再有曾经的辉煌。"③或许，血统或骨头、汉地和藏地、普通话与马尔康藏语使得阿来从小时候开始不再迷信宗教，而现实中血肉之身的大小喇嘛种种凡俗的表现或许不足以赢得他的敬仰。但我们不能否认的是，佛教的传说、典故与思维业已嵌入阿来的思维之中，佛学和雪山、羊群、高原一样构成了藏族现实生活以及阿来写作中不可或缺的一部分，有时他会用佛教的修辞来描摹、表达自我的体验。阿来也曾承认自己的宗教感，却不认可被世俗化了的各种外在宗教的形式。"宗教感"影响着阿来对于世界

---

① 阿来著：《空山》（三部曲），人民文学出版社 2009 年版，第 93 页。

② 阿来：《人是出发点，也是目的地》，《黄河文学》，2009 年第 5 期。

③ 阿来：《永远的嘉绒》，《中国民族》，2001 年第 11 期。

的认识与理解，使得其作品有着绵绵不尽的禅意，而他作品中的宏大与悲悯也有着佛学超然与博大的意味。就某种意义而言，写作在一定程度上讲也是一种信仰，而阿来的那种对命运与激情的流露展示了其对所传达的东西的深信不疑。同时，这些亦真亦幻的僧侣、巫师形象也给我们带来了迥然不同的审美感受与精神启示。

阿来的笔下人物为某种情感所牵系，仿若易命同生，想必是他众生平等的关怀与悲悯所致。提起他笔下的人物，禁不住想起《清明上河图》的众生熙熙之相，阿来关注的并不是外在毫微毕现、惟妙惟肖，所以他很少直接运用心理描摹，而是注重用环境、动作和形态来准确地把握、揣摩人物心理。阿来的人物体现了他对于命运、历史的一贯关注。阿来曾经说过："在很多年前，我就说过，我的写作不是为了渲染这片高原如何神秘，渲染这个高原上民族生活得如何超然世外，而是为了去除魅惑，告诉这个世界，这个族群的人们也是人类大家庭中的一员。他们最最需要的，就是作为人，而不是神的臣仆去生活。……尘世间的幸福是这个世界上绝大多数人的目标，全世界的人都有相同的体会：不是每一个追求福祉的人都能达到目的，更不要说，对很多人来说，这种福祉也如宗教般的理想一样难以实现。于是，很多追求幸福的人也只是饱尝了过程的艰难，而始终与渴求的目标相距遥远。所以，一个刚刚由蒙昧走向开化的族群中那些普通人的命运理应得到更多的理解与同情。我想，我所做的工作的主要意义就在于此。呈现这个并不为人所知的世界中，一个又一个人的命运故事。"[1] 他书写的人物都是藏族乡村中常见却不被人重视和关注的人，而往往是这样的人反而会从世界中感知到更为丰富的东西：那些貌似喜剧的生存状貌之下的苦痛与悲哀，生命渴望与人性阴影之间相互冲突的悲哀。也许，挖掘个性，对生命的个体进行探寻是每一个作家必不可少的工作和努力。

---

① 阿来：《人是出发点，也是目的地》，《黄河文学》，2009 年第 5 期。

而阿来的人物书写试图从个体人物的命运入手，用文学的方式来解读、探究历史的瓦解与发展，从而发掘出人类普遍的生命启示与意义，这本身就是文学神圣使命的体现，也是一种超越，并且使得阿来的小说人物有着更为丰厚而独特的美学意蕴。

第四章　沉静的宣叙与叙述的交响：
　　　　阿来小说的叙事形态

　　阿来的叙事在当代文坛有着属于自己的独特韵味，我们不难从如此纷扰的文坛中发现他的存在。阿来于二十世纪八十年代初登文坛，对于一个"汉藏文化交界地"的"藏边青年"而言，他所面临的是全新思维和叙事方式扑面而来的冲击。西方象征主义、表现主义、未来主义、意识流、超现实主义、存在主义、荒诞派、魔幻现实主义迎面而来，汉语世界"反思文学""寻根文学""先锋文学""朦胧诗"等流派波涛汹涌，沉寂多年的文坛突然喧嚣起来，"探索""多元""断裂""碎片化"一时成为新的文学形态与话语表达方式。阿来在吸收同时也在坚守，在民族与世界、真实与幻想之间保持一种适度的交叉，作品显示着迥出意表的观感。他对多种文化兼收并蓄却非全盘照收，而是自觉地将民间传说和西方文学的表现手法结合起来，他曾经说过："我是在对整个世界文化格局有所了解后来反观这个本族本土的文化的。这个写作与反观其实是同步进行的。"[1] 藏民族千百年间流传的神话、史诗赋予了阿来小说以华美壮丽、豁达宏阔的格局；诗歌写作的训练与积淀，以及藏族文化逻辑的影响成就了其作品智性诗意、朴拙灵动的底色；而自然书写与情绪点染相互映衬，使得其文本中充溢着清冽、沉郁的意境，也不乏哲理的反思与抗辩。

---

[1]　阿来、姜广平：《"我是一个藏族人，用汉语写作"》，《西湖》，2011 年第 6 期。

从某种意义上而言，写作是对过往经验的一种传递与表达，正如阿来在《大地的阶梯》中所说的那样："我要告诉的是我的独立的思考与判断。我的情感就蕴藏在全部的叙述中间。我的情感就在这每一个章节里不断离开，又不断归来。"[1] 不过叙述并非仅仅是用以代替可靠统计材料的泛泛印象，而是一种具有自圆性的理解过去的方法，并用不同的叙事方式、叙事策略展现小说叙事和技巧的多样性。作家余华在《虚伪的作品》中说过："当我发现以往那种就事论事的写作态度只能导致表面的真实以后，我就必须去寻找新的表达方式。寻找的结果使我不再忠诚所描述的事物的形态，我开始使用一种虚伪的形式。这种形式背离了现实世界提供给我的秩序和逻辑，然而却使我自由地接近了真实。"也就是说，作家不满足于将真实建立在纯粹描摹、复制的基础之上，而是艺术地借助想象、幻想、虚构等多种方式去探求"真实"的另一种或者多种存在方式，寻找本质的真实，探寻事物深切的精神意义。值得注意的是，在叙事中并不存在绝对"感情零度"的展示，作者在书写的同时也在进行选择。在阿来的小说中，梦幻与现实自由交织、想象与真实无限杂糅、白描书写与情感抒发并行不悖，文本中有着大量的寓言、民歌、隐喻、荒诞与梦魇的因子，使得文本有着广阔的想象空间，传达着一种真实的临界经验。我们发现，在阿来的叙述之中从来不乏故事与体悟，这些宝贵的财富如同未经加工的裸石。裸石可采得，而只有适当的雕琢方可呈现其夺目的光彩，阿来既是一位伟大的工匠，也是一位胸中有丘壑的作家。他用文字的声、色构建丰盈而浩荡的文学王国：有着对自然万物倾听的姿态，倾听自然，自由地腾挪于盈虚之间；倾听历史，澎湃高歌或者婉转低吟于旺盛的血脉之间，他的书写之中既有着对生命的沉静宣叙，也有着对命运挣扎的深沉咏叹。另外，阿来深爱着音乐，在叙述的明暗之间，声音韵律的回旋蕴含着情感的倾诉与召唤，他用生命湿润的那一部

---

① 阿来著：《大地的阶梯》，南海出版公司 2008 年版，第 6 页。

分，谱写着一曲多重声部的叙述的交响，在反复的吟唱之中，叙述也成为一种信仰。

第一节　异域神韵与精纯汉语的诗性合谋

阿来作品中那种独特的语言腾挪与铺展的方式、诗性跳跃的思维、抒情而沉郁的"禅意"成为贯穿其写作始终的内在底色和基调，共同构成了阿来式别具风貌的文学叙述风格。我想，这大抵都离不开那块掩映于群山褶皱间"血地"的滋养。阿来的背后是整个藏族文化，故而在"经验的同质化趋势，已经弥漫于我们日常生活的几乎所有领域。它不仅使得主体性、独异性、个人化等一系列概念变得虚假，同时也在败坏我们的文化消费趣味"[①]的时代，阿来文本中的民族气质、极地景象和与之相映的美学风范则显得尤为可贵。他在《远方的地平线》中用"整个夏季将能看到芬芳的花朵，听到牧歌与五音笛声"来书写诗意而温暖的藏地；在《尘埃落定》中用"里面，看不见的东西上到了天界，看得见的是尘埃，又从半空里跌落下来，罩住了那些累累的乱石。但尘埃毕竟是尘埃"来记叙生命的轮回；在《云中记》中用"要是可以变成一棵树，那他就变成一棵树好了。变成一棵云杉，冬天的针叶坚硬，春天的针叶柔软。就那样和山上那些树站在一起。变成一株在风中喧哗的树"来抒发阿巴对生命轮回的畅想。在阅读中我们不难发现，阿来叙述语言之中时时呈现的充满诗意的新鲜、单纯与透明的状态。阿来的很多作品写得很"朴素"，这种朴素展示了到达事物本质的贴切与真实，而正是在这些平静的宣叙背后却有着掩饰不住的灵动，并呈现出诗意的轻灵与华美来。

此外，他的叙事还有着诸多的矛盾与交融，兼具中国古典文学

---

① 　格非著：《文学的邀约》，清华大学出版社2010年版，第40页。

与西方现代文学的意蕴，他把现实的场景、生命的细节和虚构的幻想并置，在斑驳的生存表象之中出虚入实，映现生活浮层之下更为深刻的现实。事实上，语言从来都不是一个单纯的符号载体，它所对应的是特定民族独特的思维与意义表达的方式，1799 年德国学者洪堡特写作的《论思维和讲话》中提出"任何思维都离不开某些普遍的感性形式，而语言正是这样的感性形式之一"。对阿来而言"看到两种语言笼罩下呈现出不同的心灵景观。这是一种奇异的体验，我想，世界上会有越来越多的人加入这种体验。正是在两种语言间的不断穿行，培养了我最初的文学敏感，使我成为一个用汉语写作的藏族作家"[①]。毋庸置疑的是，藏语作为一种文化经验业已根植于阿来内心之中，他即使是用汉语书写也依然有着民族潜在叙事逻辑。这使得阿来的文学创作有着明显的藏语嫁接到汉语之上的特点，他的作品之中蕴含的藏族思维逻辑，二者混合的叙述方式给了我们独特的审美享受。甚至可以说，只有阿来的语词才有这样的构成，"轮子转动的时候，上天的神就已经听见了。那么多的字符紧巴巴地挤在一起，嗡一声就飞上天去，神都能逐字听见，仅此一点，也可知其神通绝非一般"[②]。他如此自然地将马车的轮子和转经轮联系起来，并用具体可感神通来论证马车跨时代的意义。阿来把藏民族的文化传统、思维方式、表达习惯、宗教感觉以及独特意象融入汉语写作之中，并用直觉化的书写、形象化的表达和逶迤氛围的构建扩展了汉语写作的张力。

一、朴拙的诗意

阿来的小说叙事之中充盈着诗意的氛围，而精纯的语言、精微的感悟力、自由舒展的结构，都使得他的作品在散发着夺目的光

---

① 吴怀尧:《阿来：文学即宗教》,《延安文学》,2009 年第 3 期。

② 阿来著:《空山》(三部曲),人民文学出版社 2009 年版,第 82 页。

彩。周克芹在《旧年的血迹》序中写道："他好像不是在写小说，而是在写诗。他试图对他的民族历史做一种诗意的把握。"阿来一直努力用真挚与纯粹构建着纯净自然的"语言的乌托邦"。他曾经在《群山，或者关于我自己的颂辞》中奋力地呼唤："我在这里／我在重新诞生／背后是孤寂的白雪／面前是明亮的黑暗／啊，苍天何时赐我以最精美的语言"①。阿来不仅在呼唤、寻求，同时也在小说中践行诗的语言之美。"父亲背倚那根木头。木头光滑而洁白，散发秋阳淡淡的温暖。木头上满布细若游丝的裂纹，像被日曝雨淋经年的人兽骨头，闪着象牙般的光泽。木头令人心醉神迷"，这是阿来早年的作品《旧年的血迹》的开头，在细致而充盈着诗的意境的景物描写中，小说的意义与情感空间逐渐敞开。关于《尘埃落定》的文体风貌，周政保说过："与其说《尘埃落定》是一部小说，还不如把它看作一首长诗。"②实际上，诗歌创作对于阿来的影响是终身性的，纵使阿来转向小说，诗中那种跳跃性思维，那种意境的营造仍密布于其小说叙事之中，形成阿来小说独特的美学风格。我想，阿来从骨子里就是一位诗人，从未停歇。

在细读文本时我们不难发现，阿来的日常叙事之中"不时地露出诗歌的思维痕迹"③。诗歌的写作影响了阿来小说叙事的主题倾向、题材选择、审美特征以及艺术心理。举例说来："他会仰起脸凝神倾听，脸上浮现出茫然的笑颜。没人的时候，他会抚摸那支箭，那真是一支铁箭，有着铁的冰凉，有着铁粗重的质感。"④如果我们换一种方式排列：

① 阿来著：《群山，或者关于我自己的颂辞》，《阿来文集·诗文卷》，人民文学出版社 2001 年版，第 9 页。
② 周政保：《"落不定的尘埃"暂且落定——〈尘埃落定〉的意象化叙述方式》，《当代作家评论》，1998 年 4 期。
③ 贺绍俊：《说傻·说悟·说游——读阿来的〈尘埃落定〉》，《当代作家评论》，1998 年 4 期。
④ 阿来著：《格萨尔王》，重庆出版社 2009 年版，第 348 页。

他会仰起脸凝神倾听，

脸上浮现出茫然的笑颜。

没人的时候，他会抚摸那支箭，

那真是一支铁箭，

有着铁的冰凉，

有着铁粗重的质感。

　　原本看似平白的陈述就化为一首顿挫而昂扬的诗歌，无疑，阿来将这种诗性的感觉保持在他的小说叙述中。阿来曾经说过："诗性之美在我的文学观念中，是所有艺术应该有的东西。审美最基本、最核心的东西就是诗意。如果把诗意的东西抽掉，我不知道我们的审美原则还能确立在另外的什么样的学问的基础之上。"① 他善于捕捉日常生活与自然界中轻盈的诗意，他在小说中用诗歌的意境表达着内心的宁静与纯粹。《蘑菇》中外公为"无名地"取了诸如"镜子里的星光""脑海""初五的月亮"的名字，充满写意的浪漫与优雅，使得嘉措对童年的回忆充满了灵动的诗情。我们发现，阿来十分注意景物描写，虽然这些景物都是"非典型环境"，但在阿来的叙事之中环境描写是不可或缺的一个环节：展示特定的背景、表达民族气韵、营造诗意氛围并构建情绪色调。比如，在《环山的雪光》中"环山的雪峰簇拥在湖底，显得美妙而又飘渺"，湖水"沉着而又安详"，而金花的内心却是动荡而不安，湖蓝天空、阳光直泻的雪峰不仅没有平复金花内心躁动的情绪，反而加剧她与麦勒之间的紧张关系，增强了金花对于梦想与自由的渴望。阿来在《蘑菇》里写道："羊群正从山上下来。羊角在白色群羊中像波浪中的桅杆一样起伏错动"，这种书写颇具"风吹草低见牛羊"的古风与

---

① 易文祥、阿来：《写作：忠实于内心的表达——阿来访谈录》，《小说评论》，2004年第5期。

生动的气象，展现了一种汹涌的物质大潮之外的美好与安宁。此外，诗意在日常生活之中俯首可拾："眼下，它斑驳粗粝的紫色厚皮已经剥落，松脂气息也已散发殆尽。蒸腾而起的只是夜雨淡泊无色的味道。和村口那架锈迹斑驳的拖拉机一样，像露水在时光之水上的两块石头。时光像水一样悠然流走，它们却仍从原来的地方露出来，供人们想回到记忆深处时赖以踏足"（《旧年的血迹》）；"我不知道的只是那些尘土会不会再抱住一个孩子孱弱而孤独的身影"（《奥达的马队》）；"这时正是夏天，蓬勃的绿色使寂静丰盈而且无边。……倒影和日光在身上交替"（《少年诗篇》）；"这个季节，细碎的樱桃花肯定已经开得繁盛如雪了。风从晶莹的雪峰上飘然而下，如雪的樱桃花便纷纷扬扬了"（《遥远的温泉》）……这是诗歌的思维与书写方式的沉积，我们不难从如此旖旎的异域书写中体味到绵绵不尽的诗意，并从中感受到阿来对世界的那份深沉的爱意。他的小说也因此充溢着绚丽、灵动、空阔的旋律，带着高山雪莲般清冽的气息。值得一提的是，阿来似乎对"光"有着异乎寻常的偏爱，他在一首题为《金光》的诗中写道：

> 就是这样，在我
> 肉体与精神的双重故乡
> 我看见金色光芒，刃口一样锋利
> 民谣一般闪烁，从天上，从高高
> 雪峰的顶端降临，在诺日朗瀑布
> 前面，两株挺拔的云杉中间

在这首作为他文学宣言之一的作品中，蕴含了阿来创作的许多关键元素，"肉体与精神的双重故乡""民谣""雪峰""云杉"，并把灵魂的顿悟比作"金光"，而"刃口""民谣"的比喻，则展示了思想的锋利和智慧的光芒。另外，阿来在不同的小说文本中也对"光"有着生动的描绘:"汽车前灯投射出的两根光柱,像灵魂的急切双臂一样在大山的皱褶中起伏,摸索一个熟悉的可以避风的山凹"(《守灵夜》);"我打开窗帘,一束强光立即照亮了屋子,也照亮了从窗帘上抖落下来的云母碎片,这些可爱的闪着银光的碎片像一些断续的静默的语汇在空气中飘浮,慢慢越过挂在斜坡上的一片参差屋顶"(《野人》);"清澈的空气中有净水的芬芳。我不由得面带微笑,写下了这几个字:群蜂飞舞。刚写完,我立即就感到了光芒的颤动,听到了曼妙的音乐,虽然我不知它来自何方"(《群蜂飞舞》)。阿来毫不吝啬地用"灵魂的急切双臂""断续的静默的语汇""曼妙的音乐"赋予"光"以切实的生命,把一个虚幻而富有象征意味的名词描绘得灵动而鲜活。

值得一提的是,发表于1991年的《蘑菇》是以"就是这样"这种肯定与接受为开头,正是这种恬淡的话语旋律使得对传说与历史的顾盼中也充满了温情与诗意。阿来用"现在,放羊的老人已经死了"这样引导时间的方式,使得平淡的叙述之中产生了超越庸常生活写头的意外回旋。文本中弥漫着泥土与植物的芬芳气息。诗歌式的洗练表达、清丽辞藻的自觉选择、诗意意境的营造以及意绪化的人物描写,都共同造就了该文本独特的诗学价值。更为难能可贵的是,文本的诗意与轻灵并不是建立在对现实的浮躁、变革与冲突的回避之上。记得洪子诚在描绘二十世纪九十年代的文学状况时说道:"市场经济作为难以忽视的社会背景和对文学所产生的影响、规约力量,已明显内化为文学的'实体性'内容,也是难以忽视的事实。"[①]文章中,阿来也如实地展现了在强大的"狂躁的精神"与"金钱"席卷冲击下的心灵震荡,然而,诗性的语言却起到了缓冲和弱化冲突的作用。文中,虽有惆怅、惋惜却不乏挚爱、深情,正是这种挚爱成就了小说诗性张力的支撑性力量。阿来在叙事中插入

① 　洪子诚著:《中国当代文学史》(修订版),北京大学出版社2007年第2版,第327页。

儿时与外公相处的点滴，豁达而幽默的外公是嘉措温暖的避世之所，尚在儿时的嘉措在外公那里躲过了狂风大浪，而嘉措回忆起幼时和外公一起与蘑菇有关的日子时，作者的书写也是那样地细腻而动情：

> 突然，外公的鼻翼就像动画片中狗的鼻翼一样掀动起来，并说："你听。"
>
> 但却什么声音都没有。
>
> "用鼻子。"眨巴着眼睛的老头是个颇具幽默感的人。
>
> 嘉措的鼻子果然就"听"到了一股细细的幽香。老头把光头俯向外孙，在他耳边低语："悄悄地过去，把它们抓来。"
>
> "它们是什么？"
>
> "蘑菇。"
>
> 说完他就嘿嘿地笑了。
>
> 就在十步之外，嘉措采到了三朵刚刚破土而出的蘑菇。同时，他还看见另外一些地方薄薄的、潮湿松软的苔藓下有东西拱动，慢慢地小小的蘑菇就露出油黑的稚嫩的面孔，一股幽香立即弥漫在静谧的林间。这时，他确实像是听到了什么声音。[1]

在这里阿来如此巧妙地运用了移觉的修辞方法，本来，用"找蘑菇"来代替"采蘑菇"就已经传神地刻画出了蘑菇的可遇而不可强求，而与"找"相应的蘑菇则处于一种调皮的孩子的躲藏状态，是不能用单纯的视觉来发现的。而外公[2]作为一个弥留的老

---

[1] 阿来著：《蘑菇》，《尘埃飞扬》，四川文艺出版社 2005 年版，第 108—109 页。

[2] 值得指出的是在阿来的文学世界之中有着形形色色的外公。他们作为弥留老人的形象，是阿来所尊崇的对象，无论是《少年诗篇》《灵魂飞舞》，还是《空山》之中，他们都有着古铜的肤色。阿来坚信他们富有智慧和看透世事的幽默与淡薄，并有着超常敏锐的感觉。

人，有着接近自然的敏锐感觉，他可以闻到刚刚出头的蘑菇的香味，而尚在幼年的孙儿在十步之外也是无法看见刚刚出土的蘑菇的，所以嘉措按照外公的指引先用鼻子闻蘑菇的香味，而后他跑过去就可以"看见"刚刚拱出的小蘑菇。这样的句子可以使人产生多种感觉，先是听觉联想，然后是味觉联想。钱钟书曾经说过："在日常经验里，视觉、听觉、触觉、嗅觉、味觉往往可以彼此打动或交通，眼、耳、舌、鼻、身各个官能的领域可以不分界限，颜色似乎会有温度，声音似乎会有形象，冷暖似乎会有重量，气味似乎会有锋芒。"[①]在简单而朴拙的叙述之中，阿来自觉地在嗅觉、听觉、视觉之间巧妙挪移，使之相互转化和渗透，整个书写灵动活泼，又一气呵成，不但蕴含着童趣与情怀，而且由"听"到"看见"体现了作者对于叙述视点的重视和自觉。无独有偶，在《成都物候记之十六：栀子》中阿来写道："杨万里咏过这种花，最恰切的那一句就是描摹当下这一刻：'无风忽鼻端'。驻脚停下，也许是听到了这句诗吧，竟然凝神作了一个倾听的姿态。朦胧灯光中，真的无风，院中池塘，有几声蛙鸣，香气再一次猛然袭来。我笑。笑花香该是闻见的，却偏偏作了一个听的姿态。真的听见那夺魄香气脚步轻盈，飘渺而来。……由于灯光而并不浓酽的夜色，却因为这香气而稠黏起来。"读到此，我们不难体味到阿来对自然世界的挚爱，美妙的香气不仅"夺魄"，而且使夜色浓酽，心灵沉醉。可以说，通感的修辞扩展了阿来对自然的表达，"听香"连接着神秘的情感体验，连接着他与自然之间的某种神秘的呼应。同样在夜色中弥散的还有发自本心的歌唱："这是机村人自己在为自己吟唱，没有那些花哨的拔高的炫技，没有口哨与掌声。一段唱毕后是一片深深的带着回响的静默。在这静默中，他看见歌声从传来的那个地方，那座房子一半沉浸于夜色，一半被灯光照亮。村子，还有村子四周的山

---

① 钱钟书著：《旧文四篇》，上海古籍出版社 1979 年版，第 52 页。

野已经深深睡去。但那座房子灯光闪亮，没有听从月光的安抚，还是那么激动地醒着，而且还大声歌唱。"① 在这里，灯光也是有生命和诉求的，在静默的黑夜之中，灯光不仅是让我们看见的心灵照亮，而且还发出了契合本心的歌唱。阿来把古歌在听觉上造成的直抵人心的力量与灯光混为一体，书写得直观而动人。有的时候，一种氛围即可打开一扇尘封多年的心灵之窗，在为金钱躁动，不再有神明与传说的时代，阿来用沉潜的叙事耐心诉说着人类与自然、肉体与灵魂之间的默契。正是这种温暖而真挚的情绪犹如触角深入我们的内心，阿来在与我们分享真切、丰盈、饱满的情感世界的同时，也使得我们在一个色、香、形、感具备的诗性童话中徜徉。

从本质上而言，阿来小说的诗意是一种诗化的意境和精神意蕴的升腾，"诗意埋藏在细节里，历史的细节、经验的细节、写作和表达的细节，自由地出入于阿来叙述中的虚构和非虚构的领域之中，在单纯、朴拙与和谐之中表达深邃的意蕴。这种'拙'里还隐藏着作家的灵性，特别是还有许多作家少有的那种佛性，那种非逻辑的、难以凭借科学方法阐释的充满玄机的智慧和思想，在文字里荡漾开来。不经意间，阿来就在文本中留下超越现实的传奇飘逸的踪影"②。在阿来的小说中，有着对自然景观的细致描绘、个体生命体验的体察关注，而直指内心世界的诗歌意绪使得他的叙述从语言到形式都有着一种透明的气质。很多时候，读阿来的小说更多像是体味一种诗性的吟唱，那种在青藏高原这样雄奇旷远的自然中的宣叙般的吟唱，连绵吟咏，朴拙轻柔而又宽厚沉郁，而小说中的诗韵舒展如神鹰般回旋。在阿来或宁静轻柔、或朴拙灵动的诗意叙事之中，凡俗的庸常与琐碎也被点染了浪漫的气息，弥漫着诗性的光辉。

---

① 阿来著：《空山》（三部曲），人民文学出版社 2009 年版，第 574 页。

② 张学昕：《朴拙的诗意——阿来短篇小说论》，《当代作家评论》，2009 年第 1 期。

二、地域文化与汉语写作的张力

阿来别具个性的文学魅力也与他母语的审美表达方式有着密不可分的关系。异域的神韵与精纯的汉语交相杂糅，母语、汉语和西方外来语式的奇特混合形成了阿来独特的语言风格，民歌、意识流、隐喻、魔幻等表达方式激活了阿来汉语书写的语言密码。现如今，很多古老的文化已经无力对自身的存在进行直接而有力的表达。"我作为一个藏族人更多是从藏族民间口耳传承的神话、部族传说、家族传说、人物故事和寓言中吸收营养。这些东西中有非常强的民间立场和民间色彩。……通过这些故事与传说，我学会了怎么把握时间、呈现空间，学会了怎样面对命运与激情。然后，用汉语，这非母语却能够娴熟运用的文字表达出来。我发现，无论是在诗歌还是小说中，这种创作过程就已产生了异质感与疏离感，运用得当，会非常有效地扩大作品的意义与情感空间。"[1] 为了表达复杂的生存真相，朝圣叙事、历史叙事和探险叙事作为边疆文学的经典模式兴盛一时，它们为这个"神话"衰落的时代提供了想象性的救赎和文化参照。一度，拉丁美洲文学的崛起，成为对现代小说叙事中的"人学观念"和"经验模式"质疑的第一次文学操练。我们不难从阿来的大量作品中感受到惠特曼、聂鲁达、福克纳、莫瑞森、马尔克斯语言的规约，和由此衍生而成的质朴灵动、简洁神秘、沉着安详的语句语式，同时，阿来的小说叙事也不失中国古典小说的意境及美感，更为难能可贵的是，他的文本之中潜藏着的藏民族独特的文化神韵，不仅增强了其诗性叙事的深度，同时他作品中所承载的民族精神、传统、信仰和民间色彩也无疑大大增加了汉语写作的民族性厚度。

阿来不断从民歌、神话、传说、佛教故事这些富含神秘的因子

---

① 阿来著：《在美国比较文学学会年会上的演讲》，《阿坝阿来》，北京广播学院出版社 2004 年版，第 157—158 页。

之中寻求新的叙事生机。阿来曾经坦言"接近民歌就是接近灵魂"[1]，"我还是庆幸我能较早接触到民间的口头传说，它给我的写作带来莫大的好处。中国的很多作家并不了解民间传说的巨大价值，或者了解而不知道如何把它跟文学写作结合起来。在这方面，我觉得我幸运地走在前头"[2]。民歌在阿来的诗意书写之中一次次地出现，劳作、嫁娶，乃至面对灾难与死亡之时，阿来构建了现实与想象世界之间的紧密联系，形成了溢出叙事边界的"呼应"与深邃。在《尘埃落定》中，沉浸于爱情中的卓玛唱着悠扬婉转的歌谣，歌谣中"背枪的好少年""美丽的姑娘穿绸缎"与现实生活中心灵手巧的银匠、因为主人宠爱而穿戴美丽的侍女卓玛形成互文，并婉转地表达了卓玛内心愉悦的情感，在优美的歌唱旋律之中复活了《诗经》中"思无邪"的朴实意蕴。此外，在命运转折的当口和灾难的面前，民歌一次次地复活并真实地介入到叙述之中，起到推动事件发展和呼应人物情感的作用，叙事与抒情在文本中自然交融。比如《尘埃落定》中，大地摇晃之前失传已久的古老民歌在儿童口中传唱："那群家奴的孩子在棍子上缠着一条条颜色绮丽的蛇，在广场上歌唱：国王本德死了，美玉碎了，美玉彻底碎了。"[3]《说文解字》："玉，石之美者。"孔子曰："君子比德于玉焉，温润而泽仁也。"美玉碎了暗指德行的败坏，而地震在藏民族的文化之中有着上天惩戒罪恶的意味，这个时候民歌的复活就有着警示与预言的味道。这段民歌与文本原有的叙事之间构成了一个"超叙述层"，以一种高高在上的叙述姿态直接而明晰地指出因为土司（作为这片土地的统治者，对应民歌中的"国王"）道德的败坏导致大地的震怒与神灵的惩罚。在《空山》之中，也书写大量的古老民歌以及时代

① 阿来：《关于灵魂的歌唱》，《人民文学》，1999 年第 4 期。

② 阿来、陈祖君：《文学应如何寻求"大声音"》，《现代中国文化与文学》，2005 年第 2 期。

③ 阿来著：《尘埃落定》，人民文学出版社 1998 年版，第 61 页。

歌谣。《荒芜》之中，"总路线鼓干劲！争取亩产到三万！""咚咚呛！咚咚呛！苦干苦干再苦干，每人积肥六十万"。在这里，我无法断定"咚咚锵"的"锵"是故意还是偶然写成"呛"字，因为阿来对汉语的操纵一直都是娴熟而优雅的，也许"呛"字暗含了阿来对于狂热路线的揶揄和驳诘。在书写林场砍伐森林之时，阿来写道："黑的铁撞上了白的石，撞啊，撞啊！一直都在撞啊！火星就飞起来了。树冠中的鸟群被惊飞起来，树枝上的鸟巢被震落下去。倒下了，倒下了。那些喷喷香的柏木，那些树叶哗哗响如银币的椴木。国王要造一座宫殿，国王要造一座城市。可是，宫殿燃烧起来了，城市燃烧起来了，国王檀香木的宝座也燃烧起来了。"写到此，我不禁想起古老的民歌《诗经·伐檀》："坎坎伐檀兮，置之河之干兮，河水清且涟猗。不稼不穑，胡取禾三百廛兮？不狩不猎，胡瞻尔庭有县貆兮？彼君子兮，不素餐兮！"在两相对比之中我们不难发现二者因为时代、生产力水平不同而导致的抒发情感的不同。虽然二者都表达了一种无奈的生存困境，在《伐檀》中，"兴"的手法的运用以及重章复唱抒发了奴隶们对奴隶主贵族不劳而获的强烈控诉和讽刺，而《荒芜》中则是借古老的民歌展示砍伐对自然界万劫不复的慨叹。这段古歌包涵着丰富的意蕴，借"鸟群"与"鸟巢"的倾颓来代指树木砍伐、森林中生物乃至人类的家园破碎，接着用"倒下了，倒下了"这样反复的吟咏展示了国王为一己私欲使美丽树木消失的悲壮，然而，"燃烧"的不仅是火焰还有欲望，它们携带着毁灭的力量，毁灭了自然，也把"宫殿""城市""宝座"这些"美好时代"的辉煌与虚浮化为灰烬。而作者把古歌设定在老人协拉顿珠脑海中回响这种秘而不宣的状态，从而使得古老民歌与客观现实之间保持了"间离"，而不会轻易地被株连甚至改变。而砍伐现实与古老民歌在不同的叙述层次上相互掩映、借势，既超越了"文革"叙事的常规内容，也更为真切地表达了压抑、悲愤的情感。在《空山·轻雷》之中，古老的歌谣在拉加泽里命运的关口灼灼闪耀，有着神灵警示的作用："在翻过高高雪山的时候，我的靴子破了。靴子破了有什么嘛，阿妈再缝一双就是了。可是，雪把路也淹没了，雪把方向也从脚下夺去了……"[1] 在这里面，古老的民歌不仅是对现实深切的写照，也展示了拉加泽里内心深处不可言说的迷茫。"雪山"是人心中金钱与欲望所造成的屏障，"雪"本来是纯洁的象征，却被欲望铸就的迷茫所浸染，拉加泽里在欲望中迷失，在金钱中苦苦挣扎，他没有了"方向"，也找不到命运的出口。"这就是民谣。我知道这与命运之感与心灵的隐痛息息相关。……作为一个小说家，我一直努力在自己的作品中，最大限度地表现出民歌的本质与这种本质的力量。从纯技术的层面上来讲，只有真正意义上的民歌才不会把叙述与抒发当成两种难以兼顾的方式。更进一步讲，真正意义上的民歌给我们最根本的审美教育，向我们演示了真挚与感念的力量。"[2] 在阿来的叙述之中，民歌充当了一种寓言化的传导媒介，闪耀着简洁、质朴而挚诚的光芒，阿来借此表达对命运的理解、揭示抑或是感激，它穿越了语言、地域与时空，有着击中人心的力量。我感到，阿来对民歌的吟咏不仅是对古老文化与文明的一种缅怀、回溯与遥望，更多的是活在当下的渴望、反思、无可奈何的追悔以及对未来的瞻望和赞美。

　　阿来在《一部藏文化"秘史"》中提到："无论是在诗歌，还是在小说中，在创作过程中就已产生了异质感与疏离感，应该说，这种感觉扩大了作品的意义和情感空间。"可以说，这种异质感来源于阿来所描写的富有民族气息的生活，以及其中所蕴含的浓郁的地域色彩和简单素朴的民间经验。他的小说叙述在梦境与现实之间自由地穿梭：亡者的灵魂可以附着在衣物上放声歌唱，巫师可以驾云飞翔。而《荒芜》中对驼子支书与协拉顿珠的对照性描绘，则展示

[1]　阿来著：《空山》（三部曲），人民文学出版社 2009 年版，第 484 页。

[2]　阿来：《关于灵魂的歌唱》，《人民文学》，1999 年第 4 期。

了两个不同民族的文化传统以及认识世界和理解问题方式的差异。面对"大跃进"时亩产一万斤的照片，驼子支书虽然不信但却因为某种文化心理上心照不宣的禁忌而不说，而老实的庄稼人协拉顿珠却揭开了这个骗局，并有了"说不定，这是个有法力的喇嘛穿上汉人的衣服照的"这样朴拙而憨直的理解。在他看来，亩产一万斤是连喇嘛都做不到的，只有法力高强的喇嘛才能凌空站立。在积肥六十万斤的口号下，当协拉顿珠看见驼子带领大家把粪背到田里，他没有想到形式、命令之类的字眼，而是凭直觉认为"人背了一辈子都没背过的那么多脏东西，可是要倒霉了"。实际上，在一个全民狂乱的时代之中，处于被动状态的村民们是无以自适的。协拉顿珠看似"没头没脑"的话总是在事件推进或者转折时出现，有些一本正经的插科打诨的意味，实则是避开了当时的权威话语的价值取向，表明了认识世界和看待事物的立场和态度，并流露出对于古老民间经验、素朴世界观的坚持和推崇。

不仅如此，在阿来叙述之中有着一种接近生存、生命自然态的朴拙，举例来说，"对于清醒过来的央金来说，在林子里行走，就像是自己在自己心里行走一样。一进入林子，光线就黯淡下来。……老辈人说过，在这样的时候，可以问草，也可以问停在树上的鸟。她确实看见了草，也在停留的时候，看到了很端庄地停在树枝上等她发问的鸟。……这一路上，她奔跑不停，额头上、身上都沁出了细细的汗水。这些汗水把她肌肤的味道带出来，连她自己都觉得，这里山林里头野兽身上才有的那种生动的味道。……她觉得内心轻盈，像一个林中的精灵。但她那么肉感的身子，看上去更像一个刚刚成年的小母兽"[1]。在这一段典型的阿来式书写中，林子、草、鸟、兽是如此井然地逐次出现，淳朴生动的风格、想象与现实的自由交叉都使行文充满了轻灵的诗意，并使得次要人物胖姑

---

[1] 阿来著：《空山》（三部曲），人民文学出版社2009年版，第161页。

娘央金也显得"轻盈"动人起来。在阿来小说书写之中找不到申辩、立言的教条，却能让人感受到那种对生命的珍视与对美好的朴拙感动。

几乎在阿来的每部作品之中都有着充满感情而独特的景物书写，他善于施展准确、诗意而精彩的白描，改变故事的既定节奏，烘托出或明快、或舒缓、或沉郁、或急骤的氛围。在《远方的地平线》中阿来进行了大段大段的景物描写，"远方的地平线已经消逝了，沉入了黑云可怖的深渊。叫人听见一些本不可能听见的无奈的愤怒与沉重的呻吟"，"那一团阳光便显得像湖水一样浅蓝"，真正做到了寓情于景，情景交融。在《格萨尔王》中，"泪水中的蓝色悲情四处弥漫，将充溢了湖水的暴戾之气吮吸殆尽"，"下面依然是云雾翻沸，那颜色却是悲戚的灰与哀怨的黑了"……显然，阿来在此并不是为了表达民族地域的绚丽景观，联系阿来近期对于植物的关注，我们从他对宏阔大地的崇敬、对卑微生命的体察中，不难发现他对自然的敬畏与深厚的情感。在阿来的作品之中，景物也是有感情的，他用镜头般的细腻，刻画着万物的自在世界，使得自然书写深切而立体，并饱含着或甜蜜、或忧伤、或轻灵的诗意。

当我们阅读阿来的作品时，常被其诗意灵动、简洁朴拙所打动，而灵动与朴拙的背后正是他对文字和人生的深刻领悟和认识。阿来把丰富的想象、荒诞不经的传说放在具体的乡村生活之中加以描绘，他也会自由地运用夸张、象征、梦幻的手法把藏族神秘的故事与汉语写作相结合，给现实的生活披上一层神奇的外衣，产生陌生化的效果。看起来，阿来的作品似乎天马行空，实际上，阿来小说隐藏在幻想背后的精神实质，仍然是对没有脱离现实生活土壤的社会历史的真实关照，他所描写的是藏民族真实的生活体验。阿来用充满乡音的口吻复活并拓展了传统叙事方式，这既是对现代小说形式崩溃的挽救，也是讲述者自身的一次再生，这种描写不仅没有损害现实的真实，还增加了真实的深度及广度。

第二节　厚重与空灵的文学意象

　　阿来是一位充满灵性与禅境的作家，阅读他的小说仿佛在诗意的长廊中漫游，环山的雪峰、晴蓝的天空、辽远的地平线以及延绵起伏的草原构成了阿来小说绚丽而晴朗的底色。虽然，在阿来小说中不乏客观的事物描摹与理性的哲学思辨，但更多的是对小说内在意蕴的营造和对生存现状的感知与重视。美国当代文学评论家玛丽·罗尔伯杰教授曾经说过："短篇小说作家大量借助象征，因为短篇小说篇幅短。借助象征，作者能够在深度上弥补小说在长度上的不足。"①从某种意义上讲，"象征"是小说意义生成的重要手段，在阿来的早期作品《草原的风》《奔马式的白色群山》中存在大量意象的铺排，文章中奇绝的自然、朗峻的群山在我们眼前奔腾而过，而路、马等意象在阿来以后的创作中屡屡出现。另外，"鱼"（以《鱼》命名的作品就有两篇）、"银环蛇""马""路""群蜂飞舞""灵魂飞舞""手"这些词汇不仅作为篇目名称，同时也是饱含意绪、富含哲理美感的意象。然而，这些丰盈、飘逸的词汇屡屡出现，显然不是出于阿来语词和创作能力的匮乏，也不是为了应和汉语传统的那种"花非花，雾非雾"的含混与朦胧的美感。这些意象承载着藏民族丰富而朴素的情感，犹如图腾一样已经深深地镌刻在阿来的思维之中，它们有时呼应宁静轻盈的氛围，有时传达凝重肃穆的意绪，有时作为民族信仰的表征而存在。

　　在我看来，阿来的书写既有着大家舒卷自如的气魄，同时文章中大量的意象也使得其作品有着生命的灵动与梦境的轻灵。在《尘埃落定》中，以野画眉在窗外"声声叫唤"开始叙事，而"画眉鸟"在藏民族的观念之中是作为春的使者而存在的，故而"画眉

---

① ［美］玛丽·罗尔伯杰；陈许译：《作为一种文学体裁的短篇小说》，《国外文学》，
　　1994 年第 1 期。

鸟"的意象给了人以清脆婉转、明净温暖的感觉。而在阿来小说中屡次出现的群蜂却是如此地让人难忘，它们发出嗡嗡的叫声是因为智慧赐予的心智开启；它们闪耀着金色的光斑，是万物明媚的春天的馈赠；它们散发着青草与野花的芬芳，衬托出雪峰背后天空的幽蓝……显然，阿来文章中的这些自然意象使得"被分离的经验"对我们而言是那样地真切而生动，充满了新奇鲜活的诗意。

可以看到，"鹰"作为阿来所喜爱的意象屡屡地出现在他的小说之中，在某种程度上鹰的自由与力量承载着身处偏僻地域的青年飞翔的渴望。我记得，在早期作品《环山的雪光》中，阿来写道："金花举目四顾，湖蓝色的天空中没有一丝云彩。天空高处若有风，这时就会有鹰隼悬浮，平展开巨大的羽翼。"[1] 在这段描写之中，如此宽广的自然在业已被启蒙的金花眼中成了牢笼，鹰的自由翱翔反衬了金花的闭塞，成为她走向生命险途的诱因之一。在《尘埃落定》中"我却对随即赶上来的阿妈说：'看啊，阿妈，鸟。'母亲说：'傻瓜，那是一只鹰。'她空着的一只手做成鹰爪的形状，'这样一下，就能抓到兔子和羔羊"[2]，在以上这个段落中，鹰不仅作为一种巨鸟，有着昂然遨游的骄傲姿态，而且因其英勇强悍而成为权力和地位的象征。文章中高空中飞翔的鹰与地面上骑着高头大马的"我"和母亲交相辉映，鹰此时也成为"我"与母亲高高在上的权威象征。同时，鹰也是传说中部落图腾与祖先[3]，是庄严、神圣的化身，具有呼风唤雨的灵力。"天空中晴朗无云。一只白肩雕在天上巡视，它平伸着翅膀，任凭山谷间的气流叫它巨大的身子上升或下降，阳光把它矫健的身影放大了投射在地上。白肩雕一面飞，一面尖锐地鸣叫。活佛说：'它在呼风唤雨。'……麦其土司笑笑，

---

[1] 阿来著：《环山的雪光》，《旧年的血迹》，作家出版社 2000 年版，第 26 页。

[2] 阿来著：《尘埃落定》，人民文学出版社 1998 年版，第 20 页。

[3] 《蘑菇》的开头中写道："小时候，嘉措当了喇嘛又还俗的外公告诉他说，我们部族的祖先是风与鹏鸟的后代，我们是从天上下来的。"（阿来著：《格拉长大》，东方出版中心 2007 年版，第 141 页）

觉得没有必要提醒他现在的处境，只是说：'是啊，鹰是天上的王。王一出现，地上的蛇啊、鼠啊就都钻到洞里去了。'"[1] 无独有偶，在《奥达的马队》中，鹰也是作为一种神圣的指代屡屡出现，"一只鹰在晴空平伸翅膀滑翔，那巨大而稀薄的影子在短暂的一刻笼罩住我们全部，人、马匹和邻近的几块巨大岩石。穿达举起双臂，抖擞着，长长的衣袖对空挥舞：'你呼唤风！你！禽中之王！'……那巨大的鹰的影子移到一块平顶的石岩的上方，那岩壁上凿出的佛龛中供养了一尊小小的铜佛"[2]。在这里，"鹰"不再仅仅是作为一种自然意象，同时还代表了一种信仰。另外，在藏族传统意识之中，人与鸟的灵魂是互通的，鹰可作为灵魂的寄托物，是把灵魂导入来世的神的使者。《空山》中用"那人走了"描述一个死去的人，"机村人认为，一个人咽下最后一口气，就把活着时的名字也一起带走了，他就是一个消失了的人"。[3] 他们认为逝者是要去天葬台的，随着鹰飞在天空上而不是在阴冷的泥土下面，鹰作为灵魂的寄托处和召唤者，带上了玄秘的色彩。我们不难发现，阿来非常迷恋平展翅膀、凭风翱翔的鹰，在展示了鹰的权力和威严崇拜的同时，也展现了藏族独特的文化基因。

而在有的文本之中，"鹰"则充满了玄机，代表着未知的命运。《孽缘》中，"忽然，我们身后一股厉风卷过，回头时，刚好看到一只鹰冲到地面，伸出了黑色的尖利爪子，看到爪子刺进了早上才脱离母体的羊羔的两肋，看到了血。鹰转瞬间腾空而起，向远处的树林飞去，剩下羔羊无助的细弱叫声在空中飘荡。……那只鹰又出现了。它不再四处盘旋，它直冲云端，在高空中平展了翅膀，悬浮在那里。阳光把它放大的影子投射到地上"[4]。读到这里，我并不怀疑

---

① 阿来著：《尘埃落定》，人民文学出版社 1998 年版，第 57 页。

② 阿来著：《奥达的马队》，《奥达的马队》，四川民族出版社 2005 年版，第 23—24 页。

③ 阿来著：《空山》（三部曲），人民文学出版社 2009 年版，第 608 页。

④ 阿来著：《孽缘》，《孽缘》，四川民族出版社 2005 年版，第 17—18 页。

这是阿来儿时帮助舅舅放羊时的真实经历,鹰对羊的捕杀投射到文本中成为"我们家族"现实处境的隐喻。"我"父亲和舅舅之间的那段说不清的恩怨情仇,在强大、残酷、不可撼动的命运面前显得如此地微不足道。在命运阴影之中,父亲和舅舅都无力挣脱,他们只能如羊子一般地等待命运的凌迟,然而人却不能如羊羔般温顺而冷漠地接受宰割,情感就显得如此地无奈和悲伤。类似的意象还在《鱼》(中篇)中出现:"突然,她感到一阵凌厉的风声,抬眼就看见一只鹰敛紧翅膀,平端起尖利的爪子扎向河面,抓起一条大鱼。那鱼在太阳强光下变成了一团白光,待鹰翅展开,遮断阳光,鱼又变成鱼,一条苦苦挣扎的鱼。鹰飞过头顶时,玩耍的堂弟一声锐利的尖叫,鱼便从鹰爪下滑落下来,像一摊鼻涕一样,'啪嗒'一声摔在秋秋面前。它又弓了一次脊梁,努力地做出在水中游动的姿势。这一努力没有成功,就甩动了几下尾巴:'啪嗒,啪嗒,啪—嗒,啪—嗒—嗒',一下比一下更没有力气。然后,一鼓肚皮死了。'"①这里"鱼"和"鹰"的关系也成为秋秋家族命运的昭示,鹰犹如不可抗拒的权力意志,而离开水的鱼正是他们苦苦挣扎,却在新的时代环境中无法自处的写照。如果说,鹰的意象更多的是渴望与象征的图腾,那么,鱼的意象就是一种禁忌的指代了。"鱼"在藏族文化中作为不祥的象征在短篇小说《鱼》与中篇小说《鱼》中屡屡出现,"鱼"这种沉寂于水底的丑陋生物也是秋秋这个不幸家族的代表,而伟岸锐利的"鹰"则充当了命运裁决者的形象。秋秋家族曾经的富裕在特定的历史阶段成为罪恶的源泉,而即使秋秋们(鱼)沉潜于水底,与世无争,也避免不了政治运动(鹰)的利爪。显然这两个故事的书写都并不轻松,但它们都展示了一场惨痛的情感经历与心理体验。

从另一个角度而言,鱼作为禁忌是集体无意识的表现之一,藏

---

① 阿来著:《鱼》,《孽缘》,四川民族出版社 2005 年版,第 83—84 页。

族有水葬的习惯，未成年的孩子和家里牲畜染疾而死都被认为是不祥的象征，《尘埃落定》中二少爷的奶妈刚出生就殒世的孩子就是采取了水葬的方式，让水和鱼来消除不祥的躯壳。另外，在藏族的传统仪式之中会把作祟的不洁物和灵魂加以诅咒驱逐到水里，因此深居于水里的鱼就成了不祥物的宿主。在《鱼》（短篇）这篇颇具寓言意味的小说之中，钓鱼把一个英武的藏族汉子扎西吓得落荒而逃，"我"也在钓鱼的过程中被一种诡异、恐怖的气氛所包围，而这种气氛实则源自"我"内心深处的集体无意识的沉淀。事实上，禁忌作为遗传心理的气质内容之一，对即便在外界生活的现代藏人"我"仍然存在潜在的制约。在"我"看来，"虽然鱼肉据称是那种鲜嫩可口，在我口里总有种腐败的味道"，钓鱼对"我"而言，并不是寻常意义的爱好与消遣，而是作者试图接受现代生活方式、冲破古老禁忌的尝试。在这个挑战中充满了那种梦魇式的苦恼、历险式的艰难以及悔恨与胆怯的心理，而最后"我想自己也痛痛快快地以别人无从知晓，连自己也未必清楚意识到的方式痛哭一场。但是直到今天，我也不知道是哭终于战胜了自己，还是哭自己终于战胜自己。或者是哭着更多平常该哭而未哭的什么"。这种在暴雨中的痛哭掩饰了与禁忌抗争的失败。类似的意象还有"蛇"，在《银环蛇》中蛇一次次地出现，渲染着阴森恐怖氛围的同时也在挑战着业已摇摇欲坠的人性底线。"蛇"这种狡猾、阴暗的动物诱发了人心内部的丑恶，映照出了我们不忍直视的人性褶皱。可以说，《鱼》《银环蛇》用简单书写着一种复杂，短短的篇幅之中凝练了当下的社会生活，在跌宕的心理刻画与行为书写中折射出藏民族丰富的历史文化和特殊的心理结构。

　　在阿来的意象世界之中，还有着异常沉重的部分，在承载着原有意义价值隐喻的同时，它们的兴衰或存在也暗含着某种社会发展状态。"马"的意象就是如此，在阿来二十世纪八十年代的诗歌《马的名字》之中，他曾饱含感情地书写了马的出场："下面尘土翻滚，上面／是飘逸的云团／中间是一道闪电／击中了大地裸露的神经／那种夺目的光芒，击中了／从天而降的鹰翎的锋刃"，在短短的词句之中他毫不吝啬地用了"闪电""夺目的光芒""鹰翎的锋刃"这样的词汇来歌颂"潮湿而又亲切"的名字——马。另外，以马命名的诗歌还有《一匹红马》《群马》等，我们不难发现阿来对马的一往情深。在《灵魂之舞》中，阿来书写索南班丹老人在弥留之际对马的迷恋，马有着自己的情感与骄傲，是人类当之无愧的伙伴。在这里，马的意象成为灵魂飞翔的翅膀，承载着人类的光荣与梦想；《云中记》中，马成为被选中的伙伴，最后随着阿巴和云中村一起消失。还有，在慨叹文明之殇的《遥远的温泉》中，阿来写道："而在我们生活中，马只是与骑手融为一体的生灵，是去到远方的忠实伴侣。犁地一类的劳役是由力气更大的牛来担当的。晓得了这些马的命运，更多的人哭了。然后，人们唱起了关于马的歌谣。我听见表姐的声音高高地超拔于所有声音的上面。我的眼睛也湿了。在老人讲述故事里讲到我们文明的起源时，总是这样开始，说：'那个蒙昧时代，马和野马，已然分开。'那么，今天这个文明时代，马和骑手永远分开。"[1] 马作为一种与藏民族有着深厚感情的动物，成为一种文明对另一种文明的吞没的象征，"男人们被土地、被牛群拴住了，再也不会骑着马，驮着女人四处流浪。一匹马关得太久，解开了绊脚绳也不会迎风奔跑了"[2]。在《奥达的马队》《空山》中的短篇《马车》《马车夫》中"马"都作为一种沉重的指代。阿来通过对"马"的演变脉络的把握，引发了人们对社会变革的沉思。随着历史的发展、工具的更替，马的地位也由人类的朋友、伙伴变成了牲口、运输的工具，乃至最后被淘汰、被杀戮或者被展览。马处境变迁的同时也揭示了人类的异化与物化，在外界文明的侵袭面前，古老的精神与传统流离失所，情感的麻木与迷失在追悼

---

[1] 阿来著：《遥远的温泉》，四川民族出版社 2005 年版，第 38 页。

[2] 同上，第 60 页。

式的书写中显得分外沉重。至此，现代性的负面命题在马的意象中展现无疑。

提到现代性与现代文明，我想，没有什么词汇比"路"更能展现迷茫与质疑。路作为一种连接外面世界的媒介，在阿来早期的作品中代表的是希望与向往，它被认为可以通向更为发达的地域与更为先进的文明。诸如《守灵夜》中，"公路也成为章老师在学校里描述未来辉煌前景的一个确凿的证据，用以激励他的学生走向山外沸腾的世界"①。后来，阿来对路的看法有所改变，在一篇《路》的小说中，路象征着一种未知的诱惑、外在世界特定的规则，或者是陷阱。在外界未知的文明面前，相对封闭的藏族村落与外面的世界有些隔膜，这种隔膜表现在看待问题、思考问题乃至于解决问题的方式等诸多方面。《路》中藏族青年桑吉因为问题认识的偏差与理解的误会而丧失了性命。阿来的书写一如既往地朴拙而平淡，没有揭示，也并非控诉，但却暗含了他在写作初期对外界文明的矛盾态度。时代有着自己的规则和运转方式，藏族小伙有了卡车，可以飞速行驶在道路之上，却不代表就走上了与外部世界步调一样的康庄大道，就如文章中所说："这个傻瓜！他还以为只要有路就是他可以去的地方。"② 这对《断指》中的强巴而言也是如此，路上的关卡与收费站成为文明的陷阱，强巴也因此失去了拇指。在这个意义上讲，路在阿来的作品中是一个丰厚的意象，虽然通往外界的路四通八达，貌似坦荡平整，而融入文明、代表希望乃至指向人心的路却远远没有通车。

"意象作为诗的一个生命元素，同一切生命物质一样，总是希冀获得形式的永恒性——这不是指它的终极目标，而是指不停地追求又每时每刻已经达到的方位。这种'追求'和'达到'，体现着

① 阿来著：《守灵夜》，《旧年的血迹》，作家出版社 2000 年版，第 188 页。

② 阿来著：《路》，《格拉长大》，东方出版中心 2007 年版，第 233 页。

'生命'本身乃是一个运动的过程。"① 显然，"手"就是这样一个显示追求与努力的意象。阿来在"手"的书写之中表达了对世界的深刻洞察，他的早期诗作之中就有名为《手》的一篇：

穿过许多天气许多人
我说同胞，让我握住你的手

散发野茉莉香气，是
牧羊时吹笛少年的手
衬衫般温暖，是
纺织氆氇的妇人的手
浸水的玉石一般，是
挤奶姑娘的手
闪烁星星与露水光芒，是
琴师伸向春天的手

在心灵的家园，手
是酒壶上的柄，握住了
就可以随意幻想

那么
陶匠，让我握住你的手
连同手中纯粹的泥土
农人，让我握住你的手
连同手中的犁杖，光滑的木头
高炉前的冶炼者啊

① 杨匡汉：《意象的能动型式——诗学笔记之一》，《文艺理论研究》，1990 年第 2 期。

让我握住你的手，连同火光

最古老最现代的光

始终如一的光，欢笑的波浪

让我们的手握住了

泥土，木头，火

塑造一种基座，一种精神建筑

雄心旗帜一样飘扬

从骑手手中接过方向的缰绳

从机械师手中接过动力的活塞

从观天者手中接过未来的星座

从喇嘛手中接过命运的祝福

手拉手，看哪

矿脉在地下走动，瀑布越来越宽[①]

　　通过阅读我们不难发现，阿来并不重视人物的外貌书写，却十分迷恋对于手的观察与描摹。在他的笔下，"手"作为一个独立的意象而存在，并时时脱离它的拥有者展示其独立的生命力，蕴含着反抗命运的激情。在《尘埃落定》中，阿来反复强调塔娜"伸出一只手放在我的手里，这只手柔软而冰凉"，"她的手玉石一样冰凉"，"她得到肯定的回答，就把另一只手也交到了我手上。这只手是滚烫的，像团火一样"。同一双手在不同的语境之下可以通过自身的温度来表达绝望或者希冀的心境。同样，活佛的手在尊崇他的人看来是"形而上的手"，"好像天上轻柔的云团"；而在自命为王的土司那里，活佛那绵软的手则是孱弱无力的表现。另外，在《月光里的银匠》中，银匠不仅可以跟自己的手对话，还时常在命运重要的

---

① 阿来：《献诗（外一首）——致亚运火种采集者达娃央宗》，《诗刊》，1991年第5期。

关口感到双手时而发烫，时而安静；《行刑人尔依》中，三世尔依"一阵焦灼烧得他双手发烫"，而铜匠被砍掉的手"就像有生命一样，在雨后的湿泥地上，淌着血，还啪啪哒哒地跳个不停呢"。在阿来看来"手"因创造和勤奋劳作而作为一个独立体存在，手用自己的跳跃与温度在有限的空间与氛围之中，对环境和命运的挤压展开反抗。我发现，阿来对于手的描写充满了温情与诗意，纵使是描绘铜匠被砍掉的手也选用了轻盈、跳跃的词汇。手仿佛脱离了束缚的生命体而存在，它能够摆脱所在肉身的规约，理应得到命运赐予的身份之外的尊严。无疑，这些关于"手"的意象书写会深深地停留在我们的情感深处。

有的时候，阿来笔下的意象会有着统摄主旨的意味，《行刑人尔依》《尘埃落定》中"罂粟"就是如此。众所周知，罂粟及其果实提炼物鸦片是作为一种罪恶的指代而存在的。文章中，老行刑人不能从肉体上惩戒罪恶，反而要从灵魂的魔鬼身上寻求解脱和帮助，这本身就是对无情的命运和残酷的刑罚最为深刻的讽刺和反诘。"罂粟"这种美得让人目眩的植物，恰恰是人内心对权力和欲望渴慕的最贴切不过的指代，就如文中小尔依的梦境一样，罂粟正是那朵"在那心上杀了一刀，那个心就开成一朵花了"。老尔依从鸦片中得到暂时的慰藉，暂时忘记命运的思索。而"罂粟"作为代表欲望与邪恶的意象，引发人类无限的遐想与罪恶。

事实上，在阿来的小说之中最能体现他独特的文化特质和敏锐的艺术直觉的是那些梦幻、神秘意象世界的营造。纵使阿来用自己的叙事努力地还原一个真实的西藏，而灵魂、预感、梦境、预兆这样的意象屡屡出现，建构了阿来小说创作与自然世界存在之间的感应关系。我相信，阿来对这种超验、神秘意识的描摹并非是为了营造叙事的迷宫，而是源于藏民族所特有的文化心理。另外，在阿来的作品中还有很多佛教的意象，像《格萨尔王》中，"虹"可以说是贯穿在全书的一个意象，它时常是作为菩萨、神佛出现的背景而出现，不仅如此，佛教推崇依靠个体修行与觉悟超越生死轮回，以达到无限自由的涅槃境界，这样人就可以升腾为佛，化为没有物质载体的光彩四溢的"虹"。

我在阅读阿来很多作品的时候，深切地感觉到他的作品中弥漫着超验的意象，"黑夜，我的灵魂已经离开我／变成青草与树木的根须在暗中窜动／痛苦而又疯狂"[①]。正是这些神秘的因子提升了作品的敏锐性，构成了阿来小说独特的美学风格。在《寐》《火葬》和《梦魇》中，有着相通的文学意象。小说《寐》中，阿来写道："必须确信，预感是存在的。就像我预感到这个牧羊人将要进入我的臆想世界一样。"文章中涉及众多"预感""感到""他想""好像""忘记"这种梦幻式的想象词汇，并用"眼下""现在"自然地拉回到现实之中。然而，现实的真相与模糊的预感在文本中并不是处处都有提示，这种模糊的预感打破了文本的自圆性，制造了一个混沌若梦的氛围，并且对现实的书写在充满质疑中进行，这样假定真实的叙述基石也被动摇。我们意识到，文学就是在想象的世界中飞翔，而这种在现实与想象中自由穿梭，扩展语言的心灵感觉与叙述的张力。《梦魇》是一部形式感很强的小说，在某种意义上而言，也是作家书写现实，展示人类精神普遍困境的尝试与努力。文本用了梦中梦的形式，以梦呓式的思想与心理流动连缀小说。从梦境开始，把梦中奇异的感觉、真实的感受进行细腻的描摹。现实中，"他"是一个小有成就的中产阶级，严谨而自持；在梦中，"他"身着代表自由状态的短裤却时时感受到不安。叙述中，现实的讲述有着非现实的意味，而非现实的梦境却有着超脱寻常经验的真实。不仅如此，梦境中环境还有着很明显的寓言化的意味，截然不同的街道两面象征着城市的过去与正在崛起的崭新城市，而梦境中"他"的逃遁方向只能向前，这同时也是我们的人生寓言：我们无法逃入

---

① 阿来著：《结局》，《阿来文集·诗文卷》，人民文学出版社 2001 年版，第 116 页。

过去，命运的出口只能在我们的前方，也许没有出口。在这篇简短的小说之中，细节和人物的心理都刻画得如此真实，氛围作为整个小说的核心不断地被强调。阿来用对一场梦境的梳理，来展示人类噩梦般的生存经验：我们生活在群体中却被孤立、隔绝，行走在阳光下却被监视、跟踪，我们仿佛拥有一切却无法证明自己是谁。目光的分量、压抑的氛围、陷落的感觉都如同绳索一样将"他"紧紧地缠绕。说到这里，我禁不住想起了当代作家余华的《一九八六》，不同的是，余华作品中展示的是一种肉体的阉割，而阿来的《梦魇》却表达了一种精神的挤压，"他为自己梦中的脆弱与胆怯悄悄地哭了"，这是现代人普遍的生存困境，也是个体精神悬浮、挤压与孤独的表现。在另一篇寓言小说《火葬》中则弥漫着一种苍老启示的意味，阿来用写实的外壳书写着一个充满魔幻的故事，而关于那个可以发出恶毒诅咒的部落传说更像是一个人性的魔咒，是关乎承诺的寓言。文中那个不知姓名、无法断定年龄的略显不真实的人，是一个寻找希望、保持承诺的人类缩影。小说脱离了具体的社会、政治环境，而是在追寻一种恒久不变的真理与诺言。无疑这个故事的结尾是沉重而荒诞的，"他"的死去与其说是因为大火，不如说是死于绝望，死于对背叛的愤怒，而那场轰轰烈烈的燃烧则成为罪恶的同谋，它意图掩盖人因为贪婪、背信、懦弱、渺小而造成的杀戮。在阅读中我们感觉到阿来对中国传统叙事和民间文化因子的借鉴与改造，他凭借梦境、幻想、传说这些主观因子的加入，从叙述视点和叙述人的"移位"和"腾挪"上尽力寻找更为广阔的真实。虽然，这类"意象"描摹是意绪传达大于形象梳理，会使得依赖传统文学规约阅读的人感到不适应，但是，这种努力使得阿来的书写上升到了超越个体的人性寓言的层面。在这里，梦魇成为打开事实之门的钥匙，在灰暗的笔触和色调之下，揭示了生活浮层之下的丑陋和阴暗。

也许，生活是粗糙的，但我始终相信，旷达的原野是有情感的，人类的精神也是有痕迹的。阿来的小说叙事证明，意象不是诗歌所独有的特质，他的意象书写超越普通的现实叙述层面，进入思索社会历史和人生哲理的层面，有着庄重的仪式感。事实上，当某个或某些意象一再地出现在阿来小说中时，它们就不再单纯作为一种文学形象而存在了。他把复杂情感和主观思考融入意象之中，隐喻某种深刻道理或意义，传递出多层次的文化内涵，在拓展了我们的阅读感受空间的同时，也唤起我们内心的柔软与迷茫。

第三节　阿来小说的叙事策略

阿来是一位自觉追寻形式却不具备形式激情的作家，《格萨尔王》（重庆出版社 2009 年版）的封面就是一顶灿烂辉煌的"仲厦"（藏语，意思是"讲故事时戴的帽子"），或许，阿来在向我们说明，格萨尔的故事虽然灿烂迷人，但更为重要的是说唱或者叙事本身。我们不能否认的是，叙事本身就是以现在为基点，向过去的一种回溯，而当下的视点与观念会不自觉地渗入写作之中。在阿来看来，"小说家真正的能力是叙事。长期以来，中国文学把小说的叙事与抒情隔离开来。叙事，从写作方式上来讲，是对细节、对事情进展的观照；从大的方面来说，就是对小说结构、节奏的把握"[①]。他以诗的跳跃来组织小说的结构，在颠倒了时空、现实的同时，旁插入天马行空的意识，还原了作品人物及事件本身的复杂性及多样性，增加了小说的张力和质感。阿来的小说或利用修辞达到感人效果（《草原的风》《云中记》），或运用超现实的手法展示了根植现实之中又超脱尘世之外的另一种坚韧（《行刑人尔依》《尘埃落定》），或夹杂了诡异气氛，出人意表地抒发形而上的疑问（《孽缘》《鱼》

[①]　易文祥、阿来：《写作：忠实于内心的表达——阿来访谈录》，《小说评论》，2004年第 5 期。

《野人》）等。有时，他又试图发掘一种个体对命运的挣扎却无法解脱的矛盾（例如《旧年的血迹》《孽缘》），或以暗喻、梦境的手法书写世间的生活真相（例如《寐》《火葬》《梦魔》），使得我们从阿来不同的叙述之中，得到丰富的艺术感受。

一、移动的叙事视角

　　一般说来，叙事模式中的"傻子"，是源于对现存表达的不满，是对现代理性"镜像"的反拨。巴赫金在论及欧洲文艺复兴初期小说中的骗子、小丑、傻瓜形象时说："他们有着独具的特点和权力，就是在这个世界上作外人，不同这个世界上任何一种相应的人生处境发生联系，人和人生处境都不能令他们满意，他们看出了每一处境的反面和虚伪。"[①] 因为"我"是傻子，所以"我"的叙述就具有不可靠性和不确定性，没人会计较傻子的话语的逻辑，正是因为傻子逻辑的超常规使得我们可以如此合理而轻易地超越了现实逻辑，领略到生活弯曲变形后更为丰富的侧面，从而扩展了叙述空间。阿来《尘埃落定》以傻子二少爷为视点对其所选的插入点进行关照，并采取了第一人称叙事的限制视角，以傻子的经历和感受来组织故事，用一种反常规的、充满喜感的荒诞展现出生存史或生活中的另一侧面。"我"不仅是整个事件的回溯者，同时也是土司制度衰亡的参与者和见证人，叙述者以回忆性的口吻叙写故事。各色人物命运、麦其家族的兴衰、土司制度的瓦解，都是由"我"的主观意识和感受而展开的，从这个意义上讲，《尘埃落定》可以说是"我"向读者敞开的一部心灵日记。不仅如此，文本中还屡屡运用"你看""你听"这样的字眼，直接与读者对话，增强了文本传达信息的可信性。有时，傻子宛若上帝的面具，英雄、聪明人，都在所谓

---

① ［俄］巴赫金著；白春仁、晓河译：《小说理论》，河北教育出版社 1998 年版，第 355 页。

的傻子限制叙事中显现出荒诞可笑的本质。无须怀疑的是限制视角在表现世界新层面与深度的同时，也约束了对更广阔时空感知的自由度。阿来也意识到这一点，在叙述的进程中，他显然不再满足于"我"自娱自乐式的限制性叙事，而是借"傻子"这个特定身份的外衣使得叙事视角自由地移动，在需要阐明历史时采取"上帝"般的全知全能的叙事视角从多角度、多时空来表达重大事件和复杂关系。在阿来的叙述之中，视角的移动是如此地自然，并把藏民族的天启、神授、天人感应渗透到日常的生命理解之中。而且在阿来小说叙事之中，全知全能视角作为傻子的超出凡人的能力的一种表现，展示了傻子超验的参透力和浑然天成的神秘感。文中，"我"既可高高在上地鸟瞰全貌，可以看见远处的父亲与央宗野合时"受到了蚂蚁和几只杜鹃愤怒的攻击"，并感受到"他们徒劳无功的努力"[1]，"我"也可以坐在自己屋子里就知道僧人翁波意西的归来，知道自己的妻子和哥哥私通，等等；同时，"我"还可以任意透视人物的内心，甚至可以感知过去、现在和未来。这种全知全能视角的加入最大限度地完成了叙述，在展示了"内在的人"，即纯粹自然的人的本质的同时，还毫无避讳地、肆意揭露世俗的虚伪。书写中有着佛俯瞰众生、毫微毕现的意味，傻子的非凡智性也展示了一种"内敛"的东方智慧。

可以说，第一人称叙事缩短了叙述者与读者之间的距离，并适时造成情节的悬念；而全知全能的视角又让我们跟随叙事者进入了解事物的本质，理清来龙去脉，更好地传达出作品的主要意旨。而"傻子"是阿来由第一人称限制视角向全知全能视角过渡的载体与桥梁，这种多重叠置的视角在更自由地书写故事的同时也让读者获得了一种新奇的心理体验。而这种混合视角的运用在阿来小说中常常出现，如《旧年的血迹》中，阿来先是用"父亲"这样的称呼开头，用"眼下""味道"这些仿佛是触手可及的词汇展示了第一人

---

[1] 阿来著：《尘埃落定》，人民文学出版社 1998 年版，第 61 页。

称叙事的真实可感，同时阿来用"是一九五五年""以上事情都发生于我出生之前"这样的时间刻度来自由完成第一人称限制视角向全知全能的过渡，加深对家族史、父亲个体生命史的刻画及描摹，在阿来自觉的叙事视角的移动转换之中，我们不难发现阿来叙事上的自觉与功力。

事实上，不同的视角的选择可以营造不同的叙事氛围，而儿童视角的选择则可以表达一种疏离轻逸的美学意趣。在《守灵夜》《欢乐行程》《少年诗篇》《格拉长大》①之中阿来都自觉选取了儿童视角与全知全能视角的移动的方式。在孩子的眼里，世界明净美好，羊皮和风可以打着拍子，花草蘑菇无不具有生命与灵性。也许，《欢乐行程》是阿来对童年生活的一次回溯。虽然我无法断定，在沉默而隐忍的次多背后是否就隐藏着儿时的阿来，但是，在孩子的世界中，"一场雪就把萧索大地变成了天堂"，"原来天空可以分开，也可以拼合拢来"，"两只破鞋子在街上，在斑斑驳驳的雪中像两只鸽子咕咕叫唤"，两张印在雪地里的笑脸……这些纯真快乐的生命细节却深深地打动了我。从纯洁的儿童视角出发，细微而纯净的感受，得以彰显我们可以看到伙伴"眼中那支笛子闪闪发光"，因为感动而"眼睛要漏水了"。文章取名为《欢乐行程》，自然是欢乐只是存在于行程之中的意义。阿来从来不回避那些特定年代的人性的迷失，他把次多与格拉进行对比，一个有着良好家庭及教养；一个连父亲是谁都不知道，也没有一个正经的名字（"格拉"在藏语中是狗的意思）。但野孩子格拉快乐，好孩子次多却被条条框框规约得不快乐，暗含作者对生命本真意义的追寻。另外，《少年诗篇》中，阿来也选取了丹泊单纯的视角，并使得复杂的关系和人生变得单纯。可以说，儿童视角的自觉选择，既是阿来对自然、生命个体的感受的一次原初本能表达，也是用婉约的手法对成人视角

① 这里的《格拉长大》指的是发表于《草地》1995 年第 4 期上，而不是发表在《人民文学》2003 年第 12 期的《格拉长大》。

的社会、文化、历史角度偏颇的纠正。然而，在冷漠荒寒的世界之中，孩子的灵动活泼、自然纯净显得极为可贵，《格拉长大》是《欢乐行程》的续篇，行程结束了生活还要继续，"脸是很怪的东西。晦气的脸阴沉下来也没有什么关系，但那些有钱有势、有道德的人脸一阴沉下来，那就真是沉下来了……十三岁的格拉站在门口，看到机村小广场还是和刚刚记事时看到的一模一样"。我们不难发现，少年格拉的视角也开始显得沉重而忧伤，从格拉的眼睛望去，"风把絮状的牛羊毛啦、破布啦、干草啦从西吹到东，又窸窸窣窣把那些杂物推向了西边"，萧索与孤寂的气息蔓延开来，这也暗示了格拉社会意识的觉醒。而成长中的格拉也不再单纯地运用儿童的视角看待问题，"这时，母亲毫不掩饰的痛苦的声音又在下边的村子里回响起来。她在生产又一个没有父亲的孩子时大呼小叫。村里人又要说什么？他们是不是说'这条母狗，叫得多欢哪'"？我们不难从行文中感受到一个即将长大的孩子内心的焦虑与不再自在的苦痛。显然，阿来不满足于对一个少年成长的烦恼的精微刻画，他适时地用"现在，可以看到村子了。村里人也望着看他们"这样的过渡完成视角的移动式转换，并用全知全能的视角描绘了母亲产后的宁谧与温暖，与格拉试图与熊同归于尽的英勇与悲壮形成的强烈对比，制造出一种具有冲击性的美学效果，正是这种强烈的震撼冲垮了歧视、阴寒的鸿沟，带给我们温暖和力量。可以说，阿来儿童视角与全知全能视角的移动，不仅凸显了阿来对本真自我的珍视，而且隐含了作者对主流话语的游移和偏离。

值得注意的是，阿来写作中还有大量的"鬼魂视角"叙事。《尘埃落定》是已经灰飞烟灭的二少爷的幽灵用"那是个下雪的早晨，我躺在床上，听见一群野画眉在窗子外面声声叫唤"来回忆整个故事。在《空山》开篇，阿来写道："那件事情过后好几年，格拉长大了。"行文中我们不难发现格拉其实已随奶奶走了，业已消失的人或物成为一种意指，他们四处游荡成为文章叙事的视线和视角，而这种超然的游魂身份使得他们更为平和地看待世界与变化，他们是经历、是见证、是回顾、是重述，同时也是对既定历史的拒绝和修改。事实上，无论是第一人称限制视角，还是用"你""他"的全知全能视角来展开故事，深层的叙事者永远都是隐秘的，换句话说，这种隐秘性使得作品有着自足的缺陷，而这种缺陷却是作为缝隙之光，来提示故事。诸如《尘埃落定》中的傻子，总是在不经意间用天使般的智慧来推动认知，揭示真相；《随风飘散》中貌似是全知全能的第三人称叙事，然而格拉美丽而痴傻的母亲的身份、谁是格拉的父亲、兔子到底是被谁扔的鞭炮炸死的……都已成了真正的秘密，无从揭示，它们终将成为空白的沉淀，迷失在茫茫的历史之中。从某种意义上讲，这可能是历史本来的样子。阿来试图在这种故事套着故事、视角的多重叠置与移动之中展现生活的丰富性、历史的复杂性和人性的矛盾性，使小说的叙述具有思辨的色彩，并扩充文本的意义空间。

二、多重的叙事声音

在阿来的很多作品之中，都会出现一个叫阿来的孩子，或者是作为作家的"我"。他们有时是作为事件的参与者，同时也作为一个旁观者，并时时插入主观的议论与评价，在这种叙述分层的现象之中饱含着多重叙事的声音。"在叙事诗学（即'叙事学'）里，'声音'这一术语的意义虽然更狭窄一些，却同样至关重要。它指叙事中的讲述者（teller），以区别于叙事中的作者和非叙述性人物。"① 阿来常常以作者的身份直接进入叙述进程中或者干脆把自己的叙述进程写进故事中，这些叙述者本身是一个潜在发声的"我"，这不同于传统的"第三人称叙述"，他们与文本之间有着某种隔膜，

---

① ［美］苏珊·S·兰瑟著；黄必康译：《虚构的权威》，北京大学出版社 2002 年版，第 3 页。

他们的思考与反思把自己与文本的当下之间形成一种隔断，宛若存在于两个平行的空间，"他与虚构的人物分属两个不同的本体存在层面"①。这在文本书写中造成了"间离"的效果，但阿来不仅不回避这种间离，他有时还会强调自己的作家身份，并指出正在叙述着的文本所存在的不足与虚妄。"我"作为作者型的叙述声音有时会刻意地加入升华了的主观抒情，或者对于文本人物的命运展开探讨与议论，产生或者再生了作者权威的结构或功能性场景。在《旧年的血迹》《环山的雪光》《守灵夜》《芙美，通向城市的道路》《鱼》《已经消失的森林》等作品中，都出现作者型的权威叙述，这种凌驾于故事之外的"超表述"式的叙述，不失时机地拉开读者与文本之间的心理距离，对虚构的世界与故事作出深层的思考和评价，在离间读者与故事之间的共时性和痛感的同时，熄灭读者内心的同情之火，冷静读者的头脑，以便受述者与作者之间可以构建对话关系。具体说来，在《环山的雪光》中阿来就跳出来申明这样一部隐晦作品的叙述初衷："所以，金花的故事是关于她怎样小心翼翼地侧身穿过现实与梦、与幻想交接的边缘的故事。叙说她的梦情况稍微复杂一点。主要是她耽于幻想但逃避梦。"②在小说《旧年的血迹》中阿来写道："亲爱的读者你们又聪明又愚蠢，一如我聪明而愚蠢。我们都想对小说中出场的人物下一种公允的客观判断。我们的聪明中都带有冷酷的意味。也正是由于我们的聪明，我们发现各种判断永不可能接近真理的境界，并从而发现自己的愚蠢。这就是在写作过程中深深困扰我的东西。这种愚蠢是我们人永远的苦恼，它比一切生死、一切令人寻死觅活的情爱更为永恒，永远不可逃避。"③从中我们不难发现，阿来完全放弃了传统小说"草蛇灰线"

①　*Gerard Genette, Narrative Discourse: An Essay in Method*, Jane E.Lewin trans. （Ithaca:Cornell University Press, 1980）, 244—245.

②　阿来著：《环山的雪光》,《旧年的血迹》, 作家出版社 2000 年版, 第 31 页。

③　同上, 第 122 页。

的手法，而是把自己的思想完全展示在小说之中，试图用这种直接的裸露增加文本的思想张力，最大限度地向受述者传达自己叙述的"准确真实性"。

然而，昆德拉在与萨特对话中说过，"思考一旦进入小说内部，就改变了本质；一种教条式的思想变得是假设性的了"[①]。在《孽缘》这篇充溢着未知茫茫命运的小说之中就有着大量假设性的思想。文章中有着佛经传说的现实再现，过去与当下的纵横交错，梦幻与真实的交相出现，一切都是那么自然地融合到一起。"我感到他的眼光十分古老，里面包含着成千上百个年头，好多代祖先的目光，这些目光一齐注视自己的后代勤勉地修补自家地边上的栅栏。……我还感到，有一些渺远沉重的东西通过这种方式传递到了我的手中。"[②]小说用"那是1950年7月间的事情"来暗示着回忆的起点，用"这是1968年春天""1956年春天来时""1976年以后"这样具体的时间刻度来连缀故事，展示小说内在的时间顺序，并增加故事的似真性，产生一种真实的氛围。实际上，阿来的很多作品有着确切的历史纪年，在行文之中也干脆直言哪一段哪件事是确有其事，使得小说叙述颇有古典"征实"的意味。这是明清两代以来小说创作主史纪实的思想脉络的延续，清代金丰在《说岳全传》序中说道："从来创说者，不宜尽出于虚，而亦不必尽由于实。苟事事皆虚，则过于诞妄，而无以服考古之心。事事皆实，则失于平庸，而无以动一时之听。"不仅如此，在书写中他还在开头对虚构世界"以外"的部分进行反思与点评，"我只是没告诉她还在一所破败的房子里看到炊烟，然后，在《旧年的血迹》一书中着力描绘过的市场上，我遇见一个固执的老人。这将成为我的一篇小说的内容。我的一本书又有了一个新的章节"，并且，作者还时常跳出来

---

① ［法］米兰·昆德拉著；董强译：《小说的艺术》，上海译文出版社2004年版，第99页。

② 阿来著：《孽缘》，《孽缘》，四川民族出版社2005年版，第51页。

对文本和事件进行抽象的思想分析与总结评价，"舅舅他总是处于某些事件的边缘。就是当他成为当事人时，他仿佛也能找到事件中和流动的时间中的缝隙，藏匿自己。这当然也是一种生存状态。在这小说进展中断的地方，我发现的不是某种可以归纳的东西，譬如某条经验、某种意绪，抽象的思想可以在其中生长。我只发现了事实，它先于我的叙述，先于思想。亲爱的读者知道这些事实在我具有完整观念以前就已经产生，并已决定了现在这篇小说的格局"。这是阿来利用叙述对故事结构中"时空统一性"的切割，他横空地插入自己的议论与体悟从而切割事件、人物行为的可能性、直接因果关系，进而对事物存在的自身逻辑和规律谋求更为准确的传达。显然，阿来一度沉迷于这样的写法，在这些并不冗长的作品之中，他细腻地梳理了一群卑微的边缘人形象，并不停地跳出来强调自己是个小说家，自己在叙述一个故事，并且毫不隐讳地发表大段大段的主观评价、抒情，在一定程度上改变了故事本身的节奏，使议论的岔道不断地导入思想的幽胜之境。

我发现阿来是一位心怀执念的作家，他努力地探寻历史与存在。《奥达的马队》中我、你、他人称混用，在每章的节点都有着象征现实、过往的书写，形成了现实过往二律对照乃至于对话关系，"我已经习惯了与道路、牲口、流水、蜿蜒的山脉、交幻的四季为伴，结识了许多心胸坦诚的汉子，结交了许多忧喜交加的美丽而善良的女子。稍事休息后，又将踏上穿山越岭的驿路。你第一次踏上驿路那种忧惧已经消失，但最初那种激动却保持着，像第一次在那个转运站上一样"①。这是"我""你"多重叙述声音的混响，形成内心独白的回声与外界激荡的结构。这种混合型叙述声音以多方位、交互赋权的方式，切入了一个与单一"他者"对立的生活场域，一个过去的故事，一个现在经历的现实，想象与回忆把二者合

---

① 阿来著：《奥达的马队》,《奥达的马队》，四川民族出版社 2005 年版，第 13 页。

而为一，形成了另一个故事，有关的传说的故事富有传奇，交织着现有的存在和难免的谬误，把存在的可能扩大到最大化，从而切近而理性地表达了在现代文明面前古老传统与生活方式无可挽回的没落与痛惜。在《遥远的温泉》中过去与现在、梦境与现实、故事中的藏地温泉与文本书写中日本的温泉两相对照。"这是 2001 年 4 月 13 日，一个星期五的早晨，我在东京新大谷酒店的房间里，看着初升的太阳慢慢镀亮这座异国的城市，看着窗下庭院里正开向衰败的樱花。此时此刻，本该写一些描写异国景物与人事的文字，但越是在异国，我越是要想起自己的少年时代。于是，早上六点，我便起床打开了电脑。一切就好像是昨天下午刚刚发生的一样。高山牧场上杜鹃花四处开放，杜鹃鸟的鸣叫声悠长深远。"[①] 我们不难发现，阿来是一个写故事的好手，他深谙叙事之道。在如此精细的类纪事书写之中，阿来不仅没有因为叙述者过于外露而损害文本信赖度，反而有效地增加了文本的真实性，把小说中的事件、人物行为处理得惟妙惟肖。事实上，阿来在文本中作为叙述者的身份越实体化，越能增强其对故事层面的主体操控能力。可以说，中篇《遥远的温泉》整体书写得就如同一部飘渺的梦想，有着电影镜头般的质感，而阿来多重叙事声音使得"现在"在日本的感受和体悟与对家乡温泉的回望交叉，并从现在的视角回望儿时梦想中的娜措温泉，使得作家可以采取凌驾于过去故事之上的姿态表达自己的态度与观感。在这场文化与环境的论争中，"我"无疑是"优越"而权威的声音。而阿来正是借助这种多重叙述声音，很自然地安放了一个深刻的社会反思者身份，既使得阿来式的表达延续了隐忍而富含着悲悯的基调，也使得他可以借助叙事层来占据一个主动而有力的叙述位置，强化了作者的权威，以一种不容置疑的叙述姿态，评判历史发展与个体命运的是非曲直。

---

① 阿来著：《遥远的温泉》，四川民族出版社 2005 年版，第 25—26 页。

三、交响的叙事结构

在当代小说家中热爱并熟稔音乐的人并不在少数，当代著名作家余华著有《音乐影响了我的写作》《音乐的叙述》《间奏：余华的音乐笔记》等音乐评论及随笔集。阿来也不止一次表达过对音乐的喜爱，"我沉溺于阅读，沉溺于音乐。愤怒有力的贝多芬，忧郁敏感的舒伯特。现在，我回想起这一切时，更愿意回想的就是那些黄昏里的音乐生活。音乐声中，学校山下马尔康镇上的灯火一盏盏亮起来，我也打开台灯，开始阅读。应该是一个晚春星期天，山上的桦树林已经一派青绿，高山杜鹃盛开，我得到一张新的红色唱片。一面是柴可夫斯基的《意大利随想》，一面是贝多芬的一个协奏曲《春天》。先来的是贝多芬，多么奇妙，一段小提琴像是春风拂面，像是溪水明亮地潺湲。然后，钢琴出现，像是水上精灵，似跳动的一粒粒光斑。然后，便一路各自吟唱着，应和着，展开了异国与我窗外同样质地的春天。我发现了另一个贝多芬，一个柔声吟咏的贝多芬，而不是震雷一样轰隆着的贝多芬！这个新发现的贝多芬，在那一刻，让我突然泪流满面！那个深情描画的人其实也是很寂寞很孤独的吧，那个热切倾吐着的人其实有很真很深的东西无人可以言说的吧，包括他发现的那种美也是沉寂千载，除他之外便无人发现的吧"[1]。我想，他们对音乐的热爱是源自音乐用自己独特的方式表达了人类共同的情感与声音。音乐的转承、回旋、咏叹、复现，暗含着一种倾诉与召唤。好的音乐和好的文字一样都能表现宁静或辉煌、微小或宏大、倾颓或信仰、过去和未来。

作为一位有着形式自觉的作家，阿来在写作《空山》之前也颇费踌躇，"通常，村落史的写法也像传统小说中家族小说的写法，但这种故事从头到尾贯穿的写法，肯定会在呈现一些东西的同

---

[1] 阿来：《从诗歌与音乐开始》，《青年文学》，2006 年第 6 期。

时，遗落了另外一些东西。我一直在等待天启一样，等待一种新的写法"①。很多人评价《空山》的花瓣式拼贴的结构，在我看来，阿来用交响乐式的转调、离调与回旋，吟唱了生命的"不能承受之轻"。如果把阿来的《空山》比作结构恢弘、意蕴深广的交响乐的话，它的每一个部分都可比作一个乐章，缓慢的乐章与快速的乐章交替出现，将不同的情感空间并置到一起，情感的巨大反差构成动人心魄的力量，这也许就是一个小说家最高妙的艺术。阿来曾经说过，"我们听到交响乐，一个乐章是什么样的，什么风格的。第二乐章、第三乐章、第四乐章什么样的，然后规定一部交响音乐里面不是一个主题，第一主题，又引出另外一个，当然也是一些音乐形象，会出现第二个主题、第三个主题，然后在这几个乐章里面互相交织，互相变化，你听起来受益无穷。一个丰富的小说也应该这样，不只是单一的主题，我们经常讲小学生作文才是单一主题，通过什么说明什么，它应该更丰富，就像我们一段一段生活下来，你可以这么看它，那么看它，不同的人会看出不同的意义。它也是因为主题的丰富，里面可以提炼的东西很多"②。音乐和文学有着很多共同的地方，节奏、主题、布局等等。此外，音乐是需要聆听的，而阿来对汉语又何尝不是一种聆听的姿态，他作品的形式绝非某种科学运算的结果，而是一种无意识的美的暗合。阿来用生命湿润的那一部分，从各个不同的方向和角度切入，用一曲多重声部的辉煌反复吟唱一个主题，这个主题因而显得强大，直至成为一种叙述的信仰。《随风飘散》叙述的是两个孩子短暂的生命。格拉本该明朗的童年却是如此地孤独而悲伤，这种透明的忧伤犹如故事的主调飘荡在文章之中。因为他降生在一个痴傻的女人那里，不知道自己父亲是谁，少年的格拉经受挤压、忽略、侮辱与损害，还没有长大就深切地体味着群体中的难以言传的孤独。而兔子却犹如一个脆

---

① 阿来：《一部村落史与几句题外话》，《长篇小说选刊》，2005 年第 3 期。
② 吴怀尧：《阿来：文学即宗教》，《延安文学》，2009 年第 3 期。

弱的纸人，这本身就带着难以言传的悲剧主调。《随风飘散》旋律节制、有着微风拂面的洁净，在这种貌似平静的旋律之下深藏着的却是荒寒的人性与黏稠的忧伤。阿来用鸟鸣的清脆、意识消散的空灵来结束这个巨大可怕的插部。那一小缕清风飘来，在诗意轻灵的环境之中格拉的灵魂轻轻地飘散在空旷之中，但这却是我看到的最有力量的叙述。事实上，在柴可夫斯基、布鲁克纳、勃拉姆斯的交响乐中，就展示了一种"轻"的力量，只有他们能做到用小段的抒情来覆盖巨大的旋律与激昂的节奏。文学的叙述也是如此，在跌宕曲折的篇章后面，阿来用隐忍而节制的旋律揭示了人性的阴暗，而貌似短促而安详的结尾却具有更加震撼的力量。接着的是两个短篇《马车》与《马车夫》，如果说格拉灵魂的消失更多的是对人性黑暗的控诉的话，那么马车与马车夫的消逝不仅仅是生产方式的更替与消失，更是一种文化与文明的沦落与坍塌。这两个短篇与其说是一种收束，不如说是在另一个层面的回旋。紧跟着，《天火》在类英雄传记的凯歌之中夹杂着呼啸的旋律，在高亢与炙热之中携带着摧毁一切的力量，炙热的火焰吞噬着森林与村庄，而欲望的炽热像暴风来到了我的内心。在这一段主调的影响力量渐强之中，我再一次切肤地体味到人内心的骚动与狂乱，绚烂伴随着迷狂，如火焰一般在一波高过一波的铺排中迅猛地涌来，文本中密布着"咆哮""残酷""拼命""山呼海啸""癫狂""奔跑"等词汇，共同推进着这个本已炙热无比的乐章。而在阿来式的曲目中，无论有多么高亢、激动而残酷的急板，最终还是以"热烘烘的鼻息一下碰着他心里一个很柔软的地方，他的泪水一下子就悄无声地流出来了"[1]这样的柔板来收束这个极强、极快的部分。接着阿来用诗性的、舒缓的、极轻的语调展开一段儿时的回忆，他用"达瑟，我将写一个故事来想念你。达瑟，你曾经居住在树上。达瑟，你曾经和你的书——那些

---

[1]　阿来著：《空山》（三部曲），人民文学出版社 2009 年版，第 190 页。

你半懂不懂的书居住在树上。达瑟，你曾经是所有猎人的朋友，然后，你又背叛了他们"这样的铺排与回旋奠定了《达瑟与达戈》舒缓的节奏，他用"慢慢""不慌不忙""一言不发""迟缓"这些词汇来附和这个缓慢的节拍。故事里，漫长时间在一个中篇里缓慢乃至于凝固式流淌，却依然如磁石般地吸引着我们的注意力，凝聚着整个故事。这是一个时代的悲歌，即使它是充满诗意的，有着如月光般倾泻的纯美的旋律，它依然是悲壮的。《达瑟与达戈》犹如梦幻式的叙述，达瑟带着对知识纯净的膜拜活在书屋与梦境之中，而达戈怀着对爱情的憧憬建造着属于他梦想中公主的宫殿。这是普通人的传奇，他们坚定却又迷茫地追寻，打开了一扇通往斑斓世界的窗，却没有找到实现梦想的路。在业已粗粝的时代面前，在现代性侵入的村落之中，个体的挣扎犹如在玻璃罩中左突右撞的苍蝇，注定是没有出路的。文本中并没有大段的内心独描，仿佛一场舞台音乐剧般，用人物动作、人物间的对话和环境的烘托完整地勾勒出人物的脉搏。我想，没有什么比在如此舒慢而温暖的乐章里，更能让人体味出那种痛彻心扉的孤独与绝望，它透出淡淡的忧伤，这种淡到骨子里的心碎却有着夺人心魄的力量。接着的《荒芜》更像是一部狂想曲，阿来用貌似舒缓的节奏来书写狂躁，形成了乐章内部自在而巨大的张力。从某种意义上讲，《荒芜》摆脱了小说写作的局限，仿佛是卸除了镣铐的舞蹈，驼子脚踏大地的浑厚与协拉顿巴梦呓般的歌唱之间、现实的生活与古歌中古老王国之间形成了现实与传说、当下与历史、理性与感性之间的对照。而民歌成为沟通二者的桥梁，使得我们可以自由地穿越在现实与梦幻之中。古老王国如幻境般的真实出现非但没有减轻文章的批评力量，相反，使得现实生活苍白、愁苦的主调之下涌动着狂躁的旋律：错误的指导方针、路线在日常生活之中左突右进，这种有力的节奏不是抚慰、不是建设而是狂暴式摧毁。此时悠扬的旋律响起来，古歌的国度在梦幻中伸展、浮现，这种悠扬的变奏虽然不能拯救业已"荒芜"的村庄，却带给人以温暖和希望。这种狂躁与悠扬、现实与梦境的自由穿越将一个貌似常见的叙事进行了富有寓意的升华。驼子面对村里激进分子对他的批评时，连续说了三次"后悔啊，后悔啊"，这样跌宕的节奏和每句的结尾都是感叹号的咏叹调，袒露了他的无奈、无力与悔恨的百感交集。而《轻雷》是在自然、人心荒芜后的又一次裂变，是时代巨变后的另一种迷失。现代文明与古老文化、自然与物欲、人性与金钱之间碰撞、交缠，复杂而又纠结的混音，是如此地嘈杂、涌动，却真实地呈现了巨大历史旋涡之中的奔腾与冲突。在汹涌的时代面前，人物隐忍的情感暗流涌动，而商场经济的浪潮却带着锐不可当之势侵入这个藏边地域。此时，阿来的笔调如金属般地尖利，刮嚓有声，如果我们仔细辨别，不难发现在激烈的涤荡之中却掺杂着一点温情、一点愧疚。一般说来，"一部交响乐或者一首奏鸣曲的乐章顺序由一个不成文的交替原则决定：缓慢的乐章与快速的乐章，也即悲哀的乐章与欢乐的乐章，交替出现。这样的情感反差很快就成了一种可恶的俗套，只有大师才能够打破（有时也不一定能打破）"[1]。阿来的《空山》结尾就是"空山"，他却在一种轻扬的舒缓之中，展示了一种没有抗辩的消亡，而事实上，这个名叫"机村"的村子早在被水库淹没之前就已迷失在现代性的狂潮之中，再也奏不出古老而遗世独立的曲调了，阿来如此犹疑而矛盾地书写却蕴含着如此之强的内爆力。犹如一声悠扬的呐喊，随后就落下去，落到尘埃之中，融入大千世界之中，纵使疲惫失望，所有的过去在平静中埋葬，恩怨情仇也渐渐淡忘……一切就是那么了无声息，而世界生生不息背后的共同命运就是走向消逝！

《空山》中的每一个转承、回旋、共鸣与奏鸣都组合、转变为一个有机而统一的意愿，传达着一种积聚的力量！同时，阿来在《格萨尔王》中运用双线时空对照结构，《老房子》《旧年的血迹》

---

[1] ［法］米兰·昆德拉著；董强译：《小说的艺术》，上海译文出版社2004年版，第112页。

《奥达的马队》《遥远的温泉》等使用时空错置、交叉独白的结构，这些结构追求类似巴托克弦乐四重奏的对称性。而《云中记》则在一个喧嚣而善忘的时代吟唱着"庄重而悲悯"的《安魂曲》。我们不能否认的是，所有的叙事都是指向价值的，阿来作品的严肃底蕴仿佛牧歌中悠长的颤音，在我们的心灵深处久久回荡。在他的笔下，时空犹如魔方，可以随意地旋转、拼接，把过去、现在与未来重新组合，并展现了过去与现在、理想与现实之间的紧张对立关系，在不同的排列顺序之下，故事本身的逻辑自圆性被打破，从而形成了一种新的小说的自圆性。

无疑，阿来是一位很有形式感的作家，但他却从来不滥用形式，他用自己的实践与努力证明：文学不需要玩弄繁复的风格，一样可以表达深刻的现实乃至超现实的情境。他的写作秘密是可以解释的，却又是无法模仿。阿来的语言流畅清新，跳跃有力，他虽然用汉语写作，但我们却不能否认他在汉语的世界里复活了藏语的思维和表达，也复活了藏族的神话和传说。阿来在叙述上达到如此的境界，一方面是他多年来对严肃写作态度的坚持，另一方面也是他不断向古今中外小说大师学习的结果。当下，在中国长篇小说创作的内容和形式发展到了一个重要关口的时候，阿来的书写无疑为当代文坛提供了一个新的角度与高度，丰富了当代汉语的创作表达与审美经验。

第五章　文学的执信与生命的延展

在阿来的书写之中有着一种简单透明的气质，一般是寥寥几笔，没有多余的渲染夸张，但我们还是从那些貌似平淡的语句之中体味到一种根植于土地的浑厚与凝重。阿来是一位对文学有执信的作家，"文学最需要的一个东西，就是真挚、情感、理念"[①]，在叙述的明暗之间，阿来的思考浑厚而绵远，他仿佛不愿打破现实的平静自在，即便是变奏也是如此地朴拙沉静，使得作品呈现出大地般的安详和力量。"我相信，文学来自于土地、人民、历史等浩大的存在，当然，也有技巧、感觉等因素在里面，但文学的根本在大地，大地是唯一充满力量的因素。我感到，我和大地之间应该有一种感应关系，个人和土地、人民、历史等浩大的存在之间应该有一种感应关系；这有点类似于儒家主张的天人合一或王国维所说的你中有我、我中有你的关系。"[②]在阿来的作品中，我们可以感受到那种发自本心的对生态万物的珍重和感怀，以及文学对心灵的照亮。他的作品虽然数量不多，但无不是发自对生命的尊重、人性的关照和灵魂的升华的书写，展示了生命沉潜的魅力和诗性的光泽。我记得阿来曾经说过："写作就像湖水决堤，挥霍掉所有情感蓄积。"这

---

① 阿来、谭光辉等：《文学执信与生态保存——阿来访谈录（下）》，《中国图书评论》，2013 年第 3 期。

② 阿来、陈祖君：《文学应如何寻求"大声音"》，《现代中国文化与文学》，2005 年第 2 期。

种耗费血力的写作着实不可多得，也无法多得。他的作品中充满着一种对自然法则的尊重与大地般仁厚的情怀：遵照生命本来的样子生活，接受既定的命运，幻想美好的生活，这并不是一种懦弱，而是一种英雄的担当。他不会因为肉体的创伤而悲哀，不会因为命运的不幸而慨叹，更不会因为焦虑而放弃精神的追寻。阿来以练达与悲悯诉说着"某些人"的命运，进而抒发人类共同的情感体验。这种情感超越了狭窄的生活、一己的肤浅，而通往博大、宽广与深邃。在阅读阿来的作品时，我们体味到一种文学的执信，文学对于阿来而言不是控诉、发泄、揭露，而是洞穿之后的悲悯、理解之后的超然，是一视同仁的包容与同情，也是生命空间的生发和延展。

第一节 大地深处的咏叹：阿来的悲剧意识

当代作家之中，阿来无疑是一位大气的作家，不管是在文学之中，还是文学之外，他都尽力使自己的生命与一个"更雄伟的存在对接起来"[①]，辽阔的雪域高原、翱翔的雄鹰、挺拔的白桦给了阿来以灵魂的涤荡，更为重要的是高原漫长的苦寒磨练了他坚硬昂扬的品格。在其作品之中，无论是隐忍的温和，还是缠绵的忧伤，都体现了阿来入世的情怀和载道的热情。不仅如此，阿来还有着对崇高的自觉追求，他笔下的人物有着当代文坛罕见的刚硬、激烈与伟岸，无论是个体渴望自我超越与无法超越之间的羁绊，还是生命本能与精神追求之间的错位，无不显示了对古老民族精神的呼唤以及勇于担当的高贵，以及对古老而崇高的精神的呼唤。阿来作品有着博大而悲悯的情怀，展示了直面苦难的勇气、人性追索的力量以及"介入历史的激情"。在某种意义上讲，悲剧是一种西绪弗斯式无从

[①] 阿来、陈祖君：《文学应如何寻求"大声音"》，《现代中国文化与文学》，2005 年第 2 期。

摆脱又不忍放弃的抗争之殇，阿来小说中有着生命本能与所追求的崇高品格之间的冲突，并沉潜着生存状态下泛人类的悲哀。

一、英雄末路的宿命悲剧

阿来笔下不乏英伟、光辉的主人公，他们高贵坦荡、勇于担当，有时偏执，却能坚守正义和道德，有着伟大而光辉的品质并以近乎于专断的意志来承担自己的命运，渴望从庸琐的现实中自我超越。同时，阿来也是个讲故事的好手，他从藏民族古老的神话传说中来寻求民族的起源，在《最新的和森林有关的复仇故事》中，他用了"在部族传说中""祖先据说"这样讲故事的口吻书写祖先是"白色的风与蓝色的火所生的一枚蓝色飞卵"；无独有偶，在《尘埃落定》中，麦其的祖先"是从风与大鹏鸟的巨卵来的"。虽然，随着历史的更迭，这些起源的故事被推远成为传说，但阿来依然没有放弃"浪漫主义、英雄主义的思想"，在他看来"这些也是人类文明最宝贵的财富，是可资借鉴的资源"，[1]我们不难从中感受到那种扑面而来的勇敢与热诚。

具体说来，在《旧年的血迹》《孽缘》中，有着头人根子的父亲孤傲而富有崇高的品格，他不会轻易低下高傲的头颅，并拒绝与卑琐的现实和解。村里没有四类分子，他理所当然地成了顶替对象，辉煌的家世徒增了生命的磨难，即使生存的巨石不断逼近把崇高的阵地挤压，多子、贫困的生活也不能将他的尊严压垮。这种骄傲的根性一直延续到后来的"传奇浪漫以及奔涌的诗情画意"[2]的《尘埃落定》之中。尽管有批评者认为"小说中的人物都讲着一样风格的语言。几乎每一个人物说出的话，都不像人们在日常情境中

---

[1] 阿来、陈祖君：《文学应如何寻求"大声音"》，《现代中国文化与文学》，2005 年第 2 期。

[2] 吴怀尧：《阿来：文学即宗教》，《延安文学》，2009 年第 3 期。

所讲的平常话，而是带着书卷气和哲理色彩"①，并以此作为小说的缺憾之一。然而言辞的伟大来自思想的深邃，恰恰是这种华丽、思辨的文艺腔调契合了文本中所要传递的高贵情怀，无论是有着贵族身份的麦其土司、叔叔、二少爷、土司的女儿塔娜，还是传播纯洁教义的翁波意西、发誓报仇多吉次仁的后代，都有着顽强的根性，他们的身上都散发着类似于古希腊悲剧英雄的高贵品格：信守诺言，并为捍卫誓言和荣誉而战。

这种高贵在《月光里的银匠》和《行刑人尔依》里表现得则更为深邃。因为《尘埃落定》更多的是讲述一个有关权力的故事，而争斗之中的权谋多多少少会损害灵魂的纯粹与高贵，故而在《月光里的银匠》《行刑人尔依》这样讲述个体生命抗辩与灵魂挣扎的故事中，权谋被有效地稀释了。这就有了聪明而看透世事的老土司，他会告诫少土司："儿子记住，这个人去找他要的东西去了。总有一天他会回来的。如果那时我不在了，你们要好好待他。"他并没有回避自己可能因为骄傲而导致的偏狭："我不行，我比他那颗心还要骄傲。"却依然要求自己的儿子，"我最后说一句，那时你们要允许那个人（笔者注：一个他的奴隶）表现他的骄傲……你的心胸一定要比这个出走的人双脚所能达到的地方还要宽广"（《月光里的银匠》）。正如朗吉诺斯所言，"崇高是高尚精神的回声"②，老土司对出走银匠背影的凝视，是跨越了身份和思想的鸿沟，对一个追求自由和理想的心灵给予的深度关注与理解。我们发现，无论是作为奴隶的银匠还是掌握权力的老土司，他们都不断反抗既定的宿命，寻求生命更为广阔的意义，从而拥有了高贵而广阔的灵魂。

遗憾的是，这种高贵的根性并不能一直在血脉中流转，阿来

---

① 李建军：《像蝴蝶一样飞舞的绣花碎片——评〈尘埃落定〉》，《南方文坛》，2003年第2期。

② ［古希腊］朗吉努斯、［古希腊］亚里士多德、［古罗马］贺拉斯著；马文婷编：《美学三论》，光明日报出版社2009年版，第109—110页。

在《行刑人尔依》之中，塑造了"比聪明人多一个脑袋，比一般人多两个脑袋，比傻子多一百个脑袋"的第一任土司，但这位英雄祖先的后人们却日趋堕落。为了独享罂粟尤其是罂粟带来的财富，他们失去了贵族的风度，聪明的头脑在篡权夺位、不顾亲情、破坏契约时就已经失去了高贵的光芒。值得一提的是，阿来在兵败一方被弃的土司太太身上依然保持了清醒而自持的贵重。在面对曾经的小叔子、现在要杀自己的敌人时，她没有哭泣和求饶，而是平静地驳回原本不可能的救赎："他想的是报仇，而不是怜惜一个女人。"正是这种面对死亡时磊落的言辞、清醒与从容的头脑，赋予她高贵的光芒，使得原本笔墨稀疏的人物有了深刻的悲剧意蕴，并打动了我们的心房。尽管这篇小说没有交代岗托土司的最终结局，而是书写尔依为了寻求"关于行刑人命运的秘密"，"从树丛里走出来，星光刚刚洒落在上面，衣服立即就叫人觉得身体变得轻盈"。在充满诗性的语调中，岗托土司家的最后一个行刑人穿着死囚的衣服，一边与衣服的主人"流浪的歌者"的灵魂对话，一边走上了生命的不归路。我禁不住从他出走的"轻盈"步伐中联想到阿古顿巴的影子，并从感性生命的痛感中体味到精神自由的快感。

我们发现，阿来的作品中强调人的精神力量，他笔下的人物往往有着超越现实的强烈动机，而且对苦难进行着不依不饶的反抗，并由此展现了人的自我思想意识与无法逃脱的命运之间的悲剧。与"西方悲剧意识偏于揭示困境，中国悲剧意识则更偏于弥合困境"[①]论断不同的是，阿来的悲剧之中展现了一种激烈的冲突与对抗。《月光里的银匠》之中达泽（藏语"月亮"的意思）身为奴隶却被命运赐予了"好几百年才出一个"的智慧与才干，伴之而生的骄傲使得他不甘于只在太阳下（土司的权威）散发月亮的荧光。正如文章之中老土司对老银匠说："自由是我们的诱惑，骄傲是我

---

① 尹鸿著：《悲剧意识与悲剧艺术》，安徽教育出版社 1992 年版，第 108 页。

们的敌人，你推荐的年轻人能战胜一样是因为不能战胜另外一样。"为了维持内心的骄傲银匠宁愿辜负"一地白花花的阳光"，他渴望自由，却又不能放下骄傲，自由与骄傲织就了他命运的牢笼。在某种意义上讲，达泽的选择有些类似于俄狄浦斯的困境，在古希腊著名的悲剧《俄狄浦斯王》中，俄狄浦斯出生时就背负着"杀父娶母"的命运，他的反抗与逃脱不仅没能使他摆脱既定的命运，反而促进了预言的实现。俄狄浦斯作为城邦命运的承担者，注定要承受艰险，以自己的苦难换得神的祝福，他是一个被诸神和命运所选定的"牺牲"。在这个意义上讲，与其说他面临的是两难选择，不如说他别无选择。银匠也是如此，从他被捡到成为奴隶的那一天起，所有的抗争、出走与声名远扬，都是为他走上祭坛铺就道路。纵使老土司默许了他的高傲，并放他自由地远走他方，银匠却依然无法摆脱命运的指示。在命运选择的当口，阿来重复了早期的作品《阿古顿巴》中的命运，"一条通向自由，无拘束无责任的自由，而另一条将带来责任和没有希望的爱情"，阿古顿巴"听着良心的召唤而失去自由"，而银匠与既定的绝对秩序对抗，为了他的骄傲和梦想，达泽自觉地承担寻找、塑造自我的全部艰辛与惨烈。黑格尔曾指出："东方的世界一开始就不利于戏剧艺术的完备发展。因为真正的悲剧动作情节的前提需要人物已意识到个人自由独立的原则，或是至少需要已意识到个人有自由自决的权利去对自己的动作及其后果负责。"① 究其一生，达泽都没有得到生命自由的权利，却一直做着维持独立和高傲的努力。这便是悲剧英雄的选择，坚持理想、勇敢担当、直面命运，并保持着人之为人的尊严与高贵。

在《行刑人尔依》中，这种悲剧的张力则来得舒缓却又凌厉，让人感到一种无处不在的痛感。行刑人尔依的苦难也是命定的别无选择，他无法接受"腰比过去更深地弯向大地，显示出对命运更加

① ［德］黑格尔著；朱光潜译：《美学》（第三卷），商务印书馆1981年版，第297页。

真诚的谦恭"①的既定命运。作为世代相传的行刑人家族的一员，他的身上却有着对美好生命的憧憬和珍视。当尔依面对杀戮的行为、残酷的律法甚至是观刑的人们时，他"喜欢说的唯一的一句话是：太蠢了"。在他对生命意义的不断追问中，尔依内心满溢的悲悯和对真理的思索与执着，却不够缓解他和命运之间的紧张关系，反而破坏了既定法则的自在张力。很多时候我们仰望着天空也找不到命运的出路，当生命为暴力的阴影所笼罩，死亡时刻紧密相随，梦想就显得多么地脆弱而虚幻，生命的无可奈何化作一声含义隽永的叹息："他其实一直都不是一个好的行刑人，正在变成、正在找到生活和职责中间那个应该存在的小小的空隙，学会了在这个空隙里享受所要享受的。"②而尔依在这个空隙中所坚持的，正是一个卑微的生命对命运洞悉之后的承担。然而，在一个价值失范、真理堕落的时代，尔依并不能找到作为最后一个行刑人的意义，也无法从根本上解决人生的困境，这样，等待他的只能是死亡，而且，即使是死亡也不能阻断他走上既定的命运。"两个头顺着缓坡往下滚，一前一后，在一片没有给人践踏的草地上停住，虽然中间隔了些花草什么的，但两个头还是脸对着脸，彼此能够看见，而且是彼此看见了才慢慢闭上了双眼。"③联系到《尘埃落定》中用抒情的语调记叙麦其土司家族最后一位继承人的死亡："神灵啊，我的灵魂终于挣脱了流血的躯体，飞升起来了，直到阳光一晃，灵魂也飘散，一片白光。"我们不难从"终于""挣脱""飞升"这样的词语中发现，傻子二少爷貌似死于家族仇杀，实则是在土司时代不可避免的灭亡中，以死亡的方式寻求自我解脱；而老少尔依共同走向死亡，是用生命维持了作为行刑人最后的尊严不被践踏，并跨越了生死与虚妄的鸿沟，传递了高贵的悲剧力量。

① 阿来著：《行刑人尔依》，《尘埃飞扬》，四川文艺出版社 2005 年版，第 271 页。
② 同上，第 259 页。
③ 同上，第 273 页。

说到悲剧力量，我们就不能不提起《格萨尔王》。《格萨尔王》出版伊始就被媒体誉为"2009年最令人期待的小说"，并一度因其辞藻华丽而备受诟病。在我看来，正是这般的绮丽、丰沛才能在最大程度上还原和再现这部史诗的恢宏与崇高。无论是格萨尔王辉煌、绚丽的英雄壮举，还是目不识丁的牧羊人"木讷的嘴唇中"奇迹般蹦出的丰沛辞藻和动人韵致，都是阿来崇高悲剧观的最完美的呈现。诚然，现代媒体业已展示了太多炫目的幻术，格萨尔王的传奇故事对现在的我们而言也许不是那么地新鲜，而《格萨尔王》作为世界留存下来的"最长的一部英雄史诗，堪称史诗之冠"①，它对藏民族而言已不再是简单意义上的民族神话或者传说，而是作为一种信仰而存在。在这个意义上而言，《格萨尔王》的重述"是对阿来叙事能力的考验"②。事实上，阿来显然无意颠覆流传千年的民间神话，英雄格萨尔一生历经磨难，苦难重重，多次面临死亡的关口。正如德莱登在《悲剧批评的基础》中所说的那样：构成悲剧的行为"必须是伟大的行为，包含伟大的人物"。格萨尔就是如此，他出身高贵，是神子转世，有非凡的神力和上天的庇佑，并为保卫家园而英勇无畏、浴血奋战，为建国立业不屈不挠、励精图治。行文中充溢着强烈的感情和高昂的精神，使得《格萨尔王》呈现出一种雄奇豪迈的风貌和崇高的审美意蕴。然而，"最完美的悲剧的结构不应是简单的，而应是复杂的"，"他之所以陷于厄运，不是由于他为非作恶，而是由于他犯了错误，这种人名声显赫，生活幸福"③。阿来遵循史诗的原则，架构格萨尔豪迈浪漫的英雄主义精神的同时，也没有把故事定位在简单的歌功颂德、弘扬佛法的层面之

---

① 降边嘉措：《亲切的关怀，辉煌的成就——回顾新中国成立以来〈格萨尔〉事业的成就》，《文艺报》，2009年12月10日。

② 于敏：《一个人的史诗——读阿来〈格萨尔王〉》，《当代（长篇小说选刊）》，2009年第5期。

③ ［古希腊］亚里士多德、［古罗马］贺拉斯著；罗念生、杨周翰译：《诗学 诗艺》，人民文学出版社1962年版，第37—38页。

上，而是"回到历史深处"去探寻生命的纵深。实际上，觉如从降生之日起就身处逆境，亲叔叔晁通不仅要扼杀他于摇篮，未遂后又连设四计：投毒、诅咒、驱逐、赛马。五岁的格萨尔虽然有着二十的身量，却过早地体味到人间的背叛、欺骗，并为孤独、流离与杀戮所苦。在阿来的重述之中，格萨尔既有作为"神"的一面，也有作为"国王"的一面，甚至还有"魔"的一面。他也并非高大完美的天神模样，"觉如本不漂亮的脸，被一片阴霾笼罩，显得更加难看"①。这位神通广大的英雄，有时会耽于美色、好大喜功，也会被"嫉妒之心紧攫住心房"，甚至时时显出"油滑轻佻的模样"，然而他的眼睛却是"庄重之中还有种悲悯的情调"，正是这些缺憾与矛盾赋予格萨尔以更为丰厚的生命内涵。与光辉荣耀相伴的往往是无边责任，格萨尔王也常常处于两难困境之中：纵使是"神子降生"，他也有着人间的悲苦与无奈；纵使能结束人间的苦难，也只能看着自己的母亲在困顿中死去；纵使在不停的征战中获得了巨额的财富，却不能使广大的子民真正脱离贫困；纵使有降妖除魔的神通，却在面对自己的心魔时无能为力。究其一生，格萨尔都陷于无止境的降妖或者征战之中，而最后那次伽地灭妖本身就是一个荒谬的命题：要想除魔必有法宝，要得法宝就要杀掉未曾为恶的罗刹并使得誓言失去力量。这使得格萨尔开始质疑：是否无止境的征服恶就是真善？而在善的名义下行恶，或者是用一种恶的手段来消灭另一种恶，是否就是善？这也是生命在不断超越性的追求中萌发的形而上的追问，这既是格萨尔不能超脱的宿命悲剧，也是人类永远无法超越的自身梦想寓言：我们永远向往着一个还没有实现的更崇高的目标，而在这个过程中它却又不断被质疑与追问，使得实现的意义也显得摇摇欲坠、晦暗不清起来。

不仅如此，阿来作品中有一种沉重的悲凉感，他的很多作品展

---

① 阿来著：《格萨尔王》，重庆出版社 2009 年版，第 118 页。

示了那种"命运的不可抗拒和抗拒命运者的必然命运"。《旧年的血迹》中父亲最后在命运面前屈服，他的话耐人寻味："报纸也请捎回去，我不要看了，命里没有。"在不长的篇幅中"命运""命定""命里"这样的词反复出现，父亲的倔强固然让人佩服，而面对坎坷时的清醒则更显悲壮。阿来借此展示了生命个体纵使努力挣扎也无力逃出命运牢笼的困境。《尘埃落定》中土司制度不可挽回的覆灭是宿命，多吉罗布兄弟的复仇是宿命，茸贡土司家没有男丁也是宿命；《行刑人尔依》生来就是行刑人是宿命；《月光里的银匠》出走又复回，死在自己出生的地方也是宿命；《达瑟与达戈》中色嫫与达戈相遇是宿命……而"宿命"这个词汇在阿来不同的文本、不同的语境中扑面而来，它常常呈现出历史与现实、失衡与迷离、智慧与愚昧的碰撞与纠缠不清的关系。"宿命感"如暮霭般紧紧笼罩在阿来的作品之中，体现出一种悲剧的美感。"一个时代的人就在你那个时代，不要生活在另外一个时代，即使活下来，也只是行尸走肉，重复过去的记忆而已。一个时代结束就淘汰掉一大批人，即便是最优秀的人。我不忍心让他再活下去。他自己也明白他应该死去了。这就是宿命。宿命不是简单的，当然有我们所说的天意的成分，宿命实际是一个大的时代的历史走向决定一个人的命运，一个人可以自己掌握历史长河的沉浮中小的起伏，而大的命运走向是命运决定的。"[①]在阿来看来，命运是历史给予的考验与试炼，是无可避免的生命走向。然而，对于命运脉搏的准确把握与书写却是一件颇见功力的事情。阿来在一种平和与诗意中书写着在加速运转的历史中某些群体必然消失的悲剧。凝重而又缠绵的苍凉感弥漫在故事的字里行间，在一个英雄末路、崇高退隐、信仰失落、精神贬值的时代，我们如何在庸常与宿命中寻求和弘扬大声音，这不仅是文学的问题，也是我们生命需要面对的选择。

---

① 易文祥、阿来：《写作：忠实于内心的表达——阿来访谈录》，《小说评论》，2004年第5期。

二、历史洪流中的个人哀歌

阿来的悲剧书写并没有仅仅局限于对沉重宿命的纠缠，他的小说多着眼于故乡的风土人情，并常常在动态的历史进程之中书写人类的困境，并由此展开自我的"问询"。作为一个社会的观察者与充满历史责任感的作家，阿来也不止一次地感叹，传奇的时代不在了，英雄没落了，而对平凡生命的关注和思考也成为他写作的目标。在《孽缘》中阿来说道："我必须在这里揭示出在一种带着强烈的喜剧性色彩的生存状态下的泛人类的悲哀，人性的悲哀，生命本能与生命追求的崇高品格之间相互冲突的悲哀。我想这是支持我写下总题叫'村庄'的这一个系列的唯一理由。"[①] 在这个层面上讲，阿来的悲剧意识不仅来自对生活苦难的真切体验，而且源于对生命存在深刻的洞察和对个体高贵生命的理解与尊重。在他很多作品之中，阿来以良好的艺术感知，从日常琐碎的苦涩中升华出诗意，使得作品弥漫着一种悲怆而诗意的光辉。

我想，没有什么比面对自己的故乡在历史洪流中的衰败更为痛苦的事情了。

"我知道，自己的写作过程其实是身在故乡而深刻地怀乡。这不仅是因为小城里已经是另一种生活，就是在那些乡野里，群山深谷中间，生活已是另外一番模样。故乡已然失去了它原来的面貌。血性刚烈的英雄时代，蛮勇过人的浪漫时代早已结束。像空谷回声一样，渐行渐远。在一种形态到另一种形态的过渡时期，社会总是显得卑俗；从一种文明过渡到另一种文明，人心委琐而浑浊。"[②] 在《最新的和森林有关的复仇故事》中，阿来在文本中努力呈现一个讲故事的语境，甚至化身为临近卡尔古村"写东西的小伙子"，在

---

① 阿来著：《孽缘》，《孽缘》，四川民族出版社 2005 年版，第 32—34 页。

② 阿来著：《落不定的尘埃——〈尘埃落定〉后记》，《看见》，湖南文艺出版社 2011年版，第 224 页。

故事中一再强调"传说里有真正的东西""传说就真在这里"。然而，当"传说"作为动词在故事中被反复提及，它更接近"传播"的意味。这种强调试图缩小与真实间的距离，可是，英雄时代早已远去，"复仇"作为血性刚烈时代的余响，却在"当今这样和过去的世道全然不同"的时代中不断地被消解，连复仇的动因——仇恨——都已在"血中已经非常淡化了"。金生和父亲与当下的现实有着时差。显然，这里的时差并非是客观时区的差异，根源是对日新月异世界的接受无能。这种接受无能多是源自对时代发展的错误估计，抑或是对原有生活和思维方式的固守。《达瑟与达戈》中，生存环境改变之后，达戈一直以来成为一个好猎手的坚持变得毫无意义，他主动赴死成为"机村最后一个与猎物同归于尽的猎人"，成为自己的英雄。遗憾的是，在金生身上，这种死亡的崇高也被剥去，"复仇"的行为更像是一场闹剧。想象中的复仇是男人间"刀对刀的决斗"，不想却是"连什么是仇恨都不知道"的女人"对着老村长又撕又打"。虽然说，"死亡"仍是作为故事的高潮和结束部分，但金生杀人的行为却无关祖先、村落，与其说是复仇不如说是宣泄，宣泄他在金钱面前的颓败和被轻视。"以前是失败，这次，胜利了，却感到了更深的耻辱"[1]，复仇内涵却被之前大量的铺垫所最大程度地压制，"死亡"不过是一个偶然的事件，是对于"复仇"无可奈何的终结，"最新"的复仇故事也实际上被阉割了。在《尘埃落定》中与其说是多吉次仁后代的复仇完成，不如说是源自傻子二少爷的主动赴死；《空山》中曾经在机村称霸的更秋家五兄弟，只是在口头上叫嚣着向拉加泽里复仇，更秋老五更是与拉加泽里把酒言和，还私下接受拉加泽里的救济……"这个时代，仇恨也变得复杂，变得暧昧不明了"[2]，时代的力量是这么地强大，在这些现代乡村精神群像中，不仅血亲复仇弱化了，就连古朴的道义感和勇敢无畏的禀

① 阿来著：《奥达的马队》，四川民族出版社 2005 年版，第 141 页。
② 阿来著：《空山》（三部曲），人民文学出版社 2009 年版，第 580 页。

性也丢失了。而在《云中记》中，这种血性消失得是如此地无声，恶霸祥巴一家盖了全村最高的房子，破坏云中村老民居的和谐感，"村里人不高兴，但没有人敢于出面去阻止。村长没有，村支书也没有。也没有人向乡里县里反映"①。在阿来看来，血亲复仇虽有愚顽残酷的一面，但也包含了部落时代的原始的英雄观，它们的弥散映现了现代社会强大的溶解力。复仇心理的弱化、血性的丧失不仅是律法时代的规约使然，而且是乡村民族根性萎缩、个体精神颓败的悲剧投影。

　　阿来的书写并不激烈，也不是痛苦的堆积和垒砌，而是一种抒发、一种表达，旨在揭示生活浮层之下的泛人类的悲哀，那些含泪的微笑以及卑微人生对温暖的诉求。联系起黄子平为其著作《革命·历史·小说》②的第十章命名为"灰阑的叙述"，他在讨论香港作家西西的小说《肥土镇灰阑记》时，高度评价了西西对弱小者的声音表达，认为"是对沉默的征服"。事实上，"无往而不灰阑"是人类普遍的困境，阿来的《环山的雪光》之中突出的就是个体意志的自我追求，充满了抗争的激情。在某种意义上而言，金花有着类似美狄亚③的意蕴，她警示着世界不要漠视女性的情感和梦想，她们不是可以随意摆布的玩偶。美术老师唤醒了这个"体格健壮的姑娘的女人的敏感"，却使她没有考上学校；麦勒唤起了她逃离的渴望，却不能让她自由地飞翔，甚至连带她看看外面的世界都不能够。她毅然打掉孩子、离开麦勒，纵使麦勒无比地爱她、珍视她。虽然，金花不顾现实对她的无声包围，一味耽于美妙的幻想，而现

①　阿来著：《云中记》，北京十月文艺出版社 2019 年版，第 118 页。

②　黄子平著：《革命·历史·小说》，牛津大学出版社（香港）1996 年版。

③　"古希腊三大悲剧家"之一欧里庇得斯曾写过题为《美狄亚》的悲剧，讲述了远古时期英雄时代，曾盗取"金羊毛"的英雄伊阿宋抛弃妻儿，为了和科任托斯城国王克瑞翁的女儿成亲。美狄亚为报复伊阿宋，杀死公主和自己的两个儿子，并乘着龙车带着儿子的尸体飞走。

实是，她努力进入想象中的"新生活"，却发现根本不能适应。无论金花如何小心地穿越于现实与梦境中，她都无法避免毁灭的悲剧，她不仅毁灭了自己，还使得麦勒和美术老师成为她理想祭坛上的牺牲，当然这种充满激烈和毁灭的悲剧抗争是很难为人所接受的。由于女性几千年来一直被社会所漠视，而且中华民族的文化性格以及情感表达方式都决定了不愿接受走向极端的悲剧，故而她们身上的强烈情感和意志是很难被理解的，这篇小说也没有引起理论界应有的注意。同样处于无处找寻也无处回归悲剧的，还有《尘埃落定》中的土司太太、《血脉》中的爷爷等。当命运、荒诞成为生存的境地，那么悲剧的结局就不可避免，土司太太一方面渴望汉族的同类，但因为军阀曾杀了她的父母，也注定了她不会和汉地来的军阀，也是唯一她可能遇到的汉人成为朋友。《血脉》中长腿长胳膊的爷爷，"这样不知疲倦地行走，唯一目的，似乎就是要顽固地独立于这种美感之外，把自己从一个世界中完完全全剥离开来"，他高傲地拒绝融入所在地藏区的日常生活，却因为复杂不清的身世背景主动逃离同类。早年那个军长吹灭的火柴，不仅使爷爷失去了点燃烟叶的火种，同时也熄灭了爷爷回归故土的希望。最后，爷爷放弃了对抗的努力死在藏族的地方，终其一生爷爷都是一个"孤独、乖戾的人生过客"。在这类悲剧之中，人物是通过不懈的对抗来彰显对理想的坚持，拒绝融入当下，甚至主动挑起与现实秩序的冲突和碰撞，不惜毁灭了日常生活的和谐。虽然，他们对所在的生存地而言是"过客"，但是他们却因为时代以及自身的原因无法找寻命运的出口回到渴盼的故乡，他们身上蕴含着无以言说的悲剧与深入骨髓的哀伤。

在阅读中我们感受到，《尘埃落定》也是一种强烈对抗的悲剧，只是它所对抗的不再是个体的梦幻，而是历史洪流。阿来借一个亡魂回溯的视角表达了在现代性进程中的各种力量对立、消长的悲剧冲突。在滚滚向前的历史巨轮面前，无论是阴险狡诈，还是英明神武，土司都注定消亡。正如马克思在《〈黑格尔法哲学批判〉导言》中所分析的那样："当旧制度本身还相信，而且也应当相信自己的合理性时候，它的历史是悲剧性的。当旧制度作为现存的世界制度同新的世界进行斗争的时候，旧制度犯的就不是个人的谬误，而是世界性的历史谬误。因而旧制度的灭亡也是悲剧性的。"而麦其土司在扩充自己的领地，引进鸦片和枪支使自己空前强大的同时，也使得现代文明有力地侵蚀了原有的农奴制，他的错误在于处于不能控制的历史进程之中。同时，鸦片、梅毒、枪炮和繁荣的边境市场都成为旧制度内部蜕变的标志。可以说，在土司制度分崩离析之前，文化的瓦解显然走在了这个土司部落之前。在旧制度被新世界取代之前，它自身的破碎、整合早已开始。这是历史发展的沉重之殇，也是整个社会所无法也无从规避的悲剧。同为当代著名作家的迟子建的《额尔古纳河右岸》和红柯的《西去的骑手》也从不同的角度传达了一种远去历史的悲哀。在滚动的历史巨轮之下，任何的努力、挣扎无异于螳臂挡车，只有那种高贵而回肠荡气的精神在历史的回廊之中余音缭绕。

当时代突然加速，无论是民族、村落还是个体都无一例外地被迅疾旋转的历史巨轮所挤压，文化的突进给人带来了悲剧性的阵痛，那么命运的悲剧与生命的苦难也随之降临。从这个意义上讲，《奥达的马队》《永远的嘎洛》《已经消失的森林》《天火》《空山》仍然是悲剧性的，但却不再是英雄史诗般的崇高悲剧，而是根植于生活之中的历史与人性的诗化寓言。在时代的剧变之中难免有着逝去的悲哀，从"永远""已经消失""随风飘散"这些话语的背后隐藏着不可挽回的消逝与没落的伤痛。在阿来的作品之中，有着最后的马队、最后一个好猎手、最后一个会唱古歌的人、最后一个巫师、最后的马车夫……我发现，恰恰是在这类小说之中，阿来开始展现出他独特的韵致与气象：上手不紧不慢地铺叙，纵使命运多舛、多番苦难，亦如此娓娓道出，似乎生活本该如此，在从容之中显出其张弛有度的格局。联想起阿多诺曾说过："苦难，而不是肯定，是艺术的人性内容，如果抹掉对累积起来的苦难的记忆，是难以想象作为历史缩影的艺术会变成什么的。"① 有的时候，苦难是上苍赐予的考验，无论我们如何努力都无法避免苦难的降临。苦难与人生相伴，悲剧与文学同行。

而渺小个体与时代共命运的内心的动荡更感人至深。阿来就切实地感受着时代的剧烈变动，"我关注的其实不是文化的消失，而是时代剧变时那些无所适从的人的悲剧性的命运。悲悯由此而产生。这种悲悯是文学的良心"②。对于这些悲剧主人公来说，急剧变化的社会使他注定要处于极度的不可靠性和存在的偶然性中。阿来所竭力书写的是整个人类文明进程中落在后面的民族的困境。阿来在《奥达的马队》目录的题词中写道："我们的故事是唱给一些已经湮没踪迹的过客的挽歌。"奥达面临着代表现代文明的道路挤压，阿来在行文中展示了对往昔峥嵘岁月的诗意回溯及现实人生的惆怅迷茫。而奥达的马队之所以是悲剧的，源自他所反抗的不是他能够战胜的，他反抗的是主宰着整个人类的力量，是历史的进程，是时代的发展，是工具的更新。道路在曾经的荒野中步步逼近，现代性的车轮滚滚而来，一度君临一个时代的高傲的马队已经被"压迫到这条最后的山沟"。而以奥达为首的马队成员的伟大在于，他们拥有反抗既定命运的激情和热爱流浪的古老天性。从中我们不难体味到阿来对历史黎明中一度显现的身影的迷恋与讴歌。他们是被激情所控制的人，奥达不是为了生存而生存的人，而是为了反抗命运和束缚而生活的人。正是在这种反抗中，人的主体性的力量才被发挥到了极致，我们也在悲剧人物的身上发现了自己所蕴藏的全部能量。人超越了死亡，也超越了自己，他便是伟大的。

但同时，我们不可避免地要面临"新旧社会交替时期人的价

---

① ［德］阿多诺著；王柯平译：《美学理论》，四川人民出版社 1998 年版，第 444 页。
② 阿来：《有关〈空山〉的三个问题》，《扬子江评论》，2009 年第 2 期。

值危机和信仰危机。一方面弱肉强食的残酷竞争使人产生价值与信仰危机，另一方面人在生存中又不得不根据实际情况作出相应的选择。这种冲突往往使悲剧主人公处于神经症心理危机状态，并因精神崩溃而毁灭"[1]。无疑，达瑟（《空山·达瑟与达戈》）是生命的智者，他是阿古顿巴式的高尚智慧的延续，他和书一起住在树屋上，萦绕在他脑海的总是一些朴素而直接的问题。然而，达瑟最大的悲剧并不是与时代群体的格格不入，而是他的智慧与坚持在他生命结束之前已经离他远去，他变成了一个喜爱抱怨与谩骂的老人。《轻雷》中拉加泽里因为贫困而放弃学业与爱情，并在时运与努力之下成为经济大潮中的弄潮儿，遗憾的是，他却在实现财富欲望之后陷入更深的迷茫，这是时代的悲剧，也是人性的悲剧。在这里，非理性的生存逻辑成为人超越自身的障碍，人在应对外部生活方式及思维模式的变迁时逐渐失去了本心，从而陷入脆弱、焦虑和迷茫的境地却无能为力，甚至走向自我的毁灭。在这个意义上讲，《永远的嘎洛》的悲剧意味则具有普泛的意义，有评价说该文"超越了汉藏民族的界限，去探寻在中华民族现代历史上有过重要意义的农民对土地的情感的作用和价值"[2]。文本中，最打动人的是嘎洛对土地的那份热烈的情感。"土腥味"对他而言是最大的诱惑，他怀着对土地的憧憬远离故乡，踏上征战的漫漫长路，因伤掉队后，却因为肥沃的土地而滞留他乡，甘愿当个没名的瞎子。他从来没有过别的野心，土地是他唯一的事业，土司时代，他冒死开垦自己的土地，甚至不惜为之献身。解放后，"在他女儿和儿子的影响下，他经常稀里糊涂地向人讲他的革命经历，直到把听讲的人也弄得稀里糊涂。而真正潜藏于他内心深处的，依然是一个地道的农民对土地的深厚感情"。然而，时机貌似永远不对，乡村的浩劫与伴之的命运灾难

---

[1]　徐群晖：《论莎士比亚悲剧的非理性意识》，《外国文学》，2003 年第 4 期。

[2]　冯宪光：《现实与传统幻想与梦境的交织——评阿来的短篇小说》，《当代文坛》，1990 年第 6 期。

接踵而来。终其一生，任凭外界的时代变迁，都不能动摇他对土地的热爱。嘎洛被身体的伤痛折磨，却一直像愚公一样平静而平凡地以自己微弱的力量来坚守一个农民的本分，死在注定无人收获的丰收里。这是商业文明浸染下的乡村，也是乡村伦理断裂、农业文明衰败的乡村。我们沿着阿来悲伤的目光，从病态的悲壮中体味到动人心魄的哀伤。

在《野人》《银环蛇》《火葬》之中，人们没有历史巨轮需要反抗，也无需填平苦难的鸿沟，阿来却揭示了与崇高、完美相对应的负级：丑、虚伪和欺骗。在这类悲剧的书写之中，阿来显现了他神圣的使命感和对一切丑恶的揭露和鞭笞。同时，他也清醒地意识到，人性中这些顽疾与阴暗是无可避免的，它们与人类的历史同步，业已沉淀在人类的古老基因之中，这是悲剧的叹息，也是"后悲剧"时代的悲哀，也许这就是最为荒谬的悲剧悖论。

归结说来，阿来的小说中蕴涵着浓厚而深邃的悲剧意识，这使得他的作品具有深刻的美学意蕴。与同代作家相比，苏童书写的悲剧多为性格的悲剧，颂莲、秋仪、小鄂、小慧仙、库文轩等总是在晦暗不清的历史背景之中挣扎起伏，在一个个命运当口，与其说是命运预设了他们的悲剧，不如说是他们性格缺陷所导致的必然结果；格非的《人面桃花》三部曲则展示的是梦幻置身于虚无之上的悲剧，他们努力挣扎为的是推动轻灵的希望，他们绝望的抗争与努力，如同南方黏稠的雾霭，紧紧缠绕却无从反抗。而阿来笔下的悲剧则是立足于大地之上，展示那些在时代的巨轮、命运洪流的冲击之下无力转圜的人，他们高贵的坚持、隐忍的哀伤、绝望的痛苦，还有那些沉潜于生活之下的渺小、卑微以及偏见。"肯定矛盾，殉于矛盾，以战胜矛盾，在虚空毁灭中寻求生命的意义，获得生命的价值，这是悲剧的人生态度。另一种人生态度则是以广博的智能照瞩宇宙间的复杂关系，以深挚的同情了解人生内部的矛盾冲突。在伟大处发现它的渺小，在渺小处却也看到它的深厚，在圆满里发现它的缺憾，但在缺憾中也找出它的意义。于是以一种拈花微笑的态度同情一切；以一种超越的笑、了解的笑、含泪的笑、惘然的笑，包容一切以超脱一切，使灰色黯淡的人生也罩上一层柔和的金光。"[1] 在生存的苦难、价值的颠覆、人性的缺陷和存在的虚无面前，阿来的书写既是一种悲剧的净化也是精神的救赎。然而，救赎既不是源于审美的自恋与感伤，也不是源于懦弱的逃避与退让，更不能等同于对现实的妥协、群体的顺从；而是源于作者对高贵的精神立场的坚持，并与现实保持适度甚至警惕的距离。不仅如此，阿来作品之中还坚持对个体命运的关注，并对生活进行不懈的问询和反省，书写历史洪流中的个人哀歌。文本之中展示了他对生命意义探寻的努力，以宽容与豁达来坦然面对可能的敌对、个体的伤痛、无人理解的孤独以及落后于时代的煎熬。阿来的心向着大地和万物展开，他的作品之中有一种无处也无法掩盖的悲凉的沉重感，以及根植于广袤大地的咏叹。

第二节　文学延展出的生命空间：
现代性冲击下的灵魂挣扎

二十世纪以来的中国文学，乡村中国一直是最重要的叙述对象。乡土记忆，也是中国作家最重要的文化记忆。阿来的很多作品都表达了对当下乡村命运的自觉关怀，文本中充溢着对往昔岁月的诗意回望和活在当下的焦虑、惘怅。"对本人这样的青藏高原的土著来说，选择的理性与本能的感性不需要理由也会在身体中冲突起来，让人体会到一种清晰的撕裂的隐痛。因为血液深处，会对即将消失的东西有一种深深的眷恋。整个青藏高原已经不可逆转地与现

---

[1]　宗白华著：《艺境》，北京大学出版社 1998 年版，第 81 页。

代文明遭逢到一起，而在身体内部，那些遗世独立的古老文化的基因总要顽强地显示自己的存在。"[①] 阿来描写的是藏族独特的生存面貌和文化内蕴，并将地域情调升华为一种人类共同的感受，那是一种立足于大地上的情感激荡。在阿来的书写之中，我们不难发现他对现实中复杂现象的批评性态度，"批判现实是作家天赋的责任"[②]，然而这种批判并非出于一时的狂热、激愤与偏执，而是在认知历史规律的基础之上，冷静而宏大的审视。在某种程度上而言，农耕社会自身的滞缓与萎缩，使得书写乡土生活的文学承担着风险与挑战，需要正视现实困境的勇气和超然于现实进程之外的持久绵远。阿来对世界展开一种"倾听"姿态，倾听时光的流转、倾听灵魂的飞舞、倾听自然的哭泣、倾听生命的回响、倾听大地的语言，并直面现代性冲击下的灵魂挣扎，用自己的文字建立起个人对于世界的关怀和想象，在文学中延展着生命的存在空间。

一、现代性冲击下的失重与迷失

"历史"屡屡被当成思想起跳之前的助跑。当历史的车轮突然加速，缺少助跑的思想开始瞬时失重。在一个摇摇欲坠的文化废墟之上，现代性的大潮以摧枯拉朽之势迅猛而来。按照英国学者吉登斯的看法，现代性"首先意指在后封建的欧洲所建立而且在二十世纪日益成为具有世界历史性影响的行为制度与模式"[③]。在某种意义上讲，现代性的进程意味着摧毁、合并和崩溃。对现代性的弊端，在西方，卢梭、尼采、黑格尔、韦伯、哈贝马斯、海德格尔等人早已展

---

① 阿来著：《火车穿越的身与心——青藏笔记二》，《看见》，湖南文艺出版社 2011 年版，第 29 页。

② 阿来、陈祖君：《文学应如何寻求"大声音"》，《现代中国文化与文学》，2005 年第 2 期。

③ ［英］安东尼·吉登斯著；赵旭东、方文译：《现代性与自我认同：现代晚期的自我与社会》，三联书店 1998 年版，第 1 页。

开了沉重的反思。现代文明高举"为自然立心"的大旗，犹如一台巨大的粉碎机把传统文化、自然文明、乡村伦理撕成碎片，即使是雪域高原这样一个相对封闭的地方，现代性的幽灵依然如期而至。"所谓'现代性'意味着新一轮的哲学与神学的冲突"[1]，在《尘埃落定》之中，阿来就探讨了"现代性"对于仍处于农奴制社会的藏地的残酷影响。枪炮、鸦片、国家等代表现代性的因子的到来，不仅改变了原有的生活、信仰方式，而且也推动了社会体制和样态的跳跃式发展。我想，阿来把叙事空间设定为相对封闭的藏地，并非因为嘉绒藏区是他"生活在一个非常狭小的世界"，便于掌握和描摹，而是阿来把曾经的"四土"、现在的"机村"，当作整个人类现代化进程的一个缩影，直面并"关注了文化（一些特别的生活与生产方式）的消失，记录了这种消失，并在描述这种消失的时候，用了一种悲悯的笔调"。就如同阿来在渤海大学演讲的题目《我只感到世界扑面而来》一样，无论现代性对一度古老的藏地意味着什么，它都以不可抗拒的姿态与速度侵入藏地领域之中。在阿来的书写之中展示了现代化进程中所产生的传统与现代、城市与乡村、环境破坏与经济发展之间的冲突等现代性的焦虑问题。他所做的不仅仅是对宏大的历史正面描摹，而是把一个个生命的苦痛在时代的更迭中展开，使得一座精神的建筑从情感的地平线上生长起来。

很多时候，现代文明所带来的不仅仅是文化、民族、语言之间的审视，更为重要的是文明发展程度不同的差异，先进与落后、文明与蛮荒、科技与信仰的冲撞可能要比任何一种文字、文化的冲突更为激烈。曾经，老师、伐木工人、勘探队、贡波斯甲给幼年的阿来带来了对外面世界神圣而庄重的期待。"我少年时代的那片深山"，"一个村庄所关涉到的一片天地。山峰、河谷、土地、森林、牧场，一些交叉往复的道路。具体而言，也就是几十平方公里

---

[1]　刘小枫著：《现代人及其敌人》，华夏出版社，2009年版，第67页。

大的一块地方。在我成长的过程中，那曾是一个多么广大的世界！直到有一天，一个地质勘探队来到了那个小小的村庄。一张航拍的照片……甚至改变了我的世界观。或者说，从此改变了我思想的走向。从此知道，不止是神才能从高处俯瞰人间。再者，从这张照片看来，从太高的地方也看不清人间。构成我全部童年世界和大部分少年世界的那个以一个村庄为中心的广大世界竟然从高处一点都不能看见"①。在这段表述中，我们不难发现，外界文明对幼小阿来的世界观所造成的颠覆性震撼，而这种震撼一直延续到后来的小说写作之中。在写于1987年的三篇小说《守灵夜》《环山的雪光》《奥达的马队》中，阿来表达了对现代文明的复杂和纠结的情绪。在《守灵夜》中，阿来写道："公路也成为章老师在学校里描述未来辉煌前景的一个确凿的证据，用以激励他的学生走向山外沸腾的世界。"在《环山的雪光》中，阿来借道嘎之口说道："我将来要设计一条道路从我们村子前面穿过。在那里设计一个全世界最漂亮的车站。"我们不难想见，"路"作为一种对外面世界梦幻的延伸而存在，饱含了藏边的青年对现代文明的渴望，阿来期待着从代表现代文明的"路"中走出历史，走向未来。而在《奥达的马队》中，阿来对现代文明已不复是单纯的梦想与期待。时代流转，无论接纳与否，现代文明伴随着攻击、抢夺、摧毁的特征汹涌而来。甚至可以说，《奥达的马队》是阿来对文化消亡的惋惜的自然流露。"当整个民族文化不能孕育出富于建设性的创造力的时候，弱势的民族就总是在通过模仿追赶先进的文化和民族，希望过上和外部世界那些人一样的生活。当全球化的进程日益深化时，这个世界就不允许有封闭的经济与文化体存在了。于是，那些曾经在封闭环境中独立的文化体缓慢的自我演进就中止了。从此，外部世界给他们许多的教导与指点，他们真的就拼命加快脚步，竭力要跟上这个世界前进的步

---

① 阿来：《有关〈空山〉的三个问题》，《扬子江评论》，2009年第2期。

伐。正是这种追赶让他们失去自己的方式与文化。"[①] 现代文明以一种"毫不容情的力量"结束了马队的使命，在更快、更便捷的交通工具卡车的面前，马队的消失是如此地合理而又无声。而"我"这个十三岁的孩子最初加入马队的时候，就"穿着奥达用一块汽车篷布做成的坎肩"。联系起阿来从来都不是一个随意泼墨的人，汽车篷布为"我"遮风挡雨的同时，也时刻提醒着我们四处延伸的公路和卡车的挤压是一直都存在的，这个貌似闲笔的描写实则为马队的消亡蒙上了时代必然的阴影。在文章中所描写的电影里："马匹矫健的骑兵队在钢铁机器的碾轧下陈尸累累的惨景。那个英勇的马上将军的尸首被扔进装甲车的钢铁躯壳下，消失于初春萧条的茫茫草原。"这个惨烈和悲壮的镜头与现实中马队被无声地取代和消灭形成了互文，让我们感受到情感上的钝痛。阿来饱含着感情书写了这段文明之间的博弈，或者说是在博弈之前，相对落后民族就已经被无声吞没和同化了，而代表着古老的光荣与梦想的马队消失了，也昭示着传统、文化与历史的"断裂"。

虽然，历史发展的每个阶段都存在断裂，只是藏民族在现代性面前的断裂更为特殊一些。在现代文明入侵以前，雪域高原一直以一种与世隔绝的姿态，以比较缓慢的速度进行自我演进。他们依照着自然法则、神明信仰而生活，在这片广袤的自然之中，土司、牛羊、粮食都是实在的存在，他们对时代巨大的跨越并没有准备，却被外部力量（现代性）强制终止了自我的历史，使得历史与现实脱钩。这种脱钩存在于思想、文化、政治、科技、传统等各个方面。在飞速变化的时代中，带给藏民更多的是困惑与迷茫，阿来在《有关〈空山〉的三个问题》中写道："新的时代带着许多他们无从理解的宏大概念迅疾到来时，个人的悲剧就产生了。我关注的其实不是文化的消失，而是时代剧变时那些无所适从的人的悲剧性的命

---

① 阿来著：《没有一种固定不变的民族文化》，《看见》，湖南文艺出版社 2011 年版，第 171 页。

运。"具体说来，牧民强巴（《断指》）通过自身努力掌握了现代技术，可以给牛羊配种，即使他可以建造一个现代化的牧场，却依然不理解外界社会的秩序和现代法律的制度，他只能选择原始的方法，切断大拇指逃跑；《路》中桑吉因为不了解现代文明的"猫鼠"法则，而拼命奔跑，最终失去了生命。无疑，现代文明是伴随着无可抗拒的强权从语言、思维方式等方面全面地侵入藏族的乡村。

事实上，古老的中国文明一直是由乡村在支撑。在《尘埃落定》《行刑人尔依》《月光里的银匠》中，无论是改朝换代，还是政权更迭，对乡村社会组织结构都没有造成根本性的动摇，无非是从一个土司到另一个土司，生产方式也没有发生大的改变。"这个过程与今天有什么不同，那就是因为信息与交通的落后，这个世界显得广阔无比，时间也很缓慢。所以，消失是缓慢的。我至少可以猜想，消失的缓慢会有一个好处，那就是人们在不知不觉中习惯这个消失的过程，更可以看到新的东西慢慢地自然成长。新的东西的产生需要时间。从某种程度上说，进化都是缓慢的，同时也是自然的。但是，今天的变化是革命性的：迫切、急风暴雨、非此即彼、强加于人。"[①] 在《空山》之中，我们明显感到现代化的浪潮汹涌而来，一个又一个新事物，在强势的推进之下使得"机村"不再是以前的样子。正如香波、水门汀、马赛克、咖啡、坦克等汉语词汇都是"舶来品"一样，《空山》中的"事物笔记"就记叙了马车、脱粒机、水电站、收音机、报纸、卡车这些现代文明的实物是怎样突然出现在藏族日常生活的领域，而博物馆、歌唱家，甚至"革命""运动""主义""阶级斗争""世界观"这种空洞的词汇随之也在乡村中出现，它们所代表的不仅仅是一个词语字面的意义，其中也暗含着两种不同的文化在现代化进程中的冲突与相互渗透。它们像电灯一样照亮了整个村庄，同时，现代性中还涵盖着对古老的传

---

① 阿来：《有关〈空山〉的三个问题》，《扬子江评论》，2009 年第 2 期。

统、思维、观念"驱迫"的意味。消灭了望族和土司，以前的奴隶嘎洛们成为新的主人，重新分配了财富及权力；用"合作社""承包""个体"的方式不断地改变"机村"原有的生活、劳作方式。然而"机村"绝不是某个文明的特例，而是被现代化冲击的中国村落的缩影，书写之中隐含着阿来对村庄命运的关注与同情。

在《云中记》中，阿来不断在现实与过去之间穿梭，现代性的冲击下，持续加深的故事不但没有夯实民族的历史，反而动摇了正统的根基。在庄严、悲悯的基调中，阿来展开了一个关于生命、关于灵魂的叙述，整个故事仿佛是一幅灰色的卷轴，灰色是水和泥混合的颜色（女娲造人就是由水和泥构成），是日光洗礼后原初的颜色，是梦的颜色。无独有偶，在《格萨尔王》中，在"故事：神字发愿"一章中也写到从神界往下看，"下面依然是云雾翻沸，那颜色却是悲凄的灰与哀怨的黑了"。阿来在《云中记》中制造了一个独特的地理空间。我们发现这个空间在《尘埃落定》中是逐步敞开，并随着麦其土司的强大而不断扩张，虽然历史突然加速，麦其土司的家族灭亡了，但麦其土司曾经的领地还在；而《云中记》则恰恰相反，"云中村"是一个不断收缩的过程，它最后要淹没在地理的变动之中。更为令人触目惊心的是，在地理上消失之前，云中村就已经被废弃了，而历史的接连变化，现代文明的持续演进，以及城市过剩的消费欲望都在影响着本不坚韧的乡村伦理。村民们变成了"移民村"的村民，保佑云中村的山神祖先也消失了。"移民村"的人已经是新地方的味道，在移民村新出生的孩子说"新地方的话"。阿来并没有用过多的笔墨切入"移民村"，而是把人物和故事放在注定要灭亡的云中村，这个在山下完全看不见的自我封闭的山村，它的一切是缓慢的、诗性的。当阿来书写"云中村"下的阿瓦乡时，无论是急功近利的官员，还是宰客的大学生、厕所乱收费的穷困乡民，都展示了经济的快速发展下被极大刺激的人性贪欲，那是一个现实而癫狂的世界。就像阿来在诗歌《致领诵者》中所写的那样："这些蓝色的血管多么美丽／中间是怎样欲念的深渊""它们越来越深，越来越……暗／越来越远，难以回返"。社会在飞速前进，在现代大工业社会中，常识和个人经验的作用越来越小，"云中村人没想到这个年轻人上了个大学回来就变得这么有主意。他们说：哦，祖祖辈辈都是老年人做主"[①]。实际上，知识改变了以往的权力承袭系统，促进了社会机体的良性代谢，年轻的大学生仁钦毕业没几年就能当上乡长。同时，旧的生活和生产方式的消失，也造成了普通个体生命的震荡。我们无法忽视"电视机孩子"身上那种疲惫空虚所带给我们的震撼；也无法忘记认真工作，却因把梅花绣成"云中村女人头巾上的传统图样""有宗教意味"的吉祥莲花而被开除的姑娘。无论是"电视机孩子"、流水线上"巧手姑娘"，甚至是曾经在家具厂分解木板的工人阿巴，他们都只是世界工业的一个末端，或者说是生产线上一个微小的局部，他们被剥夺了独立思考的能力，被提及的只是工具性。联系起《三只虫草》中所描写的"这些定居点里的人，不过是无所事事地傻呆着，不时地口诵六字真言罢了"[②]；还有桑吉的表哥，学习不好，想跟大人放牧而不可得，最后沦为社会盲流，阿来借桑吉表哥之口写道："上学我成绩不好，就想回去跟大人们一样当牧民，可是，大人们也不放牧了。有钱人家到县城开一个铺子，我们家比你们家还穷。你这个装模作样的家伙，敢来教训我！"这本身就是一个现代性的问题，快的速度并没有带来与之同步的愉悦，旧的美德消失，传统的生活方式不再适应新的社会环境，但新的价值体系和文化观念并没有形成。在生存的困境面前，美好的希冀和高尚的劝导显得那么地孱弱而苍白，定居点的人们拥有着选择的自由，却因为自身能力以及受教育水平等原因，限制了自己的发展和选择的余地。虽然，阿来也意识到在迅疾紧逼的现代化进程面前，人的异化和堕落，但他却不

①　阿来著：《云中记》，北京十月文艺出版社2019年版，第35页。
②　阿来著：《三只虫草》，明天出版社2016年版，第23页。

着意于批判。在某种意义上讲，废弃的云中村成了过去的祭坛，在它那里呈现了"过去"的现存性、具体可感性，在把人的生命情感净化、诗化的同时，也隐含着巨大的隐喻，云中村后面的"裂缝真有力量，把云杉和桦树深扎在地下的根都扯断了"[①]，这种巨大的吞噬性力量，不光是地壳层面的，还有文化之根的断裂、文明层面的撕裂。

然而，究竟什么才是真正的现代文明？如何全面地认识现代性对人类社会的影响？这些年来，这样的问题一直纠缠着有良知的人文学者。我们不能否认的是，文明不是一个简单的名词或动词，真正健康的文明，绝不是破坏、掠夺和杀戮，而是包含了生命主体对自然和人性的保护、包容与和谐。阿来在书写之中，一直对现代文明采取着一种谨慎而理性的个人立场，在他的作品之中展示了"机村"在现代文明面前的变化、发展，乃至于异化。在貌似平淡的字里行间，有接受、有隐忍，也有失重与潜藏的谴责。"中国人有些时候特别相信血缘的力量，而我作为一个长期生活在汉藏文化交汇带上的藏族人，却更多地看到另一种异化的力量。那是一种非常强大的力量。"[②] 现代文明使得印刷业迅速发展，也使得风马[③]的颜色由纯黑变成彩色，当风马成为很容易得到的东西时，雪域高原的人们对信仰的态度也不那么虔诚了。不仅在人文精神层面，而且在语言和日常生活层面上，阿来在散文之中不止一次地慨叹，嘉绒已经很少有能流利使用嘉绒语的年轻人了，这些年轻人向往外界的生

---

① 阿来著：《云中记》，北京十月文艺出版社 2019 年版，第 36 页。

② 阿来著：《雪梨之乡金川》，《阿来文集·大地的阶梯》，人民文学出版社 2001 年版，第 228 页。

③ 风马藏语发音"隆达"，"隆"即风，"达"即马，是把驮着"三宝"的马拓印在一张比香烟盒还小的四方纸上，以藏文组成咒语或者是吉祥八宝（海螺、珊瑚、砗磲、如意等）图案印在四周作为花边。风马旗，是印满六字真言或者咒语，中间印着一匹驮宝的白马，共有红、黄、蓝、绿、白五种颜色，是青藏高原的独特风景。传说有传播教义或者为神灵所驱驾的作用。

活却得不到接纳，对外面世界充满仇视，也不肯在村中过稳当的日子，成为"乡村恶少"，这在阿来的近作《三只虫草》《云中记》中均有体现。而在《金子》《自愿被拐卖的妇女》和《自愿被拐卖的卓玛》中，我们发现她们是渴望未知世界的"金花"系列的延续，女人不再满足于旧有的生活方式和村子里不上进的浪荡子，通过把自己卖掉这种极端的方式，寄希望于未知的世界和未来。

从阿来的作品中，我们看到了现代文明逐渐靠近时的复杂心态：一方面旧的文化、生存方式正渐渐地被人们所背弃，而另一方面现代文明并不能与当地的文化完全契合，这种游离的亚文明状态就难免呈现出种种弊端。"在现代性面前，历史被彻底地消解了意义。人性、生命的意义，灵魂的安顿，精神的寄寓和感情的拥有，也都指向了虚无。其结果必然是对人存在意义的取消。"[1]原有的农耕文化有着自己原有的轨迹，现代性的加入赋予它全新的动力的同时，却使农耕文化"内心感到空洞"。《槐花》中的谢班拉因为想念家乡的槐花，对小家伙身上的乡音以及那种自然洒脱的态度有着发自本心的喜欢，并无私地包容他，连进城以来漫长的夜晚也显得短暂。与之相反的是，他的汉族儿媳，为谢班拉做的一切不是发自本心而是为了功利的表演，甚至连谢班拉最喜欢她的一口白牙都是假的，这成了压倒谢班拉的最后一根稻草。而那个满口脏话的小家伙却成为老人真正的亲人，是那种带着芬芳的泥土青草味道的亲人。《蘑菇》中，寻常自生自灭的蘑菇因为日本飞机来收购而身价百倍，在这种采集、收购蘑菇的战役中，嘉措感到"世界、人、包括他自己正在经历一种变化"，金钱的介入使得原本单纯而快乐的友情变成复杂的百感交集；而在《蘑菇》的新世纪延续篇《蘑菇圈》中，这种变化表现更为明显，"令人心寒和怖畏的人心变坏"，为了金钱，"他们"不仅等不到蘑菇自然长大，而且连阿妈斯炯为

---

① 梁海：《论〈尘埃落定〉》，《文艺争鸣》，2009年第10期。

后代留的蘑菇种子都要抢走。《电话》中因为现代文明的侵入，文章用一个貌似平常的疑问，而事实上是一个已有答案的反问，来隐晦而又不忍地表达了内心的苦痛与无可奈何。即便如此，在传统的藏族文明和现代文明的碰撞中，相对落后的藏民族根本没有反抗的力量确实是一个不争的事实。这就有了阿来在《玛杰阿米》中用有魔力的拉萨为背景，以现代派的技法展示藏民族在业已国际化的都市中的迷茫、断裂和失落。在《空山》的结尾处，代表着梦想与思索的达瑟死了，本不应有女人在场的场合中，外来的女博士却几次试图举起相机，有人要轰她出去，但加拉泽里帮她辩解道："她是博士，她来了解我们的事情，往外宣传，对我们搞旅游有好处。"这位女博士"那种固执劲，其实有某种轻蔑的意思，可是，机村的男人们没有愤怒，反而对她有了某种歉疚之感"[1]。在因为宣传可能带来旅游及与之相伴的经济利益面前，机村多年来的风俗就这样被打破了，在这里性别已经不再成为分类的依据，而是以实力、能量和金钱进行全新划分。机村男人的"某种愧疚之感"犹如一把指向传统的尖刀，把古老传统中的信念和尊严阉割殆尽；而在《河上柏影》中，外乡人王木匠一直"就像这个村子里的人一样生活，一样劳作，吃一样的饭食，说一样的话语，但他依然是一个无根底的外来人"[2]，连自己的儿子和妻子都"被村里的气氛所规定的"而忽视他，然而当物质大潮席卷一切时，这个一直的"外乡人"却顺应时代挣了很多钱，并成为藏族非物质文化遗产的继承人。这是消费社会金钱的力量，也是现代视域下乡村的悲哀。

然而，我们欲望的黑洞如此深邃，"但是，现在的森林已经很难发出这种激荡着无比生命力的澎湃声音了。我的眼睛也很少能看到记忆中占地特别宽广的阔叶乔木撑开巨伞般的冠盖了"[3]。这

① 阿来著：《空山》（三部曲），人民文学出版社，2009年版，第608页。

② 阿来著：《河上柏影》，人民文学出版社2016年版，第64页。

③ 阿来著：《灯火旺盛的地方》，《大地的阶梯》，南海出版公司2008年版，第145页。

些自然生灵的消失，成了地球永恒的伤口，"在那些白桦消失的同时，多少代人延续下来的对于自然的敬畏与爱护也随之从人们内心中消失了。村子里的人拿起了刀斧，指向那些劫后余生的林木，去追求那短暂的利益"①。森林的消失不仅直接导致植被的破坏，更是指向背后所代表的道德的沦丧、理性的迷失。而举起刀斧、迷失心智的人却不知何时才能醒来。阿来对环境的书写，不是环境学家式的呼告与警示，而是充满对大地的普遍关怀。"我目睹了森林的消失，也看到了更加令人痛心的道德的沦丧。故乡在我已经是一个害怕提起的字眼。那个村子的名字，已经是心上一道永远不会愈合的伤口。而我的卡尔古村并不是一个绝无仅有的例子。卡尔古村的命运是一种普遍的命运。"②在《大地的阶梯》中，阿来用他一贯的诗意与沉静描述了滞留丹巴的见闻，因为要开采一种矿物质云母，山体变得千疮百孔，"这种工业本身从一开始，就是一种野蛮而又落后的工业。也许，这种工业给很远的什么地方带来了繁荣，但在这里，自然更多地被摧毁。工业依然与大多数人的生活无关"③。不仅如此，在开采中被浪费掉的云母变成风中的尘土，成为环境进一步恶化的恶魔之一，加之树林的砍伐、植被的破坏，共同构成了环境恶性循环的元凶。阿来在《野人》这篇类散文的小说中，正面地展示了现代性所带来的环境毁灭性的悲哀。他借弱小的旦科之口娓娓道来："我表哥死了，我们的村子也完了，你知道先是树子被砍光了。泥石流下来把村子和许多人埋了。我表哥、妈妈、姐姐……"④这也许是一个极端化了的小说场景，但我们却不能否认的是，这却是人类破坏环境恶果的浓缩，如果我们继续向自然无节制地掠夺，谁又能保证这种悲剧不会真实地在生活中重演？而阿来

---

① 阿来著：《走向大渡河》，《大地的阶梯》，南海出版公司2008年版，第39页。

② 同上。

③ 同上，第50页。

④ 阿来著：《野人》，《就这样日益丰盈》，解放军文艺出版社2002年版，第73页。

的反思并没有就此停止，他用干练洁净的语言书写着旦科爷爷杀死野人的故事。故事的震撼在于，对野人这种友好的、与人类极其相似的动物而言，这不再是一个单纯的血腥猎杀的故事，而是代表了一种情感的泯灭与伤害。女野人"张开双臂，想替爷爷遮住雨水。这时，爷爷锋利的长刀却扎进了野人的胸腔"，从这段书写之中我们不难发现，阿来已经超越了单纯的控诉与指责，展现着更为深邃的命题：环境破坏、金钱迷失的背后，人性的泯灭才是我们最需要面对的问题。文章的结尾野人寻访未果，从一个侧面展示了书写的意义：事情的真相已经无迹可寻，动人的故事却四处流传、警示世人，也许故事就深藏在我们内心阴暗的褶皱之间。

　　同时，阿来也是一个制造梦境的高手，他给处在冰冷的钢筋水泥丛林中身心疲惫的我们建造一个心灵的绿洲，给予我们灵魂栖息的家园，所以当这个梦想中的净土被损坏时，我们体味到的苦痛也是加倍的。在《已经消失的森林》中，阿来在时间的横断面上，把森林和家园等同到一起。他也曾经在他的散文中不止一次地书写了美丽的白桦林像大海一样的声音，"每到向晚时分，山间便会回荡起海水涨潮般的林涛"。在他的笔下，广阔的森林蕴藉着浩大与深沉的亲情，是诗意栖居的家园。阿来用"我将永远没有充分的把握""遗忘""消失""过去"这样饱含感情的词汇来表达一种消逝、追忆和反思的艰难情感。在这貌似平静的语言和温和的诉说背后，我们却感到那种切肤之痛。人在被狂躁的时代扭曲，在庄严与神圣的梦幻中滑落，而敬畏与尊严在现代文明的侵袭之下无以为继。在《望族》中，温泉被圈占，成为一个消费场所，一个代表广大人民梦想、美好而平等的温泉变成花钱才能消费的地方。而以前因为交通落后的原因而显得遥远的温泉，现如今因为昂贵的消费显得更加地遥远。《遥远的温泉》中招商引资的县长贤巴，使童年代表美好梦境的措娜温泉变为水泥混凝土这些没有生命的东西。在吉普车飞驰扬起的高高尘土里，洛桑说了一句很平实又很有深意的话："不止是我，整个草原都被呛住了。"①现代科技与文明可缩短地理的距离，而我们心灵的距离和伤痕是无处也无从弥补的。面对已经废弃、破坏的温泉，以及更为广阔的自然的被破坏，"贤巴们"没有伤感、没有痛惜、没有追悔，有的只是自我的开脱、与权力失之交臂的懊恼。面对这些心悸与伤心，作者只有描写，没有议论，因为事实本身就是最有力的控诉。在阿来的书写之中，森林与温泉具有超越现实表征的象征意味，它们是被浓缩的精神家园，是一个温柔而充满绿意的世界，是由族人、亲情、血缘、人性共同支起的美丽的灵魂栖息地。我们目睹了森林的消失、温泉的破坏，也看到了消失背后令人痛心的道德沦丧。遗憾的是，利欲熏心的我们却在物质利益的面前选择忽略这种残酷的存在。很多时候，灾难过去了我们才知道恐惧。现代文明以一种尖锐而迅猛的速度将亘古不变的农耕文化逼至狭仄的角落。阿来是美梦的制造者，也是残酷的毁灭者，他用一个遥远的温泉、一片旷达的草原、一簇幽香的蘑菇唤醒了我们内心柔软的渴望，同时，又无情地夺走这种久违而奢侈的浪漫。他向我们揭示群山中的荒凉正是人类暴行的结果，美轮美奂的措娜温泉经不住现代化进程的剥蚀。无数次的憧憬与无数次的想象的铺陈却经不住现实的轻轻一击，这并非源自梦想的脆弱，而是现实太过沉重与粗粝。

对于自然破坏的弊端，早在十八世纪法国的启蒙思想家卢梭就已经说过："大自然向我们提供一幅和谐融洽的图像，人所呈现的景象却是混乱和困惑！自然要素之中充满谐调，而人类却在杂乱无章中生活！"②现代文明的引入，罂粟和枪炮不仅改变了土司间的力量对比，轻易地改变了战争的胜负，也打破了人与自然的平衡，即使在风调雨顺的年代也没有粮食吃（《尘埃落定》）；而国家概念进

① 阿来著：《遥远的温泉》，《遥远的温泉》，四川民族出版社 2005 年版，第 53 页。
② ［德］狄特富尔特等著；周美琪译：《人与自然》，生活·读书·新知三联书店1993 年版，第 157 页。

入藏地以后，道路的建设毁坏了草场和森林，现代化的锯木机器加快了森林的灭亡（《空山·天火》）；达戈为换来现代文明成果之一的电唱机，不惜破坏与猴子之间的千年契约，抹灭了藏民族原有的对自然的敬仰，一个真正的猎人对亲善友好的猴子举起了猎枪，这本身就是一个悲剧性的命题（《空山·达瑟与达戈》）；当金钱大潮扑面而来的时候，人类心灵中残存的那点伦理与道德彻底地沦陷，沦为一片金钱的沙漠（《最新的和森林有关的复仇故事》《空山·轻雷》）。"现代性以前所未有的方式，把我们抛离了所有类型的社会秩序的轨道，从而形成了其生活形态。在外延和内涵两方面，现代性侵入的变革比过往时代的绝大多数变迁特征都更加意义深远。在外延方面，它们确立了跨越全球的社会联系方式；在内涵方面，它们正在改变我们日常生活中最熟悉和最带个人色彩的领域。"① 这种演进不仅是民族、国家的，更是与全球一体的。这对于尚处于奴隶制文明的藏民族而言，不仅仅是断裂，更多的是迷失与失重。在《空山》之中，阿来借达瑟之笔写下"这么凶，这么快，这就是时代"，阿来也曾经写过一篇散文，名为《离开就是一种归来》。可惜的是，对于业已失去古老根脉、被现代性所同化的年轻人而言，可能无处"归来"。从这个意义上讲，阿来所书写不只是一个嘉绒部落、一个落后民族在整个现代化进程中的苦难与处境，而是具有了普遍的意义，书写的是"整个人类的命运与处境"②。

二、身份焦虑的"无物之阵"

二十世纪八十年代以来，中国社会的转型以经济结构的突变，以及由之引发的社会文化结构的突转为特征。当代著名评论家陈晓

---

① ［英］安东尼·吉登斯著；田禾译：《现代性的后果》，译林出版社 2000 年版，第4 页。

② 何言宏、阿来：《现代性视野中的藏地世界》，《当代作家评论》，2009 年第 1 期。

明也曾经把这段文学变革的历史轨迹归结为"表意的焦虑"和"历史的祛魅"两个主题。[1]无论表现形式是什么样的，我们都不可否认的是，二十世纪八十年代以来的中国社会和中国文学正经历着某种深刻的抑或说根本性的变革。城市文明对乡村文明产生了巨大的冲击，这是一次由城市决定乡村的命运，由城市文明对乡村文明的一种彻底的、颠覆性的变革。"在城市文化随着城市化推进而逼近乡村之际……二元经济结构文化处处显露出它对乡村文化的文化优势、文化特权，二元经济社会文化结构使乡村处于一种尴尬的境地。"[2]在现代性的侵袭背后，村庄留下的是散落了一地的精神残骸。丧失了故土以后，排斥、缺席、交错、断裂、焦虑越来越频繁地出现在历史视域之中。在中国日益繁荣的经济大潮之中，身份的焦虑这个业已困扰西方世界长达数世纪的问题在中国也日益凸显。在汹涌的全球化语境之中，我禁不住疑惑，当西方文化穿行而过，我们能否保持传统的毫发无伤？

答案无疑是否定的，随着现代性车轮的滚滚前行，雪域高原也无法保持遗世独立的高洁姿态。阿来一直以一种动态的眼光对嘉绒藏区进行俯瞰式的文化记录，他用历史的长聚焦镜头"一下子把当前推向遥远。当然，也能把遥远的景物拉到眼前，近了是艰难行进的村子"[3]，阿来把目光放在了曾经安宁，却在现代工业文明和后现代信息文明的侵袭之下蠢蠢欲动的乡村。"与众不同的存在经验、民族身份、文化积淀和精神底蕴，尤其是阿来所占据的嘉绒地区的地理特征，他的藏族、回族混合的血缘"以及由此诱发的人生经历与创痛，都对阿来的创作产生了气质性的影响。在他写于1982年的作品《红苹果，金苹果……》中就部分展示了尚未完全萌动的乡

---

[1]　陈晓明著：《历史化的极限》，《表意的焦虑》，中央编译出版社2002年版，第471页。

[2]　陈静蓉：《在传统失落的世界里重返家园——论现代性视域下的怀旧情结》，《文学理论与批评》，2004年第1期。

[3]　阿来：《有关〈空山〉的三个问题》，《扬子江评论》，2009年第2期。

村景象。虽然文章的主旨有着新时期文学初期写作的公式化特征，并与当时国家提倡"科学种田"的口号暗合，但是在阿来尚显青涩的书写之中就已经展现了民族认同和身份焦虑的端倪。阿来用头发"不是长辫子里还要编进几根红绒线。纸头上包上锡箔纸再盘在头顶上，而是短得齐耳根，脖子后面用推子推过，头顶上用电吹风吹过"；不穿"酥油臭"的羊皮褂子，而穿尼龙紧身衫……这样描述展示城乡文明的对比与选择。他略显青涩地刻画了一个敏感、自尊，同时又为藏族、农民身份而自卑的少女泽玛姬的形象，泽玛姬明明是藏族人却努力变成汉族，并在"干部两字咬得好得意"的干部子弟"他"身上，展开两种不同人生观的对比。虽然，作者试图用"以前那个自己也正在离开，太阳下正在成熟一个新的自己"这样空泛的口号来展示一个美好的未来，并用"一个民族的生活是一个多么广大的生活啊"这样美好的展望作结。但是，这个"清新的短篇"[①]却在某种程度上显示了说服力的贫弱与单薄。显然，阿来也意识到自我的身份确认是与"他者"的认同紧密相关，而泽玛姬微小的成功却不能从根本上照亮新的文化语境之下作者内心的迷茫。在这篇尚不成熟的作品之中，那种敏感与耐心、踟蹰与彷徨、孤独与流浪的感觉在此初显，而身份的焦虑作为阿来一直关注和思索的问题延续到了以后的创作之中。阿来在《猎鹿人的故事》中，则激烈地展示了一种身份认同的渴望，上过中师的桑蒂因为汉族女友跟他分手，并当着全家骂他是"蛮子"而愤怒地割掉了女友的鼻子。而在这种过分激烈的爆发方式背后，隐藏着多重"他者"的认同危机：民族认同的危机（桑蒂是藏族，女友是汉族）、文化认同的危机（桑蒂是文化落后的"藏蛮子"，女友是先进文化一方）、地域认同危机（桑蒂家在落后的山村，女友家住城市），正是这种城乡、文明进程不同的差异在一定程度上造成了藏边青年在外界文明面前

---

① 阿来:《幸运与遗憾》,《民族文学》, 1991 年第 1 期。

的敏感与脆弱。阿来在充分尊重个体存在体验的基础上，书写了桑蒂的焦灼与苦痛，并由此揭示自我认同与民族认同之间的对立冲突。

事实上，焦虑作为现代人的难题业已成为普遍困境。现代性侵入以后，人生观、价值观都在发生变化，权力、金钱、地位的悬殊会导致生命个体试图努力得到"他者"的认同，在一定意义上而言，身份并不是由自我认定的产物，而是他者目光中的被生成和认可。无论我们对现代文明的弊端接纳与否，城市化进程日益加快，乡村社会的传统价值的断裂与颠覆却是一个不争的事实。阿来以他敏感的社会观察力和文学感知力意识到了这种伴随着全球化语境、现代性进程而日益凸显的身份焦虑，就像是《电话》中完全城里人做派的混血表弟瞿增富，《孽缘》中在部队中自己把名字改成汉族名字的王成，《遥远的温泉》中渴望得到权力认同的贤巴等。而在《血脉》之中，父亲那不合群的衣着与言辞在某种程度上也暗示了"我"与整个城市的格格不入。

写到这里，我就不得不提起阿来早期颇具代表性的作品《芙美，通向城市的道路》。阿来把城市与乡村、汉族与藏族、工人与农民等诸多的危机与对立浓缩到了文本之中。我发现，阿来是一位拥有主旨统摄力的作家，在他的早期作品中或多或少地都能感受到一种理念先行的味道。无疑，芙美是阿来梦想系列的一员，只是她的梦想很实际，就是摆脱贫困、辛劳的乡村生活，被城市接纳。在此文中，阿来并没有正面地书写乡村和城市之间的对照和冲突，而是围绕芙美为了摆脱乡村命运的挣扎而努力展开书写，芙美为了摆脱农籍付出了从学生、运动员到女人的全部努力，但身份的焦虑却时时困扰着她，使得她有着一种不安定的悬浮之感。甚至在面对丈夫死去的前妻的照片时，"想是因为她有职业，也有城市的口粮配给证而不必像自己那样恭恭顺顺的缘故，芙美边做家务，不时回头向那张照片露出羡慕的感激的微笑，羡慕她在家庭中有的地位，感激她遽然而逝给她留下这样一个位置"。芙美的愿望是如此地卑微，究其一生，她都渴望融入城市，而对她而言融入城市的标志则是拥有一个城市户口。从少女到女人再到苍老，她依靠微弱的希望忐忑前行，而她的"盼头"却越来越卑微。一直以来芙美承受着藏族、乡村、农民、女性所带来的身份的焦虑，她的幸福显得这么地脆弱，有的时候城市就近在咫尺，而命运总是在看见光亮的路口给予致命的一击。在这篇早期的习作之中，阿来对城市文明的保留乃至怀疑的态度展现无遗，虽然最后芙美因为一个不明身份的汉族婴儿而留在了城市的边缘，但是失去了乡村根脉的芙美却没能就此扎根，而是"如在虚空中飘荡"。这种源自民族的不安全感是如此地悲凉，这种回忆录似的写法，使得一个女人的梦与痛显得这样地切近而真实。我想，正是阿来独特的文化流浪的经历，使得他对于漂泊、孤独与身份的焦虑有着更为深刻而切肤的认识与表达。

阿来不止一次地写道："城市是广大乡村的梦想，洁净、文明、繁荣、幸福，每一个字眼都在那些灯火里闪烁着诱人的光芒。我还在小说中幻想，乡村也是城市夜晚的梦想，那里灿烂的星空下，是一些古老而又意味深长的，我们最最渴望的安详。"[1] 然而，美好的乡村在现代性的入侵过后早已变得千疮百孔，与灯火辉煌的享用现代文明成果的城市相比，乡村成为落后、野蛮与穷苦的代名词。虽然，阿来也试图营造一个承载着美丽想象的乡村乌托邦，在他笔下老人谢拉班会因为偷车小贼的乡音和带有家乡味道的槐花馍馍而觉得夜晚短暂而甜蜜（《槐花》）；业已被破坏的措娜温泉则能承载着"我们""无数次憧憬"，充溢着"美好的向往"以及"对一种业已消逝的生活方式的浪漫想像"（《遥远的温泉》）；阿巴会不顾一切地回到随时有可能覆灭的云中村，在他看来"云中村现在的样子，没有死亡，只有生长。"[2] ……无独有偶，城市作为一种梦想屡

---

[1] 阿来著：《雪梨之乡金川》，《阿来文集·大地的阶梯》，人民文学出版社 2001 年版，第 206 页。

[2] 阿来著：《云中记》，北京十月文艺出版社 2019 年版，第 245 页。

屡地出现在阿来的作品之中，而城市对乡村而言是一种"很贴近的遥远"[①]，"人生在世，我们的自尊完全受制于时时督策我们的理想以及我们为理想所付出的行动，取决于我们实际现状同我们对自身期待之间的比率。……我们对自己的期待往上高一级，我们遭受耻辱的可能性也因此增加一分"[②]。贫困落后的乡村无法与现代城市抗衡却是一个不争的事实，这一切都导致了乡土被遗弃的必然，城市作为一种辉煌的梦想对于根在乡村的人们而言，进军城市更多的是一种悲剧性的进发。阿来在《梦魇》中深邃地展示了一条城市的焦灼之路，那种在城市文明中无处藏身、又无处逃遁的焦灼感与压迫感弥漫于文本之间。在《血脉》之中阿来写道："那种浓烈而沉郁在新的文明面前显得怪异而孤僻"，当物质取代情感、利益取代规则时，一切的一切都如此地虚伪而浮华，这是现代城市对遥远的乡村"深怀敬意与痛楚的怀念"。[③]当生活失去了浪漫的审美价值，而以实用价值作为衡量人生价值的主要标准时；当某一种身份在一定程度上代表低贱与落后，意味着蒙昧与低人一等时，身份的焦虑由此而生。

可以说，进入现代社会以来，沈从文的"湘西"桃源式的自然乡土、赵树理健康生动的乡村生活一次次遭遇危机的浅滩。乡土的劣势日益凸显，而乡土中国对现代的想象，就是"到城里去"。当代著名作家刘庆邦就曾以《到城里去》为题，书写了乡村人进入城市的漫漫崎岖之路，深切表达了由乡村文化与城市文化冲突所诱发的身份焦虑。遗憾的是，乡村人对于城市而言是外来的"他者"，不同的文化背景与成长环境使得乡村人进入城市之后成了无根的浮萍。城市文明在不断地包围乡村、吞噬着乡村文明，同时也在精神上摧毁了乡土中国的"自在"的超稳定文化结构，却又拒绝农民的进入，而这种拒绝是源于城市高高在上的主人翁姿态。反映在藏民

---

① 阿来著：《遥远的温泉》，四川民族出版社 2005 年版，第 15 页。

② ［英］阿兰·德波顿著；陈广兴、南治国译：《身份的焦虑》，上海译文出版社 2009 年版，第 49 页。

③ 阿来：《有关〈空山〉的三个问题》，《扬子江评论》，2009 年第 2 期。

族的现代性的进程之中，就是人的等级不再是"骨头"和血脉划分而是身份区别，《空山》之中写道："无论是在外来的游客眼中，还是当地人的心目中，汉与藏，已经不是血缘的问题，而是身份的问题。身份上升成为政府的雇员，成为穿滑雪衫的游客，就是汉，反之就是另外的族类了。"[①] 在《空山》之中，"我"这个机村土产的文人与城市的女博士之间有一种潜在的不平等，"虽然我跟她来自同一个城市，但她还是不自觉地流露出那种没来由的优越感。那种表情，那种意味我并不喜欢"。[②] 可以说，女博士所潜藏的正是先进地区对落后地区、先进文明与所谓落后文明的态度。而《空山》中林军则更进一步地说出了身份与民族的关系，在机村人看来他是纯正的汉族，但在机村外有身份的人看来他却是身上有气味、相对落后的藏族农民。即使阿来清醒地认识到，城市和乡村都不可避免地卷入时代的洪流，人心如此地躁动不安，城乡的焦虑也不仅体现在日常生活的碰撞之中，更多是展现文明进程不同的比较与冲突之中，但是阿来从未放弃确认自我民族身份的努力，在《血脉》中他写道："父亲踱到我面前……问：'你以为你是藏族，是吗？''我是。''你真的想是？'"他依然努力地寻找并坚持高贵的民族精神，寻求民族之根。在书写处于相对劣势的民族以及乡村处境之时，他既没有沉浸于生命苦难的愁苦，也没有控诉命运的不公，而是自然而平和地面对、书写本该如此的生活。这使得阿来的作品渗透着浓郁的人文关怀，具有深邃的美学意蕴。

阿来的作品中流淌着夕阳的光芒，不是炽热，而是温暖。在时代的变迁、精神的沉沦面前，阿来的书写展示了内省与包容的力量，他是那样地端庄严肃而又沉稳大气。在现代化侵袭的乡村面前，阿来如苦行僧般地行走在已经迷茫、斑驳的旷野之上，他似乎在审视，也在体味，就像是阳光下流动之水的跳跃，时时闪烁着耀

---

① 阿来著：《空山》（三部曲），人民文学出版社 2009 年版，第 570 页。

② 同上，第 607 页。

目的光斑。重要的是，无论是面对自然的衰退、环境的毁坏、乡村的没落、身份的焦虑，甚至是人性的自私与险隘时，阿来依然沉静地表达了自己对这个世界深深的爱意。行文中，他所抒发的不是愤怒、不是控诉，而是一个无限热爱自然和生命的人，对现状不满和失望之后的一声长长的叹息。这样的叹息比单纯的欣赏和盲目的赞美更加复杂，低沉而有力、温暖而含蓄地构成了他作品里最动人的品质。

第三节　阿来写作的"在地"与"非在地"：
从"山珍三部"说开去

阿来的创作从诗歌开始，因长篇小说成名，却一直对中短篇小说情有独钟。也许是他的长篇小说太过耀眼，以至于我们常常忽略中短篇小说在其创作历程中的意义。如果说，阿来的长篇小说着力描摹历史、人性、命运这样宏阔的命题，那么，他的中短篇小说则诉说着卑微个体的挣扎和精神向往。在这个意义上讲，阿来的中短篇小说并不是长篇小说的补充，而是生命意义上的转呈抑或是提升。值得一提的是，1994年，他借书写《尘埃落定》的余兴，把生活的感性残片重新拼接，写下了《月光下的银匠》和《行刑人尔依》两个中篇，这两篇富有传奇色彩的小传作为宏大历史的寓意积存，为探寻民族历史提供了多重的切入视角；2001年，写作停顿了两年的阿来，在异国回溯那段噩梦般的少年经历，写下了中篇《遥远的温泉》，并展开了关于野蛮与文明、城市与乡村的深邃反思；2003年，阿来改写了《格拉长大》作为"再次准备上路"之前的小小试笔，随后，把它和另外五个中篇、十二个短篇进行组合，构成了被誉为"花瓣"式结构的《空山》。正如脚印所言："阿来的中短篇小说，打磨得很精致，风格稳定，谈这类小说是很要有心智的。"① 确实，阿来的中短篇小说更集中地表现他的才情，阿来总能为它们找到最恰当的书写形式，他的中短篇小说简短却不简单，很多时候它们是阿来生命的反刍，却因经过时间沉淀而分外耐看。

然而，阿来并没有停止生命探寻的脚步，在书写了"城市花草笔记"《成都物候记》和"非虚构"作品《瞻对》后，2015 年，阿来重新出发，从"青藏高原上出产的，被今天的消费社会强烈需求的物产入手"②写下了《三只虫草》《蘑菇圈》《河上柏影》这三个故事，合称为"山珍三部"。"山珍三部"依然围绕着边地村落展开，它们是二十一世纪"机村"（《空山》）生活的延续，同时也显示了阿来在人与自然关系探索上的掘进。我发现，社会身份的转换以及文化视域的进一步开阔，都使得阿来更加自觉而审慎地对待民族文化以及故乡藏地。他以自然之眼观物、以智性辨物、以感情悟物，直面衰颓的乡村现实，既不回避丑恶，也不渲染温情，而是把现实与梦想、憎恶与悲悯拧在一起，发掘自然生命的韧性与温度。

一直以来，阿来都是边地文明的守护者，他以谦卑的姿态聆听自然的声音，努力在作品中述说青藏高原的原真样态，即便如此，"我们今天的边疆文学或者少数民族文学，特别是我们本地人自己对边疆地带的书写，很少按照它本来的样子。……我们在按照别人所想象的西藏或新疆来书写这些地方。结果是，书写越多，我们离本身的生活越远。我们的写作本来是在地的，但是成了对非在地的书写的模仿，成了'中心城市的文学在天边的回响'"③。可以肯定，"在地"是阿来在文学意义上扩大的故乡，它不仅是血缘范畴上的故乡而且是文化范畴上的故乡；而"非在地"的中心城市则是一个寓言性的指代。更进一步地说，"在地"与"非在地"不仅仅是地

① 脚印：《十五年阿来》，《鸭绿江（上半月版）》，2001 年第 4 期。
② 阿来著：《序：文学更重要之点在人生况味》，《三只虫草》，人民文学出版社 2016 年版，第 1 页。
③ 阿来：《边疆地带的书写意义》，《四川日报》，2014 年 6 月 27 日。

域空间上边地乡村与中心城市之间的差异，它们还涉及落后与先进、现代与民族等多重问题。可是，"在地"与"非在地"之间并非是简单的二元对立。我们发现，阿来很少直接描摹"非在地"的城市，但它虽然是辽远的存在，却作为"非在地"的耸立地标，影响、规约着"在地"，吸引着大批生活"在地"乡村的追随者，进而改变着"在地"的思想观念以及人际关系。事实上，"在地"是阿来作品中文化碰撞交融的话语场，生命的焦虑、渴望与怅惘由此展开。阿来密切地关注时代变迁中，个体生命的精神困惑及价值选择，并从广阔的自然中汲取力量，积极构建新时代边地生活的人文景观。

一、故乡："在地"与"非在地"

曾经，这个世界上永远有一块地方，可以让我们的灵魂得以安宁，那就是故乡。阿来在《遥远的温泉》的扉页中写道："我向你描述我的历程／在故乡辽远大地／从双脚，到内心／从幽暗，到明亮。"我们不难想见，"故乡"是阿来文学书写的背景和支撑，有着异乎寻常的重要意义，也是一个纠缠不尽的话题，他曾经这样诉说乡愁："用上'愁'这个字眼，也许对我来讲，它可能真是恰当的，我自己想起故乡来，总是特别纠结，在我的少年时代，我觉得我做梦都在离开这个鬼地方。我们以为故乡是美好的，故乡，永远是可爱的故乡，总是像一个慈母一样在呵护你，但是在我自己的少年时代，我的故乡不是这样。"[1] 在处女作《红苹果，金苹果……》中，阿来借干部子弟"他"之口用"这鬼地方"来指代故乡，这种情感的拒斥与逃离在他早期"村庄系列"小说中表现得尤为明显，并延续到后来的创作之中。可以说，阿来的故乡书写是矛盾的：一方

---

① 阿来：《熟悉的与陌生的》，《开讲啦》，2016 年 2 月 5 日。来源：CCTV1 在线直播。

面，故乡是"肉体与精神的原乡"，是生命的起点和诗意的栖息地；另一方面，故乡是他生于斯、长于斯的地方，因为切近，却饱含着愚昧、麻木甚至苍凉，是想逃离的地方。

回首阿来的童年经历，工作组、地质队、老师（《百科全书》）……带来了"非在地"的文化辐射，促进了他的精神成长。然而，美好憧憬与严酷现实的相互撕扯，构成动态的张力，在催生了少年对远方渴望的同时也拉伸了他的痛苦。可以说，这段经历在阿来的生命中留下了深刻的印痕，并屡屡出现在《旧年的血迹》（1986年）、《环山的雪光》（1987年）、《芙美，通向城市的道路》（1989年）等"成长主题"的作品之中。阿来毫不掩饰地用了"永远脱离""永远离开""逃离""再也不要"这样的词汇表达他逃离的企盼，在少年特有的焦灼与激烈中，离乡的意识不断被强化。虽然，他也对逃离有着诗意的想象："天空激荡着巨大的回响／这个世界，如此阔大而自由／家在边缘，梦在中央"（诗歌《永远流浪》），但我们却不难从以梦为缰、自由流浪的憧憬之中，发掘出摆脱农籍、脱离穷苦的现实诉求。

归纳起来，阿来的许多作品中都书写了这种出走"在地"的渴望者，从出走实现结果上大致可以分为愿望破灭者和愿望实现者两种类型。

第一类可归纳为：唤醒—出走（试图出走）—幻灭的模式。在《猎鹿人的故事》中，桑蒂外出上学未被接纳，被城里的汉族女友全家骂作"蛮子"，愤而割掉了女友的鼻子。如果说，桑蒂在迷茫与愤恨中归乡，通过寻找未知的父亲来寻找灵魂归宿的话，那么，渴望从乡村出走的女性则更有些义无反顾的味道。从某种意义上而言，女性出走的道路十分狭窄，这就有了试图通过奔跑摆脱乡村命运，失败后只能以女人的方式留在城市边缘的芙美（《芙美，通向城市的道路》）；间接杀死麦勒，走向外面的世界，却在梦想破灭后杀死了引诱她向往外界的美术老师，并且自杀的金花（《环山的雪光》）；期待以被拐卖的方式去完成坐火车、轮船的愿望，去外面世界看大海，最后却被卖到没有海的、比"在地"还要不好的地方的阿基、秋秋、桑青卓玛（《自愿被拐骗的妇女》）。

第二类模式可归纳为：从出卖到出走，从渴望到欲望，最后失根的模式。《血脉》中汉族爷爷唤醒了"我"对远方故乡的向往，老师却让我用藏族名字取代汉族名字，以少数民族身份铺就回归汉族地方的道路，"我"的"寻根"以"失根"的方式实现，这就构成了对出走故乡最大的命运反讽；《遥远的温泉》中贤巴出卖了亲人、朋友，换取了当兵的机会，并为了进一步升官，亲手毁坏了承载着少年梦想的温泉……他们对"非在地"的追求中，存在只要出走就是实现的误区，民族文化的失根成为梦想追寻的盲点。无论是多吉（亚伟）还是贤巴，虽然走向远方，他们却没有找到精神的出路。逃离家乡的简单愿望在城市的洗礼中转化为丑陋欲望，他们在欲望的追逐中迷失了自己、切断了归乡的路，他们的灵魂无处安放。

在这类追寻、成长、逃离的群像之中，我们也不难发现阿来对桑吉（《三只虫草》）的偏爱。"海拔3300米。寄宿小学的钟声响了。桑吉从浅丘的顶部回望钟声响起的地方"，故事一开头阿来就用极简的笔墨把整个故事夯得结结实实，我们跟随着少年桑吉在冻土苏醒的味道、青草的味道中奔跑，这好像有点精神返乡的意思。然而，阿来却无意谱写浪漫的田园畅想曲，诗意的腾挪也并非意味着从现实困境中剥离。当权力、欲望等隐形的力量侵蚀了一度圣洁的雪域高原，人的贪欲也在这短暂的虫草季中苏醒。虽然挖虫草换钱可以暂时缓解家庭的困境，但却在一定程度上加速了乡村的衰败。阿来从少年的视角，沿着桑吉敏感的神经来体会复杂斑驳的人生世相。他将人物置于动态的历史现实之中，探寻其所面临的生存困境及人生选择：面对禁牧的草原，表哥想跟过去一样放牧而不可得。我禁不住联想起《河上柏影》中"自己不动，风过时动"的谶语。无论想与不想，青藏高原传统的生产、生活方式都受到了冲击，虽然学成归来的王泽周，在对岷江柏的考证中建立了生命与自然的广阔联系，进而得到救赎；但失去了精神支撑、不学无术的表哥却注定在消费时代走投无路。相较而言，桑吉解决困惑则轻松得多，小说的结尾他以"这所学校办学以来的最好成绩"考上省城的重点中学，成功地走向远方。在暂时和解的表象之下，这个现在的中学生、未来的大学生，以后会是怎样，将又是一个问题。也许，在《梦魇》中我们似乎得到了解答，在由梦境的碎片连缀而成的短小篇幅之中，一个为世俗社会所羡慕的人生角色的背后，却有着许多不足为外人道的人生苦衷和内心煎熬。事实上，一个人生活质量或幸福与否，并不完全取决于来自外在世界的评价，他人的评价只能部分地满足一个人的虚荣心和成就感。特别是一个人的虚荣心和成就感已经获得满足的时候，其他方面的欠缺就会强烈地凸现出来。文本中这个无名的"他"正是城市中"他者"的象征，"他"恶劣的生活质量不是物质的，而是精神和心灵的。"他"有了社会地位、社会身份，内心深处却一直是"城市"的客居身份。在城市中"他"无法证明真正的自己，"他"感觉自己处于被审视的境地，在本质意义上还是一无所有的局外人。这是"他"根植于乡村的自卑心理，而未能忘记文化记忆的巨大反差。

然而，我们也很少将桑吉们的未来和阿来作品中屡次出现的官员形象联系起来。无论是一心只想升官、迷失在权力欲望之中的调研员、书记（《三只虫草》）；为保全自己，欺负了无辜的姑娘、推卸责任的刘主任（《蘑菇圈》）；颇有城府、掌握权力的获取规则，并用手中的权力肆意报复的干部科长刘洪耀（《望族》）；还是玩弄权术、用权力获利、丧失人格的贡布丹增、多吉（《河上柏影》）……这些形象都是作为主人公的陪衬或是反面对照而出现。当然，阿来也描写了像胆巴（《蘑菇圈》）、达瑟的叔叔（《空山》）这样当上大官远离故乡的正直却又空洞的官员。在或调侃、或坦诚的笔调中，我们似乎愿意遮蔽一个事实，那就是成为这些官员中的一员，是桑吉们故乡出走的结局之一，并且也许是世俗意义上最好的结局。当然，这不是阿来认可的理想结局。

我们注意到，阿来对于"非在地"的渴望更多是在精神层面上，他一直在寻找"灵魂皈依的地方"。如果在远方找不到方向，那么，王泽周（《河上柏影》）从"离家越来越远"的大学回到故乡。饶有意味的是，《河上柏影》的书写自由而率性，小说的前五章都是序，只有最后一章是正文，甚至"序篇一"直接由数种植物志的摘抄构成。事实上，体式的特别并没有掩盖意蕴的深邃，反而增加了文本呈现的多种可能。《河上柏影》不仅是对"此在"故乡认知的现实深化，更是对故乡历史的解构。在阅读中我们不难发现，"柏树下的日常生活""木匠故事"以及"花岗石丘和柏树的故事"共同构成了小说叙述的三条线索，其中王泽周对花岗石丘和柏树历史的探求无疑是书写的核心。在这个故事中，佛教游方僧人从西藏来到信奉自然神的"在地"山谷，并没有被接纳，僧人死时发出诅咒，使得巨石陨落，而统领村庄的酋长一家连同族人的记忆一起消失。细想起来，岷江柏扎根所在的花岗岩是"非在地"的游方僧人对"在地"诅咒的产物，这是一个"关于石头的故事而不是柏树的故事"。在某种意义上讲，柏树和花岗石丘是王泽周与故乡关系的隐喻，他（人与树）扎根于此，而扎根地（故乡与花岗石丘）却掺杂着"非在地"的因子，这构成了有关民族历史反讽的同时，也显示了历史的强大包容性。它意味着，在一千年前，"非在地"以有力的诅咒毁灭了不愿接受它的"在地"，幸存的人们"梦境被巨大的力量压碎了……他们好像失去了记忆，并不记得他们面前应该耸立着一座城堡，而不该是一块山丘一样的巨大花岗石"。在这里，失去梦境等同于遗失了关于"自我"的民族记忆，却没能阻挡生命的繁衍。可以说，这里是王泽周"从没有被书写过""没有历史"的故乡的一次错位的回溯之旅，他没有找寻到故乡的过去，但却从当下的存在之中感受到生活的宽宥与生命的坚韧。

不管我们接受与否，随着现代化进程不断加快，城市早已成为切近的辽远。大量的农牧民带着对物质生活的追求，以及精神成长的渴望，从故乡的土地中剥离出来，走向城市。很多时候，他们并没有在远方找到命运的出口，而"在地"的家园也在历史的阵痛中瓦解、变形，不再是原来的模样。阿来密切关注从"在地"通往"非在地"道路上，移民们的精神困惑及文化选择，在骨肉相连的生命面前，他既不掩饰苦楚，也不解释苦难，而是把生命以及灵魂向着故乡、向着大地打开，书写生命的真实样态与多种可能。

二、消费时代："我们"与"他们"

进入二十一世纪以来，历史以不可思议的速度向前推进。在全球化的进程中，地处偏僻的村寨与原本遥不可及的城市紧密地连到一起。消费社会建立了城市对乡村的决定关系，"大部分乡村肯定就破败了，被遗忘了。乡村只有两种情况可能还被消费社会即中心城市关注，一是那个地方自然风光很好，可以把它改造成旅游目的地，但这种幸运的山村是很少的。第二个就是这个地方出产某种稀奇的珍贵的东西，被贪婪的消费社会所需要，而这种东西往往还不是生活必需品"[①]。事实上，那些有幸被"改造成旅游目的地"的村庄内在矛盾也日渐显露：一方面旅游的发展需要乡村保持传统（甚至是原始）文化的魅力，并具有浓厚的本土特色；而另一方面，外地游客的介入，以及随之而来的外界文化与思维方式势必加快乡村的市场化和全球化进程，并使得民族传统文化趋于消亡。

我们注意到，在《空山·空山》中，协拉家的古歌三人组合先是在景区酒吧唱歌，后参加电视大赛得了名次、出了唱片、上了电

[①]　陈思广主编：《阿来研究资料》，四川文艺出版社 2018 年版，第 18 页。

视，并挣到钱在省城扎根。"这一来，村里好些有点嗓子的年轻人，都蓄起长发，穿上长靴，要当歌星了。"他们只是一味地迎合消费市场的口味，"无奈他们学着景区口味歌唱家乡是天堂，没来由地就欢快无比的歌并不讨机村人喜欢"①，他们并没有取得想象的成功，却失去了本心，无论是歌曲和人都不再是原来的模样。在《遥远的温泉》中，贤巴们为了自己的仕途还有经济利益，在"漂亮的风景上草率造成这样建筑"，把自然界赐予的温泉圈占起来，也直接导致没钱却需要温泉治病的人不能使用温泉。他们蓬勃的野心泯灭了自己的良知，也并不关心能够造福于民的药典，为了短暂的利益不惜以损毁生态环境为代价。阿来在文中深情地写道："为了我少年时代构成的自由与浪漫图景的遥远的温泉。穿过很多时间，穿过很宽阔的空间，我来到了这里，来寻找想象中天国般的美景。结果，这个温泉被同样无数次憧憬与想象过措娜温泉美景的家伙的野心给毁掉了。他用野蛮的水泥石块，用腐朽的木头，把这一切都给毁掉了。"②这不仅是自然生态的破坏，更是人文生态的堕落。在《三只虫草》中，为了短暂的虫草季，桑吉逃学的错误行为却得到了父亲的默许，并使母亲流下感动的泪水。尽管对稀有虫草疯狂采掘迎合了都市"贵的就是好的"的病态养生观，事实上，虫草不但不能救命，甚至也不能续命，小说中一户普通人家的老人被医院宣布无药可救，他人买了少量昂贵的虫草熬汤，"老人没有喝完。他头一歪"③去世了。不管"此在"的我们是接纳还是反抗，现有消费秩序不断固化却成了不争的事实。不仅是虫草，松茸、岷江柏也因为稀有而变成一种昂贵的商品。在经济利益的驱使之下，"我们"变成这个利益链的底端：桑吉的学费是卖虫草得来的钱，此外，这些钱还是姐姐的学费、奶奶的药钱、表哥的手套以及全家人大部分

①　阿来著：《空山》（三部曲），人民文学出版社 2009 年版，第 591 页。

②　阿来著：《遥远的温泉》，四川民族出版社 2005 年版，第 89 页。

③　阿来著：《三只虫草》，明天出版社 2016 年版，第 186 页。

的生活开销；自然的守护者阿妈斯炯也用蘑菇换钱来养育没有父亲的儿子、支持儿子的仕途；王泽周的父亲作为一个木匠参与、指挥了岷江柏的砍伐和再制造……不管是接纳还是反抗，"我们"都直接或间接地成为破坏家园的帮凶，《蘑菇圈》中，因为寻找松茸的人太多，树林被踩得板结，再也长不出蘑菇；在"山珍三部"的收束之作《河上柏影》中，阿来写道："人们都站在花岗岩的四周，静静地围观"最后几棵承载着民族历史的岷江柏被砍伐，然后"卡车载着柏树干，树干上坐满了失去了这个村的人们离开了。他们离开，永远也不再回来了"[①]。这是消费时代对物质疯狂掠夺所带来的恶果，"我们"毁灭了千百年来的栖息地，在日益荒芜的土地上，袒露的不仅是过剩物质欲望，还有散落在地的精神残片。

更进一步讲，业已破碎的家园既无法收纳沉重的肉身，也无处安放下坠的灵魂，这是我们这个时代的"无物之阵"。时代并没有给我们留下多少转圜的空间，它激发了人们对物产价值的认识，却没有立场和能力控制消费时代肆意增长的欲望。不知是有意还是偶然，在文本中"我们"与"他们"之间存在着多种对照关系。"一群生活在某一特定区域的人会为自己设立许多边界，将其划分为自己生活的土地和与自己生活的土地紧密相邻的土地以及更遥远的土地——他们称其为'野蛮的土地'。换言之，将自己熟悉的地方称为'我们的'、将'我们的'地方之外不熟悉的地方称为'他们的'……因此，现代社会和原始部落在一定程度上似乎是以否定的方式认识其自身身份的。"[②]在这里，"我们"中也包括"我"与作者，"我们"与"他们"是对应、共生的关系。早些时候，"他们"是工作组、勘探队，进入并改变"我们"。后来，"他们"有时是游客，是观赏者、探险者，"我们"是被景观化的对象；"他们"有时

---

① 阿来著：《河上柏影》，人民文学出版社2016年版，第195—198页。
② ［美］爱德华·W·萨义德著；王宇根译：《东方学》，生活·读书·新知三联书店1999年版，第67—68页。

是城市，是珍稀物产的需求方，"我们"是乡村、是被索取方。从广义上讲，"我们"与"他们"有时是人类与自然，甚至是关于时间的隐喻。可以说，阿来从来都不是一个抱有狭隘民族观的作家，虽然"我们"与"他们"之间存在着民族与现代、古老与文明等多重问题，然而，这些关系并非一成不变。过去的"我们"依托于民族历史和文化传统，对世界万物有着朴素理解；现在的"我们"受到了外界"他们"的影响，生存方式、思维方式都发生了巨大的改变，在这个意义上讲，如今的"我们"已经不再是原初的"我们"，甚至成了"他们"。在过去，"我们"的机村（《蘑菇圈》）能包容不知自己父亲是谁、带着孩子的独身女人斯炯；现在的消费时代中，"他们"却容不得蘑菇长大，迫不及待地采走"胎儿"蘑菇，"他们和村里的其他人一样，只要松茸商人一出现，就迫不及待地奔上山去，他们都等不及松茸自然生长了"[1]。在阿妈斯炯看来，今天的"同村人"已经不再是血脉相连的乡亲，而成了村里的"其他人"。这是消费时代金钱所诱发的堕落，作者连用了六个"他们"，刻画了人心向着贪婪与罪恶滑行的弧线。

在王泽周身上，我们不难发现"我们"与"他们"的某种特殊的排异与融合。因为汉藏混血的民族身份，他更加重视藏民族的文化与传统，但在血统纯正的藏族同胞眼里，他依然是"异乡"汉族人的后代；而在父亲故乡的人眼里，他也并非那个汉族奶奶的孙子，而是"蛮地"的"蛮妇"所生儿子。这种排异性在他的父亲王木匠身上表现得更为典型，他是外乡逃荒来的汉族木匠，"不知名的村子"和一个并不洁净的女人收留了他，却没有接纳他。"虽然他就像这个村子里的人一样生活，一样劳作，吃一样的饭食，说一样的话语，但他依然是一个无根底的外来人。"[2]这里，父亲王木匠是更具符号指代意义，他的名字只存在遥远的乡书"明轩贤侄"的

---

① 阿来著：《蘑菇圈》，长江文艺出版社 2015 年版，第 85 页。

② 阿来著：《河上柏影》，人民文学出版社 2016 年版，第 64 页。

269

称呼中，不止村里人认为他是"无根底的外来人"，就连他的儿子也觉得他是"异乡人父亲"。这么多年来，他在生活的"在地"娶妻生子，却非常地隔膜；而占据他心灵中心、给他慰藉的却是远方"非在地"的故乡。更为可悲的是，"在地"固然疏离，而没有了母亲的故乡，他却再也回不去了，王木匠成了一个无根漂浮的双重异乡人。当然，这也包含着一些现实层面的阻隔：他并非衣锦还乡，而是从更边远的乡村回到乡村。

消费时代改变了很多东西：人的生活方式、价值观念以及人和人之间的关系。"消费世纪既然是资本符号下整个加速了的生产力过程的历史结果，那么它也是彻底异化的世纪。商品的逻辑得到了普及，如今不仅支配着劳动进程和物质产品，而且支配着整个文化、性欲、人际关系。"① 当文化、血缘、人际关系不再构成为"在地"成员判断的核心，一个荒诞而又合理的结局是：这个生活习惯跟"我们"一样，却一直被隔绝在外之汉族木匠，成了"我们"藏族非物质文化遗产的继承人，他当顾问，挣很多钱，完全被接纳。写到这里，我禁不住联想起了《蘑菇圈》里的吴掌柜，他从饿死人的故乡逃出来，路上一家人都死了，而"机村"却也不让他好好活下去，最后，他跳河自杀，"那个没有魂魄的尸体从下游几百米处冒上水面……往他家乡的方向去了"②，他以死亡为舟顺水漂流，至少，他回的是家乡的方向。而王木匠却再也回不去了，更准确地说消费大潮冲淡了人的乡土意识，故乡虽然清晰可触，他却已经失去了回归的欲望。

这是消费时代的隐喻，"我们"在"我们"的村子里变成了"他们"，而"他们"也在融入，甚至坚守着"我们"。更进一步地说，当"我们"的本心在物欲中迷失，"我们"和"他们"的区别

---

① ［法］让·波德里亚著；刘成富、全志钢译：《消费社会》，南京大学出版社2000年版，第225页。

② 阿来著：《蘑菇圈》，人民文学出版社2016年版，第33页。

已经变得含混而难以界定，似乎也失去了界定的必要。在这个问题上，阿来的叙述姿态是坦诚的，他直面切近的生活现实，立足于"我们"与"他们"之中，并始终保持清醒的理性，既不美化也不背离，只是忠于生命本来的样态，在极其自然的状态之中体察人性的丰富和生命的可能，行文中也夹杂着困惑与犹疑。

三、生命的纵深："人"与"自然"的同存共生

三十年前，而立之年的阿来写下了《三十周岁时漫游若尔盖大草原》这首被他自己称为"文学宣言"的长诗，他在诗中写道："而我父亲的儿子已经死亡／我的脸上充满了庄严的孤独——我乃群山与自己的歌者。"在这里，阿来初步确立了自己的书写立场，他以孤独行者的姿态抛却了人类群族中"父亲的儿子"的身份，把自己定位为"群山与自己的歌者"，并在雄奇自然与内在精神世界之间构建了一种对话关系。之后，阿来并没有急着出发，而是深入研究地方史，着力讲述着复数意义上"我们的"故事。对于阿来而言，辽阔的自然是他"精神一片荒芜"的青少年时代的伙伴和老师，也是他精神与肉体的原乡，但阿来却拒绝任何关于故乡大地的诗意伪饰，他带着庄严的责任感直面这片雄奇的大地，写下了浪漫激越的《尘埃落定》、博大浑厚的《空山》、华丽恢宏的《格萨尔王》以及厚重沉郁的《瞻对》。在结束了"使写作者抑郁"的《瞻对》创作之后，阿来"要自我治疗"，于是写了轻松、单纯的《三只虫草》，用简单明净的故事安抚消费大潮中躁动不安的人心。在阅读中我们不难发现，阿来由探求个体生命与家族／民族历史的关系，转向对人与自然关系的关切，这种关切中包含着阿来独特的宗教意识。后来，这种意识在被誉为生命安魂曲的《云中记》中得以升华，进而转化为对人与灵魂之间关系的探寻。

谈起阿来写作与自然的关系，不得不提及另一部在其书写脉络

之中极具力量和分量的作品——《空山》。在村落历史的急速演进之中，阿来意识到自然不仅是"借景抒怀"的工具，而且是人类命运的共同体，自然的衰败史也是村落的衰落史。空山是天火之后，被人的欲望之火毁灭的空山；是丰收之年，人们泯灭良知杀死猴子朋友的空山；是挖出了祖先的村庄却依然静寂的空山……即使如此，阿来依然从自然中寻求乡村的纵深和希望，我们也不难发现这种希望中还夹杂着些许虚妄。后来，病中的阿来被花草鼓舞，切实地感受到人与自然同存共生的紧密关系，并写下《成都物候记》。相较而言，《成都物候记》是从花草物候中倾听四季，关照个体生命的小确幸；而"山珍三部"则是将生命物候上升到人类命运的"大"声音。

实际上，"山珍三部"是写给未来的乡村的，"未来需要有一个纵深，而中国的乡村没有自己的纵深。这个纵深首先指的是一个有回旋余地的生存空间。中国大多数乡村没有这样的空间。另一个纵深当然是指心灵"①。阿来并没有回避乡村社会的沦落丑态，人们从自然中贪婪攫取来换取短暂的经济利益，导致自然资源的透支甚至衰竭。阿来从对人与人关系的关注中转过身来，走向了广袤的大地、绵延的群山以及无边的草原，研习自然进而认识自我，在自然的回旋中扩展生命的纵深。回顾阿来在二十世纪九十年代写过的几篇关于动物的小说：《红狐》《狩猎》《银环蛇》《野人》《鱼》（短篇）等，故事多是以男性视角为中心，围绕男性猎人与猎物之间的博弈展开，对原始预兆和禁忌文化进行递嬗式的描摹，展示了藏民族沉积的"集体无意识"，其中也不乏对神秘氛围的营造和人性的考问。说到这里，我不由得想起《群蜂飞舞》这篇特别的佛教题材的小说，我们从中不难窥见阿来的文化方位与写作追求，他并不渲染宗教的伟大与神秘，而是重视"本心"，强调精神上的纯粹。这

① 阿来：《有关〈空山〉的三个问题》，《扬子江评论》，2009 年第 2 期。

种对"本心"尊崇的朴素价值观延续到"山珍三部"之中。

阿来从中心城市"非在地"的人与人关系中转过身来,"走向了宽广的大地,走向了绵延的群山,走向了无边的草原",研习自然进而认识自我,"不管是在文学之中,还是文学之外,我都将尽力使自己的生命与一个更雄伟的存在对接起来"[①]。阿来没有回避生命的困厄与迷茫,他用质朴而纯真的语言为我们建构了一个"自然的乌托邦":"阳光从高大栎树的缝隙间漏下来,斑斑点点地落在地上,照亮了那些蘑菇。蘑菇圈又扩大了一些,几乎要将这块林中空地全部占领了。一对松鸡各自守着一只蘑菇,从容地啄食。斯炯钻进树丛时,它们停顿了一下,做出要奔跑起飞的姿态。经过了饥荒年景的斯炯,见了吃东西的,不论是人还是兽,还是鸟,都心怀悲悯之情,她止住脚步,一边往后退,一边小声说,慢慢吃,慢慢吃啊,我只是来看看。"[②]这种书写是建立在万物有灵的观念之上,展示了饥馑的年代,自然界一切生灵间的包容和依赖。除此之外,他还用了通感修辞表现人与自然间的神秘情感体验,阿妈斯炯"听见雾气凝聚""泥土悄然开裂",营造出一种和谐、健康的自然属性。

准确地说,阿来是一位具有宗教情怀的作家,他在《藏地书写与小说的叙事》中坦言,"我身上也有着强烈的宗教感","相信佛经中讲宿命的部分"。在阿来看来,人首先要与自己和解,进而与世界和解。所以,桑吉最后原谅了校长,阿妈斯炯平和地看待与哥哥、儿子之间的"洛卓"(笔者注:藏语,前世没还清的债),王泽周要带儿子回一趟父亲的老家。他们以平等的姿态面对自然界的生命万物,听从本心来生活,用宽恕与悲悯去叩击人性褶皱的隐秘,给予我们温暖与慰藉。

总的来说,"山珍三部"是阿来创作的又一次转承,它展示了阿来对自然万物认识的升华。从此,自然不再是故事叙述的背景,

---

① 阿来:《从诗歌和音乐开始》,《青年文学》,2001年第6期。
② 阿来著:《蘑菇圈》,长江文艺出版社2015年版,第40页。

而成为写作的中心之一，这有些接近美国自然文学的路数。在他看来，自然不仅延展了我们生命的厚度和宽度，而且能够使生命与更雄伟的存在对接。故而，桑吉是自然之子，他会为把虫草看成是三十元钱还是一个生命而纠结；王泽周是自然的守护者，虽然这种守护是知识层面的"不为悲悼，而为正见"；阿妈斯炯是大地母亲，她会在饥馑年代，背水来浇灌蘑菇圈，在生命困厄之中，依然与鸟兽和谐共生，用心凝听"雾气凝聚"、生命萌发……就阿来与自然的关系而言，与其说是审视、进入，不如说是融入、回归，行文中蕴含着母语文化的哺育以及对自然真诚而深沉的爱意，他用质朴而纯真的语言为我们建构了一个"自然世界的乌托邦"。

余论　就这样日益丰盈

> 我现在坐在群山之巅，把头埋在双膝之间，感到风像
> 时光的水流，漫过我的脊梁。河流轰鸣，道路回转。现在
> 我要独自一人，任群山的波涛把我充满，任大地重新向我
> 涌来。
>
> ——《故乡，世界的起点》

在我看来，阿来无疑是当代文坛一位很有分量的作家，在近
四十年的漫长写作生涯中，他以坚韧的文学耐力和良知保持着一贯
的厚重与从容。很多人会自然而然地把阿来和《尘埃落定》联系起
来，早在 1998 年，他就凭借该书声名鹊起，先后斩获巴金文学奖特
等奖、第五届"茅盾文学奖"和第六届少数民族文学"骏马奖"长
篇小说奖，"人们的议论，有指点一座飞来峰的感觉"[①]。这在某种
程度上也折射出阿来自 1982 年初登文坛后十几年间缄默无闻的处
境。事实上，在《尘埃落定》之前，他就已经发表了一些很有分量
的作品，有很多也是杂志的头版头条。只是二十世纪八十年代是历
史造就的一个短暂的文学时代，当时的文坛太过喧嚣，各种流派、
浪潮汹涌而来，阿来却没有被任何的狂热挟带而去，他始终保持着
自持与自醒，自觉地与文坛热点保持距离，这不能不算是文坛的一

---

① 阿来著：《阿来文集·中短篇小说卷》，人民文学出版社 2001 年版，后记，第 588
页。

个奇迹。事实上，阿来从不急着出发，他不断地漫游、思索、积聚情感，他也曾把自己的创作比作是"谈一场轰轰烈烈的恋爱"，在那些本真、朴拙的表达背后渗透着作者炙热的情感。阿来的作品多半是围绕他的故乡以及漫游的经历展开，他是"边地文明的勘探者和守护者。他的写作，旨在辨识一种少数族裔的声音，以及这种声音在当代的回响。声音去到天上就成了大声音，在地上则会面临被淹没和瓦解的命运。阿来持续为一个地区的灵魂和照亮这些灵魂所需要的仪式写作，就是希望那些在时代大潮面前孤立无援的个体不致失语"[1]。在一个叙事题材日渐单一、叙述视野趋向狭窄的消费主义写作的时代，阿来摆脱了悬浮于当下文坛的浮躁、粗糙、虚弱、苍白与矫饰，用原始、本真的自然表达，在为自己营造了一个语言原乡的同时，也为这个时代保存了一份沉痛的忧伤。如果生命是随着时间的流逝而得以展开，那么思索也会随着阅历而逐渐深邃，"我的写作，也是使自己内心深处的积雪得以消融的一种方式。我确确实实听到了积雪融化的声音。知道太阳正从遥远的南方海洋向北方森林地带回返。雪水使河水渐渐丰满，我的生命的树林里已经有春风在喧哗"[2]。阿来的书写就像是生命的迎风歌唱，他四十年的写作历程也是对生命、人性的体悟日渐深入、日益丰盈的过程。

一位好作家往往是聪明的，而大师级的作家，却多半是笨拙而浑厚的。阿来的创作立足于"嘉绒"本土，这片坦荡、包容的自然空间造就了他大巧若拙地看待世界的眼光与面对问题的方式。他试图在小说中还原本然的世景，人性、命运、历史一切都是那么地自然而然，阿来用他的冷静与才情，在变动不羁的时代中始终坚持写作的纯粹性。他"一直把内心当成一个小小的国家"[3]，并不担心在静谧之中被世界遗忘。我们在阅读阿来作品时可以感受到那种超脱

---

① 引自"第七届华语文学传媒大奖"年度杰出作家授奖辞，新浪读书。

② 阿来：《时代的创造与赋予》，《四川文学》，1991 年第 3 期。

③ 阿来著：《永远流浪》，《阿来文集·诗文卷》，人民文学出版社 2001 年版，第 23 页。

于喧嚣世界之外的宁静，从《老房子》《旧年的血迹》《尘埃落定》到《空山》《云中记》都折射出人类古老寓言的光泽。不可否认的是，阿来既没有回避嘉绒部族乃至整个中国历史的剧烈变动，也没有用时间的距离来模糊这种断裂与变动，而是结合大量史料、一次次走访，并用怀疑、反思的力量来审视、建构宏大的历史，关注大的历史背景下边缘个体的生命走向及命运挣扎。

阿来的小说视野开阔，不仅故事好看，其背后能引发的思考也是层次丰富、含量惊人。在他的写作之中饱含着对民族、家族、村落的历史的描绘，对人性、命运的自觉关注。从这个意义上来说，阿来的小说更多地显示一种普遍性而不是异质，我们也不难感受到他对人类普遍命运的关注。阿来的小说有着"人类性"的背景，纵使在面对艰苦的生活、命运的无奈、现代性的颠覆和历史阶段性的终结时，他既没有沉溺于审美的自怜与感伤，也没有因此而控诉或哀怨，而是以高度的社会责任感、惊人的创造性和艺术的眼光来抒发人生与人性。渐渐地，阿来摆脱了前期作品中的枯瘦的力度、坚硬的品格和劲健的"以事运文"追求，并把浪漫的历史主义情怀逐步上升为一种宏大的浩叹。这种浩叹并非源自消极与无奈，而是理解之后的宽容、珍爱之中的悲悯，如草原上霞光一般散发着温暖而美丽的光辉。

嘉绒藏地幻化为一种古老的图腾成为阿来作品永恒的背景，我记得他曾经说过："我想呈现的就是这被忽略的存在。她就是我的家乡，我精神与肉体的双重故乡。"[1] 而在这瑰丽、苍郁的民族书写的背后，隐藏着一种真实而切近的情感，阿古顿巴、外公、舅舅、父亲、嘎洛……都作为某种原型在文本中屡屡出现，而"我"的介入则给平淡的叙述中注入了滚烫的热情，"我必须在这里揭示出在一种带着强烈的喜剧性色彩的生存状况下的泛人类的悲哀，人性的

---

① 阿来：《永远的嘉绒》，《中国民族》，2001 年第 11 期。

悲哀，生命本能与生命追求的崇高品格之间相互冲突的悲哀"①。我感到，阿来的人物认知之中有一种沉重的命运感，他用一种历史的眼光来看待人类的生活，在他看来时代的发展与历史的变迁都非一人、一个民族乃至一个国家所能抗拒的，故而他所展示的就是在不可逆转的命运与历史进程之中，个体的苦痛、忧伤、抗争抑或是隐忍。他用貌似恬淡的书写向我们呈现了历史巨轮之下个体的卑微、命运的坚韧和文明的困惑，显示了直面苦难的勇气、人性追索的力量和"介入历史的激情"。事实上，阿来的文章无论如何地轻灵飘逸、诗性汪洋，都不会肆意荡漾，而总有哲理观念或生命感悟蕴含其中，这使得其前期作品略显得有些生硬，同时也成就了后来的智性与凝重。

文学最能触动我们的往往是原初的风景，阿古顿巴对于阿来人物谱系的构建有着重要的意义，他就像是藏族文化传统中的"发愿"，在这个形象身上不仅展示阿来文化的自我定位与人文关怀，而且也作为小说建构的重要因子屡屡出现。此外，我们不难发现阿来对硬汉的偏爱，桑蒂、麦勒、奥达、格萨尔王，甚至直接把文中的"父亲"塑造成硬汉。在这类形象的书写之中完美地展示了阿来男性写作的显著特点：硬朗、短促、坚硬、不容置疑。阿来在硬汉身上寄予了对崇高精神的呼唤和高贵品格的颂扬，在这个世道人心悬浮、价值紊乱的时代，这种书写在一定程度上唤醒了我们内心深处早已迷失的人性尊严。不仅如此，在阿来平静的铺排、叙述背后，总能听到"仿佛来自遥远天国的歌声，听到人类在诉说"②。作为一个有着社会责任感的思想型作家，阿来不仅直面了现代性入侵之下自然的破坏、森林的消失以及人心的堕落，而且他更为关注那些不彻底的、既不光辉又不伟岸、时常处于两难的尴尬困境的普通

---

① 阿来著：《孽缘》，四川民族出版社 2005 年版，第 32 页。

② 周克芹：《在历史与现实的交汇点上——序阿来小说集〈远方的地平线〉》，《民族文学》，1989 年第 1 期。

人。"他的镜头，放大并收藏了许多静默的、孤独存在，而阿来的寻找和捕捉，总是显得意味无穷。"①他们执拗、游离于时代洪潮之外，却能在无力挣脱的命运面前依然保持着美好的梦想。然而，梦想与现实之间的鸿沟是如此地深邃，使得他们内心充满矛盾和挣扎。"全世界的人都有相同的体会：不是每一个追求福祉的人都能达到目的，更不要说，对很多人来说，这种福祉也如宗教般的理想一样难以实现。于是，很多追求幸福的人也只是饱尝了过程的艰难，而始终与渴求的目标相距遥远。所以，一个刚刚由蒙昧走向开化的族群中那些普通人的命运理应得到更多的理解与同情。"②阿来通过对人物命运的深切把握，在他们身上展现梦想的力量，并把个体上升到民族历史的层面，对他们的坚持和努力给予肯定与颂扬。阿来的小说展示了人、自然、历史、命运之间的相互感应关系，书写了存在与梦想、成长与抗争、孤独与追寻所构成的多元共存、对立。不仅如此，在面临现代性入侵的中国乡村时，人物的惊喜、不安、痛楚、迷茫、麻木、无奈和空寂得以展示的同时，更多的是喧嚣时代背后乡村的那种无边无际的静默。

南朝自古以楚辞章句、四六骈赋独步文坛，至今南方文学仍有着独特的神韵，而阿来犹如盛开的高山雪莲，携带着雪域高原清冽之气姗姗而来。他的作品有着一种沉积的陆离、平静的宏阔、雍容的大气，以及隐匿的绚丽、智性的朴拙和萦绕的信仰。他的语言灵动充满诗意，也充溢着质朴的纯真，散发着纯净的意味和力量。在阿来的作品之中充溢着情感介入的真诚，他喜欢把自己真实的经历与感受以"我"的身份与口吻介入到小说之中，营造一种"类散文"的氛围，使得作者的自我感受和读者构成一种真实的"直接对话"的关系，而这却并非源自叙事的花样，而是一种情感诉求的需

① 吴虹飞：《阿来：终生都在叛逆期》，《南方人物周刊》，2009 年第 4 期。
② 阿来：《人是出发点，也是目的地——第七届华语传媒大奖获奖词》，《黄河文学》，2009 年第 5 期。

要。民歌、音乐、民间传说为阿来提供了看待、理解世界的视角和新的写作可能，在梦境与现实之中建构了穿越的桥梁，诗性寓言与历史传奇有机结合，使文本之中呈现出浪漫的美感。交响乐式的铺垫、转承与回旋，并行不悖的多声部结构，自由流动的叙事视角使得阿来总是能在或绚烂、或朴拙的文本之下沉潜着最为真实的生活和深刻的情感。中年以后，阿来的写作日趋丰盈而世故，然而这种世故绝非游离于世事之外的油滑，也不是游戏于人生之中的浮夸，而是蕴含着看穿世事的阅尽沧桑的豁达以及生于浊世的纯真。事实上，阿来早已放弃了对语言、形式的过分雕琢，而达到了一种自由无碍的境界，"文字给我们的眼睛与心灵带来了另一种光明，黑夜都不能遮蔽的光明，一种可以灼见到野蛮与蒙昧的光明"[1]。在一个速度化时代中，阿来却用心收拢文字的温度，努力地复活一种古老的文化记忆，在他平静的铺排、隐忍的叙述中，我们感受到一种旷达的情怀。

我发现，阿来在作品中保持着"匍匐在地，仔细倾听"的姿态，虽然他的主旨日渐升华而显得宏大，我却依然可以在阅读中感受到"一个少年，坐在冬日温暖的火塘旁出神地聆听"[2]的那种从容与平和。他曾经说过："文学更重要之点在人生况味，在人性的晦暗或明亮，在多变的尘世带给我们的强烈命运之感，在生命的坚韧与情感的深厚。我愿意写出生命所经历的磨难、罪过、悲苦，但我更愿意写出经历过这一切后人性的温暖。以善的发心，以美的形式，追求浮华世相下人性的真相。"[3]阿来正是从生命的体察与认识中，阐释一个变动的世界。时光流逝赋予了他写作的更深意义，他对文学的那份坚守与执信使得他的书写日益丰盈。从某种意义上

---

[1] 阿来著：《从拉萨开始》，《阿来文集·大地的阶梯》，人民文学出版社 2001 年版，第 27 页。

[2] 阿来著：《文学表达的民间资源》，《看见》，湖南文艺出版社 2011 年版，第 196 页。

[3] 阿来：《序：文学更重要之点在人生况味》，《三只虫草》，人民文学出版社 2016 年版，第 1 页。

讲,《空山》是阿来写作的一次总结,一次创作心态上的升华与迸发,"表明了阿来的某种意味深长的转变"①。早期阿来的作品总是带着高原凛冽的气息,犹如雪山中挺立的松柏,显然,阿来并不惧怕寒冬的严酷,并有着迎接命运挑战抑或是主动挑战命运的勇气和气力。在《空山》中,这种凛冽化为悲悯的柔情与含混的包容,或者这是对并不美妙的现实生活的一种补偿,毕竟在温暖中,生命才显得并不那么漫长而难以忍受。阿来试图以文学的方式,从个体的命运入手,直面村庄的变迁、古老价值观念的震荡、文明的支离破碎等这些当下的沉重的问题,并试图"把自己融入了自己的民族和那片雄奇的大自然"②。在这个意义上讲,"空山"凝聚成一个美学意象折射出阿来对历史、当下、现代性、人性、城市、乡村、自然的深切反思。他用干净、透亮、精短的语句缓缓道来,每个人物在机村这个永恒的背景中接连出场,并蕴含着音乐的跳跃与律动,有着隐而不发的巨大内爆力。如果说《随风飘散》是人性的悲剧,那么《天火》则是一场欲望的悲剧,而阿来对大火的描绘则展示了他对宏大场面的控制力,那种博大、澎湃的叙述本身就是摧毁一切的力量。《达瑟与达戈》是理想的悲剧,世道人心的《荒芜》是时代的悲剧,也是现代文明入侵下农业帝国一败涂地的挽歌。阿来在一种舒缓的吟咏中表达了一种返璞归真,毕竟,不是每个人都能像驼子一样死在丰收的辉煌之中,死在自己的梦想的田野之中,从这点上而言,《荒芜》中还埋藏着"春风吹又生"的希冀。而在《轻雷》与《空山》中,金钱、欲望的灼烧使得原本肥沃的净土支离破碎。"多少代人延续下来的对自然的敬畏和爱护也随之从人们内心中消失了"③,机村在被水库淹没之前人文精神就已衰败、传统就

① 南帆:《美学意象与历史的幻象——读阿来的〈空山〉》,《当代文坛》,2007 年第 3 期。

② 阿来著:《嘉绒大地给我的精神洗礼》,《看见》,湖南文艺出版社 2011 年版,第 235 页。

③ 阿来著:《走向大渡河》,《大地的阶梯》,南海出版公司 2008 年版,第 39 页。

已经消失了，这可能才是最为深邃的悲剧。阿来叙事没有生离死别的悲戚，没有英雄争斗的昂扬，《空山》中多了些"不得已"的悲哀，他用的都是淡淡的话语，我们却不难体味到平静背后的困惑与挣扎：新与旧、生与死、此岸与彼岸……感慨也好，枉然也罢，社会历史都一如既往地滚滚向前，也许，一切的权衡都是徒劳的，而复杂情愫扩展了作品思想深度，也展示了阿来寻求人生解答的努力。

而《草木的理想国：成都物候记》、"山珍三部"、《瞻对》则展示了阿来的书写进入自在无碍的境界，他将倾听世界与心灵的自我审视结合起来，语言极具张力，读起来很顺畅，解读起来却不轻松。然而这并不意味着价值判断的缺乏，相反，文本在丰富幽邃的生命细部中所展示的复杂生活世相，远远地超出了对与错、历史与现代甚至是人与物的边界。显然，阿来业已从社会历史中善恶纠葛的泥沼中升华出来，由德趋道，升华到一种平和、宽忍的大境界。他的心向着天地万物展开，用质朴与纯净穿透伪善与丑陋，建构了一个自然而浩大的文学世界。桑吉观察虫草生长进而探寻自然的秘密，王泽周从岷江柏的故事中发掘民族历史，而阿妈斯炯坚定地守护着自然的蘑菇圈，进而守护着人类的生命圈。他们扎根于辽阔的青藏高原，这里不仅是地理上海拔的高原，也是生命的高原、精神的高原。

2019 年，阿来的又一长篇力作《云中记》面世，这部与《尘埃落定》问世隔了二十年、与《空山》隔了十二年的作品，与其说是一篇小说，不如说是年近花甲之年的阿来对写作的总结与回望，对生命的一场回溯。关于《云中记》，阿来坦言："我要用颂诗的方式来书写一个殒灭的故事，我要让这些文字放射出人性温暖的光芒。"[1] 阿来用一个人独语的方式建构一个长篇，这本身就是一种挑战，更是一种姿态：一种与世界对抗、和解，甚至是融入的姿

---

① 阿来：《不止是苦难，还是生命的颂歌——有关〈云中记〉的一些闲话》，《长篇小说选刊》，2019 年第 2 期。

态。随着阅读的推进，我们经常分不清谁是阿巴，谁是阿来，谁是作者。地震使得阿巴"熟悉的世界和生活就在那一瞬间彻底崩溃"，而断裂层使得"他和云中村幸存的人不得不离开"故乡，在新的地方开始新的生活，并慢慢地切断与故乡连接的脐带。中国文学中不乏与故乡宛曲低回的告别，抑或是激烈的背叛，鲁迅的《故乡》更是开启了中国现代知识曲折的归乡之路"离去—归来—再离去"。不同的是，云中村已经不是传统意义上的故乡，它被村民们称为"那里"，这其中既有集体刻意的掩盖与遗忘，也有着众人不忍直视的悲伤，云中村"最终会和巨大滑坡体一起坠入岷江"，是已经迁走全部村民的等待毁弃的村子。阿巴却如此顽强地回乡，努力建构与过往世界和生活之间的神秘联系。结合阿来在文本中反复地用"消散""消失无踪""忘记"来书写云中村的味道，用"抛弃""不要""放手"来描绘传说中山神与当下云中村的关系，我们甚至可以从"消散"的背后读出阿来对于"忘却"的本能性恐惧。对于阿巴而言，忘却"味道"等于忘却本原、忘却过去，失去乡土记忆等于迷失本性，失却我之为我的根源。阿来并没有把阿巴的告别简单地道德化，换句话说，阿巴在祭拜山神、敬奉祖先、安抚亡灵的行动中就已经完成了"告别"的仪式，但他却不是去"告别"，而是回归。在整体性力量如此强大的时代，如何执拗地保持个体姿态，连接民族的历史与现在，并不断反思当下，避免被同化，既是时代的挑战，也是一种使命。在这个意义上讲，阿巴是一个清醒的殉道者，他坚持带着云中村的味道，和村子、和亡灵、和村中生灵、和古老的生活方式"一起消失"。正是因为这份坚持，使得阿巴一个人的归乡却有了仪式般的庄严。如果说阿来是一位踟蹰的行者，那么《云中记》是他一个休憩并且整装待发的地方。阿来借阿巴独语带我们回归儿童的天真，也为新世纪文坛带来了活力与新鲜感。

在阅读中，我们不难发现阿来的冷静与自持，我感到，他一直在寻找、坚守着些什么。也许，他寻找的就是像森林和河流那样自然、真诚与朴拙的文字，崇高、坚韧的品格以及文学中的古典理想。阿来沿着《诗经》、孔庄……文化脉络一路走来，既有西方文化的滋养，也有藏族民间文化的渗透，他从大千世界中找到属于自己的道路，而他的道路又通向了广阔的"大声音"。虽然我们从阿来的作品中也会感受到某种激动、偏执甚至疯狂，但是阿来的立意并不在于此，他从不刻意渲染暴力与阴鸷的大观，在内心深处，他一直是位诗人，一位行走在死亡和生命、现实和未来、人与自然之间，寻找和召唤爱与温暖的诗人。阿来在《人是出发点，也是目的地》中这样写道："文学所要做的，是寻求人所以为人的共同特性，是跨越这些界限，消除不同人群之间的误解、歧视与仇恨。文学所使用的武器是关怀、理解、尊重与同情"，"文学是潜移默化的感染，用自己的内心的坚定去感染"[①]。他生命中有太多丰富的故事，有着沉潜的力量及吸纳一切的胸怀。而他作品的魅力并不在于故事的奇异魔幻，而是依赖于内心感受的累积、世界广泛的体验和人性深刻的洞察。这个时代普遍处于一种精神漂流的状态，环顾四周，且不说世外桃源，连苏武牧羊的草场也难以寻见。在阿来的许多散文中记录了他环顾种种时真实的感受与思想，虽然文字有时会显得轻灵而零乱，但行文中却隐含了他的悲悯情怀。诚然，阿来是一位敏锐而深邃的作家，而他对于外部世界的隔膜、质疑与批判进入小说之后自然地转换为宽容。宽容使阿来作品中充满了对生命本身的敬意、对生活本真的接纳和对人类个体的理解与关照。

阿来智性而又沉静，有着宽广的气度及胸怀。在这个现实功利主义和享乐主义大行其道的时代，他一直忠于自己的内心，秉承了传统文化和宗教中的达观、悲悯与豁达，以大气、浑厚、充沛的美学品格展示着文学的另一种坚韧。我们不难从其作品中发现阿来隐匿在小说背后的形象，他也许是现实生活的旁观者，也许是站在雪

[①]　阿来著：《人是出发点，也是目的地》，《看见》，湖南文艺出版社 2011 年版，第 165 页。

山之巅俯瞰众生的智者，但他的心从来都是敞开的，向着群山、向着大地、向着阳光和苦难敞开。他努力从细部的景物描写中营造悠远、禅性的诗意，记录卑微生活中的生命经验，从驳杂的人性之中呈现生命的光芒。可以说，阿来是一个有明确的文学观，并不断反思、提升自我的作家。很多时候，读他的小说更像是聆听生命的吟唱，行走在雄奇旷远的青藏高原上，连绵吟咏，朴拙宽厚。阿来对自然深怀敬畏，用沉潜的耐心倾听自然律动，用生命湿润的部分感知温暖和力量，对抗生命路途中的磨难和悲苦；在平淡节制的韵律之中展示厚重的情感与生命的纵深，既有着复杂的含混，又漫溢着人性的光辉。在阿来的作品中，我不难感受到那种高山无语的悲悯与丰盈。阿来用自己的淡泊与坚持向世人证明，浮世也有情怀。

参考文献

阿来著：《旧年的血迹》，作家出版社 2000 年版。

阿来著：《梭磨河》（诗集），四川民族出版社 1989 年版。

阿来、蒋永志等著：《阿坝藏传佛教史略》，四川民族出版社 1990 年版。

阿来著：《尘埃落定》，人民文学出版社 1998 年版。

阿来著：《尘埃落定》，作家出版社 2000 年版。

阿来著：《月光下的银匠》，长江文艺出版社 1999 年版。

阿来著：《大地的阶梯》，云南人民出版社 2000 年版。

阿来著：《阿来文集》（四卷本），人民文学出版社 2001 年版。

阿来著：《就这样日益丰盈》，解放军文艺出版社 2002 年版。

阿来著：《阿来中篇小说选》，四川民族出版社 2004 年版

阿来著：《阿坝阿来》，中国工人出版社 2004 年版。

阿来著：《遥远的温泉》，北苑文艺出版社 2004 年版。

阿来著：《孽缘》，四川民族出版社 2005 年版。

阿来著：《奥达的马队》，四川民族出版社 2005 年版。

阿来著：《遥远的温泉》，四川民族出版社 2005 年版。

阿来著：《尘埃飞扬》，四川文艺出版社 2005 年版。

阿来著：《空山·1》，人民文学出版社 2005 年版。

阿来著：《格拉长大》，东方出版中心 2007 年版。

阿来著：《空山·2》，人民文学出版社 2007 年版。

阿来著：《川藏》，华东师范大学出版社 2008 年版。

阿来著：《大地的阶梯》，南海出版公司 2008 年版。

阿来等著，榕榕译：《生命之歌——中国四川汶川大地震诗抄》，四川文艺出版社 2008 年版。

阿来著：《空山·3》，人民文学出版社 2009 年版。

阿来著：《空山》（三部曲），人民文学出版社 2009 年版。

阿来著：《格萨尔王》，重庆出版社 2009 年版。

阿来著：《看见》，湖南文艺出版社 2011 年版。

阿来著：《尘埃落定》，联经出版事业公司 2011 年版。

阿来著：《空山》，麦田出版社 2011 年版。

阿来著：《草木的理想国》，江苏人民出版社 2012 年版。

阿来著：《瞻对》，江苏人民出版社 2012 年版。

阿来著：《瞻对》，四川文艺出版社 2014 年版。

阿来著：《瞻对：终于融化的铁疙瘩——一个两百年的康巴传奇》，四川文艺出版社 2015 年版。

阿来著：《红狐》，长江少年儿童出版社 2015 年版。

阿来著：《奔马似的白色群山》，四川文艺出版社 2015 年版。

阿来著：《行刑人尔依》，四川文艺出版社 2015 年版。

阿来著：《少年诗篇》，四川文艺出版社 2015 年版。

阿来著：《阿来的诗》，四川文艺出版社 2016 年版。

阿来著：《三只虫草》，人民文学出版社 2016 年版。

阿来著：《三只虫草》，明天出版社 2016 年版。

阿来著：《蘑菇圈》，人民文学出版社 2016 年版。

阿来著：《蘑菇圈》，长江文艺出版社 2015 年版。

阿来著：《蘑菇圈》（名师导读美绘版），长江文艺出版社 2018 年版。

阿来著：《河上柏影》，人民文学出版社 2016 年版。

阿来著：《阿古顿巴》，四川文艺出版社 2017 年版。

阿来著：《大地的阶梯》，四川文艺出版社 2017 年版。

阿来著：《狗孩格拉》，四川文艺出版社 2017 年版。

阿来著：《当我们谈论文学时，我们在谈些什么——阿来文学演讲录》，陕西师范大学出版社 2017 年版。

阿来著：《大雨中那唯一的涓滴》，陕西师范大学出版社 2017 年版。

阿来著：《阿来散文精选》，长江文艺出版社 2017 年版。

阿来著：《从拉萨开始》，华文出版社 2017 年版。

阿来著：《机村史诗（六部曲）》，浙江文艺出版社 2018 年版。

阿来著：《群山的声音：阿来序跋精选集》，四川文艺出版社 2018 年版。

阿来著：《离开就是一种归来》，江苏人民出版社 2018 年版。

阿来著：《一滴水经过丽江》，长江文艺出版社 2018 年版。

阿来著：《大地的语言：阿来散文精选集》，四川文艺出版社 2018 年版。

阿来著：《云中记》，北京十月文艺出版社 2019 年版。

阿来著：《攀登者》，人民文学出版社 2019 年版。

阿来著：《灵魂之舞》，人民文学出版社 2020 年版。

阿来著：《环山的雪光》，人民文学出版社 2020 年版。

陈思广主编：《阿来研究资料》，四川文艺出版社 2018 年版。

陈思广主编：《阿来研究》（1—11 辑，以书代刊），四川大学出版社 2012—2020 年版。

梁海著：《阿来文学年谱》，复旦大学出版社 2014 年版。

《嘉绒藏族调查材料》（内部资料），西南民族学院民族研究所 1984 年版。

格勒著：《论藏族文化的起源形成与周围民族的关系》，中山大学出版社 1988 年版。

扎西达娃等著：《西藏新小说》，西藏人民出版社 1989 年版。

班班多杰著：《藏传佛教思想史纲》，上海三联书店1992年版。

伊丹才让著：《雪域集》，四川民族出版社1992年版。

丹珠昂奔著：《藏族文化散论》，中国友谊出版公司1993年版。

丹珠昂奔著：《藏族文化发展史》（上、下），甘肃教育出版社2001年版。

杨辉麟著：《西藏东南角》，西藏人民出版社1993年版。

阿坝藏族羌族自治州地方志编纂委员会编：《阿坝州志》（上、中、下），民族出版社1994年版。

杨岭多吉主编：《四川藏学研究》，中国藏学出版社1994年版。

耿予方著：《藏族当代文学》，中国藏学出版社1994年版。

耿予方著：《西藏50年·文学卷》，民族出版社2001年版。

金春子、王建民编著：《中国跨界民族》民族出版社1994年版。

冯育柱、于乃昌、彭书麟主编：《中国少数民族审美意识史纲》，青海人民出版社1994年版。

雀丹著：《嘉绒藏族史志》，民族出版社1995年版。

关纪新、朝戈金著：《多重选择的世界——当代少数民族作家文学的理论描述》，中央民族大学出版社1995年版。

关纪新主编：《20世纪中华各民族文学关系研究》，民族出版社2006年版。

恰白·次旦平措等著；陈庆英等译：《西藏通史——松石宝串》，西藏古籍出版社1996年版。

杨义著：《中国叙事学》，人民出版社1997年版。

杨义著：《重绘中国文学地图通释》，当代中国出版社2007年版。

北京东方道德研究所：《文化反思与文化建设》，上海教育出版社2003年版。

才旺瑙乳、旺秀才丹主编：《藏族当代诗人诗选》（汉文卷），青海人民出版1999年版。

周锡银、望潮著：《藏族原始宗教》，四川人民出版社1999年版。

扎西卓玛整理：《阿古顿巴的故事》，河北少年儿童出版社2000年版。

纳日碧力戈著：《现代背景下的族群建构》，云南教育出版社2000年版。

德吉草著：《歌者无悔——当代藏族作家作品选评》，民族出版社2000年版。

佟锦华著：《藏族文学研究》，中国藏学出版社2002年版。

马丽华：《西藏文化旅人》，中国社会科学出版社2002年版。

莫福山著：《藏族文学》，巴蜀书社2003年版。

［法］勒内·格鲁塞著；黎荔等译：《草原帝国》，国际文化出版公司2003年版。

泽波、格勒主编：《横断山民族文化走廊》，中国藏学出版社2004年版。

唯色著：《绛红色的地图》，中国旅游出版社2004年版。

王佑夫、艾光辉、李沛著：《中国少数民族文学批评史》，（香港）国际教科文出版社2004年版。

梁庭望、李云忠、赵志忠编著：《20世纪中国少数民族文学编年史》，辽宁民族出版社2006年版。

费孝通著：《乡土中国》，江苏文艺出版社2007年版。

费孝通主编：《中华民族多元一体格局》，中央民族大学出版社2018年版。

包斯钦、金海主编：《草原精神文化研究》，内蒙古教育出版社2007年版。

赵志主编：《20世纪中国少数民族文学百家评传》，辽宁民族出版社2007年版。

［法］向柏霖著：《嘉绒语研究》，民族出版社2008年版。

中国作家协会编：《新中国成立60周年少数民族文学作品选·理

论评论卷》（1、2），作家出版社 2009 年版。

侯光、何祥录编选：《四川神话选》，四川出版集团 2009 年版。

根敦群培著；法尊译：《白史》，中国藏学出版社 2012 年版。

杨彬、田美丽、沙媛等著：《中国当代少数民族小说审美特色研究》，中国社会科学出版社 2012 年版。

中国社会科学院语言研究所编：《中国语言地图集：少数民族语言卷》（第 2 版），商务印书馆 2012 年版。

张海清主编：《金川历史文化览略》，中央民族大学出版社 2012年版。

政协马尔康县委员会、阿坝嘉绒文化研究会编著：《雪山土司王朝》，四川民族出版社 2013 年版。

丹珍草著：《差异空间的叙事——文学地理视野下的〈尘埃落定〉》，中国藏学出版社 2014 年版。

丹珍草著：《藏族当代作家汉语创作论》，吉林出版集团股份有限公司 2016 年版。

杨艳伶著：《藏地汉语小说视野中的阿来》，中国社会科学文献出版社 2015 年版。

李敬泽主编：《边地书、博物志与史诗：阿来作品国际研讨会文集》，陕西师范大学出版社 2020 年版。

中央民族学院少数民族语言文学系藏语文教研室藏族文学小组编：《藏族民间故事选》，上海文艺出版社 1980 年 5 月版。

［古希腊］亚里士多德、［古罗马］贺拉斯著；罗念生、杨周翰译：《诗学诗艺》，人民文学出版社 1962 年版。

［法］丹纳著；傅雷译：《艺术哲学》，人民文学出版社 1983 年版。

伍蠡甫等编：《现代西方文论选》，上海译文出版社 1983 年版。

朱光潜著：《悲剧心理学》，人民文学出版社 1983 年版。

叶朗著：《中国美学史大纲》，上海人民出版社 1985 年版。

陈洪文、水建馥选编：《古希腊三大悲剧家研究》，中国社会科学出版社 1986 年版。

尹鸿著：《悲剧意识与悲剧艺术》，安徽教育出版社 1992 年版。

［德］尼采著；钱春绮译：《尼采诗选》，漓江出版社 1986 年版。

胡经之主编：《西方文艺理论名著教程》，北京大学出版社 1986 年版。

［德］雅斯贝尔斯著；余灵灵、徐信华译：《存在与超越——雅斯贝斯文集》，上海三联书店 1988 年版。

［俄］巴赫金著；白春仁、顾亚玲译：《陀思妥耶夫斯基诗学问题》，北京三联书店 1988 年版。

［俄］巴赫金著；白春仁、晓河译：《小说理论》，河北教育出版社 1998 年版。

［俄］巴赫金著；白春仁、顾亚玲译：《诗学与访谈》，河北教育出版社 1998 年版。

［法］西蒙娜·德·波伏娃著；王友琴等译：《女人是什么》，中国文联出版公司 1988 年版。

［法］西蒙娜·德·波伏娃著；陶铁柱译：《第二性》（全译本），中国书籍出版社 1998 年版。

［美］彼得·福克纳著；付礼军译：《现代主义》，昆仑出版社 1989 年版。

［英］爱德华·泰勒著；连树生译：《原始文化》，上海文艺出版社 1992 年版。

［美］马克·吐温著；曹明伦译：《亚当夏娃日记》，安徽文艺出版社 1992 年版。

张京媛主编：《新历史主义与文学批评》，北京大学出版社 1993 年版。

吴义勤著：《漂泊的都市之魂》，苏州大学出版社 1993 年版。

吴义勤著：《目击与守望》，山东文艺出版社 2001 年版。

吴义勤著：《告别虚伪的形式》，山东文艺出版社 2004 年版。

吴义勤著：《中国当代小说前沿问题研究十六讲》，山东文艺出版社 2009 年版。

吴义勤著：《守望的尺度》，吉林出版集团有限责任公司 2009 年版。

吴义勤、李洱主编：《文学现场对话录》，北京大学出版社 2013 年版。

吴义勤著：《中国当代新潮小说论》（修订版），中国人民大学出版社 2018 年版。

［英］克利福德·利奇著；尹鸿译：《悲剧》，昆仑出版社 1993 年版。

［德］狄特富尔特等著；周美琪译：《人与自然》，生活·读书·新知三联书店 1993 年版。

陈众议主编；李德明、蒋宗曹译：《世界中篇小说经典·拉美卷》，春风文艺出版社 1996 年版。

［德］黑格尔著；朱光潜译：《美学》，商务印书馆 1997 年版。

［美］詹姆逊著；唐小滨译：《后现代主义与文化理论》，北京大学出版社 1997 年版。

［法］加缪著；杜小真、顾嘉琛译：《置身于苦难与阳光之间》，上海三联书店 1997 年版。

［法］加缪著；杜小真译：《西西弗神话：加缪荒谬与反抗论集》，陕西师范大学出版 2003 年版。

［丹麦］乔治·勃兰兑斯著；张道真等译：《十九世纪文学主流》，人民文学出版社 1997 年版。

王富仁著：《现代作家新论》，山西教育出版社 1998 年版。

［英］戴维·洛奇著；王峻岩译：《小说的艺术》，作家出版社 1998 年版。

［英］卡莱尔著；何欣译：《英雄与英雄崇拜》，辽宁教育出版

社 1998 年版。

［英］萨默塞特·毛姆著；刘文荣译：《毛姆读书随笔》，上海三联书店 1999 年版。

［英］萨默塞特·毛姆著；陈德志、陈星译：《作家笔记》，南京大学出版社 2011 年版。

［法］米歇尔·福柯著；刘北成、杨远婴译：《疯癫与文明》，生活·读书·新知三联书店 1999 年版。

李泽厚著：《美学三书》，安徽文艺出版社 1999 年版。

梁漱溟著：《东西文化及其哲学》，商务印书馆 1999 年版。

［美］赛缪尔·亨廷顿著；周琪、刘绯、张立平、王圆译：《文明的冲突与世界秩序的重建》，新华出版社 1999 年版。

［法］让·波德里亚著；刘成富、全志钢译：《消费社会》，南京大学出版社 2000 年版。

［美］哈罗德·布鲁姆著，吴琼译：《批评、正典结构与预言》，中国社会科学出版社 2000 年版。

朱立元主编：《二十世纪西方美学经典文本·后现代景观》，复旦大学出版社 2000 年版。

朱立元主编：《当代西方文艺理论》，华东师范大学出版社 2005 年版。

［英］安东尼·吉登斯；田禾译：《现代性的后果》，译林出版社 2000 年版。

［英］汤因比著；徐波等译：《历史研究》，上海人民出版社 2001 年版。

［美］爱德华·W·萨义德著；王宇根译：《东方学》，生活·读书·新知三联书店 2003 年版。

［美］爱德华·W·萨义德著；李自修译：《世界·文本·批评家》，生活·读书·新知三联书店 2009 年版。

摩罗著：《大地上的悲悯》，上海三联书店 2003 年版。

［英］奈保尔著；王志勇译:《米格尔街》，浙江文艺出版社2003年版。

包亚明:《后现代性与地理学的政治》，上海教育出版社2001年版。

包亚明:《现代性与空间生产》，上海教育出版社2003年版。

［乌拉圭］爱德华多·加莱亚诺著；王玫、张小强等译:《拉丁美洲被切开的血管》，人民文学出版社2001年版。

陈晓明著:《后现代的间隙》，云南人民出版社2001年版。

陈晓明著:《表意的焦虑》，中央编译出版社2002年版。

陈晓明著:《无边的挑战》，广西师范大学出版社2004年版。

陈晓明著:《不死的纯文学》，北京大学出版社2007年版。

陈晓明著:《中国当代文学主潮》，北京大学出版社2009年版。

陈晓明著:《向死而生的文学》，吉林出版集团有限责任公司2009年版。

曹文轩著:《20世纪末中国文学现象研究》，北京大学出版社2002年版。

曹文轩著:《中国八十年代文学现象研究》，作家出版社2003年版。

洪子诚、孟繁华主编:《当代文学关键词》，广西师范大学出版社2002年版。

洪子诚著:《中国当代文学史（修订版）》，北京大学出版社2007年版。

［德］马丁·海德格尔著；孙周兴译:《尼采》，商务印书馆2002年版。

［德］康德著；邓晓芒译；杨祖陶校:《判断力批判》，人民出版社2002年版。

［德］康德著；何兆武译:《论优美感和崇高感》，商务印书馆2004年版。

〔美〕苏珊·S·兰瑟著；黄必康译：《虚构的权威》，北京大学出版社 2002 年版。

〔法〕米兰·昆德拉著；余中先译：《被背叛的遗嘱》，上海译文出版 2003 年版。

〔法〕米兰·昆德拉著；董强译：《小说的艺术》，上海译文出版社 2004 年版。

孙柏著：《丑角的复活——对西方戏剧文化的价值重估》，学林出版社 2002 年版。

〔美〕斯图亚特·霍尔编著；徐亮、陆兴华译：《表征——文化表象与意指实践》，商务印书馆 2003 年版。

朱光潜著：《西方美学史》，人民文学出版社 2003 年版。

朱光潜著：《文艺心理学》，中华书局 2012 年版。

张学昕著：《真实的分析》，春风文艺出版社 2003 年版。

张学昕著：《唯美的叙述》，山东文艺出版社 2005 年版。

张学昕著：《话语生活中的真相》，吉林出版集团有限公司 2009 年版。

张学昕著：《南方想象的诗学》，复旦大学出版社 2009 年版。

〔美〕约瑟夫·拉彼得等著；金烨译：《文化和认同》，浙江人民出版社 2003 年版。

〔美〕马歇尔·伯曼著；徐大建、张辑译：《一切坚固的都烟消云散了——现代性体验》，商务印书馆 2003 年版。

〔美〕尼迪克特·安德森著；吴叡人译：《想象的共同体》，上海人民出版社 2003 年版。

〔美〕玛雅·安吉洛著；杨玉功等译：《我知道笼中鸟为何歌唱》，十月文艺出版社 2003 年版。

陈思和主编：《中国当代文学史》，复旦大学出版社 2004 年版。

〔法〕列维·布留尔著；丁由译：《原始思维》，商务印书馆 2004 年版。

［德］恩斯特·卡西尔著；甘阳译：《人论》，上海译文出版社2004年版。

吴元迈主编：《20世纪外国文学史》（三卷本），译林出版社2004年版。

樊星著：《当代文学与多维文化》，武汉大学出版社2005年版。

洪治纲著：《守望先锋》，广西师范大学出版社2005年版。

曲春景、耿占春著：《叙事与价值》，学林出版社2005年版。

［英］戴维·罗宾逊著；程炼译：《尼采与后现代主义》，北京大学出版社2005年版。

［美］华莱士·马丁著；伍晓明译：《当代叙事学》，北京大学出版社2005年版。

［英］马克柯里著；宁一中译：《后现代叙事理论》，北京大学出版社2005年版。

［阿根廷］博尔赫斯著；王永年、徐鹤林等译：《博尔赫斯谈艺录》，浙江文艺出版社2005年版。

［意］迪诺·布扎蒂著；倪安宇译：《魔法外套》，重庆出版社2006年版。

［加］诺思罗普·弗莱著；陈慧、袁宪军、吴伟仁译：《批评的剖析》，百花文艺出版社2006年版。

傅道彬著：《晚唐钟声——中国文学的原型批评（修订本）》，北京大学出版社2007。

何言宏著：《介入写作》，上海三联书店2007年版。

［法］萨特著；关群德等译：《他人就是地狱：萨特自由选择论集》，天津人民出版社2007年版。

刘小枫著：《拯救与逍遥》，华东师范大学出版社2007年版。

刘小枫著：《诗化哲学》，华东师范大学出版社2007年版。

刘小枫著：《沉重的肉身》，华夏出版社2007年版。

刘小枫著：《儒教与民族国家》，华夏出版社2007年版。

刘小枫著：《现代人及其敌人》，华夏出版社 2009 年版。

［美］J·希利斯·米勒著；秦立彦译：《文学死了吗》，广西师范大学出版社 2007 年版。

陶东风、和磊著：《中国新时期文学 30 年（1978—2008）》，中国社会科学出版社 2008 年版。

［英］弗吉尼亚·伍尔夫著；王还译：《一间自己的屋子》，上海人民出版社 2008 年版。

［德］威廉·冯·洪堡特著；姚小平译；《论人类语言结构的差异及其对人类精神发展的影响》，商务印书馆 2008 年版。

［美］福克纳著，李文俊译：《福克纳随笔》，上海译文出版社 2008 年版。

［德］威廉·冯·洪堡特著；姚小平译：《论人类语言结构的差异及其对人类精神发展的影响》，商务印书馆 2008 年版。

贺绍俊著：《重构宏大叙述》，吉林出版集团有限责任公司 2009 年版。

郜元宝著：《不够破碎》，吉林出版集团有限责任公司 2009 年版。

［德］马丁·海德格尔著；孙周兴译；《荷尔德林诗的阐释》，商务印书馆 2009 年版。

［瑞士］雅各布·布克哈特著；刘北成、刘研译：《历史讲稿》，生活·读书·新知三联书店 2009 年版。

［英］阿兰·德波顿著；陈广兴、南治国译：《身份的焦虑》，上海译文出版社 2009 年版。

［古希腊］朗吉努斯、［古希腊］亚里士多德、［古罗马］贺拉斯著；马文婷译：《美学三论》，光明日报出版社 2009 年版。

程光炜主编：《文学讲稿："八十年代"作为方法》，北京大学出版社 2009 年版。

杨庆祥等著；程光炜编：《文学史的多重面孔——八十年代文学事件再讨论》，北京大学出版社 2009 年版。

申丹著:《叙事、文体与潜文本》,北京大学出版社 2009 年版。

施战军著:《活文学之魅》,吉林出版集团有限责任公司 2009 年版。

孟繁华著:《文化批评与知识左翼》,吉林出版集团有限责任公司 2009 年版。

格非著:《文学的邀约》,清华大学出版社 2010 年版。

孟悦、戴锦华著:《浮出历史地表——现代妇女文学研究》,中国人民大学出版社 2010 年版。

徐岱著:《小说叙事学》,商务印书馆 2010 年版。

高小弘著:《成长如蜕——二十世纪九十年代女性成长小说研究》,人民出版社 2011 年版。

曾军、邓金明主编:《新世纪文艺心理学》,北京大学出版社 2014 年版。

陈思广主编:《中国现当代文学前沿问题研究》,四川大学出版社 2018 年版。

陈思广著:《现代长篇小说边缘作家研究》,四川大学出版社 2019 年版。

李长中著:《当代少数民族文学批评的西方话语与本土经验研究》,人民出版社 2020 年版。

附录一　阿来作品目录

1. 杨胤睿："山花朵朵"《丰收之夜》,《新草地》,1982 年第 2 期。(处女作)

2. 杨胤睿:《振翔！你心灵的翅膀》(外一首)(《振翔！你心灵的翅膀》《母亲，闪光的雕像》),《新草地》, 1982 年第 3 期。

3. 阿来:《歌唱十二大（赞歌十首)》,《山海经》, 1982 第 4 期。

4. 杨胤睿:《山啊山》,《新草地》, 1982 年第 4 期。

5. 杨胤睿:《我也要等待——也谈晓蕾的〈墙〉》,《新草地》, 1983 年第 1 期。

6. 杨胤睿:《山寨素描二首》(《春天，坐在藏家石楼上》《太阳，悬在藏家心上》),《新草地》, 1983 年第 2 期。

7. 杨胤睿:《平安，我的小屋》,《新草地》, 1983 年第 3 期。

8. 阿来:《高原，遥遥地我对你歌唱》,《西藏文艺》, 1983 年第 4 期（ 7—8 月合刊)。

9. 杨胤睿:《草原回旋曲》(二首)(《草原的歌手》《碛石滩》),《新草地》, 1983 年第 4 期。

10. 杨胤睿:《草原回旋曲》(二首)(《牧羊女》《牦牛》),《新草地》, 1984 年第 1 期。

11. 阿来:《草原回旋曲》(《太阳的路很远　草原的路很长》《草原，你有碛石滩有死去的碛石滩呵》《草原有各色的花　草原有各色的歌》《草原歌手　从草原怀中来》),《西藏文学》,1984 年第 2 期。

12. 阿来：《那温暖的秋阳》①，《新草地》，1984 年第 5 期。

13. 阿来：《赏花节诗组》（《我们没有遗忘》《这神秘的交织网》），《新草地》，1984 年第 6 期。

14. 阿来：《红苹果，金苹果……》，《民族文学》，1984 年第 9 期。

15. 阿来：《草原回旋曲》，《西藏文学》，1984 年第 11 期。

16. 阿来：《老房子》，《新草地》，1985 年第 1 期。

17. 阿来：《别一种冲突》（读稿札记），《新草地》，1985 年第 2 期。

18. 阿来：《绿海洋》（组诗：《三月船》《中国海》《六月岛》《绿色海》），《新草地》，1985 年第 3 期。

19. 阿来：《牦牛》，《诗刊》，1985 第 3 期。

20. 阿来：《在那遥远的地方》，《新草地》，1985 年第 6 期。

21. 阿来：《草原回旋曲》（三首）（《角号》《地带》《雁翎与雪花二重奏》），《西藏文学》，1985 年第 8—9 期。

22. 阿来：《草原的风》（又名《生命》），《民族文学》，1985 年第 9 期。

23. 阿来：《群山或者关于我自己的颂词》（写于 1985 年夏天），《民族文学》1985 年第 9 期。

24. 阿来：《草原美学（藏）》，《西藏文学》，1985 年第 12 期。

25. 阿来：《哦，川藏线》（组诗），《民族文学》，1986 年第 7 期。

26. 阿来：《夏风的邀请》，《西藏文学》，1986 年第 7 期。

27. 郑常葆、阿来、戈锋、张文祥、金勋、武志强、高深：《北方风情（诗七家）》，《草原》，1986 第 9 期。

28. 阿来：《猎鹿人的故事》（1986 年 7 月改于哲里木，全国草原笔会），《民族文学》，1986 年第 10 期。

29. 阿来：《窗前，一棵白杨树》，《青海湖》，1986 年第 12 期。

30. 阿来：《环山的雪光》，《现代作家》，1987 年第 2 期。

31. 阿来：《远方的地平线》，《民族文学》，1987 年第 4 期。

---

① 后改名为《温暖的秋阳》，选入四川省民族事务委员会编《晚霞在草原上燃烧　四川少数民族作者短篇小说选》，四川民族出版社 1987 年版。

32. 阿来：《奥达的马队》，《民族作家》，1987 年第 4 期。

33. 阿来：《草原回旋曲》（组诗），《青年文学》，1987 年第 6 期。

34. 阿来：《致》，《西藏文学》，1987 年第 7 期。

35. 阿来：《远方的地平线》，《小说月报》，1987 第 7 期。

36. 阿来：《旧年的血迹》（1986 年 9 月写于小金），《现代作家》，1987 年第 9 期。

37. 阿来：《奔马似的白色群山》（写于 1986 年 10 月），《现代作家》，1988 年第 1 期。

38. 阿来：《梭摩河》（组诗），《诗刊》，1988 年第 5 期。（《草地》，1989 年第 1 期）

39. 阿来：《守灵夜》，《现代作家》，1988 年第 7 期。

40. 阿来：《群山，或者关于我自己的颂辞》，《西藏文学》，1988 年第 8 期。

41. 阿来：《奥帕拉》，《现代作家》，1988 年第 10 期。

42. 阿来：《孽缘》，《红岩》，1989 年第 2 期。

43. 阿来：《诗四首》（《结局》《静夜思》《一些水鸟》《致》），《民族作家》，1989 第 3 期。

44. 阿来：《我的读解》（评论），《草地》，1989 年第 4 期。

45. 阿来：《野人》，《青年作家》，1989 年第 6 期。

46. 阿来：《他，是条汉子——记南坪县水泥厂和水电厂厂长侯国全》（报告文学），《草地》，1989 年第 6 期。

47. 阿来：《芙美，通向城市的道路》，《民族文学》，1989 年第 7 期。

48. 阿来：《鱼》，《现代作家》，1989 年第 10 期。

49. 阿来：《金子》，《现代作家》，1989 年第 12 期。

50. 阿来：《永远的嘎洛——〈村庄〉之二》，《民族文学》，1990 年第 1 期。

51. 阿来：《阿来诗四首》（《春天》《铜鹿》《奥帕拉镇的槐树》《羊群》），《草地》，1990 年第 3 期。

52. 阿来：《阿古顿巴》，《西藏文学》，1990 年第 4 期。

53. 阿来：《人是不朽的》，《民族文学》，1990 年第 4 期。

54. 阿来：《槐花》，《现代作家》，1990 第 5 期。

55. 阿来：《在俄比拉朵写下的歌谣》（组诗），《萌芽》，1990 第 11 期。

56. 阿来：《幸运和遗憾》，《民族文学》，1991 年第 1 期。

57. 阿来：《已经消失的森林》，《红岩》，1991 年第 1 期。

58. 阿来：《若尔盖草原随想》，《草地》，1991 年第 1 期。

59. 阿来：《银环蛇》《狩猎》《电话》，《四川文学》，1991 年第 3 期。

60. 阿来：《天鹅（外一首）》，《民族作家》，1991 年第 3 期。

61. 阿来：《深秋到初春的六首诗》（《天鹅》《鸟》《遇见的豹子》《小心开启》《悼词》《过河入林》），《草地》，1991 年第 4 期。

62. 阿来：《蘑菇》，《民族文学》，1991 年第 5 期。

63. 阿来：《献诗（外一首）——致亚运火种采集者达娃央宗》，《诗刊》，1991 年第 5 期。

64. 阿来：《三十周岁时漫游若尔盖大草原》，《西藏文学》，1991 年第 6 期。

65. 阿来：《欢乐行程》，《萌芽》，1991 年第 10 期。

66. 阿来：《西部草原的清晨》（组诗：《神鸟，从北京飞往拉萨》《起跑线上》《牛角号》），《诗刊》，1991 年第 12 期。

67. 阿来：《冬天之外的三个季节》（组诗），《星星》，1992 年第 2 期。

68. 阿来：《最新的和森林有关的复仇故事》，《四川文学》，1992 第 5 期。

69. 阿来：《火葬》，《四川文学》，1992 年第 6 期。

70. 阿来：《断指》，《萌芽》，1992 年第 7 期。

71. 阿来：《群蜂飞舞》，《上海文学》，1992 第 11 期。

72. 阿来：《天火》[①]（"沃野"征文），《红岩》，1993 年第 1 期。

---

① 此篇《天火》与后面提到发表于 2005 年《当代》杂志的《天火》（《空山》卷二）只有题目相同，内容、主旨皆不相同。

73. 阿来：《电话》（写于 1990 年），《四川文学》，1993 年第 1 期。

74. 阿来：《家长会》，《民族杂志》，1993 年第 3 期。

75. 阿来：《自愿被拐骗的妇女》，《四川文学》，1993 年第 5 期（"沃野"征文）。

76. 阿来：《远去的风暴》（组诗：《草》《冰冻》《永远流浪》《狼》《穿过寂静的村庄》），《上海文学》，1993 年第 5 期。

77. 阿来：《少年诗篇》，《上海文学》，1993 年第 10 期。

78. 阿来：《红狐》，《西藏文学》，1994 年第 1 期。

79. 阿来：《抒情诗抄：1993》（组诗：《心灵假期》《一个农人的画像》《这些野生的花朵》《致领颂者》），《草地》，1994 年第 1 期。

80. 阿来：《人熊或外公之死》，《四川文学》，1994 年第 2 期。

81. 阿来：《在雨天歌唱》（组诗：《声音》《一匹红马》《里面和外边》《夜歌》），《西藏文学》，1994 年第 3 期。

82. 阿来：《在新的高度上歌唱——评远泰诗集〈阳光与人群〉》（评论），《草地》，1995 年 C2 期。（《当代文坛》1996 年第 4 期转载）。

83. 阿来：《岩石上面》（诗歌），《西藏旅游》，1995 第 3 期。

84. 阿来：《格拉长大》，《草地》，1995 第 4 期。

85. 阿来：《有鬼》，《草地》，1995 第 4 期（《上海文学》1996 年第 12 期转载）。

86. 阿来：《夜雪》，《美文》，1995 年第 5 期。

87. 阿来：《月光里的银匠》，《人民文学》，1995 第 7 期。

88. 阿来：《马》，《萌芽》，1995 年第 10 期。

89. 阿来：《非正常死亡》，《剑南文学》，1996 年第 6 期。（《四川文学》1997 第 4 期转载；《湖南文学》1997 年第 8 期转载，改名为《小镇的话题》）

90. 阿来：《张娟——歌坛升起的一颗新星》（评论），《广播歌选》，1996 年第 9 期。

91. 阿来：《望族》，《四川文学》，1996 年第 12 期。

92. 阿来：《在生命里迎风歌唱》，《草地》，1997 年第 1 期。

93. 阿来：《行刑人尔依》，《花城》，1997 年第 1 期。

94. 阿来：《尘埃落定》（长篇小说），选摘于《小说选刊长篇小说增刊》，1997 年第 2 辑。

95. 阿来：《尘埃落定》（阿来的长篇处女作），人民文学出版社 1998 年 3 月第一版，前四章由《当代》1998 年第 2 期刊发。

96. 阿来：《丰富的情感，澎湃的激情：与阿来笔谈〈尘埃落定〉》，《文学报》，2000 年第 26 期。

97. 阿来：《尘埃落定十五年》，《渤海早报》，2013 年 5 月 10 日。

98. 阿来：《〈尘埃落定〉创作谈》，《芳草》，2015 年第 11 期。

99. 阿来、冯必烈、冯柏铭、孟卫东：《民族歌剧〈尘埃落定〉》，《剧本》，2019 年第 4 期。

100. 阿来：《不要让科学疯狂》，《科幻世界》，1997 年第 4 期。

101. 阿来：《本世纪最隆重的科幻盛会》，《科幻世界》，1997 年第 9 期。

102. 阿来：《人情练达为文章：王静怡及其小说〈穆宅春秋〉》（评论），《文艺报》，1998 年第 3 期。

103. 阿来：《等待上路》，《当代文学研究资料与信息》，1998 年第 4 期。

104. 阿来：《倾听》，《草地》，1998 年第 6 期。

105. 阿来：《宝刀》，《湖南文学》，1998 年第 7 期（《北京文学》1999 年第 4 期转载）。

106. 阿来：《走进科幻》，《科幻世界》，1998 年第 7 期。

107. 阿来：《无从忏悔》，《湖南文学》，1998 年第 7 期。

108. 阿来：《关于灵魂的歌唱》，《人民文学》，1999 年第 4 期。

109. 阿来：《蚁球漂流》，《现代交际》，2000 年第 1 期。

110. 阿来：《消失的古大陆：亚特兰蒂斯》，《科幻世界》，2000 年第 1 期。

111. 阿来：《获奖感言》，《民族文学》，2000 年第 1 期。

112. 阿来：《一千年的文明》，《中华文学选刊》，2000 年第 2 期。

113. 阿来：《玛杰阿米》，《章回小说》，2000 年第 2 期。

114. 阿来：《在心灵中生活》，《青年作家》，2000 年第 3 期。

115. 阿来：《美丽的陨落》，《科幻世界》，2000 年第 4 期。

116. 阿来：《鱼》，《花城》，2000 年第 6 期。

117. 阿来：《声音》，《新创作》，2000 年第 6 期。

118. 阿来：《神鸟，从北京飞往拉萨》，《诗刊》，2000 年第 8 期。

119. 阿来：《美国归来话观感》，《科幻世界》，2000 年第 11 期。

120. 阿来：《让岩石告诉我们》，《美文》，2000 年第 12 期。

121. 阿来：《导读：真假预言》，《科幻世界》，2000 年第 12 期。

122. 阿来：《分享喜悦》，《科幻世界》，2000 年第 12 期。

123. 阿来：《科技时代的文学》，《中国青年科技》，2001 年第 1 期。

124. 阿来：《新世纪的关键词》，《科幻世界》，2001 年第 1 期。

125. 阿来：《随风远走》，《青年作家》，2001 年第 1 期。

126. 阿来：《西藏是一个形容词》，《青年作家》，2001 年第 1 期。

127. 阿来：《鱼》，《小说月报》，2001 年第 1 期。

128. 阿来：《普遍的眼光》，《中华文学选刊》，2001 年第 2 期。

129. 阿来：《〈大家〉关注人性的普遍性》，《大家》，2001 年第 3 期。

130. 阿来：《文学表达的民间资源》，《民族文学研究》，2001 年第 3 期。（《民族文学》2001 年第 9 期转载）。

131. 阿来：《子夜太阳升起来》，《青年文学家》，2001 年第 4 期。

132. 阿来：《穿行于多样化的文化之间》，《中国民族》，2001 年第 6 期。

133. 阿来：《从诗歌与音乐开始》《在诗歌与小说之间》《写作在别处》《我的藏文化背景》（四篇创作谈），《青年文学》，2001 年第 6 期。

134. 阿来：《视线穿越空间与时间》，《美文》，2001 年第 9 期。

135. 阿来：《侍女卓玛》，《新美域》，2001 年第 9 期。

136. 阿来：《赏析》，《科幻世界》，2001 年第 10 期。

137. 阿来：《赏析》，《科幻世界》，2001 年第 11 期。

138. 阿来：《永远的嘉绒》，《中国民族》，2001 年第 11 期。

139. 阿来：《给想象以现实感》，《科幻世界》，2001 年第 11 期。

140. 阿来：《赏析》，《科幻世界》，2001 年第 12 期。

141. 阿来：《走进西藏》，《四川省情》，2002 年第 1 期。

142. 阿来：《不曾泯灭的幻想》，《科技日报》，2002 年 1 月 11 日。

143. 阿来：《词典的故事》，《中学生阅读（初中版）》，2002 年第 1 期。

144. 阿来：《灯火旺盛的地方》，《课堂内外（高中版）》，2002 年第 2 期。

145. 阿来：《在诗歌与小说之间》，《四川省情》，2002 年第 3 期。

146. 阿来：《对面飞来一只苍蝇》，《五台山》，2002 年第 3 期。

147. 阿来：《寻找本民族的精神》，《中国民族》，2002 年第 6 期。

148. 阿来：《遥远的温泉》，《北京文学》，2002 年第 8 期。

149. 阿来：《赏析：让我们看看有什么吧！》，《科幻世界》，2002 年第 9 期。

150. 阿来：《能量的故事》，《美文》，2002 年第 10 期。

151. 阿来：《在生活中找到自己》，《作家文摘》，2002 年第 47 期。

152. 阿来：《诞生》，《青年文学》，2003 年第 1 期。

153. 阿来：《赏析：科学的告诫》，《科幻世界》，2003 年第 1 期。

154. 阿来：《文人"晒书"》，《阅读与鉴赏（初中版）》，2003 年第 1 期。

155. 阿来：《赏析：生命之钟》，《科幻世界》，2003 年第 2 期。

156. 阿来：《解密》，《当代作家评论》，2003 年第 2 期。

157. 阿来：《知识的根本》，《科技文萃》，2003 年第 2 期。

158. 阿来：《赏析：我们的祖先》，《科幻世界》，2003 年第 3 期。

159. 阿来：《赏析：观察·记叙·刻画》，《科幻世界》，2003 年第 4 期。

160. 阿来：《Q&A》，《数字世界》，2003 年第 5 期。

161. 阿来：《Q&A》，《数字世界》，2003 年第 6 期。

162. 阿来：《Q&A》，《数字世界》，2003 年第 8 期。

163. 阿来：《Q&A》，《数字世界》，2003 年第 12 期。

164. 阿来：《Q&A》，《数字世界》，2004 年第 6 期。

165. 阿来：《赏析：哥伦比亚空难感怀》，《科幻世界》，2003 年第 5 期。

166. 阿来：《赏析：有风险的未来》，《科幻世界》，2003 年第 7 期。

167. 阿来：《直面死亡》，《美文》，2003 年第 8 期。

168. 阿来：《赏析：期待更多的读者参与》，《科幻世界》，2003 年第 8 期。

169. 阿来：《轻松体验快乐影像——与爱普生工程师谈"一拍直印解决方案"》，《数字世界》，2003 年第 9 期。

170. 阿来：《赏析：病中读书记》，《科幻世界》，2003 年第 10 期。

171. 阿来：《赏析：科学是少数人的事情吗？》，《科幻世界》，2003 年第 11 期。

172. 阿来：《多一种颜色　多一分美丽——和索尼工程师谈 F828》，《数字世界》，2003 年第 12 期。

173. 阿来：《格拉长大》[①]，《人民文学》，2003 年第 12 期。

174. 阿来：《冰冻》，《草地》，2004 年第 1 期。

175. 阿来：《沉静的宣叙》，《草地》，2004 年第 3 期。

176. 2004 年 4 月，《空山·达瑟与达戈》获《芳草》"女评委"大奖，为此，阿来写了名为《不同的现实，共同的未来》的答谢词。

177. 阿来：《一部可能失败的村落史》，《当代》（长篇小说选刊），2004 年第 5 期。

178. 阿来：《长篇小说〈空山〉梗概》，《书摘》，2005 年第 8 期。

---

① 此《格拉长大》与《草地》1995 第 4 期发表的《格拉长大》内容不完全相同，改动较大。

179. 阿来：《随风飘散》（《空山》卷一），《收获》，2004 年第 5 期。

180. 阿来：《马车夫——〈空山〉人物素描之三》《喇叭——〈空山〉事物笔记之六》，《上海文学》，2007 年第 3 期。

181. 阿来：《天火》（《空山》卷二），《当代》，2005 年第 3 期（《新华文摘》2005 年第 15 期节选了部分）。

182. 阿来：《空山（2）》，《当代》，2007 年第 1 期。

183. 阿来：《瘸子，或天神的法则——机村人物素描之一》《自愿被拐卖的卓玛——机村人物素描之四》和《脱粒机——机村事物笔记之五》，《人民文学》，2007 年第 2 期

184. 阿来：《达瑟与达戈》（《空山》卷三），《芳草》，2006 年第 4 期。（《当代》（长篇小说选刊）2007 年第 1 期转载）。

185. 阿来：《阿来小说二题》（《秤砣》《蕃茄江村》），《花城》，2008 年第 4 期。（《小说月报》2008 年第 9 期转载，名为《小说二题》）。

186. 阿来：《荒芜》（《空山》卷四），《长篇小说选刊》，2007 年第 A1 期。

187. 阿来：《轻雷》（《空山》卷五），《收获》，2007 年第 5 期。

188. 阿来：《空山》（《空山》卷六），《人民文学》，2008 年第 4 期。

189. 阿来：《什么样的空？什么样的山？》，《长篇小说选刊》，2009 年第 4 期。（该文为《有关〈空山〉的三个问题》中的第一部分）

190. 阿来：《自愿被拐卖的卓玛》，《读天下》，2016 年第 10 期。

191. 阿来：《有关〈空山〉的三个问题》，《扬子江评论》，2009 年第 2 期。（《复印报刊资料（中国现代、当代文学研究）》，2009 年第 9 期转载）

192. 阿来：《机村人物素描》，《小说月报》，2007 年第 4 期。

193. 阿来：《机村事物笔记与人物素描》，《新华文摘》，2007 年第 8 期。

194. 阿来：《知识的根本》，《21 世纪教育》，2004 年第 5 期。

195. 阿来：《自述》，《小说评论》，2004 年第 5 期。

196. 张炯、乔迈、阿来：《走近鲁迅：中国当代文学的"草根性"：浙江省第二届作家节理论研讨会发言摘要》，《文学报》，2004 年第 7 期。

197. 阿来：《汉语：多元文化共建的公共语言》，《文学报》，2004 年 9 月 16 日（《当代文坛》2006 年第 1 期）。

198. 阿来：《腐朽和神奇》，《少年文摘》，2004 年第 11 期。

199. 阿来：《我看陈霁的散文》（评论），《美文》（上半月），2005 年第 1 期。

200. 阿来：《一部村落史与几句题外话》，《长篇小说选刊》，2005 年第 3 期。

201. 阿来：《有趣的比照》，《奇幻世界》，2005 年第 3 期。

202. 阿来：《主持人的话》，《科幻世界》，2005 年第 4 期。

203. 阿来：《梦魇》，《上海文学》，2005 年第 7 期（《民族文学》2005 年第 11 期转载）。

204. 阿来：《一部藏族文化"秘史"》，《兰州晚报》，2005 年 11 月 14 日（《四川文学》2006 年第 3 期）。

205. 阿来：《地球上曾有半人半兽?》，《科学大观园》，2005 年第 24 期。

206. 阿来：《身与心的云南》，《云南日报》，2006 年 7 月 13 日（《人民日报》，2006 年 8 月 24 日）。

207. 阿来：《火车穿越的身与心》，《民族文汇》，2006 年第 8 期（上）。

208. 阿来：《非主流的青铜》，《中国西部》，2006 年第 12 期。

209. 阿来：《为了明天而记录昨天》，《长篇小说选刊》，2007 年第 A1 期。

210. 阿来：《新生事物》，《花城》，2007 年第 1 期。

211. 阿来：《在一本书中游历故乡》，《中国民族报》，2007 年 3 月 2 日。

212. 阿来：《局限下的写作》，《当代文坛》，2007 年第 3 期。

213. 阿来：《向民间学习》，《民族文学》，2007 年第 3 期。

214. 阿来：《在新的事物中听到旧的回声》，《文艺报》，2007 年 5 月 12 日。

215. 阿来：《用汉语写作的藏族人》，《美文》（下半月），2007 年第 7 期。

216. 阿来：《旅途笔记三则》，《文艺报》，2007 年第 10 期。

217. 阿来：《四处行走》，《红豆》，2008 年第 1 期。

218. 阿来：《悼亡——献给所有 5·12 地震死难者》，《草地》，2008 年第 4 期。

219. 阿来：《西藏的"达·芬奇密码"》，《羊城晚报》，2008 年 5 月 17 日。

220. 阿来：《〈藏地密码〉，或类型小说》，《中国民族报》，2008 年 5 月 16 日。

221. 阿来：《卓玛》，《中外文摘》，2008 年第 8 期。

222. 阿来：《草，草根，及其他》，《文苑》，2008 年第 9 期。

223. 阿来：《土地与庄稼的联想》，《今日国土》，2008 年第 11 期。

224. 阿来：《掬取比意识和理性更深沉的东西——钟正林小说印象》（评论），《中国作家》，2008 年第 22 期（《小说月报》2009 年第 1 期转载）。

225. 阿来：《我只感到世界扑面而来——在渤海大学"小说家讲坛"上的演讲》，《当代作家评论》，2009 年第 1 期。

226. 阿来：《大地的语言》，《人民文学》，2009 年第 1 期。

227. 阿来：《风暴远去》，《诗选刊（下半月）》，2009 年第 2 期。

228. 阿来：《〈守望牧歌〉序》，《草地》，2009 年第 3 期。

229. 阿来：《〈藏地密码〉有"神秘配方"》，《深圳晚报》，2009 年 4 月 27 日。

230. 阿来：《人是出发点，也是目的地》（获奖演说），《黄河文学》，

2009 年第 5 期。

231. 阿来：《又一次心恸》，《工人日报》，2009 年 7 月 31 日。

232. 阿来：《为什么想让你们和我一起游康藏》，《中国国门时报》，2009 年 8 月 28 日。

233. 阿来：《〈格萨尔王〉写完之后》，《新民晚报》，2009 年 9 月 6 日。

234. 阿来：《2008 年度杰出作家阿来获奖感言》，《新作文（高考作文智囊）》，2009 年第 9 期。

235. 阿来：《全球化下的民族文化多样性》，《中国科学探险》，2009 年第 9 期。

236. 阿来：《没有一种固定不变的民族文化》，2009 年 10 月 14 日在中德文学论坛上发表演讲。

237. 阿来：《熟悉的与陌生的》，《民族文学》，2009 年第 10 期。

238. 阿来：《中国的少数民族文学，以及我自己》，2009 年 11 月初在马德里塞万提斯学院举行的首届中国西班牙文学论坛上发表演讲，后发表于《中华读书报》，2011 年 2 月 16 日。

239. 阿来：《远游的植物》，《华商报》，2009 年 12 月 30。

240. 阿来：《作家阿来获奖感言》，《小作家选刊》，2009 年第 12 期。

241. 阿来：《珠牡姑娘》，《全国新书目》，2009 年第 17 期。

242. 阿来：《用画面串起来的小说》，《语文教学与研究》，2009 年第 33 期。

243. 阿来：《香茅的茅，高台的台》，《人民文学》，2010 年第 1 期（是 2009 年秋天阿来跟随人民文学杂志社组织作家采风团赴茅台镇一行之后所作）。

244. 阿来：《从荒芜到繁华，我始终珍藏着这本词典》，《当代青年（上半月）》，2010 年第 2 期。

245. 阿来：《瑞士：“最瑞士”的地方》，《新读写》，2010 年第 2 期。

246. 阿来：《一本书与一个人》，《湖南文学》，2010 年第 4 期。

247. 阿来：《〈论语〉中一个矛盾的孔子》，《渤海早报》，2010 年 1

月 10 日。

248. 阿来：《蜡梅》，《温州晚报》，2010 年 3 月 27 日。

249. 阿来：《远望玉树》，《新快报》，2010 年 4 月 20 日。

250. 阿来：《李后强〈震中行〉序》，《四川经济日报》，2010 年 4 月 23 日。

251. 阿来：《一段湮没于时光的传说》，《绵阳晚报》，2010 年 4 月 25 日。

252. 阿来：《蚁国英雄》，《百读·小学阅读版》，2010 年第 5 期。

253. 阿来：《人是出发点，更是目的地》，《语文月刊》，2010 年第 5 期。

254. 阿来：《丁香》，《晶报》，2010 年 6 月 2 日。

255. 阿来：《香港的纸上世界杯》，《深圳商报》，2010 年 6 月 15 日。

256. 阿来：《成都物候记》，《光明日报》，2010 年 7 月 31 日。

257. 阿来：《成都物候记：一部承接〈瓦尔登湖〉恬静气质的心灵札记》，《长江信息报》，2012 年 4 月 23 日。

258. 阿来：《成都物候二题》，《厦门文学》，2012 年第 10 期。

259. 阿来：《〈草木的理想国〉自序》，《作文周刊》，2017 年第 17 期。

260. 阿来：《慈溪记：越窑遗址记》，《人民文学》，2010 年第 8 期。

261. 阿来：《达真，扎根在康巴高地上的写者》（《〈康巴〉二题》节选），《民族文学》2010 年第 9 期。

262. 阿来：《重建文学的幻想传统》，《新闻晨报》，2010 年 9 月 12 日。

263. 阿来：《阿尔泰山去来》，《德阳日报》，2010 年 9 月 25 日。

264. 阿来：《汉字·阿康·石头（上）》，《春城晚报》，2010 年 10 月 18 日。

265. 阿来：《汉字·阿康·石头（下）》，《春城晚报》，2010 年 10 月 19 日。

266. 阿来：《张大人花》，《渤海早报》，2010 年 10 月 28 日。

267. 阿来：《西藏的"张大人花"》，《中国民族》，2015 年第 5 期。

268. 阿来：《芙蓉》，《晶报》，2010 年 10 月 29 日。

269. 阿来：《科技之邦，传奇之都：瑞典斯科纳省的华丽转身》，《中外建筑》，2010 年第 12 期。

270. 阿来：《德格：湖山之间，故事流传》，《伊犁河》，2011 年第 1 期。

271. 阿来：《带着"落花"回家》，《中国作家》，2011 年第 3 期。

272. 阿来：《宣汉百里峡记》，《新作文》，2011 年第 3 期。

273. 阿来：《感谢编辑》，《渤海早报》，2011 年 4 月 5 日。

274. 阿来：《我的祝愿》，《人民日报海外版》，2011 年 4 月 6 日。

275. 阿来：《文学和社会进步与发展：在中意文学论坛上的演讲》，《青年作家》，2011 年第 6 期。

276. 阿来：《果洛的山与河》，《时代文学》，2011 年第 6 期。

277. 阿来：《山与湖》（地理人文散文），《新疆人文地理》，2011 年第 6 期。

278. 阿来：《君子之交淡若菜》，《中国证券报》，2011 年 6 月 27 日。

279. 阿来：《文学和社会进步与发展》，《中华读书报》，2011 年 7 月 6 日。

280. 阿来：《乡村叙事的可能性表达——兼及长篇小说〈曾溪口〉》，《中国经济时报》，2011 年 7 月 8 日。

281. 阿来：《蓉城物候栀子：装点蜀地的本土植物》，《环球人文地理》，2011 年第 7 期。

282. 阿来：《金沙江边的兵器部落》，《文苑（经典美文）》，2011 年第 7 期。

283. 阿来：《蓉城物候女贞：被赋予道德意义的花树》，《环球人文地理》，2011 年第 8 期。

284. 阿来：《鞭蓉：千年蓉城千年花》，《环球人文地理》，2011 年第 9 期。

285. 阿来：《蓉城桂湖的袭人荷香》，《环球人文地理》，2011 年第

10 期。

286. 阿来：《玉树记》，《散文选刊》，2011 年第 10 期（《中国作家》2011 年第 22 期转载）。

287. 阿来：《蓉城丁香：从花间派词句到现代城市空间》，《环球人文地理》，2011 年第 11 期。

288. 阿来：《世上并无浅阅读》，《华商报》，2011 年 11 月 25 日。

289. 阿来：《蓉城物候蓉城桂花：缕缕暗香袭人来》，《环球人文地理》，2011 年第 12 期。

290. 阿来：《关张的小书店》，《天津工人报》，2012 年 2 月 14 日。

291. 阿来：《民歌，我珍重的民间表达》，《宝鸡日报》，2012 年 3 月 9 日。

292. 阿来：《玉兰：翠条多力引风长点破银花玉雪香》，《石嘴山日报》，2012 年 5 月 4 日。

293. 阿来：《乱弹琴：关于经典》，《深圳特区报》，2012 年 5 月 8 日。

294. 阿来：《美的教育，是文学的重要功能》，《解放日报》，2012 年 5 月 18 日。

295. 阿来：《说不尽的苏东坡》，《华商报》，2012 年 6 月 2 日。

296. 阿来：《最瑞士的地方：卢塞恩》，《感悟》，2012 年第 7 期。

297. 阿来：《兔子和格拉（上）》，《文苑（经典美文）》，2012 年第 7 期。

298. 阿来：《兔子和格拉（中）》，《文苑（经典美文）》，2012 年第 8 期。

299. 阿来：《兔子和格拉（下）》，《文苑（经典美文）》，2012 年第 9 期。

300. 阿来：《桂》，《书摘》，2012 年第 8 期。

301. 阿来：《藏乡来了〈水浒传〉》，《深圳特区报》，2012 年 9 月 12 日。

302. 阿来：《小篇幅也是大小说》，《青年作家》，2012 年第 10 期。

303. 阿来：《文学对生活的影响力》，《厦门文学》，2012 年第 10 期。

304. 阿来：《普布与丹增》，《中国作家（影视）》，2012 年第 11 期。

305. 阿来：《泡桐》，《晚霞》，2012 年第 11 期。

306. 阿来：《谈谈小说》，《文艺报》，2012 年 12 月 31 日。

307. 阿来：《微博》，《政府法制》，2012 年第 12 期。

308. 阿来：《一滴水经过丽江》，《语文教学与研究》，2012 年第 36 期。

309. 阿来：《春天记》，《草地》，2013 年第 C1 期。

310. 阿来：《文学的诗性表达》，《草地》，2013 年第 1 期。

311. 阿来：《〈缚戎人〉：诗中的悲剧故事》，《晚霞》，2013 年第 1 期。

312. 阿来：《罗格斯神山下的牧场》，《课堂内外》，2013 年第 1 期。

313. 阿来：《好小说的两个标准》，《小说评论》，2013 年第 2 期。

314. 阿来：《我想从天上看见（节选）》，《小星星》，2013 年第 4 期。

315. 阿来：《别遗忘那些被时代列车落下的人们》，《讲刊》，2013 年
     第 4 期。

316. 阿来：《一部研究活态史诗〈格萨尔〉的力作——读诺布旺丹
     〈艺人、文本与语境：文化批评视野下的格萨尔史诗传统〉》，
     《民间文化论坛》，2013 年第 4 期。

317. 阿来：《早樱》，《甘肃日报》，2013 年 4 月 23 日。

318. 阿来：《有根的爱》，《烟台晚报》，2013 年 5 月 17 日。

319. 阿来：《村寨醒来的样子》，《渤海早报》，2013 年 5 月 27 日。

320. 阿来：《达古的春天》，《散文（海外版）》，2013 年第 6 期。

321. 阿来：《祭拜阿尼玛卿雪山》，《党建》，2013 年第 6 期。

322. 阿来：《瞻对：终于融化的铁疙瘩（节选）》，《贡嘎山》，2013
     年第 6 期。

323. 阿来：《瞻对：两百年康巴传奇》（非虚构），《人民文学》，
     2013 年第 8 期（《瞻对：一个两百年的康巴传奇（节选）》，《新
     华文摘》，2014 年第 10 期）。

324. 阿来：《读一本"天书"——〈瞻对〉》，《温岭日报》，2017 年

10 月 20 日。

325. 阿来：《我不是在写历史，而是在写现实——台湾九歌出版社有限公司〈瞻对〉代序》，《阿来研究》（第 8 辑），2018 年。

326. 阿来：《一个巨大的幸运》（图），《天津日报》，2013 年 6 月 4 日。

327. 阿来：《与大地相遇》，《人民日报》，2013 年 6 月 23 日。

328. 阿来：《关于小说的讨论》，《南方都市报》，2013 年 7 月 5 日。

329. 阿来：《德国人爱莲说》，《爱你》，2013 年第 7 期。

330. 阿来：《写作者的寻找》，《长江文艺》，2013 年第 7 期。

331. 阿来：《果洛的格萨尔》，《中国西部》，2013 年第 8 期。

332. 阿来：《看荷花的差异》，《四川党的建设（城市版）》，2013 年第 8 期。

333. 阿来：《雪域精灵与世界的相遇：记油画家林跃》，《艺术市场》，2013 年第 8B 期。

334. 阿来：《翻译是推动社会进步的力量》，《民族文学》，2013 年第 11 期。

335. 阿来：《鸢尾科的蝴蝶花》，《中国西部》，2013 年第 17 期。

336. 阿来：《紫薇》，《中国西部》，2013 年第 20 期。

337. 阿来：《莲说》，《中国西部》，2013 年第 23 期。

338. 阿来：《一件小事》，《亮报》，2014 年 1 月 1 日。

339. 阿来：《小说的新》，《新作文》，2014 年第 1 期。

340. 阿来：《短篇小说，趣味文本》，《山花》，2014 年第 1 期。

341. 阿来：《〈康若文琴的诗〉序》，《草地》，2014 年第 3 期。

342. 陈东、任仲伦、傅东育、阿来、王纪人、汪澜、孙甘露、王晓鹰、叶辛、杨杨、多布杰、祁伟礼、郦国义、王晓玉、葛颖、徐春萍、徐锦江、李慧萍、陈昶颖：《参透人生的史诗——〈西藏天空〉研讨会纪要》，《电影新作》，2014 年第 3 期。

343. 阿来：《野画眉》，《高中生学习》，2014 年第 5 期。

344. 阿来：《西藏天空》，《当代电影》，2014 年第 6 期。

345. 阿来：《看望一棵榆树》，《语文世界》，2014 年第 7 期。

346. 阿来：《中国的少数民族文学，以及我自己：在西班牙塞万提斯学院的演讲》，《青海湖文学月刊》，2014 年第 9 期。

347. 阿来：《职来随笔——民族文化，多样性中的多样性：〈雪山土司王朝〉序》，《青海湖》，2014 年第 9 期。

348. 阿来：《文学是温暖人心的东西》，《上海文学》，2014 年第 9 期。

349. 阿来：《山中人家》，《七彩语文》，2014 年第 10 期。

350. 阿来：《黄州访东坡行迹记》，《人民文学》，2014 年第 10 期。

351. 阿来：《把握多元文化现实　参与国家共识建设》，《文艺报》，2014 年 11 月 28 日。

352. 阿来：《别样的表达》，《四川文学》，2014 年第 16 期。

353. 阿来：《诗人语言、方言及叙事建构》，《百花洲》，2015 年第 1 期。

354. 阿来：《我是谁？我们是谁？——在东南亚和南亚作家昆明会议上的发言》，《阿来研究》（第 2 辑），2015 年。

355. 阿来：《我对第六届鲁迅文学奖报告文学奖项的三个疑问》，《阿来研究》（第 2 辑），2015 年。

356. 阿来：《三只虫草》，《人民文学》，2015 年第 2 期。

357. 阿来：《地域或地域性讨论要杜绝东方主义》，《阿来研究》（第 3 辑），2015 年。

358. 阿来：《消费社会的边疆与边疆文学——在湖北省图书馆的演讲》，《阿来研究》（第 3 辑），2015 年。

359. 阿来：《蘑菇圈》，《收获》，2015 年第 3 期。

360. 阿来：《我对〈草地〉杂志的祝愿》，《草地》，2015 年第 3 期。

361. 阿来：《我们能为文学做点什么——在大连理工大学的演讲》，《辽宁师范大学学报（社会科学版）》，2015 年第 5 期。

362. 阿来：《梨》，《文苑（经典美文）》，2015 年第 7 期。

363. 阿来：《我与宗申"热爱之旅"不得不说的故事》，《摩托车信息》，2015 年第 7 期。

364. 阿来：《海与风的幅面——从福州到泉州》，《人民文学》，2015 年第 7 期。

365. 阿来：《紫薇百日红》，《绿叶》，2015 年第 9 期。

366. 阿来：《马路边上的台球桌》，《南方都市报》，2015 年 9 月 16 日。

367. 阿来：《观物即是观心》，《钱江晚报》，2015 年 9 月 27 日。

368. 阿来：《文学观念与文学写作问题——在四川省中青年作家培训班上的演讲》，《美文（上半月）》，2015 年第 10 期。

369. 阿来：《凉州城里十万家》，《白银日报》，2015 年 11 月 1 日。

370. 阿来：《关于小说创作——在四川省中青年作家培训班上的演讲》，《美文（上半月）》，2015 年第 15 期。

371. 阿来：《读何水法先生〈众花图〉有感》，《民族画报》，2015 年第 10 期。

372. 阿来：《前往幽秘之境》，《长江文艺》，2015 年第 11 期。

373. 阿来：《山南记》，《青年作家》，2015 年第 11 期。

374. 阿来：《看得见自己的人，才有可能看见世界》，《秘书工作》，2015 年第 11 期。

375. 阿来：《〈蘑菇圈〉：藏文化的"生根之爱"》，《满分阅读》，2015 年第 11 期。

376. 阿来：《山中人家》，《现代阅读》，2015 年第 12 期。

377. 阿来：《文学观念与文学写作问题》，《美文》，2015 年第 19 期

378. 阿来：《比一万年久远》，《爱你》，2015 年第 22 期。

379. 阿来：《我愿对人性　保持温暖的向往》，《合肥晚报》，2016 年 1 月 10 日。

380. 阿来：《序：文学更重要之点在人生况味》，《三只虫草》，人民文学出版社 2016 年版第 1 页。

381. 阿来：《文学总是要面临一些问题——都江堰青年作家班上的演讲》，《美文（上半月）》，2016 年第 1 期。

382. 阿来：《警惕工具主义和消费主义对历史的扭曲——在当代历史记录者大会上的演讲》，《阿来研究》（第 4 辑），2016 年。

383. 阿来：《文学的叙写抒发与想象（上）——在四川 2015 年中青年作家高级培训班的演讲》，《美文》，2016 年第 2 期。

384. 阿来：《文学的叙写抒发与想象（下）——在四川 2015 年中青年作家高级培训班的演讲》，《美文（上半月）》，2016 年第 3 期。

385. 阿来：《类型小说以及类型的超越——在华中科技大学国家大学生人文素质教育基地的演讲》，《阿来研究》（第 5 辑），2016 年。

386. 阿来：《李庄小辑》，《十月》，2016 年第 3 期。

387. 阿来：《士与绅的最后遭逢》，《十月》，2016 年第 3 期。

388. 阿来：《非虚构文学应该要有文化责任——在成都图书馆锦城讲堂的讲座》，《美文（上半月）》，2016 年第 4 期。

389. 阿来：《傅斯年、李庄及其他》，《美文（上半月）》，2016 年第 5 期。

390. 阿来：《栀子花开》，《生态文化》，2016 年第 5 期。

391. 阿来：《桐》，《中国生态文明》，2016 年第 5 期。

392. 阿来：《三只虫草（节选）》，《读者》，2016 年第 6 期。

393. 阿来：《山在心中》，《雪花》，2016 年第 7 期。

394. 阿来：《当我们谈论文学时，我们在谈些什么》，《美文（上半月）》，2016 年第 7 期。

395. 阿来：《在遂宁，谈谈陈子昂，谈谈观音——在遂宁市船山区"莲香成渝"全民阅读活动上的讲演》，《美文（上半月）》，2016 年第 8 期。

396. 阿来：《不是印象的印象：关于迟子建》，《北京文学》，2016 年第 8 期。

397. 阿来：《诚恳地寻找》，《南方日报》，2016 年 8 月 19 日。

398. 阿来：《一个中国作家的开放与自信》，《人民日报》，2016 年 9 月 9 日。

399. 阿来：《关于读书》，《中外书摘》，2016 年第 10 期。

400. 阿来：《我对文学翻译的一些感受——2016 年 8 月 15 日在第四次汉学家文学翻译国际研讨会上的发言》，《作家》，2016 年第 10 期。

401. 阿来：《我们的自然在哪里》，《福建日报》，2016 年 10 月 19 日。

402. 阿来：《转型时代的新乡愁》，《乐山日报》，2016 年 10 月 23 日。

403. 阿来：《被虚饰的故乡》，《文摘报》，2016 年 11 月 5 日。

404. 阿来：《警惕文学上的东方主义——在四川省少数民族作家培训班讲座记录》，《美文（上半月）》，2016 年第 11 期。

405. 阿来：《故事隐藏在路上》，《人民日报》，2016 年 12 月 1 日。

406. 阿来：《果香》，《爱你》，2016 年第 12 期。

407. 阿来：《冬天下雪画眉出来》，《安徽青年报》，2016 年 12 月 19 日。

408. 阿来：《故乡，世界的起点》，《意林》，2016 年第 13 期。

409. 阿来：《老房子（节选）》，《作文周刊》，2016 年第 41 期。

410. 阿来：《从平原到高原》，《爱你》，2017 年第 1 期。

411. 阿来：《不是印象的印象，关于迟子建》，《语数外学习》，2017 年第 1 期。

412. 阿来：《故乡春天记》，《作家》，2017 年第 1 期。

413. 阿来：《我为什么要写"山珍三部"》，《阿来研究》（第 6 辑），2017 年。

414. 阿来：《文化的转移与语言的多样性——在华中科技大学中文系的演讲》，《阿来研究》（第 6 辑），2017 年。

415. 阿来：《贡嘎山记》，《江南》，2017 年第 2 期。

416. 阿来：《金光》，《诗刊》，2017 年第 2 期。

417. 阿来：《落不定的尘埃：阿来藏地笔记》，《当代广西》，2017 年第 2 期。

418. 阿来：《烛见文明更深处》（观天下），《人民日报》，2017 年 3

月 31 日。

419. 阿来：《走向世界的格萨尔》，《光明日报》，2017 年 4 月 7 日。

420. 阿来：《读懂陈子昂　情怀天地间》，《四川日报》，2017 年 4 月 14 日。

421. 阿来：《让自己看见　让自己发现》，《成都晚报》，2017 年 4 月 24 日。

422. 阿来：《群山的波涛》，《诗选刊》，2017 年第 4 期。

423. 阿来：《低微的谷子（外二首）》，《诗林》，2017 年第 4 期。

424. 阿来：《文学会有可以期许的辉煌未来》，《青年作家》，2017 年第 6 期。

425. 阿来：《春日游梓潼七曲山大庙记》，《人民文学》，2017 年第 6 期。

426. 阿来：《丽江记》，《作家》，2017 年第 6 期。

427. 阿来：《文学拉近民心距离》，《孔子学院》，2017 年第 6 期。

428. 阿来、黄玮：《〈百年孤独〉不是孤立事件》，《解放日报》，2017 年 6 月 17 日。

429. 阿来：《文昌崇拜在大庙》，《绵阳日报》，2017 年 7 月 23 日。

430. 阿来：《大金川上看梨花》，《青年作家》，2017 年第 8 期。

431. 阿来：《写作是一种胸怀与眼光》，《美文（上半月）》，2017 年第 8 期。

432. 阿来：《母语与汉语》，《民族文学》，2017 年第 8 期。

433. 阿来：《爱花人说识花人》，《云南日报》，2017 年 8 月 5 日。

434. 阿来：《壮大精神世界　丰富情感表达》，《人民日报（海外版）》，2017 年 8 月 15 日。

435. 阿来：《走向海洋》，《中国国土资源报》，2017 年 8 月 15 日。

436. 阿来：《春日去梓潼》，《绵阳日报》，2017 年 8 月 20 日。

437. 阿来：《看花是种世界观》，《成都日报》，2017 年 9 月 10 日。

438. 阿来：《序》，《阿坝日报》，2017 年 9 月 15 日。

439. 阿来：《马尔克斯与〈百年孤独〉》，《美文（上半月）》，2017 年第 9 期。

440. 阿来：《河西走廊是我的课堂》，《黄河文学》，2017 年第 10 期。

441. 阿来：《语言的信徒——在北京大学中文系的演讲》，《美文（上半月）》，2017 年第 10 期。

442. 阿来：《让我们像山一样思考》，《青年博览》，2017 年第 10 期。

443. 阿来：《小说的新》，《甘孜日报》，2017 年 10 月 9 日。

444. 阿来：《在乐山沫若书院成立仪式上的讲话》，《乐山日报》，2017 年 11 月 5 日。

445. 阿来：《一起去看山》，《人民日报》，2017 年 11 月 6 日。

446. 阿来：《在内江观话剧〈范长江〉》，《现代艺术》，2017 年第 11 期。

447. 阿来：《马的名字（外一首）》，《中国诗歌》，2017 年第 12 期。

448. 阿来：《被机器审视》，《广州日报》，2017 年 12 月 23 日。

449. 阿来：《从古老的丝绸之路去往全世界》，《人民周刊》，2017 年第 18 期。

450. 阿来：《书写，让我与故乡达成和解》，《读者》，2017 年第 21 期。

451. 阿来：《一团美玉似的敦煌——敦煌记之一》，《青年作家》，2018 年第 1 期。

452. 阿来：《梅》，《绿叶》，2018 年第 1 期。

453. 阿来：《找不到过去的影子》，《现代阅读》，2018 年第 1 期。

454. 阿来：《我的〈机村史诗〉》，《南京师范大学文学院学报》，2018 年第 2 期。

455. 阿来：《拥抱我们自己的经验世界》，《当代作家评论》，2018 年第 2 期。

456. 阿来：《发现藏经洞——敦煌记之二》，《青年作家》，2018 年第 3 期。

457. 阿来：《被机器所审视》，《阅读》，2018 年第 4 期。

458. 阿来：《〈心灵的慰藉〉——一部非同寻常的地域与家族史》，《作家》，2018 年第 4 期。

459. 阿来：《玉门关感怀——敦煌记之三》，《青年作家》，2018 年第 5 期。

460. 阿来：《我喜欢迟子建的小说，正因她笔下有辽阔自然》，《上海文汇报》，2018 年 5 月 24 日。

461. 阿来；《为城市打造文化与思想锚地》，《中国出版传媒商报》，2018 年 6 月 5 日。

462. 阿来：《读卡彭铁尔〈光明世纪〉》，《作家》，2018 年第 6 期。

463. 阿来：《"特斯拉"坐火箭》，《中外童话画刊》，2018 年第 6 期。

464. 阿来：《用文学照亮那片土地》，《人民日报》，2018 年 7 月 3 日。

465. 阿来：《我喜欢夜来香》，《语文世界》，2018 年第 7 期。

466. 阿来：《叶子有张不同的脸》，《中外童话画刊》，2018 年第 7 期。

467. 阿来：《回首锦城一茫茫：入蜀篇——杜甫成都诗传之一》，《青年作家》，2018 年第 7 期。

468. 阿来：《在复杂的世界里简单一点》，《亮报》，2018 年 9 月 5 日。

469. 阿来：《回首锦城一茫茫——杜甫成都诗传》，《大公报》，2018 年 9 月 16 日。

470. 阿来：《回首锦城一茫茫——杜甫成都诗传》，《大公报》，2018 年 9 月 23 日。

471. 阿来：《回首锦城一茫茫——杜甫成都诗传》，《大公报》，2018 年 9 月 30 日。

472. 阿来：《回首锦城一茫茫——杜甫成都诗传》，《大公报》，2018 年 10 月 7 日。

473. 阿来：《回首锦城一茫茫——杜甫成都诗传》，《大公报》，2018 年 10 月 14 日。

474. 阿来：《回首锦城一茫茫——杜甫成都诗传》，《大公报》，2018 年 10 月 21 日。

475. 阿来：《美丽的芙蓉花》，《绿叶》，2018 年第 8 期。

476. 阿来：《读阿历克西斯·赖特〈卡彭塔利亚湾〉》，《作家》，2018 年第 8 期。

477. 阿来：《创造与伟大现实相配的文学》，《四川文学》，2018 年第 9 期。

478. 阿来：《读〈四季日料〉记》，《北京文学》，2018 年第 9 期。

479. 阿来：《以一本诗作旅行指南——上篇：在智利》，《作家》，2018 年第 9 期。

480. 阿来：《以一本诗作指南——下篇：在秘鲁》，《青年作家》，2018 年第 11 期。

481. 阿来：《不忘初心继续奋进》，《文艺报》，2018 年 9 月 28 日

482. 阿来：《在读书和游历中感知世界的厚度》，《湖南工人报》，2018 年 11 月 2 日。

483. 阿来：《基因时代》，《读者》，2018 年第 12 期。

484. 阿来：《天上看西藏》，《天天爱学习》，2018 年第 16 期。

485. 阿来：《阿来：阅读唤醒了我对世界的原初的感触》，《意林》，2018 年第 16 期。

486. 阿来：《〈人间宋词〉："莽汉诗人"的另类词话》，《看天下》，2018 年第 21 期．

487. 阿来：《转型时代的新乡愁——评罗国雄诗选集〈遍地乡愁〉》，《星星》，2018 年第 26 期。

488. 阿来：《云中记》，《十月》，2019 年第 1 期。

489. 阿来：《〈云中记〉：献给地震死难者的安魂曲》，《南宁日报》，2019 年 7 月 5 日。

490. 阿来：《不止是苦难，还是生命的颂歌》，《文艺报》，2019 年 6 月 12 日。

491. 阿来：《作家阿来：与时代同步伐与国家共命运》，《巴蜀史志》，2019 年第 A1 期。

492. 阿来：《文学对生活有影响力吗？》，《读写月报（高中版）》，2019 年第 C2 期。

493. 阿来：《早春花树》，《绿叶》，2019 年第 C1 期。

494. 阿来：《嘎多》，《读者》，2019 年第 1 期。

495. 阿来：《走出大山，世界是如此开阔敞亮》，《川江都市报》，2019 年 1 月 5 日。

496. 阿来：《阿来解读〈小王子〉：在复杂的世界里简单一点》，《现代阅读》，2019 年第 2 期。

497. 阿来：《歌唱自己的草原》，《人民文学》，2019 年第 2 期。

498. 阿来：《我的写作道路与创意写作教学》，《写作（上旬刊）》，2019 年第 2 期。

499. 阿来：《破茧化蝶，翩舞商海》，《四川经济日报》，2019 年 3 月 22 日。

500. 阿来：《乡村重建与士绅传统》，《十月》，2019 年第 4 期。

501. 阿来：《杜甫：大唐由盛转衰的记录者（外一篇）》，《四川文学》，2019 年第 4 期。

502. 阿来：《嘉木莫尔多：现实与传说》，《现代阅读》，2019 年第 4 期。

503. 阿来：《无处不在的"灰空间"》，《大学生》，2019 年第 4 期。

504. 阿来：《作家对语言要有宗教性的虔敬》，《野草》，2019 年第 5 期。

505. 阿来：《苹果属海棠》，《绿叶》，2019 年第 5 期。

506. 阿来：《关于〈云中记〉，谈谈语言》，《扬子江评论》，2019 年第 6 期。

507. 阿来：《文学创作要"上天入地"》，《文学报》，2019 年 7 月 18 日。

508. 阿来：《为〈耕者图〉而序》，《阿坝日报》，2019 年 8 月 2 日。

509. 阿来：《香茅的茅　高台的台》，《茅台时讯》，2019 年 8 月 18 日。

510. 阿来：《回到文学的根本》，《文艺报》，2019 年 10 月 14 日。

511. 阿来：《界限》，《中外书摘》，2019 年第 10 期。

512. 阿来：《攀登者》，《人民文学》，2019 年第 10 期。

513. 阿来：《阿来书法作品欣赏》，《人民文学》，2019 年第 10 期。

514. 阿来：《故乡古老的开犁礼》，《中外书摘》，2019 年第 11 期。

515. 阿来：《灵魂清净，道路笔直》，《上海文学》，2019 年第 11 期。

516. 阿来：《阿来题词》，《当代人》，2019 年第 11 期。

517. 阿来：《水杉，一种树的故事》，《人民文学》，2019 年第 12 期。

518. 阿来：《文学：稳定与变化》，《中华读书报》，2019 年 12 月 4 日。

519. 阿来：《有机的距离》，《读者》，2019 年第 12 期。

520. 阿来：《为什么植物在中国文学中越来越枯萎？》，《青年文学家》，2019 年第 19 期。

521. 阿来：《阿来：我们还有一个更大的故乡》，《时代邮刊》，2019 年第 22 期。

522. 阿来：《一匹红马》，《诗刊》，2019 年第 24 期。

523. 阿来：《"文学：稳定与变化"主题论坛发言》，《钟山》，2020 年第 1 期。

524. 阿来、张学昕：《哈尔滨访学记》，《中外书摘》，2020 年第 1 期。

525. 阿来：《且歌且行，记在云中》，《人民日报（海外版）》，2020 年 1 月 15 日。

526. 阿来：《〈为宁克多杰小说集〉序》，《阿坝日报》，2020 年 1 月 17 日

527. 阿来：《博物学与我的写作》，《文苑（经典美文）》，2020 年第 2 期。

528. 阿来：《大地的阶梯》，《读者》，2020 年第 2 期。

529. 阿来：《书写这一片电力的热土》，《国家电网报》，2020 年 3 月 20 日。

530. 阿来：《中国传统文化中的自然与书写——兼论自然文学的当代

意义》,《科普创作》,2020 年第 3 期。

531. 阿来:《山地马》,《意林(原创版)》,2020 年第 4 期。

532. 阿来:《读万卷书,行万里路》,《文苑(经典美文)》,2020 年第 6 期。

533. 阿来:《没有纵深的历史感 写不出乡村的意义》,《光明日报》,2020 年 7 月 31 日。

534. 阿来:《事非经过不知难,书将写成心未安》,《四川日报》,2020 年 8 月 7 日。

535. 阿来:《离开就是一种归来》,《青年博览》,2020 年第 11 期。

536. 阿来:《成功,在高原旷野上突然闯入的词》,《读者》,2020 年第 12 期。

537. 阿来:《爱是什么》,《意林》,2020 年第 12 期。

538. 阿来:《界限》,《视野》,2020 年第 23 期。

539. 阿来:《雪山日出》,《天天爱学习(6 年级)》,2020 年第 25 期。

540. 阿来:《有机的距离》,《作文与考试(高中版)》,2020 年第 29 期。

541. 阿来:《成功,在高旷荒原上突然闯入的词》,《阅读》,2020 年第 96 期。

542. 阿来:《云中村》,《作文新天地》,2021 年第 C2 期。

543. 阿来:《送惠特曼诗给罗伟章》,《扬子江文学评论》,2021 年第 2 期。

544. 阿来:《文学是自我教育和提升的途径》,《半月选读》,2021 年第 3 期。

545. 阿来:《文学丰富了我的人生》,《文学教育(中)》,2021 年第 8 期。

546. 阿来:《评论者说 从语言的原点出发》,《青年作家》,2021 年第 9 期。

547. 阿来:《〈以文记流年〉题记》,《新阅读》,2021 年第 10 期。

附录二　阿来访谈资料目录

1. 林文询、田由、阿来：《对"四人谈"的讨论》，《青年作家》，1986
   第 12 期。

2. 樱子、吴元成、李文波、陈敏、徐芳、阿来、王长安、张德强、
   尚建国、陈丽辉、姜宇清、孟祥太、魏栋宇、郑晋、查结联：
   《青年诗人十五家》，《星星诗刊》，1991 年第 8 期。

3. 阿来、孙小宁：《历史深入的人性表达：〈尘埃落定〉》，《中国文
   化报》，1998 年第 31 期。

4. 冉云飞、阿来：《通往可能之路——与藏族作家阿来谈话录》，《西
   南民族学院学报（哲学社会科学版）》，1999 年第 5 期。

5. 阿来：《阿来不动声色》，《中国文化报》，2000 年 12 月 1 日。

6. 王文滨、付宝、李泽顺、阿来、七星：《一语惊人》，《中国青年》，
   2000 年第 12 期。

7. 阿来、丁杨：《文学，是一种祝愿——阿来访谈》，《中国出版》，
   2001 年第 10 期。

8. 索朗仁称、阿来：《文学与生活——作家阿来访谈录》，《西藏旅
   游》，2002 年第 6 期。

9. 阿来、唐朝晖：《阿来：心中的阿坝，尘埃依旧》，《出版广角》，
   2002 年第 7 期。

10. 阎连科、阿来、洪治纲、刘恩波、钟玲丽、孙春平、梁弓、周
    立民、王蒙、余小杰、陈村、刘伟、杨红、李兴妮：《印象点击

11—27》,《当代作家评论》,2003 年第 2 期。

11. 阿来、脚印:《丰富的感情澎湃的激情——与阿来笔谈〈尘埃落定〉》,央视国际,2003 年 12 月 29 日。

12. 易文翔、阿来:《写作:忠实于内心的表达——阿来访谈录》,《小说评论》,2004 年第 5 期。

13. 阿来:《下部作品依然是关于藏族的》,《北京青年报》,2004 年 6 月 18 日。

14. 阿来、陈祖君:《文学应如何寻求"大声音"》,《现代中国文化与文学》,2005 年第 2 期。

15. 脚印、阿来:《不能把写作职业神圣化》,《财经时报》,2005 年 5 月 16 日。

16. 脚印、阿来:《文学是我的宗教》,《文学报》,2005 年 6 月 2 日。

17. 阿来:《给生我养我的土地一个交代——著名作家阿来访谈》,藏人文化网人物专访,2006 年 3 月 10 日。

18. 何言宏、阿来:《现代视野中的藏地世界》,《当代作家评论》,2009 年第 1 期

19. 吴怀尧、阿来:《阿来:文学即宗教》,《延安文学》,2009 年第 3 期。

20. 阿来:《阿来 终生都在叛逆期》,《南方人物周刊》,2009 年第 4 期。

21. 阿来:《"我不缺写小说的才能"——专访作家阿来》,《西海都市报》,2009 年 7 月 14 日。

22. 程丰余、阿来:《阿来:我是天生要成为作家的人》,《中华儿女》(青联版),2009 年第 7 期。

23. 阿来、孙昊牧:《阿来:我是个看起来很笨其实很聪明的人》,《今日民航》,2009 年第 9 期。

24. 阿来、夏楠:《阿来:读懂西藏人的眼神》,《中国图书商报》,2009 年 10 月 20 日。

25. 阿来、陈新宇：《湖山之间故事流传》，《华夏地理》，2009年第11期。

26. 梁海、阿来：《"小说是这样一种庄重典雅的精神建筑"——作家阿来访谈录》，《当代文坛》，2010年第2期。

27. 阿来、陈晓明：《〈康巴〉二题》，《当代文坛》，2010年第6期。

28. 迟子建、贺绍俊、叶广芩、张燕玲、韩少功、葛浩文、雷达、阿来、叶君、张学昕、季红真、叶弥、阿成、阎晶明、王安忆、李敬泽、格非、冯毓云、杨柳：《"萧红的文学世界"座谈会摘要》，《小说林》，2011年第4期。

29. 阿来、姜广平：《"我是一个藏族人，用汉语写作"》，《西湖》，2011年第6期。

30. 舒晋瑜：《写生活：作家挂职记（叶广芩·阿来）》，《中华读书报》2011年12月14日。

31. 阿来、广跃：《阿来访谈〈草木的理想国〉的秘密世界》，《全国新书目》，2012年第6期。

32. 阿来、施晨露：《〈西藏的天空〉访谈》，《解放日报》，2012年9月10日。

33. 阿来：《小崔说事：阿来》，2012年10月8日。

34. 牛梦笛：《阿来：写作就像湖水决堤》，《光明日报》，2013年1月31日。

35. 李晓东：《文化要传承民族的核心精神价值——对话四川省作协主席、巴金文学院院长阿来代表》，《光明日报》，2013年3月11日。

36. 阿来、谭光辉等：《极端体验与身份困惑——阿来访谈录（上）》，《中国图书评论》，2013年第2期。

37. 阿来、谭光辉等：《文学执信与生态保存——阿来访谈录（下）》，《中国图书评论》，2013年第3期。

38. 韩少功、马原、阿来、钟琳、黎金鑫：《"感觉作家都在写长篇"》,《南方日报》,2013 年 3 月 12 日。

39. 阿来:《阿来:我不是写历史,我就是写现实》,《新京报》,
    2014 年 1 月 14 日。

40. 刘长欣、南方、阿来:《阿来我不能总写"田园牧歌"》,《南方
    日报》,2014 年 1 月 21 日。

41. 阿来、阎连科、范小青、红柯、蒋一谈:《论短篇小说》,《山
    花》,2014 年第 1 期。

42. 阿来、周飞亚:《加强交流才能走得更远》,《人民日报》,2014
    年 2 月 6 日。

43. 阿来、刘长欣:《"我不能总写田园牧歌。"——关于〈瞻对〉的
    对话》,《阿来研究》(一)①,四川大学出版社 2014 年。

44. 阿来、童方:《〈瞻对〉·"国际写作计划"及其他——阿来访谈》,
    《阿来研究》(一),四川大学出版社 2014 年。

45. 阿来、杜羽:《对藏族文化的现代反思——关于〈瞻对〉的对
    话》,《阿来研究》(一),四川大学出版社 2014 年。

46. 贾飞、阿来:《对话阿来:文学的使命是创新》,《作文通讯:锦
    瑟》,2014 年第 3 期。

47. 贺贵成、阿来:《瞻对:一段独特而神秘的藏地传奇——专访著
    名作家阿来》,《四川党的建设(城市版)》,2014 年第 3 期。

48. 张江、朝戈金、阿来、张清华、阎晶明:《重建文学的民族性》,
    《人民日报》,2014 年 4 月 29 日。

49. 阿来、施晨露:《〈西藏的天空〉访谈》,《阿来研究》(第 2 辑),
    四川大学出版社 2015 年。

50. 陈龙、陈欣捷、古嘉莹、钱虹、阿来:《阿来 文学应创造大的
    人类历史空间》,《南方日报》,2015 年 8 月 18 日。

51. 傅小平、阿来:《阿来:文学是在差异中寻找人类的共同性》,

---

① 《阿来研究》是 2014 年创刊,由四川大学文学与新闻学院主办,以书代刊。第一
辑为《阿来研究》(一);从第二辑开始,用的是《阿来研究》(第 2 辑)。

《阿来研究》（第 3 辑），四川大学出版社 2015 年。

52. 朱维群、阿来：《顺应民族交融的大势——由历史纪实文学〈瞻对〉引起的对话》，《阿来研究》（第 3 辑），四川大学出版社 2015 年。

53. 朱维群、阿来：《顺应民族融合发展的大势》，《解放日报》，2015 年 6 月 4 日。

54. 阿来：《作家阿来：写作是我介入世界的一个途径》，《华西读书报》，2015 年 8 月 5 日。

55. 阿来：《专访阿来：真正好的小说无法被改编，不期待作品被搬上荧幕》，四川在线，2015 年 8 月 20 日。

56. 阿来、冷朝阳：《阿来：作家的天命就是要讲究语言》，《长江丛刊》，2015 年第 21 期。

57. 陈晓明、阿来：《藏地书写与小说的叙事——阿来与陈晓明对话》，《阿来研究》（第 5 辑），四川大学出版社 2016 年。

58. 阿来：《熟悉的与陌生的》，《开讲啦》，2016 年 2 月 5 日。来源：CCTV1 在线直播。

59. 阿来：《阿来：写作的享受在于用文字创造世界》，《中华读书报》，2016 年 12 月 16 日。

60. 阿来、阿克曼：《文学拉近民心距离》，《孔子学院》，2017 年第 6 期。

61. 阿来、黄玮：《〈百年孤独〉不是孤立事件》，《解放日报》，2017 年 6 月 17 日。

62. 阿来、若尘：《尊重自然，与每个人都有关系——阿来访谈》，《江南》，2017 年第 2 期。

63. 阿来、卢一萍：《我一直都在追问，为什么？》，《青年作家》，2017 年第 7 期。

64. 阿来：《时代记忆·阿来的世界》，《心理访谈》，中央广播电视总台央视社会与法频道，2017 年 11 月 5 日。

65. 朱又可、阿来:《疯狂的虫草,疯狂的松茸和疯狂的岷江柏——专访作家阿来》,《阿来研究》(第8辑),四川大学出版社2018年。

66. 莫言、韩少功、苏童、阿来、格非、李洱、西川、欧阳江河、贺嘉钰、姜肖:《新时代·新经验·新想象——金砖国家文学论坛对话录》,《作家》,2018年第2期。

67. 阿来:《作家阿来:一种文化不进化就会被淘汰,进化链最顶端的是英美文化》,界面新闻,2018年5月17日。

68. 张柠、阿来:《重新绘制文学的地图》,《文艺报》,2018年7月9日。

69. 舒晋瑜、苏童、毕飞宇、阿来、方方、东西、张翎、谢冕、陈晓明、吴思敬、孙郁、张清华、王家新:《驻校作家,干的是啥?》,《江南》,2018年第3期。

70. 行超、阿来:《"我愿意做一个有限度的乐观的人"——在十月文学院采访阿来》,《文艺争鸣》,2018年第4期。

71. 王雪、阿来:《"我只启蒙我自己":——阿来访谈录》,《传记文学》,2019年第1期。

72. 阿来、傅小平:《作家对语言要有宗教性的虔敬》,《野草》,2019年第5期。

73. 阿来:《阿来:写作就是很真诚地讲故事》,《天津日报》,2019年5月17日。

74. 阿来:《专访阿来:汶川地震十一年后,让内心的晦暗照见光芒》,《新京报书评周刊》,2019年6月4日。

75. 阿来:《阿来:我愿意写出人性的温暖和闪光》,《燕赵都市报》,2019年7月4日。

76. 阿来:《阿来:我相信自然的力量》,澎湃新闻,2019年7月7日。

77. 阿来、傅小平:《阿来:我一直在学习,相信我还能缓慢前进》,《文学报》,2019年7月12日。

78. 阿来：《阿来：〈攀登者〉剧本中的人物和细节，都来源于真实》，澎湃新闻，2019 年 10 月 1 日。

79. 阿来：《阿来：关于人性和历史的追问需要耐心》，书都。

80. 阿来：《专访〈攀登者〉编剧阿来：每个人都有自己的珠峰，如果你想向上的话》，川报观察，2019 年 10 月 10 日。

81. 阿来：《阿来对话三十国汉学家》，《上海文学》，2019 年第 11 期。

82. 阿来、卢一萍：《阿来：我们还有一个更大的故乡》，《时代邮刊》，2019 年第 11 期。

83. 张大春、多米妮克·西戈、阿来、毕飞宇、西蒙·范·布伊、李修文：《第二届中国江苏·扬子江作家周"文学：稳定与变化"主旨发言》，《钟山》，2020 年第 1 期。

84. 阿来、傅小平：《批评家把姿态放低了，反而可能收获更多》，《文学报》，2020 年 6 月 25 日。

85. 阿来、傅小平：《阿来：连语言都不好，即使作品能红极一时，也不会传之久远（上）》，《西湖》，2020 年第 9 期。

86. 阿来、伊子依：《阿来谈枕边书》，《中华读书报》，2020 年 2 月 26 日。

87. 阿来：《文学的故乡》（第二集·阿来），中央电视台纪录频道，2020 年 7 月 20 日。

88. 阿来：《阿来专访：年轻人，不要太服从命运的安排》，网易公开课。

89. 阿来：《阿来：西藏变成了外来者的形容词》，《年代访》，凤凰网。

附录三 《丰收之夜》
《振翔！你心灵的翅膀》（外一首）

1. "山花朵朵"栏目第一首诗

丰收之夜

杨胤睿（藏族）

笛音唤来满天星光，

蝙蝠在夜幕里飞翔，

麦桩地上

响起秋虫的鸣唧；

熊熊的篝火

把收获人的脸颊照亮。

丰收时节的歌儿，

一半是汗水的苦涩，

一半是果实的甜香。

啊，星星闪着汗珠的晶莹，

辉映着果实的光芒。

铺满月色的雾霭在山谷飘落，

帐篷中的甜梦分外酣畅，

拥一怀小麦的甜美，

枕一片青稞的芬芳；

甜甜的梦呓在帐篷里低回，

一半是丰收的欢乐，一半是对未来的遐想。

呵，丰收之夜是这么迷人，

收获者的心儿都长上了翅膀！

2. 振翔！你心灵的翅膀（外一首）

杨胤睿（藏族）

庙堂，一个逝去世纪的面庞

经卷，还是那天竺的贝叶模样

锈绿的风铃暗哑地撞击，对你宣示

如豆的青灯便是辉煌的太阳

是否凝止了，你的一怀情愫

像净水瓶里死掉的波浪

十三岁！十三岁正是——

开花的季节

应让云朵在胸中舒卷

让春风在情怀鼓荡……

窗外是鸽子的哨音

银翅上驮一片火红的朝阳

它飞进你那晦暗的窗口

于是我看见一束唤醒的晨光

在泥地上显现着

一只掀翻的铜钵和奋飞的翅膀

母亲，闪光的雕像

柳树下，溪水闪着泪光
垫着阿妈的羊皮褂
盖着阿妈的花头帕
柳荫里
酣酣地睡了
这光屁股的娃娃

阿妈，在青稞地里锄草
一行，一行
一曲悠悠的娜依
从胸中流出
艰辛里掺着幻想，古老的歌谣
飘荡
在阳光闪耀的绿色田野上
把溪水引进苗行
溪水从白云中流来
从柳荫里流来
从娃娃的梦中流来
流来梦中欢愉的叮当

直起腰，阿妈看看太阳
（太阳高了，树荫小了）
三根柳枝
搭一架凉棚
脱下衬衫，铺开
像铺开一片云彩

阿妈赤身躬在阳光下
汗水在脊沟里闪光
阳光把她无声的影子投在地上
她便用这小片的荫凉
拥抱
每一株幼苗——
拔节的希望

她站起
粗壮的手臂
汗湿的脊梁
丰满的乳房
镀上阳光的金黄
闪光，在绿色的田野上

图书在版编目（CIP）数据

阿来论／王妍著 . -- 北京：作家出版社，2021.12
（中国当代作家论）
ISBN 978 - 7 - 5212 - 1330 - 0

Ⅰ. ①阿⋯　Ⅱ. ①王⋯　Ⅲ. ①阿来 – 作家评论
Ⅳ. ①I206.7

中国版本图书馆 CIP 数据核字（2021）第 015770 号

阿来论

总　策　划：吴义勤
主　　　编：谢有顺
作　　　者：王　妍
出版统筹：李宏伟
责任编辑：袁艺方
装帧设计：合利工作室
出版发行：作家出版社有限公司
社　　　址：北京农展馆南里 10 号　　　邮　　　编：100125
电话传真：86 - 10 - 65067186（发行中心及邮购部）
　　　　　　86 - 10 - 65004079（总编室）
E – mail: zuojia@zuojia. net. cn
http: // www. zuojiachubanshe. com
印　　　刷：唐山嘉德印刷有限公司
成品尺寸：152 × 230
字　　　数：280 千
印　　　张：22
版　　　次：2021 年 12 月第 1 版
印　　　次：2021 年 12 月第 1 次印刷
ISBN 978 - 7 - 5212 - 1330 - 0
定　　　价：49.00 元

中国当代作家论

第一辑

阿城论　　杨　肖　著　　定价：39.00 元

昌耀论　　张光昕　著　　定价：46.00 元

格非论　　陈斯拉　著　　定价：45.00 元

贾平凹论　苏沙丽　著　　定价：45.00 元

路遥论　　杨晓帆　著　　定价：45.00 元

王蒙论　　王春林　著　　定价：48.00 元

王小波论　房　伟　著　　定价：45.00 元

严歌苓论　刘　艳　著　　定价：45.00 元

余华论　　刘　旭　著　　定价：46.00 元

第二辑

北村论　　马　兵　著　　定价：48.00 元

陈映真论　任相梅　著　　定价：58.00 元

陈忠实论　王金胜　著　　定价：68.00 元

二月河论　郝敬波 著　　定价：45.00 元

韩东论　张元珂 著　　定价：50.00 元

韩少功论　项　静 著　　定价：48.00 元

刘恒论　李　莉 著　　定价：45.00 元

莫言论　张　闳 著　　定价：52.00 元

苏童论　张学昕 著　　定价：46.00 元

于坚论　霍俊明 著　　定价：55.00 元

张炜论　赵月斌 著　　定价：46.00 元

第三辑

阿来论　王　妍 著　　定价：49.00 元

刘慈欣论　文红霞 著　　定价：50.00 元

舒婷论　张立群 著　　定价：46.00 元

徐小斌论　张志忠 著　　定价：52.00 元

张大春论　张自春 著　　定价：68.00 元